文春文庫

彼女は頭が悪いから

姫野カオルコ

文藝春秋

目次

彼女は頭が悪いから

プロローグ

いやらしい犯罪が報じられると、人はいやらしく知りたがる。

被害者はどんないやらしいことをされたのだろう、されたことを知りたい、と。

報道とか、批判とか、世に問うとか、そういう名分を得て、無慈悲な好奇を満たす番組や記事がプロダクトされる。

なれば、ともに加害者と同じである。

２０１６年春に豊島区巣鴨で、東京大学の男子学生が５人、逮捕された。５人で１人の女子大学生を輪姦した……ように伝わった。好奇をぐらぐら沸騰させた世人が大勢いた。

これからこのできごとについて綴るが、まず言っておく。この先には、卑猥な好奇を満たす話はいっさいない。

５人の男たちが１人の女を輪姦しようとしたかのように伝わっているのはまちがいである、と綴るのであるから。

夕食にはすこし遅めの20時から、20代前半の7人が集まった。ほんの数時間であった。

だが、できごとは、数年かかっておきたといえる。

とくにどうということのない日常の数年が、不運な背景となったといえる。

5人が逮捕された罪名は強制わいせつ。ニュースを報道する画面に、視聴者からのツイッターコメントが出た。

【和田サン、勘違い女に鉄拳を喰らわしてくれてありがとう】

逮捕された5人には、和田という名前の学生はいない。

匿名掲示板への書き込みはもっと多数、投稿された。

【世に勘違い女どもがいるかぎり、ヤリサーは不滅です】

【被害者の女、勘違いしてたことを反省する機会を与えてもらったと思うべき】

勘違い。

勘違いとはなにか？

第一章

1

2008年、12月。

横浜市の北。青葉区。

2学期の期末試験の最終日。

市立中学からもどった1年の神立美咲は、だれもいない家の台所で、鍋に残った鶏肉と野菜の煮物をコンロであたためなおした。炊飯器に残ったごはんは一人分をレンジであたためなおした。

TVのある居間に運ぶまでもない。冷蔵庫の横の、茶筒だのインスタントコーヒーの瓶だのシリアルの箱だのをこちょこちょ置いた小さなテーブルのはしっこで食べればよい。

最後の試験科目は公民だった。出来は？　試験が終わったらもう気にしない。

だれもいない家は、TVをつけずにいるとしーんとしている。ぴぴ。鳥が啼いている。

ひゅう。風が吹く音。

弟や妹がいると家の中はやかましい。母親が叱る。それに弟が口答えする。父親がなだめる。妹が泣く。

自転車で5分ほどのところに、母の実家がある。「スノークリーニング」というチェーン・クリーニングの店舗だ。大手食品会社の子会社に勤めていた祖父が定年退職してから店舗募集に応じた。おもに祖母がきりもりし、母が手伝っている。小2と小1の弟妹は、学校がひけると、学校から直接、クリーニング店に行く。

4時半か5時には母弟妹たちが帰ってくるから、美咲が家にひとりだけになるのは、いっときのことで、だから、しーんとした家にいるのは、それなりにたのしい。

食後に食器を洗い、冷蔵庫を開ける。1・5ℓペットボトルのカルピスソーダがもう残りわずかだ。美咲はボトルごと二階の自分の部屋に持っていった。

ベッドのへりにこしかけて、雑誌を繰りながら飲んだ。

ベッドは、中学に入ったお祝いに、父方の祖父母がニトリで買ってくれた。父の実家は車で8分くらいのところにある。

年子の弟妹は二段ベッドを使っている。こちらは妹の小学校入学祝いに、クリーニング店の祖父母が買ってくれた。

美咲は「いちばん上のお姉さんだから」と、ずっと一人で一室をもらっている。ベッドを入れるとすごく狭くなったが、布団のときは、朝夕あげおろしをせねばならなかったから、こっちのほうがいい。

東南角の部屋だ。勉強机の前に窓が切ってある。机に向かってすわれば空しか見えないが、立つとキャベツ畑とイモ畑が見える。畑をへだてた向こうにある遠藤歯科医院の塀や、塀から出た木も見える。

横浜市に対しては、日本人の多くがハイカラなイメージを抱く。開国以来、流行の最先端を行く街だと。それはしかし、中区だけのことだ。横浜市は広い。緑区、瀬谷区、泉区、旭区など、行政的に横浜市に分類されているところには野菜農地と住宅が混在している。

美咲の親戚は、母方も父方も、法事や盆正月に集まれば、「うちはもともとは百姓だったから」と言う。おおらかに言う。美咲の祖父母の代に半農半勤になった。東急電鉄が開発を推し進め、学校が新設され、それにともなって給食センターもでき、うち一施設に職を得た美咲の父はもう、土にはさわらない。クリーニング店パートの母も。

(へえ)

美咲は、雑誌の一ページに目をとめた。

『CanCam』。父が配送先の高校から持ち帰ってきた。ランチルームに置きっぱなしになっていたので事務室に持っていくと、もう取りに来ないだろうから捨てると言われ、表紙がきれいでもったいなく、「美咲、読むか」と持ち帰ってきた。

グラビアページの多いその雑誌は、人気化粧品のショップなども紹介されており、ローティーンにはやや不向きなのだが、遠藤歯科医院や、中学に入ってから行くことを父母に許可してもらった、「佐藤さんとこ」こと『美容室プリティー』の待合室では決まって、これをラックから引き抜く。

膝の上で開かれたページは、イベント、TV連ドラ、映画、本などが短く紹介されたコーナーだ。

『白馬に乗った王子様』

この一行がきらりと光った。

もうすぐ封切られる映画の紹介文の中にあった一行。

はじめスチール写真がきれいで見た。この映画の写真だけ、ほかより大きかった。テニスかなにかのラケットを持った男子大学生と、淡い色のトップスに濃い色のプリーツスカートの女子大学生が向かいあうショット。女子大学生はバインダーでまとめたテキストとノートを持っている。ふたりの向こうに体育館のような建物。写真の脇に「独・ベルギー合作」とある。

1995年生まれ、13歳の美咲には、「独」というのが何なのかわからない。

紹介文を読んだ。主人公の女子大学生がふとしたことで他校の男子大学生と知り合い、一目で恋をしてしまうといったストーリーらしい。短い紹介文では内容は詳しくわからない。「独」が何なのかもわからずじまいだった。

（どうせ行くことはないから……）

美咲は、いつもこういう気持ちをベースに、映画やイベントのページをながめる。

へえ、こんなイベントもあるんだな。へえ、こんな映画もあるんだな。そんな他人事としてながめる。

田園都市線「あざみ野」。都心に通勤するのに至便だと不動産の広告が必ず謳う駅だが、でもやはり〝郊外〟である。

この駅から、ずいぶん歩いたところに美咲の家はある。

都心でのイベントや映画、ＴＶで話題になる店、そうしたものは中学生にとってはかんたんに参加したり行けたりするものではない。

しかし、そうしたものの影も形も見えない地方の町とはちがい、そうしたものは遠くのほうに見えてはいる。〝郊外〟なのである。

門やバルコニーが向こうのほうに見えてはいるが、そこでの舞踏会に自分が招かれることはない。「どうせ」というのは、こんなふうな気持ちだ。

（明日香ちゃんなら行けるんだろうな）

祖母のクリーニング店のある道から逸れて奥に入っていったエリア。立派な家が集まっているエリア。そこに明日香ちゃんは住んでいる。

幼稚園でも小学校でも明日香ちゃんと美咲はよく同じクラスになった。ドッジボールもいっしょにしたし、学校からのキャンプ、クラス別音楽発表会でも、明日香ちゃんが班長、美咲が副班長だったりしたりした。でも親しいかと問われれば、すごく親しいとは言えないような気がする。

誕生会にも招いてもらったたし、明日香ちゃんの家が軽井沢の別荘に夏休み中滞在したあとには必ず、小さい、きれいなきれいな瓶に入ったジャムの、種類のちがうのを二瓶、お土産に、明日香ちゃんのお母さんが持って来てくれて、美咲は母親から「よかったわね、明日香ちゃんのような子と親友で」と言ったが、親友というのとはちがうと、そのたびに感じた。

その違和感が何なのか、小学生の美咲にはわからなかった。自分にも説明できなかったし、自分以外の人間にはもっとできなかった。明日香ちゃんと自分は、距離的にそばにいても、

（どうせ私は明日香ちゃんとはちがう）

ぼんやりとだったが、長く、こんな気持ちが美咲にはあって、明日香ちゃんが、中学からは公立中学ではなく、日本女子大学附属中学に進んだことで、もっと強まった。私鉄とJR。電車を3線も乗り替えて毎日通う明日香ちゃん。〝ふぞく〟の学校に進むということは「そのへんの人とはちがう」こと。美咲は思った。日本女子大と日本大の区別がついていなかった。ただ〝ふぞく〟というのが、とても都会的だった。

（すごいなあ……）

よくわからないけど、なんだかすごいなあ。そんな存在や、そんなできごとが、自分

の前に現れると、お城のプリンセスやキングやクイーンやプリンスの、豪華なお召し物の裾がヒラヒラっと翻（ひるがえ）ったようで、圧倒される。

おかしいかもしれないが、美咲は自分の弟や妹に対しても、似たような気持ちを抱く。弟妹はわめいたりあばれたりしてゴネてでも自分の欲求を押し通す。美咲にはそれができない。

ものごころつくと「美咲はいちばん上なのだから」とか「美咲ちゃんは5歳もお姉さんなんだから」と母から、父から、祖父母から、近所の人から言われた。そのせいなのか。それとも生来のものなのか。自分の欲求がムクっと心の中に浮かんでも、すぐにピュっとひっこめてしまう。

自分さえひっこんだら、自分さえ欲求をひっこめたら、あっちもこっちも落ち着くことが体験則でわかってきて、癖というか、習い性のようになった。

それは美咲には、辛いとか、かなしいというものではない。ゆっくり息を吸ってゆっくり吐くような、おだやかな心地になれるものである。

弟妹がわがままにゴネれば「どうせ私は」。明日香ちゃんが「ふぞく」に通えば「どうせ私は」。「どうせ」という一言は、おまじないのように心を落ち着かせてくれる呪文だった。

『白馬に乗った王子様』

きらりと光った一行を、美咲はじいっと見つめる。

今までにもなんとなくは耳にしていた。でもそれは、お城が出てくるような〝むかし〟の時代に使う言い回しで、今現在の自分が暮している中のものではないというような感覚だった。ページに大きく出ている写真は今現在の大学生だ。時代を超えて、今の自分が暮す世界にも使う表現なのだ。

（いいなあ）

だれか特定の異性が美咲の胸をよぎるわけではない。なにがどういいのかも、わからない。なんだかいいなあと、美咲はうきうきした。

冬の晴れた空は、雲がどこか薔薇（ばら）色をおび、窓から部屋の中にふりそそぐ日差しはぽかぽかしている。キャベツ畑を隔てた、遠藤歯科医院の庭の高い木の梢（こずえ）から、鳥が飛んでいった。

＊＊＊

２００８年、12月。

東京都。渋谷区。

２学期の期末試験の最終日。

区立中学から出た3年の竹内（たけうち）つばさは、Café des prés で何か食べようかとも思ったが手持ちの金が少なかったので、道草はやめて家にもどった。

ＤＫ（ダイニングキッチン）のテーブルに向かうと、母親はロールサンドを出してきた。無農薬野菜専門店のニンジンとパセリがいやというほど入ったやつだ。

「期末最終日でしょう。たくさん作っといたから。ひーちゃんのぶんはちゃんととってあるから、ぜんぶつーちゃんの」

得意そうに言う。小学生のころは、つばさも兄ひかるも、くるくる巻かれた形状によろこんだものだが、兄弟がもう小学生の気持ちではなくなっていることに、母親は気づかないので困る。

なんとかが無添加のパンを使ったのだそうで、きっとものすごい量のロールサンドイッチを作ったのだろう。けれど高校から塾へ直行の兄が、家に帰ってきてこれを食べるころにはパサパサになっているだろう。

「食後にはヨーグルトも食べて。大豆のヨーグルトよ。大豆は集中力を高めるから。ブレインフードって言われてるのよ。ひーちゃんも中学時代は毎食後、これ食べたのよ」

冷蔵庫から母親は大豆ヨーグルトも出してくる。スプーンをつけて。

「ヘイヘイ」

テーブルに肘をついて、ヨーグルトのほうはふたくちで食べ終えた。

「どうだった？」

母親はノンカフェインの柚子(ゆず)茶をグラスに注いだ。

「なにが？」

「期末よ」

最後の試験科目は公民だった。出来は？　わからない問題はひとつもなかった。年明けには高校受験なのだ。区立中の定期考査などTVのバラエティクイズ番組に答えるようなものだった。

「期末なんか」

つばさは立ったまま、柚子茶を飲むと、DKを出た。

自分の部屋で受験勉強の追い込みにかかるつもりだったが、

（食後の休憩……っと）

「取調室」に入った。父親の書斎である。

つばさの自宅は広尾原住宅という国家公務員宿舎である。地下鉄日比谷線「広尾」駅にも近く、交通至便なわりに、有栖川宮（ありすがわのみや）記念公園そばの閑静な一帯に建っている。同立地なら民間の集合住宅よりはずっと広いが、この一帯に住むべらぼうな金持ちたちの豪邸ほど広くはない。ごくありきたりな間取りのうち、長男次男が各々一室ずつをとり、DK、リビング、寝室、納戸がある中、柱と柱のあいだのデッドスペースのようなところに父親の書斎を設けた。デスクトップのPCとプリンタくらいしかない、狭いところだ。あまりに狭いので父親は「取調室」と自嘲しているのである。

とはいえ早く帰宅した日はリビングでもっぱらTVを見、休日はだいたいゴルフに出かけるのだから、父親にはとくになくてもよいような書斎だ。

農林水産省勤めの父親は職場で仕事をするわけだから、たとえ狭くてもどこかに母の部屋を設けようという発想は、父親にも兄弟にも、そして当の母親にもなかった。

兄は、父親のものよりもっとスペックのそろったPCを持っている。高校生になったとき、北海道から上京してきた父方の祖父母に、お祝いに買ってもらったものだ。モニターも大きく見やすい。だが、つばさが使うと怒るから、家ではほとんどPCにふれず、使ったところでバレない父親のものを、いつも拝借する。

兄は、中学から私立に行った。中高一貫の男子校だ。母親はつばさも同校へ行かせたかったようだが、受験を拒んだ。「だって、うちはコームインなんだし、公立でいいよ」と言ったつばさに、父親は相好を崩した。

夜遅くに飲酒して帰ってきた父親が母親に水をもたせ、リビングでしゃべっているのを、トイレに起きたつばさは偶然聞いたことがある。「やはり、次男のほうが、動物的に揉まれるのかな。つばさは、ひかるとはまた違う見どころがあるな。長男を次男が追い抜くってことがあるかもな」。父親は酔って機嫌がよかった。「つばさはおれに似たんじゃないか。おれも次男だからな」。酔っぱらっていくぶん呂律をあやしくして、つばさの長所をほかにも挙げていた。

父親の謂は大凡正しい。長男長女を予行演習にして、次男次女、さらに三男三女は、世渡りの要領を上手に掴む。

兄とは2歳ちがいだ。小学校時代は、兄を受け持った教師たちからたびたび比較されて鬱陶しかった。それに兄の通う私立は、つばさには、とりすました校風に見えた。保護者会に行く洋服や髪形に母親も細心の注意を払っている。兄はもっとやせ我慢というか必死に背伸びしているというか、無理して校風や同級生に合わせているように見える。

（腐るほど金のある親を持ったやつらに合わせて毎日学校に通うのはごめんだ）

実はこれが本心だったのだが、父親がご機嫌になって褒めているのを聞いてストレートにうれしかった。励みになり、中学時代は塾にせっせと通い、夏期と冬期の長い休みには家庭教師にもついた。

甲斐あって、年明けに迫る高校入試については第二、第三志望はもちろん、第一志望の国立附属高校も、合格確実だと担任からも塾からも太鼓判を押されている。

（これで、あいつらともおさらばできる）

ちょっと気に食わない同級生が、つばさにはいる。

（親の金の力を自分の力だと錯覚しやがって）

今日の試験。公民の前は歴史だった。阿倍仲麻呂のアベの字を確かめようとして、検索しているうちに、阿倍仲麻呂から安倍晴明に飛び、匿名掲示板に出た。

『写真を文字でくるんで埋める……』

この1行がちろりと光った。

陰陽道でムカつく奴を封じる方法とやらがカキコミされている。

（こんな便所話……）

つばさは1993年生まれだ。PCにさわりはじめたころから匿名掲示板はある。インターネット初期世代とはちがい、話半分、場合によっては公衆便所の落書と受け取っている。

『……だからムカつくやつの写真と、そいつの書いた文字を用意する。ムカつくやつの写真を文字でくるんで埋める。そして呪詛するのだ……』と掲示板にはカキコミされている。

（はん。写真を用意なんて、安倍晴明の時代にはむりだろ、バーカ）

だが、画面に向かって鼻嗤いしたとたん、『晴明の時代には写真はなかったので、相手と看做したひとがたに呪文を書いたものを使った』というカキコミの続きが目に入った。『ことばには言霊が宿り、文字は言霊をかたちにしたものだから、相手を傷つけたいところを、相手のひとがた（現代なら写真）の、その部分を針で刺して、相手が文字を書いた紙にくるんで戌亥の方角に埋めて、呪いをかける』とある。

（くっだらね）

つばさはPCを置いた机の引き出しからデジカメを出した。これは兄も母親もつばさも、それに父親も、みなで使っているものだ。

（たしか、まだ……）

くっだらね、と言ったのに、つばさはデジカメのアーカイブに、爺ィの写真を探した。

爺ィは、「譲治」という名前の、チビの日本人なのに、仲のよいグループのやつらや女子生徒たちは、「ねえ、ジョージ」だとか「チャオ、ジョージ」だとか、ガイジンみたいに呼ぶ。

彼は、つばさの名前が平仮名であることから「まじめちゃん」と呼んだりする。それがイヤミなのは「おまじめちゃん」と〝お〟を付けることもあることでわかる。「ガリ勉」と呼んでみたり、さらにもじって「ゲリ便」とわざといい間違えてみたりする。

そこそこに勉強はできるが、つばさにはかなわないから嫉妬している。同時に、体育では、つばさが自分にとうていかなわないことを誇っている。

なにを言ってこようがしてこようが、表向きは無視しているが、密かにつばさは、彼の名前をもじって「爺ィ」と呼んでいる。

爺ィは、ソックスやサイドバッグやスニーカー、冬場に制服の上からならはおってよいことになっているパーカやコートなど、全部が高級品で、それを見せびらかす。

12月に入ったばかりのころには、300円ショップで買ったマフラーをしていたつばさに「あり、Paul Swithってブランドもあるんだ。スウィスって読むの、これ?」と訊いてきた。

300円ショップのマフラーだ。Paul Smithを偽造したなどというレベルにも至らない。ロゴなどに気づきもしなかったし、気づいても使い捨てるつもりで買っただけだからかまわなかったのに、爺ィは自分のマフラーのSmithを、つばさのマフラーのロゴに寄せた。

（これ、けっこう大きく撮れてんじゃん）

アーカイブから爺ィの写真を選んだ。

いやな爺ィの写真を撮ったのは、女子生徒に頼まれたからである。ジャニーズ系の童顔の爺ィが、体操演技で派手なバック転をした。女子たちはキャアキャアさわいだ。うち二人が「ジョージの写真を撮って。わたしが頼んだって知られないように撮って」と、なぜかつばさに頼みにきた。断るのがかえって癪に障ったので、爺ィに気づかれないように撮ってやった。

（いやな爺ィだ）

ふんっと鼻息を出し、「取調室」を出て、自分の部屋に行った。

鞄から公民の教科書を出す。赤いボールペンで乱暴に描かれたマルとブツブツ。「夏みかん」という文字。試験の後、つばさが落書きに気づくと、爺ィにいつも奢ってもらっているやつらが数人、ニヤニヤ笑っていた。面皰体質のつばさの肌をからかったのだ。

（どうせ、あいつが書いたんだ）

爺ィは近くにはいなかった。

つばさは思っている。

（あとちょっとだな）

あのツルツルした顔を見るのも、あとわずかだ。馬鹿高い授業料の慶應義塾ニューヨーク学院に行くからである。

（親に金積んでもらってニューヨークってか。くっだらね）

つばさは公民の教科書の、落書きされた表紙をびりりと破りとった。

冬の晴れた空の雲は薔薇色をおび、窓のガラスからふりそそぐ日差しはぽかぽかしている。窓の向こう、大金持ちの邸宅の向こうの有栖川宮公園の高い木の梢から、鳥が飛んでいった。

年月が流れた。

2

藤尾高校に吹く風は、ブロードの白いカーテンをまくりあげ、2年12組の教室をわたってゆく。

「そんで、点Oに関して位置ベクトルを→a、→bとするわけだ。この線分ABを3対2の比に内分する点がPな。外分する点がQな。その位置ベクトルを……」

6時間目。数学の先生は黒板に描いた直線にA、B、Pのしるしをつけ、教卓の端に貼られた座席表を見ると、

「じゃ、神立さん。こっちきてやって」

美咲をあてた。

どということはしないだろうと、うとうとしていた。

「神立さん？　欠席じゃないよね？」

「は、はい」

（やだ、うそ）

びっくりだ。夏休みも近い。消化授業のつもりでいた。先生はもうだれかをあてるな

数学でも英語でも現国でも、あてられると緊張して膝がミシミシこわばる。左右の膝頭をそれぞれ手でぎゅっと摑んでから立つ。

立ったら立ったで、みんなが見ていると思うとまた緊張して、頭の血がザーッと滝のように心臓に集まってきたみたいになって、鼓動がはげしくなる。どっきんどっきんという感触が自分でわかる。

答えなど考えられない。鼓動を静めるのにせいいっぱいだ。口の中がカラカラになる。

（いやだ。前に出るのなんか、いやだ）

だが先生にあてられたのだから行かないとならない。後ろのほうの自分の席から、黒板の前の教壇まで、どきどきしながら歩く。

チョークで濃く描かれたＡＢの直線が、美咲に迫る。

「これな、３と２を、ｍとｎにするだろ、そしたら……？」

数学の男の先生は臨時教員だ。数学教諭が病気で入院し、その間だけ、横浜教育大学大学院から来ている。大学院講義との調整で２年11組と12組の数学は、５時間目や６時

間目に変更されていた。

入院した正教諭はカマキリのような顔をしたイライラ症の年寄りだが、臨教の先生は丸顔でおおらかそうな大学院生だ。額と頰にひとつずつ面皰ができている。

「あてられるとテンパるよね。急かさないからゆっくり考えてー」

そう言われても、教壇に上がった美咲はさらにどきどきして、ろくに声も出ない。

「は……い……」

「息吸ってみ」

臨教先生に言われたとおり、息を吸う。

「吐いてみ」

言われたとおり、吐く。

「もいっかい、それやってみ」

言われたとおりにした。息を吸って、吐いた。すこし落ち着いた。

問題をあてた生徒をリラックスさせようとする先生に、美咲は今まで会ったことがない。とくに数学という教科は、答がすぱっと出るぶん、先生も、すぱっとした性格の人が多いのか、問題を解く前段階で生徒が躓く心理的な面を、つゆも想像したことのない人ばかりだった。

「ほれ、教室見回してみ。夏休み前で、みんなたるんどると。みんなほとんど寝とると」

臨教先生が言うと、あははと笑った生徒もいるにはいたが、大半は無反応だった。彼の言ったとおり、30度の暑い午後、多くの生徒は、こっくりこっくり舟漕ぎをしている。

「だろ？」

（そういや、あてられる前、私もそうだった）

思い出すと、どきどきするのがおさまった。自分の足でちゃんと教壇の板を踏んで立っている感覚がもどった。

（どうせ、だれも見ていない。1＋1＝5とか書いて、先生からバツをもらっても、みんなウトウトしてるだけだ。どうせ）

どうせ。そう思うと、さっきは自分に襲いかかるように迫ってきた直線ＡＢが、黒板におとなしくおさまった。

「先に分点の位置ベクトルを考えたらいいよね。まず内分は？」

$\frac{n\vec{a}+m\vec{b}}{m+n}$ 小さな字で書いてから美咲は臨教先生をふりかえった。

「いいぞ」

「えっと外分は……」

$\frac{(-n)\vec{a}+m\vec{b}}{m+(-n)}$

「よかよー、そしたらベクトルＯＰは $\overrightarrow{OP}=\frac{2\vec{a}+3\vec{b}}{3+2}$ だからぁ……」

「えっと……うんと……」

$\overrightarrow{OP}=\frac{2}{5}\vec{a}+\frac{3}{5}\vec{b}$

$\overrightarrow{OQ}=\frac{(-2)\vec{a}+3\vec{b}}{3+(-2)}=-2\vec{a}+3\vec{b}$

美咲は、臨教先生からヒントをもらいながらも、答を書いた。

臨教先生が美咲の解答にくるっとマルをして、100と花マルもつけてくれたとき、

「大正解。ひゃくてーん」

終業チャイムが鳴った。

「はい、じゃあ、おしまいーっと」

先生も教科書を閉じ、生徒たちもみな、教科書やノートをしまう。2年12組の教室も、ほかのクラスの教室も、がたがたと音をたてている。

美咲も数学の教科書とノートを鞄にしまう……ふりをした。しまうにはしまうのだが、いましばらくは見ていたい。自分の解答を。

花マルだ。

(私なんかが……)

終業チャイムと同時だったために、クラスの子たちの注目は浴びなかったが、花マルはうそみたいだ。

神奈川県立藤尾高校は、県下トップとはいわないまでも青葉区辺りでは進学校なのだから、美咲も小中学校時代そこそこに勉強はできた。

高校に入ってからは芳しくない。中学時代に勉強がそこそこできた生徒が、1学年12組もあるくらい大勢集まっているマンモス校だ。それがのんびりした郊外にある。そして公立高校にありがちな、ゆるい規則、明るい校風。みんなでたのしく学校生活を送れるといえば送れるのだが、それは同時に、次なる進学への目的意識をよほど高く、緊張感をもって保っていないと、のんびりし過ぎて、しまりのない勉学態度になってしまう。学力を測量するテストである以上、点数をとるにはテクニックを要する。美咲にはそれがない。塾にも行っていないし、家庭教師にもついていない。

塾だとか家庭教師だとかという発想が、美咲の家庭環境にはない。

学校から帰ったら、「いちばん上のお姉ちゃん」として家事を手伝い、弟妹の世話をし、週末は母方父方双方の祖父母もいっしょに「こどもの国」に行ってお弁当を食べたり、釣堀に行ったり。日常はバタバタと過ぎる。さすがに中3の冬は高校入試に備えた勉強をちょっと真剣にしたが、そのときですら、よく弟のゲームの対戦相手になってやっていた。

藤尾高校に合格して「さすがはお姉ちゃん」「5歳も上だから、やっぱりしっかりしてかしこい」などと、弟妹や父母や祖父母たちは言ったが、藤尾高校の偏差値など、彼らはさして気にしていない。祖父母や年配の親族などは、それを知らない。

町内会のどぶ掃除や防災訓練で接触する人たちは、自分たちの住まいの中に建つ藤尾高校を好意的に受け容れ、好意的に見ている。その好意的な雰囲気を、美咲の家族親戚たちは感じているに過ぎない。

美咲が仲良くしているのも、似たような家庭環境の子たちだ。

塾に行ったり家庭教師についたりしている同級生がいるのは、もちろん知っている。だがそういう生徒は、中学から「ふぞく」に行った明日香ちゃんのようなもの。

はなからそう思っているので、テストでよい点をとるコツ、設問に対する解答のコツ、そんなテクニックが存ることに思いが及ばず、高校に入ってからの成績から「サエないJKだなあ」と自分のことを思うだけだった。といって、落ち込むのでもない。

なにかが欲しい。なにかをこうしたい。だれかにこうして欲しい。そんなふうな気持ちが、美咲は微弱なのである。「どうせ明日香ちゃんとはちがうのだし」と、教室のブロードのカーテンが風に舞うように思い、すぐにTV画面に映るグルメ番組の生クリームたっぷりのケーキに目を奪われ、そのケーキを出す店が京都の河原町にある店だと知ると、「京都か。遠いとこだからどうせ行けないね」とすぐに思い、セブン‐イレブンのお菓子を買ってきて、弟妹たちと、おいしいねと、だべりながら頬ばれば、それで充ちる。

そんな家で暮す美咲だったから、数学の授業中に突然あてられた問題を、教壇に出て行って、その場で解けたことが、うそみたいだった。

（よく解けたなあ）

黒板をしばらく見ていた。１００点花マルがうれしかった。だが隠した。明日香ちゃんではないのだから、ひとりだけでそっとよろこんでいたら、それでよい。美咲は、わざとのろく数学の教科書とノートをしまい、ひとりでうれしい気分を味わっていた。

そのうち黒板消しを持った当番が、何のためらいもなく、大きく腕を動かし、黒板の解答も１００点も花マルもすっかり消した。美咲は廊下に水を飲みに出た。

2年11組と12組の間に太い柱と細い柱のあんばいでできた窪みがあり、そこに給水器が設置されている。

「よっ」

給水器から顔をあげ、口元にハンカチをあてて振り向く。数学の臨教先生だ。

「××先生が退院されたって。学年主任にメールが来たみたいだ」

「あ、そうなんですか」

数学教諭の退院の時期がはっきりしないので、もしかしたら2学期も臨教先生が担当する可能性もあると、生徒たちは伝えられていた。

「だからおれ、みんなに挨拶しなかったけど、神立さん、みんなによろしく言っといて。おれの最後の授業で大正解してくれたよしみで」

「あ、あれは、先生がヒントをくれたから……。私は数学は苦手なのに……。英語も苦手だけど。古典も。あ、体育もか」

美咲はもにょもにょと口ごもった。別れの挨拶に手をふりかけた臨教先生の動作が、中途半端にとまった。

わあわあとサッカー部の男子一群が走り過ぎていった。けらけらとバスケットボール部の女子一群が笑いながら小走りして過ぎていった。

「そんなもんは……」

中途半端に手を中空でとめたまま臨教先生は、ぽよーっとした声で言った。

「苦手なのがふつうだよ」

「え？」

「おれだって数学も英語も体育も苦手だった。おれ、高校1年まで、すっげえド田舎に住んでてさ。離島」

「リトー？」

「シマ、シマ」

「ああ、離島」

「義務教育より先の学校には行ける経済的余裕は家になかったんだけど、島が奨学金くれるっていうんで、親の知り合いの家に住まわせてもらって長崎の高校へ行ったの。長崎に住んでびっくりした。ビルとか店にじゃない。長崎に行くことは子供のころから何度もあったからさ」

臨教先生は塾におどろいた。

「びっくりしたのなんの、長崎の高校のやつらは、ほぼ全員塾に行ってるんだよ。ほんと、びっくりした。

びっくりして安心した。だって、みんなが塾行ってるの、はじめは知らなかったろ。塾で先回りして勉強してるから、学校であてられてもちゃっちゃとできるんだよ。さすがは長崎の高校生はやっちゃかしこかあ、島もんとはちがうと思ってたけど……」

「カシコカア……」

耳慣れぬことばづかいに、美咲はついつられて、鸚鵡(おうむ)返しをした。

「あ、なまってた？」

やっと臨教先生は中途半端にあげたままだった手をおろした。

「さすがに塾まで行ける奨学金ではなかったから、おれは高校では全教科、苦手だったよ。でもみんなも苦手だから塾に行くわけだろ。なら、苦手なのがふつうなんだよ。だから神立さんもふつう。ほかのみんなもふつう。ちがうのはただ、それぞれの、やり方なだけ。神立さんは神立さんのやり方でやってってたらいいよ」

「私のやり方？　どんなですか？」

「それはこれから神立さんが見つけるんだよ。なんてったっておれは臨時だからさ……」

首の後ろをかく。

「たださ。自分にはなんの取り柄もないみたいなことを口にしちゃいかんと。そう思うことは、そりゃあるよ。まともな人間なら。そいけど思っても口に出したらいかん。口に出すと、出したときに霊が宿って、ほんとにそうなるから」

「霊？　やだ、怖い」

「そうだよ、怖いんだぞお」

臨教先生は「うらめしや」のお化けのポーズをした。あははと美咲は笑った。臨教先生はハッとしたように、真正面から美咲を見た。

「な、なんですか？」

「いやあ神立さん、笑うと、みじょかー」

そして腕時計を見ると、

「ほいなら元気で」

あわてて走って行った。

ぽかんとしている美咲を、イノッチが大きな声で呼んだ。

「サキーッ」

入学後に仲良くなったイノッチ（井上菜摘）、中学から仲のよいマユ（鈴木真由）、小学校からずっと仲のよいカエちゃん（相川楓）。藤尾高校で仲良くしている3人からは、美咲はサキと呼ばれている。

「早くーっ。ニテイだよーっ」

ニテイとは第2校庭。自転車置場や運動部部室が並び、ブラスバンド部が個人練習をしたりもする。美咲は中学時代はブラスバンド部だったが高校では入部しなかった。藤尾高校は生徒数が多すぎて、中学の時のようなアットホームな雰囲気ではなかったからだ。マユとカエちゃんに誘われて写真部に入った。そこにイノッチもいた。写真部も部員数だけは多い。多すぎて、なにをどう活動するということがなく、半ば帰宅部だ。なものだから、写真部の4人は、夏休みにみんなでどこかへ泊まりがけで行こうと思いつき、放課後、相談をすることになっていた。

臨教先生が走って行ったのとは反対の、イノッチが手をふるほうへ美咲は走って行った。

「カエちゃんが夢の島に行きたいって」

「夢の島？　ごみ捨て場の？」

「体育館もあるからって……あ、ちょっと待って。寄ってく」

イノッチは途中にある女子トイレに入り、鞄からコンパクトを出して顔にはたき、マスカラを取り出した。

化粧は校則で禁止されているが、目立つような濃い化粧でないかぎり、放課後以降は黙認されている。

美咲もリップクリームを出して塗った。ほんのりと色がつくタイプのものだ。

「イノッチみたいにアイラインやマスカラをしてみたいけど」

「すればいいじゃん」

「私がするとクドくなって」

「目が大きいからだよ。あたしはサキみたいに目が大きくないもん」

イノッチは女優の小西真奈美に似ている。小鳩のようなパラッとした小さな目に、茶色のアイラインとマスカラをすると、目の表情がいきいきしてかわいい。美咲はイノッチとは反対の顔だちだ。

「カエちゃんの伯母さんが、なんとか由美子っていう昔の女優さんに似てるって、サキのこと言ってたじゃない」

「野川由美子に似てるじゃない」とカエちゃんの伯母ちゃんから言われたことがある。夫を亡くして実家にもどり、カエちゃん一家と同居して家業のパン屋さん『グリム』を手伝っている伯母ちゃんは、美咲の母親とも仲がよい。

イノッチとマユと美咲の3人でカエちゃんの家に遊びに行ったおり、「野川由美子なんて、あんたたちにはわからないか。あたしたちの時代に人気があった人だものね。ほら、こんなふうにクルクルするタイプライター。あれで調べといて」と、伯母ちゃんは手をグーにして居間のテーブルをこすった。みな、しばらく顔を見合わせた。「もしかして、それマウス？　パソコンのこと言ってるの？」と美咲が訊くと、「それそれ。パソコン」と伯母ちゃんは頷いた。「やだ伯母ちゃん、クルクルするタイプライターなんていうから、なんのことか全然わからなかったじゃない」とカエちゃんは大笑いし、伯母ちゃんもいっしょにみなで笑った。

カエちゃんの伯母ちゃんが、笑っている美咲の顔をゆびさして「ほら、笑うとよけい似るわよ。ばっちりメイクをしたらもっと似るわ。あたしファンだったのよ、野川由美子の」と、また名前を口にしたので、みなで『グリム』の事務室にあるノートPCで画像検索してみた。

静止した画像は、野川由美子の往時をリアルタイムで知らぬ者に、日本映画の名作で彼女が見せた名演技を伝えない。1960年代の映画界ではもてはやされた肉感的な肢体は、2012年の女子高校生たちには、芸能人としては太って見えた。

(そういうところを似てると言ったのかなあ)

鏡の中のイノッチと自分を比べて、美咲は思う。

美咲は自分の体型が好きではない。標準体重だが美容体重ではない。マユのように長身で凹凸のある肉付きだとセクシーだが、そんな迫力はない。今、隣でメイクに集中しているイノッチのようにぐっと小柄なら守ってあげたいタイプと言われるのだろうが、美咲の背は低くもなく高くもない。カエちゃんも平均身長だが、平均体重より10kgくらい細いので、美咲より背はずっと高く見える。

(カエちゃんみたいに細いと、メイクも映えるし、洋服も、何着てもキマるもんなあ)

だから美咲は、せいぜいリップクリームを塗るだけにしているのである。

トイレから出た美咲とイノッチはニテイまで早歩きした。

3年1組の教室の前だけ、微妙に速度を落とした。

体育祭では学年をタテ割りにしてチームになる。去年の体育祭で、このクラスのある男子と美咲は二人三脚のコンビとしてチームから出場し、一等をとった。

二人三脚は余興のようなものだから、一等といっても100メートル走やリレーとは格が違うが、テープをまっさきに切ったうれしさに、二人とも大喜びした。

それだけである。片思いだとか、一目惚れといった、強い感情はない。「うまく走れたよな。ぼくらもしかして相性ばっちりなんじゃないか」。そう言われたが、一着を喜んでのことばだと美咲は思った。以来、校内ですれちがうと、お互い、なんとなく顔を見るような見ないような、それだけだ。

それが美咲はつらくもないし、もどかしくもない。3年1組の教室を通過するとき、ちょっとうれしい緊張がひとときあれば、それでよい。

「すれちがわなかったね」

イノッチは3年1組をふりかえる。

「いいよー」

美咲は足を速める。

ニテイに着くと、

「二人、遅いー」

カエちゃんが尻をおろしていた芝生から立ち上がった。

「試合は朝の9時からだって」

カエちゃんは夢の島体育館でおこなわれるパドルテニス大会を見たいのだった。

「パドルテニス？　なにそれ？　テニスとちがうの？」

イノッチは首をかしげたが、美咲もマユも、その競技を「連城剣一がやっているスポーツ」として知っていた。

首をかしげたイノッチも、連城剣一なら知っていた。スポーツドリンクのCMに出ている。すらりと長身の若手俳優だ。パドルテニスは、一般テニスを縮小したあんばいのスポーツで、コートも狭く、ラケットもボールも肩・肘・手首に負担をかけないよう考案されており、高齢者も障碍者も老若男女が広くたのしめることをモットーとしている。次回のパラリンピックの開催地に東京が名乗りを上げたことで、足に障碍のある女子学生がパドルテニスを通じて男子学生と恋に落ちる2時間枠のTVドラマが2夜連続の形で放映された。連城剣一はその主演をやってデビューした。実際にこのスポーツの指導員資格を有していることで抜擢された。

カエちゃんはパドルテニスが見たいのではなく、連城剣一が見たいのである。

夏休みに夢の島体育館で「パドルテニス関東高校生大会」が行われることになった。一般男女ABクラスの高校生で試合をするのだが、決勝戦のみ、動画配信専門の会社がライブ配信し、ゲストに連城剣一が来るのだそうだ。

「うわ、そうなんだ。イケメンだよねー、あの人」

イノッチもすぐに試合に興味を示した。

「結婚するなら、ああいう人がいい。イケメンなだけじゃなく浮気しないで誠実なかんじがするもん」

マユも同意する。

結果、パドルテニスの試合を見て、上野あたりのガイジン観光客の多い旅館に泊まって、英語でしゃべってみよう。夏休みの女子高校生4人の他愛ない冒険は、こんな計画になった。

「中国人観光客と仲良くなったら、うちの店に来てもらわなくっちゃ」

マユがタバコをフッとふかす動作をする。実際に喫煙するのではなく、ひとさし指と中指に、タバコをはさんでいるかのような隙間を作って、顔の前で息を吸ってフッと吐くのである。「エアタバコいっぷく」と、いつもマユは言う。

彼女の家は麻雀荘を経営している。父は実父だが、母はちがう。実母は、浮気をして、それが夫（マユ実父）にばれて、しこたま殴られ、DVをふるわれたと怒って、マユの弟をつれて出ていった。

実父は実父で、実は前から福建省から夫婦で出稼ぎに来ていた21歳の妻のほうと浮気をしていた。マユの実母が家を出て行く前に、中国妻のほうも浮気が夫にばれて離婚した。マユの実父は、実娘の4歳上なだけの中国婦人と再婚したのである。「うちのオカーチャンはよそに男を作ったくらい男好きだから、家を出るとき連れていくのも男の子のほうなのよ」が口癖のマユ。美咲も、ほかのみんなも笑っているのは、そんなふうにあばずれて言うのがマユのさびしさなんだろうと、それとなくわかっているからだし、マユが継母とも、家を出て行った実母とも、言いたいことを言い合って、それなりに仲良くしているのを知っているからだ。

「でもさ、カエちゃん。パドルテニスの大会があるなんて、よくそんなマイナー情報仕入れたね」

マユはエアタバコをふかして、カエちゃんに息をかけた。

「ほら、女子マネの二人に誘われたの。見に来ないかって」

同じ学年の、いつも二人でいっしょにいる女子生徒。イノッチも美咲もマユもしゃべったことがないが、すぐに顔はわかる。他校のパドルテニス部の女子マネージャーをしているからだ。「そんなことが可能なのか」と驚かれているという意味で、校内ではすこしばかり有名な「女子マネコンビ」である。

「誘われたっていうか、チケットを売りつけられたんだよね」

とカエちゃん。

「パドルテニスは一般テニスより健康促進に向いたスポーツだから、もっと高校生に普及させようって意味の大会だから、チケットを買ってって」

カエちゃんは、パドルテニスの試合だけなら、ていよく断るつもりだった。が、連城剣一がゲストで来ると聞いて「行く行く。買う買う」と即答したという。

「試合後に他校と親睦会っぽいものもあるっていうの」

連城剣一とツーショットで写真を撮ってもらえるかもしれないと、カエちゃんはじめ、マユも、パドルテニスについて今日知ったばかりのイノッチもはしゃいだ。

美咲は連城剣一にはとくに関心はなかった。パドルテニスにも。むろん否定的な気持ちはない。ただ美咲としては、仲良しの3人といっしょに一泊二日をともにするということがたのしみだった。

＊＊＊

夢の島体育館の駐車場にとめたワゴン車は、エアコンを切って窓が開けられている。7月の朝の風が車内をわたっていく。

「数Bの××先生って、採点のとき部分点はいっさいくれないって、ほんとか？」

「ほんと。だから5組と6組だけ数Bの平均点はガックンと低いわけ」

そろいのユニフォームを着た、春先まで通った高校の男子生徒がしゃべっている。大学生になったつばさには、後輩の心配がちっぽけに感じられる。

つい春先まで、自分も彼らのような話をし、同じ数学教諭の採点の厳格さを嘆いていたのに。

「高校の定期考査なんか、たんに通過点だから気にすんな」

高校を卒業し、この4月から東京大学理科Ⅰ類の大学生となったつばさは、後輩に言った。

「今日の試合でいいとこまでいったほうが、ある意味、重要かもよ」

運動面で励んでいるところを「見せる」というのは、いろんな意味で他人からの評価を上げる効果があると、つばさは後輩に秘訣を明かした。

今日は彼らがパドルテニス関東大会の試合に出るのである。横浜教育大学附属高校のチームとして。

つばさは、OBとして、またこの大会ゲストに連城剣一を招き、動画配信専門サイト運営会社にライブ中継させる企画の提案者として、会場に来た。

「ね、ね、竹内せんぱーい、連城剣一は何時ごろ会場に来るんですかァ?」

女子マネージャー、略して女子マネが、OBとして顔を出したつばさに訊く。

「決勝の試合直前に来てすぐ帰ると思うよ。芸能人だからスケジュール、タイトだろ」

つばさは二人の女子マネに答える。二人はいくぶんがっかりした表情を見せた。

去年の女子マネと、今年の女子マネはちがう。つばさがいたころとも。パドルテニス部は同好会として認可されているだけなので、他高校からの希望者二人が女子マネをする。本名にかかわらず、「浅倉」と「南」と男子部員は女子マネを呼ぶ。

＊

つばさは高校に入るまで、体育が得意な生徒や運動部の生徒を毛嫌いしていた。爺ィ、のせいだ。それに小中時代、つばさの放課後は専ら塾だった。長期休みも家庭教師についていた。部活はしていなかった。視力が落ちた。眼鏡をかけての鉄棒や跳び箱はやりづらく、また鉄棒や跳び箱といった運動は、失敗すると体育の授業中には、いかにもヘタで、ひ弱なメガネ野郎と映る。

そのため、ジャニーズ顔で運動神経抜群の爺ィや彼のとりまき連中から、ときどき揶揄されたり、いやがらせをされた。露骨にではないものの。

第一志望高校に合格した祝いに、「なにか買ってあげるわ」と母方の祖母から言われ、ショッピングモールを歩いていてコンタクトレンズに決めた。ポスターに目がとまったのだ。「まなざし、新鮮」というコピーに、デビューしたばかりだった連城剣一がフェルトカバーのテニスボールを持ってほほえむポスターだった。

中学時代にもコンタクトレンズ使用を考えないでもなかった。だが二人の塾教師から、ローティーンのうちはまだ、目に直接入れる矯正医療具は避けたほうがよいとアドバイスされたのだ。どこまで医学的に確かなアドバイスかはかりかねたが、二人とも、大事な試験前に角膜炎をおこした体験を話したから、眼鏡のままでいた。

「わたしは遠近両用のコンタクト使ってるのよ。つーちゃんも一日で使い捨てるやつにすればめんどうじゃないし衛生的よ」と、二世代上の祖母に言われ、すんなり決めた。

眼鏡とはうってかわって見やすい。動きやすい。高校に入ってはじめての体育でおどろいた。体育館を出るとき、バスケットボールがひとつ、すみに転がっているのに気づいた。ほかの生徒たちは更衣室に向かっている。だれも見ていない。つばさは気まぐれに、ずいぶん遠い場所から籠に向かって投げた。スポンと入った。「エッ」と自分に叫んだ。もういちど投げた。またスポンと入った。左右の視力が極端にちがうため、眼鏡ではどうしてもつかむことができなかった距離感。コンタクトレンズなら問題ない。

その日の放課後、タイミングよくパドルテニス部から入部を勧誘された。創設されたばかりの同好会扱いの部だった。パドルテニスがさかんなアメリカ西海岸の都市からの帰国子女である男子生徒が、連城剣一主演のTVドラマが好評だったのをチャンスと、学校に申請したところ、まずは同好会として試験的に許可されたのである。

勧誘されたのがバスケットボール部やサッカー部だったら、つばさは即座に断っただろう。いかに部活の盛んな高校ではないとしても、メジャー競技の部活は、高校以前からそれなりにその競技をしてきた生徒が入部するに決まっている。

（それに、上のやつらが下を顎で使うのが風習の運動部はごめんだ）

そう思っていた。だが、創設したばかりの、同好会扱いの、マイナー競技の運動部というのは、穴場ではないか。

（この部なら毎日遅くまで練習もないだろうから塾にも通いやすいし、先輩のシゴキもなく、なのにいちおう運動部だから、内申点も高くなるんじゃ……）

と目端（めはし）を利かせた。

加えて、兄を負かしたいという無意識の思いが、弟であるつばさにはあったかもしれない。兄はスポーツが得意ではない。

「ま、がんばらないでがんばれよ」

つばさは高校の後輩たちを励ました。

横浜教育大学附属高校、通称、教育大附属は横浜市青葉区にある。もとはここに大学と大学院があったのだが、沿線の開発が進むと、敷地の半分を売却し、残ったところに附属高校をおき、大学と院は瀬谷区に移転した。

生徒全員が東大を目指すのがデフォルトのような進学高校が、公立私立ともに首都圏にはあるが、その中でも教育大附属はトップ中のトップだ。

そんな高校での同好会扱いのパドルテニス部は、つばさの目端どおりの居心地だったし、入試に備えて、活動は実質的に高2の10月までだった。ぎちぎちの体育会系とはちがう部活は、つばさにスポーツの純然たるたのしみを知らしめた。身体を動かすことでかえって頭の切り換えがスムーズになり、受験テクニックがおもしろいように体得でき、兄を追いかけるように東京大学に合格したのだった。

兄は東大理Ⅲの次に難関の文Ⅰ（法学部）だったが、弟は理Ⅰ（工学部）を狙った。その目端は鼠花火のようだ。理Ⅰの数学は、他の理系学部とは若干傾向がちがう。スタンダードな問題を速く、ミスなく解くことが求められる傾向が強い。つばさが最も得意とする。

これも次男の要領のよさかもしれない。高校のパドルテニス部を創設し、つばさを勧誘した同級生は文Ⅲ（教育・文学部）に入った。彼も次男で、彼も兄が先に東大に進んでいる。兄の影響でパドルテニスをやるようになり、兄が東大でパドルテニス部をつくった要領を真似て、彼も高校側に申請したのである。つばさは東大でも、同級生の兄が創設した教育大附属の同級生とともに、つばさは東大でも、同級生の兄が創設したパドルテニス部に入った。

＊

「今日の試合はライブで配信されるからな」

高校生のチームやペアだけの大会が開かれるにあたり、ゲストに連城剣一を呼ぶことを思いついたのはつばさで、文Ⅲの兄弟とつばさの3人で、インターネット動画配信専門の会社、スマイル動画に企画を持ち込んだ。

企画はあっさり実現した。東大のブランド力を3人は感じた。大学デビューは、高校デビューより、いっそうつばさに自信を与えた。

「みんな目立つプレイをして、顔をアップで撮ってもらって、第二の連城剣一になってくれよ」

つばさの冗談に、箸がころんでもおかしい高校生の後輩選手たちと女子マネは声をあげて笑う。

「ウチの女子たちも見学に来させてますから」

「写真部の女子たちだから、写真バシバシ撮らせますからねー」

浅倉と南の女子マネは、選手たちにスポーツドリンクを配る。「ウチの女子」とは、藤尾高校の女子生徒のことである。

教育大附属高校パドルテニス部の女子マネを、藤尾高校の女子がしているのは、創設時には教育大附属高校内に応じる女子生徒がいなかったからだ。

藤尾高校もまずまずの進学校だが、教育大附属ほどではない。同校に通う生徒にとり、高校は大学までのたんなる通過点でしかない。かたや藤尾高校は、高校生活をフルにエンジョイする校風だ。受験システムの点だけで言えば、この校風が災いし、中学卒業時には偏差値の高かった生徒が、大学受験時には偏差値がガタ落ちする結果となっているのだが。

教育大附属と藤尾高校はわりに近いところにあったので、女子マネを募ったところ希望者がいた。以来、慣習的に藤尾高校の女子がこの係についている。

区立中学時代につばさと同級だった女子のつてで募ったのだが、募ってくれた彼女自身は都立高校に進んだ。爺ィの写真を撮ってほしいと頼みにきた女子。名前は山岸遥。ただし、爺ィの写真が欲しかったのはもう一人のほうで、遥はつきそって、つばさに頼みにきたていどだった。

広尾原住宅に住むつばさと、都営広尾アパートに住む遥は、高校では別々になったとはいえ、駅や商店街で、ちょくちょく出会う。女子マネの件も、たまたま会ったので、とくに依頼しようと思ったわけでもなくしゃべった。

「女子マネーぇ？」と遥は素っ頓狂に語尾を上げた。「女子マネねぇ、へぇ。ヘンなの」と言った。なにがヘンかと問うと「だってー……だってー、ヘンじゃない？　女子マネって。だってー」と、「だってー」をくりかえした。

「いや、マネージャーはヘンじゃないよ。病気とか事故とかで、その競技ができない子や続けられなくなった子が、チームのマネージメントという形で、そのスポーツに関わりたい、関わり続けたいと思ってマネージャーするのはわかるよ。でもさ、そうじゃなくてさ、女子マネってヘンじゃない？　なんかヘンじゃん。マネージャーじゃないんだよ。マネージャーの女子でもないんだよ。女子マネなんだよね。女子マネ。ヘンじゃん？　男子マネいないのに女子マネだって」とぐにゃぐにゃ肩をゆすった。なにがヘンなのかつばさにはわからなかったが、聞き流しておいた。

「まだ同好会扱いしか、してもらえてないから、女子マネくらいおいてサマになるようにしないとさ」とつばさが言うと、「ふーん」と遥は、ビートたけしのように顔をよせた肩をぐるりと回して、「教育大附属なら、近くに藤尾があるじゃない。藤尾なら生徒数がベラ多いから募集したら？　なかには物好きな子もいるんじゃないの。ネットで知り合った子が藤尾にいるから聞いたげようか」と言うから頼んだのだった。

　距離的に近いといっても他校から同好会扱いの部の女子マネをするのだから、週２日にかぎるという条件で二校間で許可が出た。それが慣習となって現在に至っている。週

2だけの女子マネだから、することもかぎられる。部のハウスキーパーというよりはマスコットに近い。なものだから、浅倉ちゃんと南ちゃんなのである。

「竹内先輩もどうぞ」

三代目の浅倉ちゃんから紙カップを、四代目の南ちゃんから冷たい麦茶をもらったつばさは、飲んでからワゴン車を出た。

＊＊＊

夏休みに入ってすぐ、美咲は仲のよい3人とともに、夢の島体育館に行った。パドルテニスというものを見るのは、はじめてのことだった。それなりにおもしろかった。こまかなルールについては措いて、スポーン、スパーンというボールを強く打つときの音が小気味よかった。

藤尾高校の同級生二人が女子マネをしている教育大附属の選手を応援した。全員が二回戦か三回戦くらいで敗退したが、みんなで応援するということがたのしかった。

親睦会は、体育館のエントランスあたりで、帰る時間が同じころになった学校の選手たちが、挨拶を交わし合うていどのものだった。だれかと話らしい話をすることもなく、美咲たちはすぐに浅草に向かった。

地下鉄浅草駅のそばにあるラーメン屋で、みんなでキムチラーメンを注文したところ、舌がヒリヒリするほど辛いにもかかわらず、甘さひかえめの梅ジュースと合わせると、

「なんかこれ、クセになるようなおいしさがない？」とマユが言うとおりの味で、「ひー、ひー」と騒ぎながら食べたのがおいしかった。

親睦会は、三つの名前だけが印象に残ったのみ。

浅倉。南。須田秀。

浅倉と南。藤尾高校の女子マネコンビが、教育大附属パドルテニス部員から、そう呼ばれていたこと。

須田秀は試合に出たわけではなく、「すだしゅう」という名前が「スマッシュ」と聞こえるからという理由で応援に来ていた。このていどの、親睦ともいえない会だった。

「ねえ、あの女子マネコンビは、なんで浅倉と南って呼ばれてるの？」

カエちゃんはイノッチに訊き、

「さあ、なんで？」

イノッチはマユに訊いたが、

「あっあっ、このラーメン、まじ辛っ。熱っ。うん、南ちゃんとか、なんかそんなアニメあったね、あっあっ、聞いたことあるー」

マユがラーメンが辛い熱いと騒いだので、質問は霧散した。みな目のまわりが汗で濡れている。

「全員、すごい顔になってるね」

美咲も洟をかんだ。みなで大笑いして、浅倉と南も、須田秀も、どこかへ行った。

美咲の家も、美咲が仲良くしているみなの家も、バタバタした家なのである。マユの両親のようなトラブルがあったとしても、バタバタと流れ、バタバタとおさまっているような。そんな幸福な家。幸福な家に住む者は、なにかに深くとどまらない。流れる日常が幸いに満ちているのだから。

「家庭的」という形容は、戦後より長く、女性に用いるほめ言葉として使われてきた。もし、この形容が「家にいるのが居心地がよい」「家族といるとリラックスできる」という意味でもあるなら、美咲は実に家庭的であった。

3

9月半ばの祝日に、美咲は手紙を受け取った。

「おう、美咲、手紙が来てるぞ」

祖母と店番を交替した祖父が、襖(ふすま)を開けて封筒をさしだしてきたのである。

敬老の日だというので祖父母の家に集まったが、祝日でも、年中無休のスノークリーニングあざみ野店は営業中だ。「お祖父(じい)ちゃんは町内会の副会長になったもんで、それを口実に店を手伝ってくれやしない」と祖母が言うように、祖父はちょっと店番をしただけで、食卓に盛られたデラウェアに手をのばしている。

「手紙? 私に?」

「藤尾高校2年12組　神立美咲様、と書いてある」

「なんでお祖父ちゃんの家に来たの？」

「こっちが訊きたいわ。ほら、これだ」

渡された封筒の裏を美咲は見る。須田秀、とある。それだけなら、誰だったかわからなかったろう。〈すだしゅう〉と読み仮名がふってあったのでわかった。

（ああ、夢の島体育館で会った人）

試合後に参加校の選手や応援者でざわざわと立ち話をしたが、彼と美咲は直接しゃべったわけではない。浅倉と南の女子マネコンビが彼としゃべっているのを、そばで聞いていただけだ。「おれ、須田秀っていうんだけど、〈すだしゅう〉って、スマッシュって聞こえて勝運ありそうだって無理やり応援に引っ張ってこられた」と言っていたのがおかしかったので、名前をおぼえていた。

「知ってる人か？」

「ちょっとだけ。でもなんで、お祖父ちゃんのとこに……」

封を開けた。冒頭に、

《すみません。SMSもメアドもわからなかったので、スノークリーニングあざみ野店、で検索して、住所を調べました。神立美咲さんに届くかどうか乾坤一擲で、手紙を書きました。》

とある。そういえば立ち話のおり、部員のユニフォームを洗濯しているという話を女子ママネコンビが美咲にしたので、意味のない冗談で「うちのお祖母ちゃんとこスノークリーニングあざみ野店だよ」と返した。

「藤尾高校の人なのか?」

「ううん。日大附属鳩ヶ丘高校」

「そりゃ、すごい。優等生なんだな」

祖父は「鳩ヶ丘」の部分を聞いていなかった。「日大」の部分も。「ふぞく」の部分だけを聞いて「すごい。優等生なんだな」と言っている。

「あの美人のお母さんの娘さんが行った学校だろ」

祖父は日本大学の女子部が日本女子大だと思っている。

祖父母の家は、美咲の家より明日香ちゃんの家に近い。明日香ちゃんのママが「つまらぬものですが」と持って来てくれる物は祖母がハイカラだと感心する物で、それを持って来る明日香ちゃんのママは、祖父が美人だと感心する女性である。

だが祖父は、明日香ちゃんのママの顔をとくにおぼえていない。中肉中背で、髪がふわりと長く、コンサバティブな服装をしてピンク系の口紅をつけていれば全員、美人なのである。玄関先や近所でなく、たとえばもし建設現場で作業服を着た明日香ちゃんのママと会ったとしても、祖父はまったくだれかわからないだろう。

美咲とて同様だ。明日香ちゃんは「ふぞく」で、明日香ちゃんのママは「女子大のふつぶんか卒」。どこの女子大なのか知らない。祖父母も父母も知らない。気にしたこともない。「どうせ明日香ちゃんとはちがう」と美咲は小学生のころに思い、いまでも思うが、明日香ちゃんたちは、対抗したり羨んだりするような対象ではないのである。美咲の「どうせ」というのは、自分が関わっていくことのないものをながめる感情に近いのかもしれない。小野小町、オードリー・ヘプバーン、佳子さま、等々。そんな存在。「どうせ」自分が接触することのない人。

祖父の須田秀に対する「すごい。優等生なんだな」という発言と、美咲の「どうせ明日香ちゃんとはちがう」は、よって同じである。鳩ヶ丘だろうが日本女子だろうがどうでもよい。「ふぞく」というサウンドが、小野小町でオードリー・ヘプバーンで佳子内親王なのだ。

美咲の家も、美咲の祖父母の家も、善き家であった。善き家は、バタバタと日常を暮してゆくのである。

美咲は居間を出て、スノークリーニングの、仕上がった衣服がずらりと吊られた下で手紙を読んだ。

「どしたの?」

店カウンターから祖母がふりかえる。

「ううん、べつに」

美咲は便箋の折り目をのばす。

《夢の島体育館のパドルテニスの試合後に会ったヤツです。立ち話だったから、もう忘れたかもしれません。

こちらのほうは、ぜひ、お伝えしたいことがあるのです。冒頭のとおり、連絡方法がわからなかったので、手紙を出しました。

もしおぼえていて、暇だったら、メールをください。こちらのメアドは××××です。》

もし手紙を受け取ったのが、文学少女の類であれば、須田秀が「伝えたいこと」と言っているのは、彼の恋情なのではないかと、そこはかとなく予感したかもしれない。しかし美咲は、バタバタと日常が流れていくような善き家に生まれ、暮す女子高校生だった。

（次のパドルテニスの試合の応援を頼まれるのかな）

凝った便箋ではなく、コクヨの事務用箋だ。美咲は思った。

（すごーい。じょうずー）

伝えたいことどうのより、美咲は秀の文字に感心した。

Wordで打ったものをプリントしたのではない。肉筆だ。しかも万年筆書き。ペン字を習いませんかという広告に書かれてあるような、きれいな筆蹟。

小学校高学年のある日、明日香ちゃんから礼状を受け取った。100円ショップで買っただけのような誕生日プレゼントだったのに、《便利なものをありがとう。誕生日をおぼえていてくれたことだけでもうれしいのに、プレゼントまでくれて、ありがとうございます》と書いてあった。サンリオのかわいい便箋ではなく、和紙の便箋に、タテ書きで書いてあり、父母といっしょに感心したことを思い出した。

秀は「乾坤一擲」という、美咲の知らない、読めない四字熟語も書いていた。それにも感心した。

「さすがは〝ふぞく〟」

美咲は便箋に記されていたメールアドレスを、去年からようやく持たせてもらえるようになった自分のケータイに打ち込み、秀に送信した。

「自分専用の電話を持つのは、長期休暇にアルバイトができる大学生になってから。バイト代をもらってみて、通信費がいかに高いか実感できるようになってからにしなさい」と父母からきつく言われ、美咲も了解していた。しかし公衆電話が激減してしまい、父親が考えを変えた。「家族で使うと安くなるプランで、簡単な機能しかついていないやつならいいんじゃないか」と。

二つ折りの、単純なデザインのガラケーに秀からの返信はすぐに来た。

【手紙なんて大げさに送ってごめんなさい。試合後にしゃべってたとき、2年12組だとかスノークリーニングだとか言ってたのをおぼえてただけで、連絡先はわからなくて、っていうか、連絡先教えろなんてあんなシチュエーションで言えなくて】

【donmin】

don't mindと打とうとしたが、記号やスペルをうまく打てないまま送信してしまった。

【試合のあった日、名前、よくおぼえてたから】

【まじ?】

【うん、おぼえてたよ。スマッシュさん】

【そっかー。よかったー。あの日、朝の6時に同級生から電話かかってきて、むりやり応援に行かされたの】

【うん。中2のときからパドルテニスやってるって人でしょ? で、伝えたいことっていうのは?】

【えーと、難解】

【難解?】

【難しいっていうかかかかかかか】

なぜこんなに「か」がたくさん打ってあるんだろうと美咲は首をかしげ、

【?】

1文字だけ返信した。

【あの日、あそこで立ち話して、なぜかきみだけインショウに残っています。前に出ようとしないというか、ほかのコたちに隠れてるというか】

【暗かった?】

【ぜんぜん。そうじゃなくて、控えめで、かえって光ってた。よかったら、あらためて、会ってもらえませんか？　会って、イヤだったら、もう会わなくてよいし、ムリジイしません】

文面を見て、美咲はうれしかった。

4年後、美咲は自問することになる。「きみに会いたいと申し出られてうれしいと感じるのは思い上がりなのだろうか。勘違いなのだろうか」と。覆面をした群衆からの非難の礫を前に。

だが4年後を知るよしもない、女子高校生のこの日は、異性から、こんなふうに言われてすなおにうれしかった。

二人は溝の口駅で待ち合わせた。京王電鉄沿線に住む須田秀が、美咲が出やすい駅まで来てくれた。

「あー、よかった。ほんとに来てくれて」

秀は笑った。

（きれいな歯……）

1学年上の須田秀の額には小さなにきびがポツポツとできていた。顔の輪郭の丸みと相まって愛嬌がある。平均的な身長だが、顔が小さいので実寸より高く見える。逆三角形のひきしまった体つき。パドルテニスではなくバスケットボール部だったと、これは夢の島体育館で（女子マネコンビにしゃべっているのを）聞いていた。

「部活はもうやめたんだよ。3年だから2学期になるとやめるんだ。神立さんは部活やってるの？」

「写真部」

「えっ、そうなんだ。うち、写真館なんだよ」

「ほんと？」

「まあ、元写真館かな。いまどきみんなデジタルでしょ。祖父ちゃんの代までは写真館やってたんだ」

秀はケータイを開いて写真を見せてくれた。蔦のからまる壁、ショーウインドー、『須田寫眞館』と旧字で書かれた看板。秀の自宅は、古いがロマンチックな外観だった。

「お祖父ちゃんお祖母ちゃんといっしょに住んでるの？」

「この写真のところをちょっと改装して住んでる。庭をはさんで奥に、おれと兄貴と親とで住んでる。こっち」

ベランダ。お母さんなのかサロペットのエプロンをしたうしろ姿の女性が犬をなでている。そんな写真も見せてくれた。

「須田さんとこ、犬飼ってるんだ。プードルだね。うちもプードルだよ。あ、うちって、お祖母ちゃんちだけど」

「うん、スノークリーニングの」

「そう。ソラっていう犬」

「えっ、ソラ？　うちもだよ」

「お祖父ちゃんお祖母ちゃんがそばに住んでいるとか、プードル飼ってるとか、名前もソラとか、なんか、おれら似てるね」

「ほんとー？」

「ほんとだねー」

二人は歓声を上げた。夢の島体育館での試合の応援に送ったよりもずっと大きな。「似ている」。このひとことは好意の換言である。もとい、好意が、相手を自分に「似ている」と思わせるのである。

祖父母宅がスープの冷めない距離にある家は数多ある。人気犬種のプードルを飼っている家も。ソラも近年、大人気の犬の名前だ。どれもめずらしくない。しかし、好意を抱きあった男子高校生と女子高校生には、声をあげるほどめずらしい偶然に感じられるのである。互いを「似ている」と思うのである。

「写真部っていうと、神立さんは、一眼レフとかのカメラ持ってたりするの？」

「ううん。デジカメだよ。部に共用のがふたつあって、それを使って、顧問の先生が、どんな構図にすると見栄えがよくなるかとか、光のかげんとかを教えてくれるの。じみ～な写真ばかり撮ってる」

「『日本カメラ』に応募してたような先生？」

写真マニアのための雑誌名が秀の口から出る。元寫眞館主の孫息子は大学では写真学科を希望していた。

「そうそう。コンテストみたいなのに一回採用されて、それを自慢してる」

「それ、いいよね。いいよ」

「そう?」

「いいよ。そういう先生に、写真を撮るときの、じみ〜なこと習うの、おれ、いいと思う」

「そっかあ。じみ〜なことは大事なんだね」

「大事だよ。すごく」

「ソラ」が犬の名として流行り出したころから、溝の口駅前は商業ビルが増えてにぎやかになった。にぎやかな駅前で、二人は、とくに何を話したわけでもなく、2時間ほどで別れた。

(たのしかったー)

美咲は帰りの東急電鉄の車内で思った。

こうして美咲と秀は、よく会うようになった。

秀は美咲を呼ぶとき、「神立さん」から「サキちゃん」に変わった。しかし、「サキ」には変わらなかった。

大勢で会うことが大半だったのだ。秀の日大附属高校の同級生。美咲の藤尾高校の同級生。その時々の都合の合う者もいっしょに会うという交際だった。

わいわいと投げるボウリング。だれかの家の応接間での、その家の両親をまじえてのレンタルＤＶＤ映画鑑賞会。参加者の兄弟姉妹をまじえてのハイキング。パドルテニス部の女子マネコンビがまじることもあった。

唯一、「こどもの国」へピクニックに行ったときが二人きりだった。美咲が作ったサンドイッチを、おいしいおいしいと、秀はたくさん食べてくれた。

彼は彼女より1学年上だが、成績にも素行にも問題なく、日大の中でも人気学部である藝術学部への推薦入学が早くから確定している。

韓国のアイドルスターのような容貌なわけでもなく、有名なブランドの服を着ているわけでもなかったが、いつもこざっぱりと清潔感のあるいでたちをしている秀。

みんなで遊びに行くとき、そこかしこに祖父母や、教師や、年配の人間への尊敬のことばがまじる。滲(にじ)み出るように。けっしてかたくるしい性格ではなかったが、彼は清潔でまじめな男子高校生だった。

グループ交際。一時代前の言い方だが、世間から眉を顰(ひそ)められることのない、健全な交際を、美咲と秀はおこなっていた。

美咲は秀が好きだった。秀も「サキちゃんの、そういうとこ、すごく好きだなー」と、ことあるたびに言ってくれた。

「第一志望を日藝にします」と、美咲は2学期の終業式前の進路面談で担任につたえた。「サキちゃんも日藝においでよ。おれ、待ってるから」と秀から言われたからだ。冬休みが終わるころにキスをした。清純派アイドル主演の恋愛映画に出てくるような淡いキスだった。

＊＊＊

9月半ばの祝日に、大学1年のつばさは手紙を受け取った。

東大パドルテニス部は、つばさが入学した年から駒場構内のキャンパスプラザという建物内に部室がもらえた。新興の同好会なので他の新興同好会と相部屋だが。ここに行くと、

「竹内さん、手紙ですよぉ」

女子マネの浅倉から渡されたのである。

教育大附属パドルテニス部でいっしょだった同級生とつばさは、東大パドルテニス部でも、女子マネを「浅倉」「南」と呼んでいる。女子マネは、東大駒場と隣接するヤマモト女子学園大の学生だ。

「浅倉ちゃんの家に来たの？　郵便で？」

「いやだァ、まさかァ。郵便の手紙なんか書く人、今、いますぅ？　知り合いのコからですぅ」

浅倉は口をとがらせ、封筒をさしだした。つばさは裏を見た。

「名前ないじゃん」

「中に書いてあるんじゃないですか？　同じヤマモト学園だけど、とくべつ仲良しっていうわけじゃない子から頼まれたんですよ。しかも、その子じゃなくて、その子の知り合いだって子からだそうです」

封筒は厚みがあった。内容は見当がついた。浅倉の言うとおり、中に書いてあるのだろうと思い、いったん鞄に入れ、開封することなくそのまま家に持ち帰った。

「郵便の手紙など書く人は今いない」と浅倉が言ったように、1993年生まれのつばさは、手紙を書くことはまずない。周囲にも書く者はまずいない。

だが、受け取ることは、今日のようにたまにある。たいてい淡い色の小さめの封筒で、便箋も淡い色だ。メールやＬＩＮＥではなく、手紙を送ることで、他より目立とうとする女子がたまにいるのだ。

そういう手紙にはいつも、だいたい同じようなことが書かれている。

十一日前、ありがとうございました。

十六日前、マクドの薄いコーヒーの代金、出してくださって、ありがとうございました。

十一日もたってから、お礼を言うなんて、ヘンですけど、あらためて。

あらためてお礼を言いたいんです。あなたに。

電信柱ってあるじゃないですか。あれ、見上げたことありますか？　いっぱいセンがつながってる。じーっと見てると不安になりませんか？　私は不安になるので、これから、電信柱を見たら、竹内さんのことを思い出すことにしました。

†

†

つばさの、つ、は、罪の、つ。

つばさの、ば、は、言葉の、ば。

つばさの、さ、は、サレオスのサ！　サ！　サ！


これらの手紙の差出人はそれぞれちがう。

それぞれ言い方もちがう。

だが、言っていることはみな同じだ。「あなたが好きです。わたしのことも好きになってください」だ。メールやLINEなら、こういう告白はもっとくる。

この戦法の告白を、はじめて受け取ったときはつばさも、「なんだ？」「どういう意味だ？」ととまどった。

「はじめて」は、高2のときだった。場所は有栖川宮公園だ。

＊

同中(オナチュウ)の山岸遥と出会った。都立高校に進んだ遥は、同級女子と公園を散歩していた。「クラスメイトの××ちゃん」と愛称で紹介され、一言二言立ち話をしただけで別れた。「××ちゃん」がなんという名前だったか、メールアドレスは交換したものの、二人と別れたとたん忘れた。印象が薄かった。

つばさは中学時代から、自分では気づかぬところで、遥という人間が気になっていた。遥という女子がではない。異性として気になるかんしょくではないのだ。

遥は、すこしへんな顔をしている。およそどの中学校でも（おそらく世界中の中学校で）、男子は女子に隠れて「イイのはだれかを選ぶ投票」を密かにおこなう。それは情け容赦のない残酷な判定である。数学テストでいうなら部分点はいっさい与えない。ひたすら外見だけの判定だ。

秘密裏におこなえたと男子は思っているが、実は女子は知っている。男女共学と別学の最たる差は、「よそいき」のシーンではない、ごくごく日常で、この残酷に晒(さら)されるか否か、この残酷を肌で知るか否かである。

残酷な投票で、遥は一位や二位になる女子ではなかった。五位にも十位にも入らない。ところが必ず選択肢に名前が挙がる。不細工というのではない。遥にマルをつけると、マルをつけているところをだれかが見ているわけでもないのに、罪悪感がおこるような顔つきとでもいえばよいか。「でも、あいつはマルつけにくくてさあ」と同級男子がぽろりと洩らすような、へんな顔をしている。

つばさには、遥のことを気にしている自覚はない。一位でも二位でもない女子を自分が気にするのは業腹であり、自分の裡の、得にならない感情を見ない技術を、彼はわりに幼いころから体得していた。さすがは東大に合格するだけのことはある器用さだ。

有栖川宮公園で会った遥は、つばさに「見ちがえたよー」と言った。スポーツ習慣のできたつばさは、体脂肪が減り、筋肉が増えた。遥はそれを指摘したのである。身体に対する客観的な感想だったのだが、つばさは、彼女が主観的な感想を自分に言ってきたと思い、満足した。その満足は、意外なほど大きかった。そのためか、いっしょにいた遥の都立高校のクラスメイト女子の印象はほとんどなかった。

だが、そのクラスメイト女子からメールが来た。それも三か月ほどもたってから。

あかしやの金と赤とがちるぞえな。
かはたれの秋のひかりにちるぞえな。
薄着のねるのわがうれひ。
さて問題でーす。抜けている部分に入れることばを選べ。

「なんだ?」「どういう意味だ?」「抜けている部分ってどこだ?」と、つばさは思った。

すぐに遥に電話をかけた。「山岸のクラスメイトの子からのメールが来たんだけど、あれはなんなわけ?」と。意味を解明したいというより、遥に電話できる理由を得たうれしさには目を向けずに。そんなうれしさに自分で気づかずにいられるセンスの持ち主でなければ教育大附属高校には受からない。遥から「有栖川宮公園でまた会おうよ」と言われ、都合のよい日時に待ち合わせた。するとまた、当のクラスメイト女子がいた。

「前に会ったとき、竹内さんは木洩れ日を受けていて……、それで、北原白秋の詩を……」とクラスメイト女子が言うと、「こないだ会ったとき、天気よかったじゃん? 竹内くんは大きな木の下にいたから、いいぐあいに木洩れ日が顔に当たって、かんじよかったんだって」と遥が言いなおし(訳し?)、「あの詩のタイトル、わかりますか……」とクラスメイト女子が言うから、「検索したらすぐわかるんじゃないの?」とつばさが言うと、遥が「検索するって話じゃないんだよ。あれは北原白秋の『片恋』という題の詩なんだよ」と説明(訳?)した。この調子で、遥は外タレの来日時の通訳者よろしく、クラスメイト女子のふしぎな発言を、ふしぎ度を4割減にしてヒントを出すのである。

2月だった。寒くて、つばさは尿意をおぼえた。「ちょっとトイレに行く」と公園のトイレのほうへ歩きかけると、遥も「私もー」と言い、トイレから出てきたところで、「だからね、竹内くん。彼女はね、竹内くんにつきあってほしい、と言ってるんだよ」と10割減で訳してくれた。

「大学受験が終わるまではそういうことはノータッチでいたほうが、あの彼女にとってもおれにとっても正解だと思う。そう言っといて」と、つばさはそのまま公園から出て家に帰った。遥に言ったことは本心だった。「つきあう」などということに時間をとられていたら東大には受からない。

高校生のころはこんなだったつばさが童貞を捨てたのは東大生になってからだ。簡単だった。東大理Iの男子という立場を得れば、すぐに足元に2枚の女子カードがならぶ。それらのカードから、初めの練習に適したカードをひけばよい。1枚ひいた。すると次には、ならぶカードの数が2枚増え、また1枚選ぶと、次にはカードは3枚増える。女慣れすればカードが増える。この法則は東大とは関係なく、古今東西にあてはまる。

＊

部室で今日受け取った封筒を、つばさは雑に手で開封した。

№1、№2……№5まで肉筆で、便箋の端にノンブルが打たれているが白紙である。6枚目に、電話番号とメールアドレスだけが書いてあった。

名前はない。番号を入れてみると「女子マネ・南」と、iPhoneがアドレス帳を検索してきた。

思わせぶりの手紙を、つばさは本棚のはしっこに置いた。似たような手紙が置いてある上に。

こうした類の申し出は、同じく東大に通う兄にも、まれに来ているようだ。郵送されてくる物だけの比較ならつばさのほうがずっと多い。

兄は中高と男子校である。同性ばかりの場所で勉強しつづけ、東大文Ⅰに入ってからも司法試験をめざして勉強している。小学校教師を1年余しかつとめられなかった母親の感傷的で余計なアドバイスを何ら反抗することなく聞き入れて教職課程までとっている。純然たる科目としておもしろいと言っているが、運動音痴なうえに生来がくそまじめだから、勉強以外にする行動が思い浮かばないように、弟には映る。兄は母親に似て、ぽっちゃり気味の体型で、背も低い。

（それに、臭いからな、あれはなァ）

腋臭（わきが）がある。

（あれじゃあ、女の子にはあんまりエンができないだろうな）

風呂に入ろうとして、つばさが椅子から立ち上がったとき、電話が鳴った。「女子マネ・南」と画面に出たが、女子マネはみな浅倉と南なので、そのうちのだれなのかわからない。わからなくてもかまわない。とりあえず、浅倉ではないほうの女子マネだとわかればよい。

『ああ南ちゃん、ども』

『すみません……手紙なんか出して……』

（そうか、白紙の手紙をくれた子か）

『電話するの、今でよかったんですよね、部室で訊いたとき……』

(そうだっけ……、あ、そういや、先週、訊かれた。思い出した。電話したいけどいつがいいかって訊いてきた、ああ、あの子か)

『うん、いいよ』

(あれ、でも、この子は、そのとき女子マネやめるって言ってたような……)

『すみません、ヘンなことして。わたし、女子マネ、やめたのは悩むことがあって……』

(やめた? すでにやめたのか。じゃ、また新しい子が来るのかな)

『それで、相談に乗ってもらえないかと思って、手紙にはいろいろと気持ちを書こうとしたんですけど……、なにからどう書いていけばいいのかわからなくなって、ああでもないこうでもないと思って……、それであれがいちばん自分の気持ちを表しているかなと思って……』

『うん』

『あ、すみません、それで、あれが自分にできる気持ちの表し方だったので……』

『うん』

相槌を打ちながら、つばさは部屋を動き回る。

(風呂場に置いてあるシャンプー、気に入らないんだよな。昨日、神泉の駅前で配られた試供品使ってみよう)

iPhoneを顎と肩ではさみながら、鞄の中をさぐる。

『わたしはパドルテニスがいやなわけじゃないんですけど、ほかの人とマネージャーをしていくとき、わたしの思う協調性というのと……』

受話器から送られてくる南のことばは、谷川のせせらぎの音のようだ。

(ないな。出したんだっけ。無料配布にしては、よさげなボトルだったんだけどな)

本棚わきのチェストの上で、ごちゃごちゃと散らばったものをたしかめる。

『わたしはマネージャーとしてではなくて、もうすこし自分らしさというものを出せる立場で竹内さんとかかわることができないかと……』

女子マネはやめたが、つばさとはこれからも会いたいというようなことを、南は遠慮がちに話した。

(どこに置いたんだ。おかしいな。昨日のことなのに)

つばさは試供品のシャンプーをどこに置いたかが気になる。

『どう思います？　おかしいかな、こんなこと気にするの』

(あった。こんなとこに置いたんだ)

『もしもし、竹内さん？　電波、おかしい？』

『あ、いや、だいじょうぶだよ』

『よかった。切れたかと思った。で、どうでしょうか？』

『いいんじゃない。これからも、女子マネじゃなくてさ、サポーターとして、試合のときは応援に来てよ。そのうちめしでもいっしょに行こうよ』
『ほんとですか？　よかったー。ありがとうございます』
『御礼を言うのはこっちだよ。これからも応援してね』
じゃあと、つばさは電話を切るなり、風呂場に行った。
試供品のシャンプーは、すばらしく魅力的な香りがする。
（ロクシタンか。よし、これ、買おう）
髪を洗い、すすぐ。元女子マネの手紙も電話も印象も、排水口から流れていった。

＊＊＊

高3を迎える春休みがあけるころ。

昼前に、美咲は溝の口に向かって家を出た。

遠藤歯科医院の角をまがり、駅まで歩を早める。須田秀との約束の時間に遅れないように。

待ち合わせ場所は、はじめて二人で会ったときと同じ、駅前の、立体交差する歩道橋から入るビルの中にある無料のベンチだった。便利なビル内にあるのに、意外に気づきにくい場所にあり、秀をまじえての友人たちと溝の口で待ち合わせるときは、そこを「溝の口駅の穴場」と呼んでいる。

行くと、すでに秀はついていた。

美咲は手をふり、ベンチまで小走りした。美咲の笑顔に笑顔を返すこともなかった。

秀は手をふりかえさなかった。美咲の笑顔に笑顔を返すこともなかった。

「どうしたの？　元気ないね」

「……もうサキちゃんとつきあうことはできない」

秀は言った。

突然である。

「え？」

冗談を言ってるのだと思う。

「なんのこと？」

笑ってみせたくらいだ。

「別れよう」

秀の声は低い。美咲の口角はスローモーションで下がっていった。

「別れる」とか「別れよう」といった男女の会話がまるで不似合いな二人だった。秀と美咲は、古風ともいえるほど健全な交際をしていた。基本的にグループ行動で、二人きりのときも、ままごとのようなデートだった。

年齢に関係なく二通りの女性がいる。一人で吉野家に入れる女性と入れない女性。美咲は後者だ。一人でマクドナルドに入ることはなんとかできても吉野家には入れない女子高校生で、美咲のそんなところが、秀には清純さとして映っていた。二人は些細な諍いもしたことがなかった。

「なんで?」

かすれた声で訊いた。

「それがいいと思うから」

「なんで?」

「サキちゃんが悪いとか、いやになったというんじゃないんだ。いろいろ考えて、別れるのがいいと思うんだ」

「なにをいろいろ考えたの?」

「これからのこと」

美咲に落ち度があったわけではない。自分はもうすぐ大学生になり、高校生とは行動範囲が明らかに違ってくる。自分は附属高校だからほぼエスカレーター式に大学に進めたが、公立高校の美咲はこれから大学入試を迎える。高3にとっては重大なことだから、それに邁進したほうがよい。自分はその邪魔をしたくない。——こんなふうなことを、秀は言った。

「受験勉強中は会わないほうがよい」

電話もメールもいっさいかわさない。でないと自分が美咲を乱してしまう。そう秀は言うのである。

「じゃあ大学生になったら会える? それを目標に、私、勉強がんばるよ?」

美咲は訊く。秀はだまっている。

「また会える？　大学生になったら？」

もういちど訊いた。

長い沈黙のあと、秀は答えた。

「会える」

「よかっ……」

彼の答えに美咲は笑いかけた。

「でも、そのときに今と同じようにつきあえるか約束できないのに、入試がんばれよと、いいかげんに言えない。だから別れよう」

「……」

別れる理由が、美咲にはわからない。

「私は今のままでしあわせなの。シュウくんはしあわせじゃなかったの？」

「しあわせだったよ。たのしかったよ」

「もう、しあわせじゃないの？　たのしくないの？」

だが、秀はもう答えることはなく、うつむくだけだ。

「サキちゃんはなにも悪くない。ぼくが悪いの。だらしないぼくのせいで、これから大事な入試を控えているサキちゃんに悪い影響を与えたくないんだ。ほんとにサキちゃんはなにも悪くないから。自堕落なぼくのことは忘れてほしいんだ」

「意味がわからないよ……」

「ごめん」

秀は美咲の手をにぎり、むりやり握手をし、立ち上がり、ビルの出口のほうに走っていった。

残された美咲の、目の焦点は、コンセントに合っていた。ベンチの向かいの壁の隅のコンセントに。

ずいぶん長いあいだ、美咲は「溝の口駅の穴場」にひとりですわっていた。


遠藤歯科を通りすぎ、家に帰ってくると、母親が冷蔵庫に貼ったメモのとおり、夕飯の下ごしらえをした。

米を4合炊き、とぎ汁を大きなボウルにすこし残し、ほうれん草をさっと茹で、父方の祖母がくれた竹の子の皮を剝いてタテに半分に切り、さっき米のとぎ汁を入れたボウルに水を加えて、竹の子を浸した。

手を洗い、拭いたら、さびしかった。心臓のへんにぎゅうっと重いものをのせられているようだった。

(わからない)

なぜこうなってしまったのか、わからない。ただ、わかることは、秀が「決心していた」ということだった。

(わからないけど、別れようと「決心した」ことを、ちゃんと伝えに来てくれた人に、ストーカーみたいなことをしてはいけない)

ぎゅうっと胸が苦しいが、秀を困らせることはすまいと美咲も「決心」した。逗子市で女性がストーカーに殺された事件があった。この事件のニュースが恐ろしかった美咲は、別れようと言われたら、殺すだの脅すだのは論外のこと、深く理由を訊くようなこともしてはいけないと思っていた。相手の負担になることはよくないことだと思っていた。

階段をかけあがって、祖父母が買ってくれたベッドに、飛び込むように入り、ぎゅっと目を閉じ、AKBの『フライングゲット』を歌った。歌ってから数を数えた。努力して寝た。妹が「お姉ちゃん、ごはん」と起こしに来たが、頭が痛いと言って、寝続けた。

＊＊＊

大学2年を迎える春休みがあけるころ。

つばさは左足の踵(かかと)の骨を折った。

家族共用のプリウスで箱根に一泊した帰りだ。兄が運転していて、山肌に衝突した。さしたる衝突ではない。同乗していた祖父が手の甲にすり傷。祖母と母親は無傷。運転の兄は打撲。車にもさして損傷はなかった。つばさも兄の隣にいて頭をフロントガラスにぽんとぶつけたくらいだった。

だが「危ないからしばらくじっとしていろ」と制めた兄の手をふりほどき、「とりあえず外に出て、車がどうなってるのかたしかめたほうがいいだろ」と言い返してドアから出たところ、足元の側溝に水がたまっているのが目に入り、靴を汚したくない気持ちが働き、おかしな姿勢で跨いでしまい、バランスを崩した。道路脇の小坂を大きく転び、負傷となった。

（人を呪わば穴ふたつ）

爺ィにかけた呪いが自分にブーメランしてきたと、非科学的なことを、つばさはふと思った。

【相手の写真を相手の肉筆で包み、戌亥の方角に埋めて呪詛する】

区立中の期末試験の最終日。匿名掲示板で目にした陰陽道の呪詛。「くっだらね」と思った。叶うわけない。非科学的。だからこそ悪ふざけとして、やった。爺ィに対して。

遥につきそわれてきた女子生徒の頼みで撮った爺ィの写真を、父親の「取調室」でプリントアウトした。爺ィの足をシャープペンシルの先でぶつぶつと刺した。バック転ができるからといつも遥はじめ女子生徒に見せつけるのが癪にさわっていたのだ。

そして公民の教科書の表紙をやぶりとった。つばさのにきび症をからかう「夏みかん」という落書き。爺ィが書いたにちがいないと思い、やぶりとった表紙で写真をくるみ、「戌亥」を父のPCで調べて、その方角に埋めた。

（爺ィは怪我もせず、事故にも遭わず、元気ぴんぴんでニューヨークに行きやがったの

に)

久しぶりに爺ィの、体育の授業中のつばさを見下した顔、見るもの全員がどよめくような回転で鉄棒からおりたときの得意満面を思い出し、むかっと腹がたった。

複雑な骨折ではなかった。若さは回復も早めた。日常生活では何ら問題はないし、プロのパドルテニス・プレイヤーでもないのだから、競技もつづけられる。ただ以前より、微妙に一段階、能力が落ちた。

(くそっ。いやだ)

前にできたことができなくなる。ワンランクダウンしたようで、それがいやだった。

パドルテニス部をやめた。

＊＊＊

藤尾高校の校門の脇には桜の木があるが、ニテイにはない。渡り廊下と校舎が直角をなす、日当たりの悪いところに沈丁花(じんちょうげ)が植わっており、それが1学期が始まった今頃、花を咲かせている。

「あの金木犀(きんもくせい)、いい匂いするね」

高3になった美咲にもたれて、マユがエアタバコをふかす。

「沈丁花だよ」

イノッチが正す。

「え？　匂い、似てない？」

「ちょっとね。花だからね」

「花でも、桜は匂いしないよね」

カエちゃんは、校門で拾ってきた桜の花を鼻に当てて嗅ぐ。V字の形に分かれた小枝の先にソメイヨシノの花がついている。

「ほら、サキ、嗅いでみて。匂いする？」

カエちゃんが腕を伸ばす。美咲の鼻先を桜がくすぐる。

花の話題には意味はない。秀にふられたかたちになった美咲を励ましているのだ。

進路別のクラス分けで、イノッチは私立理系コース3年1組。マユ、カエちゃん、美咲は私立文系コースの3年10組。

「あ……」

マユがエアタバコをやめた。

渡り廊下をパドルテニス部の女子マネコンビが歩いていったからだ。

一人は私立文系クラスで、もう一人は私立理系クラス。うち私文のほうと、秀がつきあっている、濃厚な交際だということを、一昨日、私理が同じクラスになったイノッチにつたえてきたのである。「神立さんてけっこうあっさりしてるんだね。表面的にはだけど」と。「どういう意味？」とイノッチが訊くと、詳細を話した。

夢の島体育館での試合後に知り合った須田秀に、私文マネは「ビビッと来た」のだそうだ。

秀と美咲が親しくなったとは知ったが、彼女たち女子マネコンビを交えて遊びに出かけたりしたので、あくまでも仲のよいグループであって、ステディなカレとカノジョといった仲ではないと思い込んでいた。「思い込んでいた」とは、あくまでも、私文マネの弁だが。

そうするうち、私文マネの家を秀が訪れることになった。私理マネが言うには「須田さんのほうは、神立さんも井上さんも、ほかにも藤尾の生徒が何人か来るホームパーティだと思い込んでいたのよ」とのことだ。

だが家には私文マネ以外には両親もおらず、二人で甘酒を飲んだ。「雛祭りだから出した、ノンアルコールだと思って出した、ってあの子は言ってるけど、たぶん、アルコール入ってるって知ってたと思うよ」と私理マネは、イノッチに言った。

秀は元来がまじめだから、甘酒が初めての酒だったのか、それとも体質的にアルコールに弱いのか、それとも部屋の暖房の温度設定が高かったのか、真赤になり、汗をかいた。

「気持ち悪そうだったからシャワーを貸してあげたんだって。気持ち悪そうな人にシャワーなんか貸す？　ふつう、お水を飲ませるとかするよね。シャワーなんて、しらじらしいとあたしも思うけど、あの子的にはそれが理由なんだよね。そんで、シャワーを浴びて出てきた須田さんの前で、あの子はバスタオルを巻いただけのかっこうで立っていて、いきなり口でアレを銜えたっていうのよ。そんでデキてしまったんだって」と、私理マネは、イノッチの前でちっと舌打ちしたのだそうだ。

女子マネコンビが渡り廊下を去ってゆくと、

「あーあ、素早い女って、ほんとにいるんだなあ。サーッと既成事実作っちゃう女」

イノッチはごろんと芝生に仰臥した。

「たぶん、二人とも須田さんを狙ってたんだよ。だから、あっちが須田さんを攻略したのが、こっちはくやしくて、あたしにチクッてきたんだよ。そう思うな。だって、そんなこと、わざわざあたしにチクッてくるの不自然だもん」

「私も、そう思う」

マユはふたたびエアタバコをふかす。

「須田さんて剽軽だけど、根がまじめじゃない？　私、会っててすごくそんな気がしたよ」

「うん。まじめ」

美咲は小さく頷いた。

「須田さんは元ボーイスカウトだもんね。私もそれ、小学校のとき勧誘されたことあるよ」

マユの言うとおり、小学生のころボーイスカウトに入っていた秀は本当にまじめな男子だった。

「まじめなもんだから既成事実に負けたんだよ。まず、そういうことにしちゃう……って、この場合、須田さんは『しちゃわれた』んだけどさ。それでも、そういうことにしちゃわれると、そういうことになっちゃったってことに須田さんは負けたんだよ。不誠実な男子だったらさあ、そうなっちゃってもセフレとしてキープしといて、サキともつきあいつづけるじゃん。須田さんまじめだったから、それができなくて、サキとは別れるべきだという結論を出したんだよ」

「ある意味、よかったじゃない？　そんなまじめな人と、おつきあいできて。ちょっと短かっただけで、いい初恋だったじゃない？　初恋っていうのは短命なもんなんだしさ」

カエちゃんは美咲に言った。

「そうだよ。ほんとのことを詳しく言ったらサキを傷つけると思って、なにも言わず別れるべきだって決心したんだよ」

「うんうん。やはりオトコはカラダには弱いのであったー」

大の字になっているイノッチは空に向かって大きな声を出した。そしてがばとおきあがり、

「だから、サキ。もう、次、次」

美咲の肩に手をまわした。

＊＊＊

大学2年になったつばさは祥雲寺の駐車場の門を出ようとして、脇の植え込みに目をとめた。

ツツジが春爛漫（らんまん）に咲いている。だが、つばさは花に目をとめたのではない。そこにコンドームが落ちていたのだ。使用済みの、先を縛った。ついいましがた捨てた、干からびた様相ではないというような代物だった。

（なんだよ、これ）

不愉快になる。

（こんなとこに捨てんなよ）

自分の目につくところに、こんなものを捨てられたことが不愉快だ。

祥雲寺の植え込みに使用済みのコンドームを捨てた者の事情と状況はいかなるものであったか。そこに関心は向かない。そんなことに関心を向けないような時間の使い方を、つばさは自分の習性としてきたから東大に合格したのである。

祥雲寺を出たつばさは、胸ポケットからスマホを取り出して見た。そろそろ指定された時刻だ。

近くにあるイタリアンレストランでの夕食に招かれている。家を早く出すぎて時間があまってしまい、祥雲寺に、ふと入ってみたのだった。

ゴールデンウィーク直前の夕食につばさを招いたのは、家庭教師をしていた男子中学生の両親だ。彼らの息子は私立海城高校に受かった。両親は「先生のおかげです」と大喜びし、つばさの住まいから便利なようにと広尾の店を予約してくれた。

元中坊とその両親とつばさ。そんな顔ぶれでの会食は、さして待ち遠しくはない。興味といえば、元中坊のお母さんが、どんな服で来るんだろうかというくらいだ。

(笑えるおばさんだよな)

つばさが家庭教師をし始めてしばらくすると、中学生の母親はものすごくくりの大きく開いた服を着て出迎えたり、口紅を濃く塗って紅茶を持ってきたりするようになった。「どうぞ」とティーカップをつばさのほうに置くときなど、自分の胸がつばさの上腕にふれるようにしてくる。

中学生の母親の、この挙措は、彼女の不安に依るものである。

＊

彼女の夫、すなわち中学生の父親は勤務先の会社に広告をとりにくる会社の、20代後半の女性と懇ろになっている。母親である彼女にとり、最愛の男は息子だけであり、夫にはもはや希薄な関心しかない。だが、夫が会社から得る金銭が一定である以上、それを配分する人数が増えれば、自分が最愛の息子のために使える金額が減る。今の段階ならまださしたることもなさそうだが、この先、もっと夫が20代女にのめりこめば、もっと減る。それは彼女にとってひじょうな不安だった。

自分への配分を、夫に下げさせないために、自分の女力(おんなりょく)を上げなければならないという焦りがおこる。不安に依る焦りが、とりあえず今現在、近距離にいる息子の家庭教師の前で、母親としてではなく、女としてふるまおうとする結果となっている。そうすることで、自分が「まだいけるかどうか」を計ろうとするのである。

このことは、のちにつばさの名がニュースに出、つばさと接点のあった人間として彼女が、週刊誌記者に語るのだが、つばさとは無関係のことだったので記者は記事にせず、当然、つばさは、のちにも、現在も、知るよしもない。

＊

(東大生の俺に、胸をアピールしてるんだ。おばさんのくせに)

と思っている。「すてきなブラウスですね」と服を褒めると、頬を真赤にする彼女は、夫と20代女との関係がもたらしている不安を他人からずばり指摘されたようで、落ち着きをなくして赤くなっているのである。が、つばさはただ、

(おれに気がある。いいトシして)

と思い、プッと噴き出しそうになる。おもしろいので、いつも彼女の洋服が気になるのである。

(あのおばさん、今日はどんな服着てきやがんのかな)

今夜招かれているイタリアンレストランは『アクア　パッツァ』といってかなり高い価格設定の店だ。家から近いから、行ったことがないとは言わないが、ファミリーレストランのようには利用できない。つばさは「身に余るお申し出で、なんとお礼を申し上げたらいいのかわかりません」と、まったく心をこめずに言って、応じていたのだった。

エレベーターでB1を押すと、ドアが開いたすぐ前が店のフロントになっている。

フロントカウンターの前。

数人の客がいた。男2女2。みな背を向けていたが、つばさが着ているような服を着て、彼が持っているような鞄を持っている。

「いらっしゃいませ、こちらさまとごいっしょですか?」

店員も、つばさに訊く。

「いいえ。××さんの名前で予約が入っているはずです」

つばさは、元中坊の両親の苗字を伝える。

「お待ちくださ い……」

予約表をたしかめる店員が頭を下げる。前の客のうちひとりが振り向く。

「あれ」

和久田悟(わくたさとる)だ。東大理Ⅰの学生である。理Ⅰでは知られた学生だ。石川県下トップの進学校、県立金沢鏡丘高校出身で、全国高校生数学コンクールに個人戦で出場して最優秀賞をとっている。実家は資産家で「彼のお父さんとお母さんは金沢文化サロンではよく知られた存在です」とは、遠縁にあたる参議院議員の和久田まさ子がＮＨＫ教育の、高校生と対話する番組にゲスト出演してしゃべっているのを、たまたまチャンネルを回していて、つばさは見た。

「ん？　知ってる人だっけ？」

和久田のほうはつばさを知らなかった。屈託なく訊いてきた。

（どう答えるのが……）

こういう同性にはどう答えるのが、こちらの足元を見られないか、１秒のためらいを生じさせたつばさを、

「竹内くんじゃない」

山岸遥が振り向いた。彼女は東洋大学文学部に進んでいた。

和久田悟と、同じく東大理Ｉの國枝幸児。日大藝術学部の那珂いずみ。連れを紹介された。

「みんなで踊ってきた帰り。ダンスサークルの合同練習があったの」

遥が言ったとき、フロントにいたのとは別の店員が、

「××さまのお連れさま。おまたせいたしました。よろしければ、お席にご案内いたします」

と、出てきたので、

「じゃ」

つばさは遥たちと別れた。

店員について店の奥へ歩いていくと、

「ご友人様のご予約は、1階の『アクア ヴィーノ』のほうだったようでございます」

と言われ、ちらとふりかえると、遥たちがいかにも学生っぽく笑いながらフロントを出ていくのが見えた。

案内された席は店の一番奥だった。

海城高校に受かった息子と、その父親と、つばさから「笑えるおばさん」と思われている母親は、満面の笑みで家庭教師の東大生を迎えた。

息子が第一志望の海城高校に合格したことで目が覚めたというよりは、たまたま合格直前に、20代の浮気相手から「煮え切らない人は嫌いよ」とふられていた夫は、家族を大切にしようという姿勢に変身したので、妻はこの日、母親として満ちたりた幸せに包まれていた。自ずから、女度の高い服より、賢夫人度の高い服を選んだ。

彼女は顎の下までボタンをきっちりとめたスタンドカラーの白いブラウスに道明寺餅のような色の襟なしのスーツを着て、一条の後れ毛もないほど、ワックスかなにかで固めて髪を結い上げていた。息子は真新しい制服、父親はスーツ。

一家は全員、カーボネイテッドのミネラルウォーターを飲んだ。息子は年齢的に、父親は運転のために、母親は、息子・夫の前でよき母親であろうとして。

つばさもミネラルウォーターを飲んだ。よき家庭教師として一家に合わせて。

料理はすばらしかったが、つまらない会食だった。食後に一家を近くの駐車場まで送ってゆき、礼を言うと、つばさは家にはもどらず、またぶらぶらと祥雲寺のほうへ歩き出した。

と、前方から『アクア　ヴィーノ』から出てきたらしい遥たちが歩いてくる。

「あれ、またまた竹内くんじゃない」

遥がつばさに気づいた。野暮な会食だったことを彼女に教えると、

「じゃあ、二軒目、いっしょに行こうよ」

彼らにまじることになった。

ダンスサークルの合同練習が近くであり、ワルツについては他大学の学生とペアを組むことになった。籤で、和久田と遥、國枝といずみの組合せで踊ったことで、みなでくりだしたのだそうだ。

彼らにつばさが加わり、気安そうな店に、店名を確認もせず入った。『アクア　パッツァ』でせっかくのイタリアンを前に酒が飲めなかったのをとりかえすように、つばさは早いピッチで酒を飲んだ。ダンスサークルの面々も飲んだ。ビールだのチューハイだのハイボールだの、しこたま飲んだ。

飲みすぎて、翌日は頭が痛かった。

なにをしゃべったか、よくおぼえていない。くだらないことしかしゃべらなかった。よくおぼえているのは、日藝の那珂いずみ。美人だった。

（なんで東洋大の遥が、日藝の子といっしょにいたんだっけ？　東洋大と日藝と東大のインカレのサークルだったんだっけ？）

遥は中学生のころから、東洋大に行くのだと言っていた。坂口なんとかいう小説家のファンだった。

（でも、たしかみんな、今日初めて会ったんだ、とか言ってたよな……）

細かいことはみんな忘れた。

（まあ、いいや……）

ダンスに興味がないつばさは、これからまた和久田や國枝と校内で会ったところで、会釈をするくらいだろうと思っていた。

パジャマのままキッチンに行く。

ゴールデンウィーク初日で父親はゴルフ、兄は司法試験予備試験のために、その対策予備校の伊藤塾に行っている。

（小太りでチビで腋臭で運動音痴だから、いつもごくろうなこった）

リビングのテーブルに、母親が水性ボールペンで残したメモを見る。

【冷蔵庫に明日葉のロールサンドがあります】

母親は南青山のジムにホットヨガをしにいったらしい。

（ごめんだ。明日葉のサンドイッチなんか。健康によいのかもしれないが、まずい）

頭が痛い。冷蔵庫から、母親がいつも作っておくルイボスティーのポットを出す。大きめのグラスに注いで一気に飲んだ。

（あー、頭、痛ぇ。今日はもう寝る）

つばさは、またベッドに入った。

4

大学1年生の美咲は、学食でヘルシーサラダランチを注文した。ほうれん草とゆで卵のサラダとライ麦パンと無脂肪ミルクののったトレーをテーブルに置いた。

入学手続き後には解放感で減食などどこ吹く風で好きなものを食べる同級生女子が多かったが、美咲は「大学生になった今こそダイエットしよう」と、毎食の摂取カロリーを気にするようになった。

通う大学は水谷女子大である。

総合生活学部・グローバルデザイン学科。

河合塾の女子大学偏差値ランキングでは、偏差値48枠に位置づけされている。

藤尾高校からの女子大進学者は、聖心、実践、共立、大阪樟蔭（しょういん）、安田などの偏差値レベル枠の学校がもっとも多い。関東以外の大学を選択する者はいないに等しいものの、成績上位者には、津田塾、東京女子、日本女子などのレベル枠の女子大に進む者もいる。

美咲は小学生のころから塾というものに行ったことがない。高校生になって、祖母のクリーニング店の隣家の、退職高校教員が自宅で開いている勉強会に週一回ほど行ったくらいだ。そこも夏休み冬休みのあいだは休みだった。

藤尾高校内での「対入試・集中補習」が希望者対象に毎放課後70分おこなわれたので、それには参加したが、公立高校の教諭が時間の合間を縫って回り持ちで補習してくれるのだから、10月から12月のあいだだけだった。

その補習の最終日の12月半ば、大きな声でよく笑う、元気すぎるほど元気だった父方の祖母が大動脈解離で他界した。ショックと法事でなにかとあわただしく受験に臨んだ。

秀との一件がさびしかったので、美咲は第一志望を日藝ではなく、明治学院大学・文学部・芸術学科にした。第二志望が専修大学・文学部・人文・ジャーナリズム学科。第三志望が水谷女子大学・総合生活学部・グローバルデザイン学科。

大学入試を控えた高3でも、弟のゲームの相手になってやったり、妹の服のほつれをまつり縫いしてやったりして、「いちばん上のお姉ちゃんだから」と家事の多くを手伝っているようなバタバタとした善き家庭においては、進学に関しては、「女の子なんだし」という古き悠長な時代の感覚が、平穏に満ちている。

祖父母たちは、明治学院も水谷女子大も、大学というものを偏差値という観点から見たことがなかった。ましてやそれが学部や学科によって大きく異なることなど、知識として皆無だった。美咲本人も、浪人する発想など微塵もなく、水谷女子大への入学手続きをバタバタとすませた。

親族はみな、美咲が水谷女子大の学生になることを心から祝った。とりわけ母親とクリーニング店の祖母はよろこんだ。

もとは明治期の裁縫学校を起源とする水谷女子短大は、規模は小さいものの、昭和の大戦後には「合理的な家政学」のスローガンで話題になった歴史ある学校である。開校時の校舎は、豊島区との境界の文京区にある。

「女の子なんだから、高校を卒業したら、短大くらいに行って、自分の家の近所の幼稚園とか、お父さんの知り合いのやってる会社とかにお勤めして、クリスマスまでに（25歳までに）公務員や大きな会社に勤めるサラリーマンと結婚して寿退職して専業主婦になる」のが、最も祝福される女性の人生だとされた時代があった。ジョン・F・ケネディと池田勇人が、日本はアメリカの、アメリカは日本の、〝パートナー〟だと互いを称したころだ。

戦勝国と敗戦国ではなく、〝パートナー〟。パートナーということばは日本人にフレッシュに響いた。と同時に、兄ジョンの最高のパートナーであった弟ロバート・ケネディと、大学生のときに学生結婚をしていた妻の「わたくしはロバートのパートナーではありません」ということばも響いた。インタビューで「あなたはロバートのパートナーですね」と言われた夫人は「家長はロバートであって、わたくしはあくまでも、家長の輔弼です。わたくしはロバートのパートナーではありません」と記者会見で発言したのである。この発言は戦後の日本に、民主主義時代の良妻賢母の象徴のように響いた。

そんな時代に水谷女子短大は、女子生徒が進む理想的な短大の一つとして、在(あ)った。

過去のことだ。

現在は短大ではない。

水谷女子大学。キャンパスは二カ所に分散した。もとからあった場所と、横浜の郊外に。新しいキャンパスの敷地は広い。だが都心からは離れた。

美咲が選択した総合生活学部にはグローバルデザイン、図書、福祉の三学科があり、キャンパスは相鉄線沿線「三ツ境(みきょう)」駅からバスで数駅目にある。「大学前」というバス停だ。「水谷女子大前」ではなく「大学前」なのは、近くに横浜教育大もあるからである。

通学距離は小中高時代よりずっと遠くなったが、十九二十歳(じゅうくはたち)の年齢にある者には、いかにも大学生になったという気分を与えてくれた。

「ライ麦パンは……えーと」

ネット検索してカロリーを確かめる。

晴れて大学生になったので、モバイルも家族割引の格安スマートフォンに替えた。週に二回の講義の少ない日に、カエちゃんの実家のパン屋さん『グリム』でレジ打ちのバイトをすることにした。

「隣、いい？」

トレーを持った女子学生が声をかけてきた。

「いいよいいよ」

「そんなサッパリしすぎなサラダで足りる？　お昼？」

午前中の一般教養の講義で二人は隣り合わせていた。彼女を見た最初、美咲はマユかと思った。似ているのである。顔よりも雰囲気が。ヘアスタイルはそっくり同じだ。水谷女子大阪のマユだから、水マユだ、と本人にも伝えた。

「足りないけど、ダイエットしようと思って」

「えらい。ところで、美咲ちゃんは、同じ科の子といっぱいLINEしてる？」

水マユはカレーライスを食べている。

「スマホ使いかけたばっかりなので、まだ使いこなせてないから、LINEはしてない。でも、そろそろ梅雨入りだから、しないといけないのかな」

「梅雨とLINEとどんな関係があるの？」

「え、ああ、入学式からだいぶたったから、それなりに知り合いは増えてきて……、LINEをしたほうがいいのかなって……」

「だけど、いっつもつながってるってヤじゃない？　なんでそんなにつながらないとなんないのよって。LINEって、ほんっといや。どうでもいいこと送り合って。あんなウザイもん、ぜったいしない。『ごめんね、コレなんでLINEできません』って言えるから、スマホからガラケーにもどそうかって思ってるくらい」

こんなところが水マユは、藤尾高校のマユと似ている。

「卒業式で、これからも会おうね会おうねって、あんなに泣いたのに、高校時代の友だちとは今では連絡とってない。まあ、私、岐阜県だしね、このへんでずっと暮している美咲ちゃんとはちがうかな」

「え、私、このへんじゃないよ。青葉区だもん」

「このへんだよー。岐阜からしたら」

水マユは東京に出てみたくて水大に入ったという。水大のある横浜市瀬谷（せや）区も、横浜市青葉区も、東京都文京区も、東京都千代田区も、岐阜県恵那（えな）市からしたら、ぜんぶまとめて「広い意味で東京」なのだそうだ。

「同高（オナコウ）の女子は、東京のほうに出るなんてとんでもないってかんじだから、仲よかった子は99%、県内か、出ても隣の県にとどまってる」

地方の年配の世代には、水谷女子といえば由緒ある貞淑教育の家政学校のイメージが俄然強かったので、水谷女子ならと上京を許してもらえたそうだ。

「だから、だんだんメールもしなくなってってる」

「それは、私もそうだよ。高校での仲良しの子たちと会う頻度が下がってってる……」

まずマユと会わなくなった。

ニュージーランドに越したからだ。離婚して弟を連れて出ていったお母さんが日系人と再婚して、継父とともにニュージーランドに住むことになった。「1年くらいは現地の語学学校に通って、それからまた先のことは考える」と言っていた。（いいなあ）と美咲は思った。新大陸にはあらゆる可能性が待っているように見える。

次にはカエちゃんと会わなくなった。

カエちゃんは大学に行かなかった。

お父さんがお正月明けに作業場で倒れた。脳出血だった。お父さんが大好きなカエちゃんはパニックで、入試なんか飛んでしまった。幸い、お父さんの出血は軽度で、処置も適切で手術も首尾よく、無事退院したのだが、以前と同じにパン作りに復帰するにはもうすこし日数がかかるということで、そのままカエちゃんは家業を手伝っていた。

パン屋さんには、カエちゃんより少し年上の男性従業員がいた。野川由美子ファンの伯母ちゃんの、亡くなった旦那さんの従弟の子で、朝から夕方までいっしょにパン屋さんで仕事をしていたら、二人は急速に接近し、結婚し、すぐに出産した。いわゆるデキ婚だ。

妊娠中はつわりのために、出産後は子供で手一杯なために、美咲が『グリム』にバイトに行っても、カエちゃんとは顔を合わさずじまいになっている。

イノッチは私立理系クラスだったので、第一志望が昭和薬科大学、第二志望が駒沢大学医療健康科学部、第三志望が東邦大学の薬学部だったが、東京理科大学理学部第二部に進んだ。ここは夜間である。昼間に勤労するために夜学を選んだのではなかったが、イノッチの家も、美咲の家と似たようにバタバタとした善き家で、本人もガリガリと勉強するタイプではなかったので、あっさり受かったところに進んだ。ただライフサイクルが美咲とは合わなくなり、接触する機会が減ってしまった。

「去る者日々に疎し、だよ」

水マユは言う。

「じゃ、新たに知り合った美咲ちゃんとメアド交換しようか」

「ウザイんじゃなかったの？」

「それはＬＩＮＥ。フツーのメールなら、いいかなと。いや？　いいんだよ、むりに交換しなくても」

「ぜんぜん、いやじゃないよ」

メアドを交換した。交換するなり、さっさと水マユは食器を返却口に持っていった。そんなところも藤尾高校マユに似ていた。

（雨がふりそうだなあ）

窓の外はかなり曇っている。

美咲は受講講義がもうない。本来ならあるのだが教授の都合で、今日は休講だと張り紙が出ていた。

（早く帰ろう）

校門を出てバス停に向かって歩いていると、大粒の雨が頭頂を打ってきた。美咲は走った。バス停には屋根がある。が、雨はすぐに土砂降りになった。

（もう、どうせ濡れるわ）

途中から走る速度を落としてしまった。

「すっげーよ、この雨」

「バス停まで行けばなんとかしのげるぞ」

反対側の道路を鞄を頭にのせて男子大学生らしき二人が走っている。グレーのパーカ。ネイビーのジャケット。

「おい早くしろよ」

グレーパーカとネイビージャケットがふりかえる。

「靴の紐がほどけたー」

もうひとり男子学生が道にしゃがんでいる。結び直すと、立ち上がって走り、みな美咲のいる側に横断歩道を渡ってきた。

バス停の小さな屋根の下で、男子大学生は全員が、美咲のほうを見た。視線がいっせいに一点に集まった。

(えっ、泥でも顔にはねてる?)

美咲はてのひらで、左右の頬をペタペタさわる。そんなことをしても意味がないのだが、反射的に。

「これ、よかったら、これ……」

スウェット地のグレーのパーカが、背負ったリュックを外し、中から adidas の大きなスポーツタオルを出し、美咲にさしだしてくれた。

いる。

「その、えと、隠せるかな……と」

言われて、自分の胸元に気づいた。雨でブラウスが濡れ、インナーが透けてしまっている。

「え？」

『肉体の門』で話題をさらった野川由美子は、今なら、ぽっちゃりめ、といったような味気ない形容をされるだろう。いいなあと思っていた美咲は、Gカップであることを気にして、制服もワンサイズ大きく縫製してもらっていた。私服では身体のラインが表に出ない服をいつも選んでいた。大学生になって制服がなくなり、通学距離も大幅に遠くなり、毎朝、何を着ればいいのやら困る。今日も、祖母が大学入学祝いに東急ストアで買ってくれた、コンサバティブというよりはやぼったい、化織のブラウスに、膝丈のボックスプリーツを無難に着ていた。

ブラウスの下にはユニクロの、ブラジャーと一体型のキャミソールを着ていたから、濡れて透けるといってもキャミソールが透けているのだが、ユニクロの一体型シリーズは、おおまかなサイズ分けなので、ブラウスが濡れてはりつくと、Gカップの乳房は、いかにもたわわにインナーからあふれんばかりに見える。

「やだ……」

「おれのタオルなんか、イヤかもしれないけど、その、やっぱ、そのままだと目の毒なんで、お願いします」

「ありがとう。借りますー」

助かった。美咲がタオルを受け取ると、

「よかったー」

靴紐を結びなおしていた男子学生も、大きな声で言った。

「これで一点に視線釘付けせずにすみます」

ネイビージャケットが笑った。

美咲も笑い、4人で笑った。バスが来るのが見えた。

「水大？」

「はい。みなさんは横浜教育大ですか？」

「うん」

このバス停を使うのは、だいたいが水谷女子大と横浜教育大の学生だ。

「1年？」

「はい」

「同じだ。おれらも」

4人はバス停の小さな屋根の下ではずむようにしゃべりはじめた。

おばさん・おじさんと呼ばれる年齢になれば、こんなシチュエーションでの会話はその場かぎりのことである。ひょんなことでおしゃべりをしたところで、それはいっときだけのこと。気詰まりにならぬための一種の社会人作法のようなもの。

しかし、若い時期にはそうではない。こんなきっかけでことばを交わしたら、もっと親しくなろうとする。若い時期には、同性異性問わず新たに人と知り合うことが、それだけでたのしいものだ。

バスがバス停に来る前に、横浜教育大の男子学生3人と、水谷女子大の女子学生3人で、カラオケに行くのはどうか、という案が出た。

「おれら2人はすぐに降りるから、神立さん、だれかにメールしてみて。早く早く」

靴紐を結びなおしていた学生と、ネイビージャケットの学生は、横教の学生寮住まいなので二つ目の停留所で下りてしまうという。

「待って待って」

2人に急かされることすら、なんだかたのしく、美咲はさっき学食でアドレス帳に登録したばかりの水マユにメールした。

(都合が合うといいなー)

うきうきした。こんな用件で同級生にメールをするということに。

大学生になった実感。大学生になった新鮮。そんな軽い興奮が美咲を包んだ。

祖母のクリーニング店に弟や妹を迎えにいったり、近くのスーパーに買い物に行ったり、藤高のニテイでいつものメンバーでしゃべったりする……そんな、決まった範囲での安全な行動しか、それまで美咲はしたことがなかった。

「どうせ」というおまじないは、美咲が自分でも意識せぬところで、だれかにイニシアティブをとってもらう安心でもあった。

それが、男子大学生とカラオケに行かないかという連絡を、自分がしている。

（こんなことするの、はじめてだ……）

横教の男子学生にカラオケに誘われたこと自体より、幹事めいたことを自分がしていることに美咲はどきどきした。

「わっ」

停留所にバスがやってくるのが見えたなと思ったとたん、スマホが鳴ったので、美咲はおどろいた。水マユだった。

『メールはタルいから電話したよ。OKだよ。××ちゃんてわかる？　私も、おととい、知り合ったの。今講義が終わったとこで、××ちゃんも行けるって言ってるからいっしょに行くねー。詳しいこと決まったらあとでメールして』

停まったバスがドアを開けるまでに、水マユは早口で言って電話を切った。美咲は車内で結果を横教の大学生に伝えた。

「おお、やっりー。じゃ、場所は……」

車内で店を決めた。

美咲が服を濡らしてしまったこともあり、夜までのそれぞれの都合もあり、みないったん別れて、あとで会うことになった。

靴紐とネイビージャケットがすぐにバスを下りたあと、グレーパーカと美咲はともに相鉄線に乗り換え、横浜で別れた。彼の住まいは「日吉」だったので、「あざみ野」の美咲とは、同じ横浜市営地下鉄でも行けるのだが、彼は東急東横線で定期を買っていたのと、東横線の町で途中立ち寄る用事があった。

横浜市営地下鉄で美咲は水マユからメールを受けた。参加予定だった××ちゃんが行けなくなったと。

【横教は3人なら、こっちは女子2人でもいいんじゃない？ なにもゲンミツに同数にしなくても】

水マユのメールに、美咲も「そうだね」と返信をしかけて、ふと、イノッチはどうかと思った。

イノッチが現在通っている東京理科大の学部は夜間のため、彼女と顔を合わせるタイミングがずれてばかりいる。

（久しぶりに会いたいなあ）

メールした。

【行くよ！】

すぐに返信が来た。

（よかった）

美咲はすぐに靴紐、ネイビージャケット、グレーパーカに知らせた。

【水谷女子の1人がダメになったので、急遽、東京理科大の女子に来てもらうことになりましたので、よろしく】

横教学生から了解の旨、返信が送られてきた。うちグレーパーカから、

【東京理科大の何学部？　岩手の高校で仲よかったやつが理科大行ってるんだけど】

と訊かれたので、理学部第二部だと返信した。

【そこ夜間だよ。昼はOLしてるアラサーのお姉サマ……ってことじゃないよね？　あ、お姉サマでも歓迎だけど】

読んだ美咲はクスクス笑いながら、

【同い年の女子大生だよ～（笑）】

と返信した。

他意はなかった。事実をただ伝えただけだった。

水谷女子大学が水谷女子短期大学だったころ。早稲田大学をロバート・ケネディが訪問したころ。その夫人が、自分はロバートのパートナーではないと発言したころ。そんな時代には、女性なら、職業欄に「家事手伝い」と書いても〝社会で〟通った。そんな時代には、夜間大学に通うのは、経済的な事情を抱えた者であった。

次第に、そうした者は弾き飛ばされていった。偏差値的な理由で夜間大学を選ぶ受験生が増加したからだ。早稲田大学第二文学部、早稲田大学社会科学部の学生は、ズルニ

学は、夜間部を廃止してしまった。東京理科大の夜間は、現在、日本で唯一の理学部である。

「いいなあ」と、美咲はイノッチに藤尾高校時代、いつも言ったものだ。定期試験のたびに。彼女は数学や理科の成績がよかった。

「古典や世界史に比べたら、だよ」とイノッチは謙遜していたが、その他大勢である私立文系の美咲にとっては眩しい理系だった。

まだ須田秀と仲よくしていたころ、イノッチの志望校を聞いた彼が「理科大の夜間をもっと積極的に志望しなよ。東京理科大は、その発祥が、夜間学校なんだよ。しんから理系の勉強をしたいやつが行く夜間が発祥だったんだよ」と言い、「へえ、そうなんだ」とイノッチも美咲も認識を新たにしたことがあった。だから、私立理系クラスだったイノッチが東京理科大夜間に進学したのは、美咲にとって、ただの事実だった。美咲が横教のグレーパーカに、イノッチの学部を伝えたのも、ただ事実を伝えただけのことだった。

横浜駅近くの『ビッグエコー』で若い学生たちは会った。

カラオケボックスは歌う以外に、レンタル個室として利用する方法もある。禁煙だし、食べ物飲み物が廉価で豊富で、なによりやかましくなく、居合わせた者の声が聞き取りやすい。

水マユは岐阜、グレーパーカは岩手、靴紐は新潟、ネイビージャケットは静岡。美咲とイノッチ以外は、地方からの上京者だった。

「きみらはトカイの女の子だから」というようなことを、横教の男子学生と水マユは、美咲とイノッチに何度か言った。そのたびに「ちがうって、横浜の青葉区はトカイなんかじゃないって」と言い返し、みなで大笑いした。

「あっそうだ。おれ、半分は港区だよ。高2で岩手に越したんだから」

グレーパーカが言ったので、彼が「トカイ人ナンバーワン」とランクされ、また大笑いする。

笑うことでもない話題だった。だが知り合ったばかりの若者たちにはおもしろいのだった。

トイレでイノッチが美咲に言った。

「サキー、今日のみんな、知り合ったばっかりってウソみたい。なんかみんな、話のノリが合うよね」

「うん」

「教育大を選ぶくらいだから、卒業したら、地元に帰って高校とかの先生になるのかな」

鼻の頭をポンポンとコンパクトのパフではたくイノッチ。

「今、思い出した。横教って……、藤高に一時的に来てた数学の臨時の先生。あの先生が横教だった。イノッチのクラスは受け持ってなかったっけ？」

「忘れた。すっかり。サキ、よくおぼえてるね、そんな前の話」

「ほら、丸顔で、おでこににきびがちょっとあって、明るいかんじの先生」

「サキ、気があったの？」

「……」

美咲は口を噤んだ。ばしゃっとしぶきがかかったような違和感。おぼえていることを、なぜ、気があるとイノッチは思うのだろう？

「アーッ、ことばなくしてる。図星だったー？」

「……」

「あたしはサキが好きだったのは、てっきり体育祭で二人三脚した××さんだと思ってた。数学の臨教の人は、立場的に密かに恋してたの？ 気づかなかったー」

「……」

美咲の違和感が強まる。

たしかに二人三脚をした1学年上の男子生徒には、好感を抱いていた。タレントの一ファンのような。だが、出ているTV番組は見るが、ファンクラブに入ったりライブに行ったりまではしないような種類の好感である。そして、それこそ「そんな前のこと」であり、イノッチに言われるまですっかり忘れていた男子生徒だった。

「ねえねえ、あの中だったら、サキはどの人がタイプ？」

「あの中って？」

「やだ、とぼけて。今日の3人よ」

「……」

また違和感を感じる。

美咲は幼稚園も小学校も中学校も高校も、共学である。共学では学校の、授業のみならず、洟をかんだり、放屁したり、体重を計ったりするようなまるごとの日常で、男女が接する。校内にいる児童生徒は、異性である前に、同級生だ。異性感情が芽生えるとしても、日常を積み重ねた中でのことだ。

「タイプって……」

ひょんなことからビッグエコーに6人で集まった。たのしい会になっている。そのたのしさを満喫している段階で、「あの中だったら誰がタイプか？」という質問は、ひどく場違いに感じられる。

「なに？　サキはいないの？　全滅？」

「……タイプって……そんなふうなことは考えなかった……」

「そんなふうにノロノロ運転だから、女子マネに須田さんをぶんどられちゃったんだよ。いいな、と思ったらさっさとつかまえとかなきゃ。ノロノロ運転って、本人は安全運転のつもりでも、周りの車には迷惑だよ。今、あたし、昼間、教習所通いしてるんだけどね」

イノッチはサキの背中をポンと叩き、先にトイレを出て行った。

（ぶんどられる……）

美咲はトイレを出ると、狭い廊下で立ち止まる。

（ぶんどられたのかなあ……。そんな言い方は、もっと濃いつきあいをしていた男女に使うことじゃないのかなあ……）

美咲は秀がとても好きだった。しかし交際の内実はといえば、ほとんどが多人数で行動する、ほがらかであっさりとしたものだった。受験を控えた状況を互いに尊重し合い（少なくとも美咲は、そのつもりだった）、晴れて大学生になればつきあいも濃密になるだろうというときに、突如として相手が消えてしまったような別離だった。

（私のノロノロ運転がシュウくんには迷惑だったのかなあ……）

美咲はボックスにもどった。

まじめな横教と水大と理科大の、未成年の学生たちは、メロンソーダ、ウーロン茶、コーヒーを飲んでいる。グレーパーカは現役入学ではなかったので法的には飲酒できるが、体質的に下戸だそうでソフトクリームを舐めている。

「お帰りー、美咲ちゃん。今ね、上京組と通学手段の話で盛り上がってたの」

ドアを開けた美咲を、水マユがふりかえった。

「小中学は歩きで、高校はチャリ通で、電車通学なんかしなかった」

「そう。だからラッシュってどんなだろうって、それすら都会の象徴に感じてたよな」

水マユと靴紐が言うと、

「今だって、横教も水大も建ってるとこが瀬谷区だからラッシュとは無縁だけどね。イノッチさんは飯田橋なんかに毎朝出るんだから、たいへんなんじゃないの？」

ネイビージャケットがイノッチに訊いた。

「うん、たいへん。すごいの、あのへんの朝のラッシュは。朝なのに、っていうか、朝だからなのか、痴漢もいたりするし。それに……」

朝の電車の込み具合云々、朝早い講義で使うテキスト云々。イノッチは話した。まるで東京理科大の昼間部に通っているように。

「……」

グレーパーカは困った顔になった。彼はすでにイノッチが夜学生であることを美咲から聞いている。

「……」

美咲も困った。が、どう口をはさめばいいのかわからない。

グレーパーカはテーブルのナプキンに腕を伸ばし、唇についたソフトクリームを拭った。拭うさい、

「合わせてあげておいたら？」

さりげなく美咲の耳に口を近づけ、小さく言った。美咲は小さく頷いた。

６人は10時ごろ、ビッグエコーを出た。

ネイビー、靴紐、水マユは、学生寮に帰るべく相鉄線に、グレーパーカは東横線に乗るので、横浜駅で別れた。

美咲とイノッチは、ともに横浜市営地下鉄の乗り場に向かった。

「すっごくたのしかったね」

通路を歩くイノッチはたのしそうだった。

（よかった）

美咲は思った。

「ラッシュのこと、合わせといてくれて、どうもね」

イノッチのほうから言ってきた。

「っていうか、あたしが東京理科大なのは、だって、本当のことなんだし。東京第二理科大とかじゃないしさ。東京理科大理学部だし。理科大なのホントなんだし。最後に二部ってつくだけなんだから、最後まで言うの長いし、何も最後まで長々言わなくてもって、決めたの」

「うん……イノッチがそう決めたんなら、それでいいよ。ただね……」

夜学であることはグレーパーカにはもう伝えてあったと、単純に事実を、美咲は言った。

しかし、イノッチにはそう響かなかった。なんらかの意図をもって、美咲は、横教大の男子学生に、昼間部ではなく夜間部なのだと「チクっていた」と響いた。

「チクる？　なにを？」

美咲にはわからない。

「だって、そうじゃない」

イノッチは真っ赤になる。

「チクったんじゃないんなら、じゃあ、なんで、その場で言ってくれなかったのよ」

「そんな……。イノッチがしゃべっているのを、遮ってまで言うようなことでもないと……」

「嘲笑いたかったんでしょ？　陰で嘲笑いたかったから、だまってたんだよね？」

通路を行き交う人たちが立ち止まって、こちらに顔を向けるほどの大声だ。

「えー……⁉」

イノッチの激怒に面食らい、美咲は返答できない。

「サキ、一人で帰って」

イノッチはくるりと背を向け、そのまま通路を、もときた方向に走っていった。

（イノッチ……）

呼んだつもりだったが、突然の状況変化についていけず、美咲の喉からはかすれたような声しか出なかった。

大勢が美咲の脇を行き交う。弾き飛ばされるように、美咲は通路の壁際に棒立ちになった。

（ずいぶん興奮してた、イノッチ……）

心配だ。グレーパーカに電話をかけた。彼ならまだ横浜駅にいて、イノッチを見つけられるかもしれないと。

『あの、すみません、電話なんかして。実は、けんかみたいなことになっちゃった『イノッチさんと？』

『なんでわかったの？』

『そりゃ、わかるよ。二人でいっしょに帰ったじゃない』

グレーパーカは東横線のホームで、次の電車に乗るところだったのを、一輛見送って電話に出ていた。

美咲はイノッチとのやりとりの詳細はなにもいわず、ただ「けんかみたいなことになって、イノッチが興奮してJR横浜駅のほうに走っていってしまった」とだけ彼に伝えた。

『まさか東横線のホームにいるなんてことはないと思うけど……』

『わかった。神立さんはとにかく家に帰りな。今は神立さんが直接、しゃべったりメールしたりしないほうがいいよ。おれ、ちょっと電話してみるから』

『ありがとう。お願いね……』

『神立さんまでウロウロしたらだめだからね。家にいて。イノッチさんから神立さんに連絡してくる可能性も大だし。神立さんはちゃんといるべき所にいないと、かえってトラブるからね』

『わかった。そうします』

市営地下鉄に乗って三駅目で、美咲はグレーパーカからのメールを受けた。

【イノッチさんと連絡ついた。今はもう落ち着いてるからって、ごめんって言っといてって】

（よかった……）

美咲は読んでほっとした。

「あざみ野」駅でもう一通、メールが来た。

【恥ずかしかったんだよ。イノッチさんは恥ずかしくて、神立さんの前でどうしていたらいいかわからなくなって、とりあえず、神立さんの前からいなくなりたかったんだよ】

（頭のいい人）

尊敬の念を、美咲はグレーパーカに感じて家に着いた。

「美咲かー？　帰ったのかー。すまんが、梅干し、出してくれんか」

茶の間のほうから父親の声がした。

朝の早い父親は、就寝も早いのだが、たまに11時半ごろにいったん起きて、一人で酒の梅干しを、一粒入れる。

「うん―。待ってて、もちょっと何か作ったげるから」

イノッチの不意の怒りでざらついた気持ちを、グレーパーカのメールで回復させた美咲は、「いちばん上の姉」として、ものごころついたときから習慣化している、こまごました家事にとりかかった。

＊＊＊

東大3年のつばさが、地下鉄の階段をのぼると地上は激しい雨だった。

「マジかよ」

空を見上げる。

傘を持っていない。家を出るときは快晴だった。

のぼってきた階段を、雨が吹き込まないあたりまで下る。

うひゃあ。うへえ。きゃあ。声をあげながら、地上から次々と人が改札を抜け、階段を下ってくる。

酒樽くらいありそうな大きなNikeのナイロンバッグが、つばさに接近してきた。ハイカットのバスケットシューズは泥が撥ねている。

つばさの視線は、バスケットシューズからバッグ、そして顔へ移った。つばさが言う前に、向こうが先に言った。

「竹内くん」

山岸遥だった。

「百年ぶりだね」

一年ぶりを冗談にして、遥はつばさの前で立ち止まる。

『アクア　パッツァ』からの帰りに、数人で痛飲した後、会っていなかった。痛飲した翌日はひどい二日酔いでメールもLINEもせずにいて、それきりだった。

いっしょに飲んだ和久田、國枝とは、同じ理Iだからすれちがうことはあるが、べつに親交が深まっているともいえない。

「あいつらとは山岸は会ってるの？」

「ううん。ぜんぜん。正直、あの飲み会のことはうろおぼえ。なんせ、全員、初対面だったし」

たまたま籤でペアになっただけのダンスサークルの合同練習のあとだと、そういえば遥が言っていたのを、つばさもうろおぼえで思い出す。

「あの人とも会ってないの？　なんだっけ、もうひとりの女子。日藝の……」

名前は忘れたが顔はよくおぼえている。美人だった。

「えーと、私もあれっきりだから名前が出てこない……。なか……、なか……」

「森泉に似てるとか、みんなで言ってた……」

「あ、そうだ。いずみさん。那珂いずみ。彼女は、あのときいっしょにいた、金沢出身の人、ほら、竹内くんと同じ東大の、数学の試合で、あ、試合って言わないのか、いいや試合で。数学の試合でチャンピオンになった男子……」

「和久田のこと？」

「あ、そうそう。那珂いずみさんは、和久田チャンピオンと金沢の中学で同級だったんだよ。私と竹内くんみたいに」

「和久田が金沢出身なことなんかよくおぼえてるな」

「だって鏡丘高校なんて、泉鏡花からとった学校名でしょう？　忘れないよ」

「ふーん」

つばさには興味のない話だった。

区立中学のころから、遥は「私は東洋大の文学部に行って堕落する」と言っていた。それが中学生つばさの、けっこう強い記憶だ。東洋大文学部に行きたい理由が、そこを卒業した昔の作家のファンだったからで、そんなことで大学や学部を決めることが、つばさにはへんな行為に思われたし、そこに進学して堕落するというのも意味がわからなかった。彼女のちょっとへんな顔とあいまって、よけいに。

「鏡丘高校って石川県ではかしこい学校なんだろうね、東大に行くくらいだから」

「地方の高校のことは、おれ、よくわかんないよ。那珂いずみさんが、ミッション系の、なんか少女漫画に出てくるみたいな高校だったのは、おぼえてる。ルックスと合ってて」

那珂いずみは、長いサラサラのストレートヘアだった。

（和久田とあの人は同中だったのか。そういや、あの夜、聞いたな……。二人、つきあってんのかな……）

那珂いずみのことを、つばさが思い出していると、

「私、引越したの」

遥が言った。

「引越した？　どこに」

「群馬県」

「群馬県？　なんでまた？」

「転部したの。文学部から食環境科学部に。管理栄養士の資格をとろうと思って」

「へえ、まあ、文学部にいるよりはいいんじゃね」

工学部のつばさにとって文学部は最下位の学部だ。

「やっぱりさ、『人間は堕ちぬくためには弱すぎる』のよ。やっぱり、安吾の言ったことはほんとだった。私なんか堕落するには人間のスケールが平均より小さいんだって、文学部にいるあいだに文学的に思い知らされて、それで卒業したら食べ物関係の方面に進めるようにしようって思ったの。私なんかの文学ではおなかふくれない、食べ物でふくれるんだって、ハラがたって。自分にハラたてたからには、卒業したらみんなの腹を

ふくらますことしようって」

遥の言うことはつばさにはわからなかった。が、わからないということが、つばさにはわからなかった。東洋大学生の言うことが東大生の自分にわからないはずがないと、つばさは思っている。

「……」

だから、だまった。わからないという自覚がないまま、わからないので、結果、遥の言ったことにはなにも答えないことになる。

「キャンパスは群馬県の板倉なんだよ」

「板倉？　どこそれ？　何線？」

「東武日光線」

「日光？　日光って、観光地の、あの日光？」

「東照宮のそばに住んでるわけじゃないよ。板倉。乗り慣れたら意外に近いっちゃあ、近いんだけど、交通費を考えるとね。それに一人暮しもしたかったからさ」

「アパート借りてるわけ？　だって、家賃、どうするの？」

「そりゃ払ってるさ。大学に協力してくれてる安めの物件を学生課で斡旋してもらったんだ」

「……」

依然、わからない。

大学3年で、21歳（成人）で、男であるつばさだが、彼は、自分で家賃を払うという行為を発想したこともなかった。

家賃を払うという行為は、ゆくゆく、自分もすることなのだろうが、それは、「いつか」であり、自分に子供ができるような、実感のない、向こうのほうにある行為だった。にもかかわらず、自分で自分の住居の家賃を払ったことがないにもかかわらず、つばさはものごころついたころから、遥の住んでいる都営アパートは、古くて安く、経済的に余裕のない家族が住んでいるところ、という印象を抱いている。

どこでこの印象を抱いたのだろう？　祖母や両親から聞いたのだろうか？　幼稚園や小学校の教師たちから？　近隣の豪邸の住人から？

だれから教えられたのかはわからないが、つばさにはこの印象があり、かつ、自ら家賃を支払って「一人暮しをしようという発想」は一度たりとも抱いたことがなかった。

（へんなやつ……）

今まで以上に、遥に対して思った。

「週明けまで家にいるつもりだったんだけどさ、弟がうるさくて。弟って、あんなにうるさいもんだったかね」

そういえば中学時代、遥が、4歳下の弟を、子分のように連れて広尾商店街で買い物をしているのを、よくつばさは見かけた。

「せっかく皮から餃子を作ってやろうと思ったのに、そんなもんいらん、そこのケンタッキー喰いたいって言いやがって、けんかになって、もう板倉に帰るわいって家出たら、急に雨が降ってきて、止むまでいったん家にもどりたかったけどさ。弟と顔合わせるからさ」

遥は大きなスポーツバッグを、壁に押しつけて重みを減らしていた。

「それじゃ、私はもう板倉に行くね。竹内くん、元気でね」

遥は行った。

「……」

とり残された。そんな気が、なぜかした。

自分の裡の、そんなかんしょくの正体に近寄ろうとは、つばさはぜったいしない。メリットがないからだ。無駄だ。

（あー、つまんねえな、なんか）

パドルテニス部をやめてからは、こう思うことがたまにある。

遥と飲んだときにいたのは、さっき名前の出た和久田と那珂いずみと……、

（それに國枝幸児か……）

和久田よりは國枝のほうが、同じ理Ⅰでも、専門課程の本郷キャンパスに移ってから同じ学科を選んだぶん、よく顔を合わせる。科内では國枝はそこそこに目立つ学生だ。母親がＴＶに出ているからである。『都の西北、一人で産んで育てて、おいしいごはん』という、シングルマザーで國枝を育てて東大に入学させた自伝エッセイを出版しており、

ワイドショーの子育てや教育問題をとりあげるコーナーでコメンテーターをしている。そのため、息子の自意識も強くなるのか、洋服や髪形に気をつかっているし、ものおじしない。社交的である。

遥といっしょに会ったとき、ダンスサークル部員の國枝は、「ウチらはいつも広尾のへんで練習してるんだよ」と言っていた。メールしてみた。

返信ではなく電話が、すぐにかかってきた。

『今、六本木にいるんだけど、こんな雨だから、ダン・サー（ダンスサークル）のやつらと飲みに行くことになってさ、いっしょに来る？』

六本木なら隣の駅だ。行くと即答した。

スニーカーの底が隠れそうな毛足の長い絨毯（じゅうたん）の敷かれた店は、ビルの8階にあった。日比谷線六本木駅からはかなり離れているが、地下通路を使ったのでほとんど濡れることはなかった。住宅用マンションの一室を改装したらしい店だ。

ソファをL字に置いたボックス席が、距離をあけて設けられている。それらの中央に大きな照明がフロアに置かれているため、ほかの席の客の顔はよく見えなくなるインテリアだ。

國枝幸児がつばさを待っていたのは、フロアの、もっとも奥の席だった。國枝はダンスサークル「ダージリン」の後輩二人を、つばさに紹介した。

ひょろっとして姿勢のよくない石井照之。

小柄できゃしゃな、すべすべした肌の三浦譲治。

二人とも理Ⅰである。学年が下なので教養課程の駒場キャンパスに通学している。

「高そうな店だけど、國枝は、こんなとこによく来てたの？」

「いや。おれ、はじめて来た。譲治がよく来る店なんだってさ」

國枝はとなりを見る。

「いえ、ぼくも二回目ですよ。ぼくの知り合いの子がよく来る店なんだそうで、その子に教えてもらったんです」

「じょうじ……」

爺ィを思い出し、つばさはつい、三浦譲治を真正面からじっと見た。

「どしたんですか、竹内さん？　ぼくの顔になんかついてます？」

「中学の時に似てる同級生がいたんで……」

慶應ニューヨーク高に行ったあの爺ィも、みなに「ジョージ」とガイジンのように呼ばれていた。東大後輩の譲治は、名前ばかりか、つるつるした肌の顔も、小柄で華奢な体つきまで、あの爺ィに似ている。

「よくある顔でしょ。こっちの――」

爺ィと同じ名前の三浦譲治は、自分の横の男をゆびさす。

「――こっちの、背骨がグラグラしてるようなこいつは、ぼくの同級生です。エノキと呼んでやってください」

石井照之は、エノキ茸のようにひょろひょろしているので、ダンスサークル、ダージリンでは、「エノキ」と綽名されているそうだ。

「ほほっ、御遠慮なくエノキと、ほほっ」

エノキは妙な笑い方をした。バラエティ番組に出てくる、いわゆるオネエキャラの芸人のような笑い方ではない。なよなよした笑い方でもない。すこしも可笑しくないのに、笑っておくような、乾いた笑い方だ。

「広島から出てきた山出しでして、ほほっ」

広島県福山市にある県立春日高校を卒業して上京してきた。1、2年生対象の三鷹寮に入っている。渋谷区広尾の自宅から出たことのないつばさは、三鷹という郊外の広い敷地に建つ、鉄筋の大きな建物を頭に描く。

「本郷になったら（3年になったら）出ないとならないんで、それをどうしようかと悩ましいところで。ほほっ」

（エノキ茸とは、いえてる綽名をつけられたもんだな）

年長の國枝に対してならともかく、同学年の「ジョージ」とやらにも、炒めたエノキ茸のようにヘナヘナした態度をとる。

「おい、譲治、この店はメニューになんも値段が書いてないぞ。いいのか？」

「やだな、國枝先輩、見当ついてるくせに。今日は臨時収入がありましたんで」

「臨時収入？　譲治……くん、バイトしてるの？」

紹介されたとき、三浦譲治は呼び捨てでよいと言ったが、男をファーストネームで呼び捨てするのは、つばさには気恥ずかしいような抵抗があった。

「バイトと申しますか、ビジネスと申しますか、効率のいいやつをね、ちょっと」

「へえ、そうなんだ」

なんなのか、詳しいことを教えてくれよと訊くのが癪だった。ごくごく軽い、自分でも感じたことに気づかないほど軽い苛立ちを、つばさは感じた。

同時に、軽い可笑しさも感じた。革張りのソファに悠々と背をもたせかける譲治は小柄なので、どことなく、子役タレントが大人用のスーツを着て葉巻をふかすシーンを演じているようなのである。

「かわいい女の子を紹介して礼金せしめてやがんだよ、こいつ」

國枝が「効率のいいやつ」とやらの内実を明かした。

「売春斡旋？　それヤバいんでねの？」

「そんなことしてませんって。國枝先輩、やめてくださいよ、竹内先輩に誤解されるじゃないですか」

多人数での、合同コンパの幹事をしているのだそうだ。

「幹事ってなかなか苦労なんすよ。話しやすくておいしい会場だとか、参加者の趣味嗜好をリサーチして、メンツのノリが合うようにするとか」

手間をかける甲斐あって、譲治が幹事をする合コンは評判がよく、割高の幹事代金含めての参加費でもクレームがつかないという。

「というわけで、なにも非合法な収入じゃありませんので、本日のところはお気楽に飲食していただければと。竹内先輩も、ダマン」

don't mind の発音が堂に入っている。

「三浦くんが……」

「譲治でいいですってば。竹内さんから呼び捨てにされると、イギリス人のジョージみたいで、うれしいっす」

屈託なく笑う。

（こいつ、爺ィの譲治と顔は似てるけど、あの爺ィとちがって、かわいいとこがあるじゃないか）

つばさは思い、「譲治は」と呼び捨てしなおした。

「譲治は、友だちが多いんだな。そんな合コンしろったたって、おれなんかそんなに知り合いの手持ちがいないよ」

「多くするようにしたら、すぐできるしょ？　メリットのあるなしで動きますからね、ふつうは。人間っていうのは」

売れっ子の子役が堂々と、大人じみた発言をするときのような、どこかちぐはぐな悠然さが、譲治にはある。

「ダイバーシティといえばいいですかね。東大生と知り合いたいというニーズのサプライには多様性があるわけですよ」

「人材派遣会社みたいなこと言うんだな。譲治って共学なの？」

「いいえ。麻武（あざぶ）です」

「あ、うちの兄貴と同じだ」

「そうなんですか。それはそれは。御兄弟そろって先輩とは」

「でも麻武なら中高と別学なのに、よく女子の知り合いをドカドカ作れたな」

「やだな、高校時代は神妙に麻武の生徒してましたよ。でも東大は共学じゃないすか。今はもう6月しょ。60日も東大生やってたら女子の知り合い増えるのあたりまえじゃないすか」

「でも、ウチは女子少ないし」

東大の全学部での女子比率は2割に満たない。

「知り合うのはべつに、ウチの女子じゃなくていいじゃないですか」

「へえ。おれは高校でも、駒場でも、ずっとパドルテニスやってたから、講義のあとはいつもどっかの体育館に直行だったからなあ」

「偉いですね、竹内先輩は。ほんと」

譲治は、つばさの空になったフルートグラスにヴーヴ・クリコをなみなみと注ぐ。

「尊敬しますよ。ぼくやエノキみたいな軟弱者とはデキがちがいますよ」

「ほんとですね、ほほっ」

「いやいやいや」

國枝が割って入ってきた。

「軟弱なら、おれだから。おれはコーコーセーのときから、いい車乗って、いい時計して、いい女連れてたい、の一筋だから」

國枝が言うと、ダン・サーの二人の後輩は手を叩いて笑う。雛壇芸人が司会の先輩芸人のコメントに受けて見せるように。

「やっぱり、おれらはチャラいインカレサークルだから。そこいくと竹内は、渋い球技に青春を燃やしてきた硬派だからな」

「そんなことないよ。いい車乗って、いい時計して、いい女連れてたい、っていうのが軟弱なら、世界中の男全員が軟弱になるから。だって、それ、男の自然な望みなんじゃないの？　たまたまおれがボンクラだっただけで」

「またまた、御謙遜を、ほほっ」

エノキには、アクセントに西日本の訛りがある。広尾生まれの広尾育ちのつばさには、大阪弁に聞こえ、それがよけいにエノキを、冠番組を持つ芸人を持ち上げる雛壇芸人っぽく見せた。

「エノキくんは、お笑い芸人みたいだな」

「そうでしょ。サークルの飲み会でも、こいつ、すぐストリップするんですよ。ストリップが持ちネタ」

譲治は、エノキのほうに向けて、顎をクイッとしゃくった。

「おい、エノキ。竹内先輩に、芸をしてあげろよ」

譲治の口調は命じているようだ。エノキはすぐに着ていたトレーナーの裾に両手の指をかけ、たくしあげようとした。

「いいよ。勘弁してくれよ。エノキに脱がれてもうれしくない」

國枝が「あっち行け、行け」と追い払うように手をふる。

「ごもっとも」

エノキは腕をおろした。

学生が行くような価格設定ではない店でシャンパーニュを飲む東大生たち。各席が互いによく見えない店だが、おそらく他の各席でも、そこに居合わせた人間たちは、それぞれに形成しているのだろう。力の雛壇を。

4人の話題は、インカレサークル「ダージリン」から、線形代数の小テストから、駒場キャンパスの学食メニューから、研究室講師准教授へと、くるくる変わっていった。線形代数の小テストの話題が終わったところで、三鷹寮住まいで遠いエノキが先に帰った。狭量の准教授の話題が終わったところで國枝が帰った。

二人になると、譲治はより能弁になった。それはつばさも同じで、シングルモルトをロックで飲みはじめたからかもしれない。彼をファーストネームで呼ぶことに違和感がなくなった。

「譲治は、酒、強いね」

「鬼コーチみたいだって、さっきみんなで言ってた××准教から『おまえが優をとれるのは酒だけだな』っていやみを言われましたよ。竹内さんにだけバラしますけどね、実は高校生のころから、眠れないとき、たまに飲んだりしてたんですよ」

「あ、おれもやってたぜ。『3時間しか睡眠時間がないとき、酒を飲んでおけば6時間寝たのと同じ濃い睡眠が得られる』とか教えたやつがクラスにいてさ、高校生だったからウカウカ信じて、テスト前にやったよ」

「竹内さんは教育大附属ですよね。いいな、共学で。おれなんか中高と男ばっかですからね。麻武なんていうけど、むさくるしいもんですよ。教室中、男、男、男」

『麻武なんていうけど、むさくるしいもんですよ』という言い方には、誇りが出ている。つばさは気づかない。つばさが教育大附属だからか。『麻武なんていうけど』と『麻武は男ばかりでむさくるしいもんですよ』ではない。「なんていうけど」が付いている。

ある事項Aをマイナスに形容するさい、『Aなんていうけど、むさくるしい』というように、Aにわざわざ「なんていうけど」を付けるのは、Aが立派だとか偉いとか、高いプラス評価をされている場合である。

譲治は自分が通っていた麻武学園に、「なんていう」を付けて、「むさくるしいもんですよ」と、自らマイナスに形容をした。誇りがはみ出している。はみ出す誇りは、驕りと呼ばれることが多いが。

「兄貴とはふたつしか違わないからさ、麻武行くの避けたのは、やっぱ同じはどっかいやだったんだよね」

この発言には、麻武に行けなかったのではなく、行かなかった誇りがはみ出している。譲治、つばさ、ともに無意識なので、驕りは天真爛漫だ。

「兄貴の場合は、男ばっかでずっと来たせいか、どうも女関係に熱がないかんじなんだよな。まだ女とヤッてないいんじゃないかと思わないでもない」

「マジすか?」

「聞いたことないけどなんとなく……。それ方面のこと、家族だと口にしないから、わかんないけど。譲治はきょうだいは?」

「妹が。慶應女子の」

「おお、いいじゃん。やっぱ男なら、いてほしいきょうだいは妹だよな」

「兄のことなんかナメてますよ。もうちょっと年が離れてたら、そうでもないかもしれないけど。ふたつだとね」

「じゃ、いま高2か。幼稚舎から?」

「まあ」

「安泰でいいな」

この一言には、刺(とげ)がある。これは先刻の天真爛漫の驕りと異なり、自分で吐いておいて、つばさも気づかなかったわけではない。

つばさは慶應を蔑視している。

(大学から慶應に入ったやつはいいよ。かろうじて高校から慶應も、おれのお情けで許してやる。けど幼稚舎から慶應に入ったやつの慶應卒なんて肩書は偽造保証書じゃねえのか。ましてや爺ィのように慶應ニューヨーク高から慶應大なんてやつは裏口入学同然だろ)

と、ずっとそう思っている。

譲治はつばさの刺を感知した。

「安泰でもなくて」

即座に返答する。

「医学部希望してるんで」

と。慶應でも医学部は別だと。

「慶應女子だと男子とちがって片手もいかないほどしか人数枠ないらしくて。家庭でも体育でも先生ウケよくないと内申が悪くなるからって、猫を百匹くらいかぶってJKしてますよ」

「けどさあ、医学部こだわりやめても慶應は保証されてるわけだしさ。『ミス慶應』ゲットして女子アナになるかもよ。譲治の妹だったらまじイケるんじゃないの？」

刺を譲治が察知したことを、つばさも察知した。そこで、（想像の）妹の容貌をプラス評価することで、間接的に兄である譲治の容貌をプラス評価してアフターケアした。

「『ミス慶應』ね。あれの実行委員会周辺は稼いでますね」

ぶじ、話題は学園祭方面に逸れた。刺を残すと人間関係がディープになるので、そうなる地方上京者的な野暮ったさは、つばさも譲治も避けたかった。

「そうなんだ？」

「賞品がＢＭＷですよ」

「ＢＭＷ？　学園祭のぶんざいで商品がＢＭＷなの？」

「そうですよ。どれだけ企業から協賛金まきあげてんだっての」

「へえ」

ミスコンだからではなく、慶應だから企業も動く。以前の連城剣一をゲストに招く企画も自分が東大だから実現した。そういうことだ。つばさは思う。

「たしかにすげえ大金が動くんだろうけどさ、それが一人二人だけに集まってくるわけじゃないだろ。分配だろ。大金が動くことに張り合いを見いだすやつはエキサイトできるんだろうけど、おれなんかからすると、労多くしてなんとやらってかんじすっけどな。だってメンドくさいじゃん、イベントの実行委員なんかするの。おれ、駒場祭も五月祭も興味わかないし。うちの学科、実験めんどいし、授業以外の大学の用事で自分の時間とられるのは、極力、避けたいけどな」

「あれ、だって竹内さん、前にスマイル動画に、なんか企画を持ち込んでたって國枝先輩から聞きましたけど」

「ちょちょっとしたことならいいんだよ。割りのいいバイトってかんじだから。学祭だってちょちょっと騒ぐくらいならおもしろいと思うよ。女の子も」

「ちょちょっとしてポイすか？　すごいですね。次から次へと遊んで歩く小栗旬みたいすね」

「まさか。そんなんじゃなくてさ。おれ、恋愛っつうのがどうもウザいんだよ。ちまちまといちいち連絡し合うって、あれ、どうよ。ウザいったらないじゃん？　思うんだけど、将来はおれ、ツヴァイとかゼクシィで効率よく相手決めて結婚するタイプだと思うよ、性格的に」

「なるほど。見合い結婚でした？」

「だれが？」

「竹内さんのママパパ」

「なにそれ？　だれ？　継母？」

「お母さんとお父さん」

「ああ、ママとパパね。ママパパって続けるから何のことかと思ったよ」

つばさは気づかなかったが、父母をおどけて換言するならパパママである。譲治はママパパと言った。ママのほうが先に来ている。

「おれんとこは、実質、そうだったと思う」

つばさの母方祖父の代々の家は、もともとは目黒区八雲にあり、何不自由のない分限者とは言わぬまでも、無尽業で暮しに困ることはない家であった。曾祖父は無尽で得る資金を元手に時勢を読み、巧みな利殖（あくまでも小金の域を出ないていどではあったものの）をしていた。戦後に家を継いだ祖父は、投資をする危険はおかさず、かつては自宅から近かった都立大に進み、同大を卒業後は、親から相続した安定優良株からのけっこうな額（これまた、あくまでも小金の域ではあるものの）の配当金を副収入として、職業としては社会的信用の高い東京都の職員を選び、都市整備局に勤務した。勤務先は立川だったので、当時はまだ新築だった都職員寮に越し、八雲の不動産は開発事業者に賃貸した。職員寮で行き来のできた都職員を部屋に招いたおり、その職員は遠縁の独身男をつれてきた。それがつばさの父で、お茶や手作りの軽食を出してみそめられたのがつばさの母である。

「親父は国家公務員だし、おふくろは勤めてたけど辞めたとこだったし、結婚するのにちょうどいいころあいだったんじゃないかな」

「文Iすか？」

東大生は、親族も東大卒が多い。譲治の「文Iか」という、いきなりの質問は、彼もまた東大卒の親の息子であることを示している。

「うーんと……、北大なんだよね。もともと岩見沢の人なわけ」

「イワミザワ？　銀山のあるとこですよね」

「それ、山陰だろ。イワミじゃなくてイワミザワ。北海道。父方の親戚もみんな北海道なんだ」

つばさの父親は北海道大学を出て農林水産省に入り、東京に越した。東大出身者が2割近くを占める省庁にあって、日々、譲治のような東大二世やあるいは東大三世に接触し続け、自分がプロヴァンスの秀才であることを思い知らされた。

（おやじはきっと息子二人をなんとしてでも東大に行かせたかったのだろうな）

つばさは思っている。

「譲治に訊かれたから、今、考えてみたんだけど……、女にとっておやじみたいな条件の男ってのはさ……、舅姑は遠い北海道にいるわ、次男だわ、国家公務員だわ、ってんで結婚相手としてはこりゃ手堅いんじゃねえかな。たぶんおふくろは『チャンス逃さじ』みたいに思ったんだろうな」

「お母さんは東京ってことは、お母さんは北大じゃないんです？」

「東京学芸大。今は優木まおみが広告塔してくれるけど、お袋のころは、ジミで眼鏡かけててダサいまじめな学生ばっかだったんだって」

つばさの母親は、都下立川の自宅から電車で3駅目の学芸大に進み、卒業後、公立小学校の教諭を1年すこしで辞めて結婚した。

「行かされた小学校に、トンデモガキがいて学級崩壊して、トンデモペアレンツから責めたてられて、新任早々、ノイローゼみたいになって、過食症もおこして、こりゃいかんってことで、二人で辞めさせたみたいなことといってたな。

あ、二人って、おれの祖父さんと祖母さんのこと。まだバブルのころだったから、母親も、すぐに別の仕事に就けるようなかんじでいたかもしんないけど、バブルははじけたし、お勤めって、いったん辞めると、またどっかへ毎朝出勤するってことがものすっごくおっくうになるみたいよ。まあ、女子によくある結婚に逃げるってやつ？

専業主婦って、収入なくても夫に収入あったらクレジットカードはもらえるし、年金は国が出してくれるし、パラダイスだもんな」

そのパラダイス・ママおらばこそ、冷蔵庫を開ければ好きな飲み物があり、食事どきには食べ物が食卓にあり、飲んで食べたら食器は片づけられ洗われ、ベッドに入れば洗濯したシーツと枕カバーに包まれ、Tシャツの襟ぐりがくたってきたら真新しいそれがチェストの引き出しを開ければ入っていることに、つばさは気づかない。ママのほうも気づく時間や機会を息子に与えなかった。

「三食昼寝付きの生活が続いて、今では体重がパラダイスだよ。『ふくよかっていうのよ』なんて自分では言ってるけど」

「ふくよか……」

なぜか譲治は復唱した。

『ためしてガッテン』とかさ、ああいうの、体にいいって食べ物とか調理方法とかの情報収集に余念がないよ。そんなだから、結果としては、小太りの、ファッションもダサい、地味なおばさん」

「そのほうがよくねすか？　おれ、男女平等ってムリあると思うし。『妻は専業主婦』、これ悪くないと思いますけど。っていうか、もしかしたらおれ、将来は妻に専業主婦でいろって望むかも」

「へー。譲治のお母さんって、じゃあ、フルタイムで働いてる人？」

「フルタイムもフル。フルフル」

「東大女子なの？」

「ちょっ違うすね。一橋す。そっからロンドンのビジネススクール」

譲治の母親は川崎市と横浜市の境界エリアである日吉で生まれ育った。台地だったこの地域に一世帯が住むには広すぎる土地を持っていた祖父が、一部を賃貸住宅にした。東急グループがこの地域を開発する時期と重なり、潤沢な資産を得た。

譲治の母親は田園調布雙葉から一橋大学商学部。在学中にロンドンビジネススクールに留学し、帰国後、外資系の証券会社に就職したが、すぐに辞めた。

「25歳前後で出産するのが優秀な子供ができやすいというデータをどっかで見つけてきてですね、出産するのにふさわしい精子として、おれのパパさんを選んだすよ」

譲治の「パパさん」の発音は独特だ。つばさが「幼稚舎から慶應」と言うときの発音と同じ蔑ろの音が籠もっているのに、「さん」を付ける慇懃無礼な発音だ。

譲治の父親は名古屋市出身で、東海高校から東大経済学部を卒業し、大手銀行に入行し、のちに同行系列のフィナンシャル会社に移った。

銀行勤務時代の彼と結婚した譲治の母親は、第一子である男児譲治を出産後、第二子である女児譲治妹をプロダクトした。

産休をいかしていくつかの資格をとった。第二子の襁褓がとれそうなころに、結婚当初に住んでいた、夫の勤務先に便利な日本橋のマンションを引き払った。

実父母からの子守援助が容易な、実家から徒歩7分の、日吉の低層マンションに移り、外資系薬剤メーカーである日本パーシー・リンド（Percy & Lind Japan）に再就職した。夫の人脈と、産休中にとったいくつかの資格を活かして。

「妹にも高齢出産はやめろって言ってますから、綿密な計画で出産したんですよ。そんなわけでウチのママパパさんたちは、ビジネス婚す」

譲治は言った。「パパさん」の慇懃無礼さに比して、この言い方には、屈折めいたものはついぞなく、綿密な計画で出産された優秀な自分であるという誇りがある。さわやかとさえいえるほど。

自分の優秀さへの矜持については譲治と互角のつばさは、

「そんなの、結婚はみんなそうじゃん。とくに女にとっては結婚は最大のビジネスなんだから。むしろ譲治のお母さんは、めちゃ自然だと思うけど」

顎をわずかに上に向かせた。

「そっか、そういうふうにも言えますね」

「そそそ。自然。ナチュラル。森ガール。譲治、これからお母さんのこと、森ガールって呼んだげれば」

別席の客が葉巻を吸い始めた。この店は紙巻き煙草は禁止だが、葉巻とパイプは吸っていい店だそうだ。

「竹内さんの、国家公務員のお父さんって、カラダ的に現役です？」

「カラダ的って？」

「いや、男としての能力的な……」

「さあ。考えたことなかったというか、考えたくないというか」

正直な答えだ。

家族に限らない。つばさは概して人の情感の機微について考える性質(たち)ではない。彼はまっすぐで健やかな秀才なのだ。健やかな人間は内省を要しない。

時計を見た。11時になろうとしている。

「出ましょうか？」

「そうだな」

ビルから表に出た。

「ちっ」

雨がまだふっている。

舌打ちをするつばさの隣で、譲治は迷うことなく道路に向かって手をあげた。

「おれ、日吉ですから。途中で竹内さんを、広尾で落としていきますよ」

まだ地下鉄の最終にはゆうに時間がある。

「あ、そう。じゃ、頼む」

1年のころなら、つばさもおどろいたかもしれない。だが3年の今は、慣れた。東大という学校には、家にうなるほど金のあるやつが大勢いるのである。親の年収を大学別に比較した統計は、群を抜いて東大がナンバーワンなのだ。

タクシーはフロントガラスを雨に打たれながら走り出したものの、すぐにスピードを落とした。

「工事してるの避けるんで、脇道入りますね」

細い道に入り込み、信号で停まった。

「このへん抜けたら、あとはガッと行けると思うんで」

ドライバーが言うと同時に、コツコツと、後部座席の窓が叩かれた。

叩いているのは女だ。腰まである長い髪。Vネックの胸くりが大きくあいたミニスカートのワンピース。

「なに？　乗せられないよ」

ドライバーが前の窓を開けた。

「電話くれたカガワさんじゃないの？」

と長い髪の女。

「カガワさんですか？」

ドライバーが後部座席をふりかえる。

「ちがいます」

譲治が言う。つばさも手を横にふる。

「ゴメン。まちがいだわ。ゴメン」

女は雨の中、細いピンヒールで走っていった。

「なんですかね、ありゃ。たぶんデリヘル嬢ですね」

とドライバー。

「びっくりしたな」

つばさの顔は、譲治のほうに向く。

譲治の顔は、つばさのほうに向かない。

目をつぶっている。うすら嗤(わら)いをしているように見えなくもない。

二人はだまっていた。

渋滞を抜けると、譲治が言った。

「いやなやつなんです」

「え？」

「いやなやつです。きわめていやなやつです」

「なんのこと？　だれが？」

「……さん」

ぼそっと言ったので、聞き取れない。訊き返すと、またぼそっと言いなおしたが、パパさん、と言っているようだった。

「いやな男なんですよ。だから妹もジージバーバの家にばっかいる」

譲治の祖父母は3階建と4階建の賃貸マンションを所有している。自宅は4階建ビルの最上階にあるが、同階に設けた数室のワンルームの1つを、孫の外泊用に空けるようになった。なものだから、慶應女子高校生の妹は、自分に大甘の祖父母宅になにかというと泊まる。外資系企業勤務の母親は海外出張が多い。

「こうした状況ですからね、さっきみたいなの呼ぶんですよ」

東海高卒の東大経済学部出の父親は、デリヘル嬢を家に呼ぶことがあるのだそうだ。

「小学生のうちは、会社の女の人が忘れ物を届けにきてくれたとか言われてだまされてましたけど、中学生にもなったらわかるじゃないですか」

ああいう男にはなりたくない。ああいうことをしないとならないような結婚はいやだ。というような意味のことを、譲治は、横柄に言った。

ドタバタコメディで、子役タレントが社長に扮して、金色のキルティング素材の、だぶだぶのガウンを着て、葉巻をくわえて、チョビ髭を付けてふんぞりかえるように、どこかちぐはぐな傲慢さがあった。

＊

この夜の翌朝、譲治は日吉駅で、麻武時代の上級生に会った。広尾でタクシーから「落としてもらった」つばさは、自宅にもどるとすぐに寝たから、当然、このことは翌朝には知らない。知るのは2年後である。公判後に2回だけ交わした電話で知った。

譲治は『週刊文春』の記事に怒っていた。この夜の翌朝にあったことを書かれたと。

《三浦譲治は私立進学校で有名な中高一貫の麻武学園から東大に進んでいる。中高一貫の麻武では高校から入ってくる生徒はいないため、時を同じくして在校すると学年が異なっても接触密度は公立校より高くなる。校内委員会で三浦といっしょだったAさんは、今回のニュースについてはおどろいたものの、三浦への印象は変わりないという。

「彼とは国際交流委員会でちょっと同じでしたが、ぼくは高2の途中で家の事情で退学したので、思い出すこともなくなっていました」。そんなAさんは大学生になって、久しぶりに三浦に、ある駅で偶然会った。

「向こうの方から、ぼくの名前を大きな声で呼んで、親しげに声をかけてきました。ぼくがふり向くと、自分のことを東大の三浦ですと名乗って、走り寄ってきたのです」。

だがAさんは通学を急いでいたので、短く挨拶だけすると、乗るべき電車ホームのほうに向かいかけた。すると「なんだそっち行くんですか？　Aさんは東大じゃないんだ」と三浦は言ったという。誇り高い、いや埃高い男？》

と『週刊文春』には書かれていた。

「Aって、2年センパイだったんだけど、お父さんが貧乏になって授業料払えなくなって途中で退学して、どっか演歌に出てくるみたいな寒い地方に夜逃げしていったやつなんだよ。

麻武にまだいたころ、帰国する留学生を、国際交流委員会で浜松町のモノレール乗り場まで見送りに行ったとき、おれが英語でしゃべりながら後ろ向きでエスカ乗りかけて、すべって肘すりむいて。そんな大したことはなかったのに、そいつバンドエイドをくれたんだよ。

それはいいんだけど、そのとき、そいつが開けた鞄の中が見えてさ、折り畳み傘と豆絞りの手拭いがきちんとたたんで入ってたんだよな。豆絞りの手拭いだぜ。バンドエイドだって、女子が持ってるみたいな、なんかチマ～っとした入れ物から一つ取り出して、『使ったら』って渡してくるんだぜ、キモくね？　あんなやつがなんで週刊誌の取材受けられたんだろ」

譲治の怒りを、つばさはほとんど聞き流していたが、この電話を2年後に受けることになる夜、雨の外苑西通りを走るタクシーの中で、つばさが譲治に対して、「子役タレントが、だぶだぶのガウンを着て、葉巻をくわえて、チョビ髭を付けてふんぞりかえるような傲慢さ」と感じた印象は、元麻武生Aの言うように、ずいぶん昔から「変わりない」ものだったのかもしれない。

＊＊＊

美咲の家は昔から、変わりない。

大学1年の美咲の父親は47歳。母親は父より2学年下だが早生まれなので44歳だ。スノークリーニングを切り盛りしている祖母は68歳。町内会活動で忙しい祖父は70歳。

「父」「母」だの、「お祖父ちゃん」「お祖母ちゃん」だのと聞けば、またその年齢だけ聞けば、ピザや焼肉やポテトチップスといったこってりした食とは無縁、不倫や略奪や熱愛といったエロスとは無縁の、欲望の枯れた印象を人は抱きがちだ。つい錯覚するのである。

美咲の父親は松岡修造、松村邦洋と同い年である。母親は中山美穂、工藤静香と。美咲の祖父はみのもんた、ジェフ・ベック、久米宏と同い年で、祖母は、吉永小百合より一つ下である。

2014年。

美咲の両親と同世代の福山雅治は、CMに出て何万人もの女性にキユーピーマヨネーズでポテトサラダを作らせたし、美咲の祖父と同い年のジェフ・ベックは東京ドームの公演で何万人もの観客をスタンディングさせていたし、美咲の祖母と同い年の林文子は、横浜市の市長をつとめているのである。

林横浜市長がピザが大好物でも、福山雅治が熱愛しても、なんの違和感もない。

美咲の父方の実家は長男が継ぎ、三駅先にある。祖母のみ昨年末に他界したものの（それと入試が重なったことで、美咲の進学先が第三志望になったのかもしれないが）、伯父たち一家も、美咲の家のようにいたって息災である。

つまり、美咲という女子大学生は、お父さんもお母さんも元気で、近くに住むクリーニング店のお祖父ちゃんお祖母ちゃんも元気で、近くに住むイトコたちの一家も元気なのである。ケアハウスだの、認知症だの、骨粗鬆症だの、相続だの、嫁姑の折り合いだの、ネグレクトだの、鬱だの、床ずれだのといった長びく問題とは、美咲の周囲は（今のところ）無縁なのである。

「きゃあ、もう、おじいちゃんたら、こんなとこに、入れ歯を置いたままにしないでよ」とか「やだ、お父さん、お風呂から出たらパンツくらい穿いてからこっちきてよ」などといった、平穏な叫び声が家の中に響く、そんなバタバタとした善き家は、変わりなく、そこから美咲は大学に通っている。

大学1年生。19歳。

芳紀。

人生の芳紀だ。

人生が、まさに夏に入ろうとしているときだ。

美咲は夏休みにニュージーランドに行った。はじめての外国だった。藤尾高校の修学旅行は海外希望者が台湾、国内希望者が奈良で、美咲は台湾を選んでいたのだが虫垂炎で欠席していた。

ニュージーランドには、マユを訪ねた。

マユがお母さんと弟と継父と住む家は、美咲の家や藤尾高校の近辺よりももっと田舎じみたところだったが、ガイコクは新鮮だった。たのしかった。

だが、なによりたのしかったのは、そんなガイコクで、メールを受け取ることだったかもしれない。グレーパーカからの。

ニュージーランドで食べたアイスクリーム（日本にも似たようなものがいっぱいある）。ニュージランドで食べたバーベキュー（日本でも似たようなものがいっぱいある）。ニュージーランドのカフェで飲んだカフェラテ（日本でも似たようなものがいっぱいある）。そうしたものの写真をグレーパーカに送り、【おいしそ。オレも食べたい】【すっげー】【朝起き抜けにここで本読んでたい】などと返信をもらうと、喉の奥がくすぐったいような、スキップするようなかんじになった。

イノッチとは、横浜市営地下鉄への通路での「けんかみたいなことになっちゃった」あと、連絡をとっていない。

あの夜、グレーパーカから【イノッチさんも「ごめん」と言っといてと言ってる】とメールをもらったものの、どういう文面で返信すべきか迷っているうち、連絡しそびれ、日にちがたってしまった。

グレーパーカは将来は中学の理科教員を希望し、野草研究会の部員だ。同じ日に知り合った靴紐とネイビージャケットも。このサークルは、横教と水大のインターカレッジサークル（他大学交流サークル）なので、3人に誘われて、水マユとともに、美咲も入部した。

大学生は学業本分だから時間的に無理のない範囲でしか活動しないと聞き、それならと入った。月に1回、場所を決めて野草ならびに樹木を観察しつつ散策する、いたってまじめなサークルである。飲み会もない。

部長は横教の女子学生で、彼女の説明によると、春先にのみ、食材になる野草を使った調理をして試食会を開くのだそうだが、美咲が入部したのは6月末だったので、試食会は終わってしまっていた。試食会は、自然豊かだが辺鄙な場所にある、おもに寺の台所を借りておこなうため、車の運転の得意な部員が運転手となり、分乗して現地に向かう。ゆえに、たまのサークル内イベントであってさえノンアルコールの会となる。

月に1回の活動は、少なすぎるのではないかとはじめは思ったが、人生の芳紀にあって、関心事はいっぱいあり、月1というサークルはちょうどよかった。

部長の人柄が反映されるサークルは、慎（つつ）ましやかだが和やかで、部員同士仲がよかった。そうした日々のうち、靴紐と水マユは交際をはじめた。二人は照れながら美咲にそれを知らせてくれた。

「ごくふつうの女の子」というような言い方がある。

何をもってふつうとするのか？　偏差値か？　身長と体重か？　収入か（未成年なら保護者の収入か）？

では、大学1年の夏において処女なのは、ふつうなのか、ふつうでないのか？

美咲の家庭環境は、いうなれば庶民的だ。祖父母、父母、きょうだい、親戚の人間関係に大きな問題はない。「ごくふつうの女の子」というなら、典型的な一サンプルである。

ふつうの家庭環境の、19歳の、女子大学生が、婚約者でもなく許嫁(いいなずけ)でもない男性と、互いに好意を抱きあったときに、ためらいなくセックスするのは「ふつう」だろうか？

その答えは措(お)くとして、美咲は、2歳上のグレーパーカに対し、たしかに好感を抱いているが、その感情は、「いちばん上のお姉ちゃん」として小さな母親役をどうしても担わざるをえなかった長女が、頼りにできるお兄さんがいたらなあと長く空想していたような、ばくぜんとした淡いものである。

藤尾高校同級生のマユを訪ね、ニュージーランドに1週間の旅行をした夏休みが終わった2014年の秋、美咲には異性と濃密なキスをしたりセックスしたりするような接触経験はなかった。

野草研究会で、日光戦場ヶ原への日帰りハイキングに行ったさい、木製の歩道からうっかり滑り落ちそうになった美咲を、「おっと、危ない」とグレーパーカが上半身を抱きとめてくれた。それが、肉体的な接触といえば接触だった。

それだけだ。

それだけで終わった。

グレーパーカの恋心は他の女性にあることを、やがて美咲は知らされる。

「質素」は「けちくさい」とも換言できないでもない。「まじめ」は「つまらない」とも。

人やものごとのありようというのは、プラスとマイナスの両方に形容できる。

美咲についてならこうだ。

「令嬢というのではないが、仲のよい親族に囲まれて育ったよい子」＝「自主性に欠ける。いつも受け身に過ぎる」。

「よくない遊びもおぼえず、おっとりと過ごしている」＝「異性から積極的にアプローチされない」。

こんな19歳の女子学生は山ほどいる。

美咲は「ごくふつうの女の子」だった。

第二章

1

芳紀のクリスマス・イブを、美咲は、2組のカップルにはさまれて過ごしていた。

全席禁煙の自然食の店だ。横浜ルミネからもう少し北に行った、目立たないビルの地下にある。

ホワイト・クリスマスになるかというくらい夕方から曇って日差しがなくなり冷え込んできたのに、野草研究会のメンバーが通された奥の席はあまり暖かくなく、集まった女子はマフラーを巻いたままだったり、コートは脱いでも厚手の上着は着たままだったりだ。しかし、店内を静かに流れる賛美歌と相まって、おごそかな聖夜という雰囲気ではある。集まった6人のうち4人が未成年のため、いつもの野草研究会らしくノンアルコールの健全なクリスマス・パーティ。参加者は部長と美咲以外は、つきあっている男女のカップルだ。

カップルのうち一組は、水マユと靴紐。

そしてもう一組は、グレーパーカとイノッチ。

イノッチは理科大で、野草研究会の部員でもないが、グレーパーカの「カノジョ」ということで、飛び入りの参加となった。そう、グレーパーカとイノッチは、美咲の知らぬ半年のうちにカップルになっていたのである。

彼らが「つきあう」をしていることを、美咲は、つい先週知った。

＊

【イノッチさんが、神立さんに久しぶりに会いたいと言っています。LINEに招待していいですか？】

グレーパーカから訊かれた。美咲もイノッチと連絡をとりそびれていたので承諾した。

【サキ。ごめん。あのときはごめん。ほんとにごめん。直接、言いそびれてしまって、これもごめん】

変わらないイノッチの人あたりがなつかしく、美咲の口角はくすりと上がった。

【来週のクリスマス食事会、菜摘もいっしょに連れていこうと思います。ぼく的には、神立さんと菜摘には高校時代のように親友にもどってほしいと願っています。ずっと願ってました】

グレーパーカの文面は「イノッチさん」から「菜摘」に変わっていた。

LINEという通信システムは、「既読」したら即刻返信を強要する圧迫構造である。

「既読」してしまった美咲はあわててスタンプだけを返信した。シナモンロールのキャラクターが笑って、後ろに「わぁーい」と書かれたスタンプ。

グレーパーカが食事会にイノッチと同伴で参加することに合意する意味のスタンプなのか、彼らが「つきあう」をしていることを悟りましたという意味のスタンプなのか。イノッチと高校時代のように頻繁に交流しなおしましょうという意味のスタンプなのか。なにに対して「わぁーい」なのか、美咲にもわからない。てきとうにスタンプをつけた。「既読」したら、とにかく速く返信しないといけないのがＬＩＮＥだ。この圧迫と義務からひとまず自分を解放してから、美咲はベンチにすわった。すとんと。

相鉄線「三ツ境」駅の、ホームのベンチ。家に帰ろうとしているところだった。

（そっか……）

ＬＩＮＥ画面を見なおす。グレーパーカのラインには、葉っぱが笑っているスタンプがついている。

（そうなんだ……）

「菜摘もいっしょに連れて」という言い方で、二人がつきあっていることはわかった。

グサッと痛いようなおどろきはなかったが、羽毛枕がぽさりと棚の上から頭に落ちてきたくらいのおどろきはあった。

美咲はグレーパーカと「つきあう」をしていたわけではない。「つきあってください」と申し出たことも、申し出られたこともなかった。ただ月１回のサークルをメインに、なごやかな交流があったのみだ。

だからグレーパーカが自分ではない女性とつきあっていても、それは美咲にとっては、どこかしら「なじんだ」ことだった。

くりかえすが美咲は幼稚園から高校までずっと共学である。公立の共学である。様々な家庭の子が通う、男女共学である。

日常生活に男子がいる。幼稚園から高校まで、例外なく、男は女を分類する。「かわいい子とそうでない子」に。

「かわいい子とぶさいくな子」という分類ではない。「かわいい子」ではない子は全員、「そうでない子」だ。

幼ければ幼いほど、その分類は情け容赦ない。同級の女子はもちろん、保母、迎えに来る母親、教諭、学校事務員、図書館司書、学校傍の文具店店員等々、すべての女を二分する。

それを、共学に通う女子は幼稚園から肌で見て、高校生になる。

女子校（女子幼稚園、女子中学、女子高といった）においても、同性による同性の二分はおこなわれる。情け容赦のなさという点では同じかもしれない。

だが、その二分基準は、男子がおこなう分類よりはるかに客観的だ。鼻筋が通っているとか目がぱっちりしているとか、テストで80点とったとか30点とったとか、持っている文房具や着ている服が高いとか安いとか、「モノサシでちゃんと測定できるもの」に依る。

いっぽう男子の測定する「かわいい子」は、あながち顔の造作や体つきだけに依らない。その測定基準は、さながら徒弟制のごとく、親方はマニュアルを渡して教えてくれず、丁稚は親方のやるのを見て感じて肌で得ねばならない。

だが共学というところは、「そうでない子」と判定されても、その学校がよほど荒れた環境でないかぎり、いじめられるわけでもなく、男子から冷たい仕打ちにあうわけでもないのである。

高校生ともなれば、まずまずの偏差値以上の高校（藤尾高校のような）なら、男女共同参画で校内活動をおこなうから、むしろ「そうでない子」のほうが、男子と仲良くなるケースが多々ある。互いに構えず交流が積み重なるからだ。

「自分はどうせ明日香ちゃんとはちがう」と美咲はのんびり思ってきた。自分が「そうでない子」なことも、のんびり受容してきた。その上で、公立の共学において、男子たちとはクラスメイトとして問題なく交流してきたどころか、仲良くつきあってきた。

どこかしら「なじんだ」ことだった、というのは、美咲のこうした、幼稚園来の「学校」という場所で培ったことからくる感覚である。

ただ、おどろいたのは、グレーパーカが「つきあう」をしている相手がイノッチだったことだ。ビッグエコーに行った日の後から、イノッチに連絡しそびれていたので、イノッチのほうも、美咲だけでなく、水マユや横教の男子学生とは連絡しそびれている、と当然のように思い込んでいたのだ。

初冬の夕方。

ホームにそそぐ陽光は、すでに暗灰色がかってきている。

「さ、帰ろうか」

だれもいなかったが、だれかいるように美咲は小さな声で言い、ベンチから腰をあげた。と、手に持った、マナーモードにしたスマホが振動した。

（きゃっ）

心がしーんとしていたので、おどろいた。電話がかかってくることはまずない。あわてて通話モードにした。グレーパーカだった。

『神立さん、今どこ？』

『えっ、あの、駅の、み、三ツ境駅のホームにいて……』

『まだ電車乗ってないよね。すぐ行くから。いま、おれ、バス停だから……』

駅ビルのファストフード店で会うことになった。

「ごめんね、急に」

グレーパーカはココアを、美咲のぶんまで買ってくれた。

「急だったんだよね……ぜんぶが」

グレーパーカと美咲は横並びに固定椅子にかける。

美咲は紙ナプキンを広げ、三角に折ったり、四角に折ったりした。

（深刻な顔して聞いちゃダメだ）

美咲は「そうでない子」として、わきまえた。

いっしょにいると気楽な子。なんでもけらけら笑って話を聞いてくれる子。「そうでない子」は、相手に「重い」「ウザい」と感じさせないようにするのが、分際をわきまえる配慮であることを、美咲は学校生活で体得している。

「おれ、高２までは東京にいたんだ」

「うん、聞いたよ。半分は港区で、半分は岩手だって、はじめて会った日に、ビッグエコーで話してくれたじゃない」

グレーパーカの父方祖父は旧和賀郡（現花巻市）の中山間部東和町で小学校長をしていた。大伯父も近辺の別の小学校の校長だった。母方祖父も周辺の町の町会議員で、大伯父は町長だった。

「そうだったね――」

「こういうことが、おれの親父としては、ものすごくいやなことだったんだ」

幼稚園でも小学校でも、先生は、自分のことではなく親のことを訊く。自分も、親や家のことを憚（はばか）って、言いたいことも言えず、縮こまるようにしていた。

ゆえにグレーパーカの父親は教職を選ばず、東京に出て商社に就職し、同郷女性と社内結婚し、しばらくして辞めた。同社を先に退職して個人輸入の会社を経営していた上司に誘われ、小さい会社ながら専務取締役に就いたのだ。順調な業績をあげた。息子であるグレーパーカの成績も芳しい。父親は大得意になり、息子に麻武学園を受験させた。合格。だがその後に会社経営は悪化して倒産。土地やビルの譲渡で負債は清算できたものの、素寒貧となった。しばらくは工事現場で働き、数十万だけ貯めた。その金で、先に母親とグレーパーカだけが岩手に帰った。

「学校の先生にだけはなりたくない、花巻にいるのはいやだと言って上京したものだから、親父は祖父ちゃんに合わせる顔はないだろ」

母親は、彼女の弟（グレーパーカの叔父）と仲がよく、グレーパーカも、陽気なこの叔父に子供のじぶんからなついていた。彼の紹介で、父親は、遠野に新しくできたホテルに働き口を得た。母親も遠野のジンギスカンの店でパートをし、グレーパーカも建機メーカーの遠野工場で時短工になった。

「遠野って、意外なことにジンギスカンの店が多いんだよ。うまくってさ。おふくろの店行くと余りもん食べさせてもらえたのはありがたかった。工場で出荷業務っつうの？梱包洗浄してたんだけど、麻武通ってたときよりたのしかった。

麻武のころは、なんか、すっげえムリしてる感が自分にあって、ヤだったの。親父もムリしてたんじゃないかな。おふくろも」

授業料が払えず、高2になってまもなく退学した麻武だった。工場で働きながら、通信制高校を終え、そのあとはホップ農家でアルバイトをしながら大学受験の勉強をしていたグレーパーカは、横浜教育大には1浪して（年齢的には2年遅れで）入った。

「遠野はおれにぴったり合ってて。ここで中学校の先生になるのがいいなと思うようになって。奨学金のタイプを調べたら、横教の奨学金制度なら、出身地の公立小中学校の先生になった場合、返済額は4割でよくて、それも先生になってからのローン返済でもいいんだよ。なもんで横教一本で受験したんだ。

でも必死こいて勉強するのにしばらくご無沙汰だったし、バイトもしてたからエンジンかかるまでけっこうあってさ」

こうした経緯での2年遅れだった。

「大病したわけでもなく、両親が凶悪犯に殺害されたわけでもない。落第は落第、浪人は浪人だろ。

好きではじめた事業がちょっとマズくなった父親と、父親を助ける母親と、母親に助力する叔父と、みんなで仲良く、牧歌的な遠野でたのしく暮していたので2浪したんですねって、他人は見るよね――」

小学生のときからフランス語の家庭教師につき、進学塾に通い、私立進学校に通い、受験時の外国語科目の選択者数が少なくなるフランス語で上智大学仏文科にストレートで入った学生A。

小学生のときから田んぼの耕作を手伝い、家庭教師にもつかず進学塾にも通わず、荒れた公立中学から公立商業高校に入り、商業高校時代にバーキン・バッグというのがジェーン・バーキンに由来することを知ってジェーン・バーキンや娘のシャルロット・ゲンズプールにあこがれて、一念発起でフランス料理の店でウエイトレスのバイトをしながら2浪して上智大学の仏文科に入った学生B。学生Aと学生Bがコンパに参加したら、その背景など、みな知らない。ただ、Aのほうを「頭がよい」と思う。それだけだ――。

「――そういうもんでしょ」

グレーパーカは言うのである。

「神立さんや菜摘たちと初めて会ってビッグエコーに行った日の翌朝ね、日吉駅でさ、麻武のときに下級生だったやつと偶然、東横線の改札あたりで出会ったんだよ。そいつは東大で、おれが横浜方面のホームへ行こうとすると、『なんだ、駒場へ行くんじゃないんすか』って鼻で嗤ってたよ」

「そんな人がいるんだ……」

美咲は、紙ナプキンを折るのをやめた。やがて大学3年時に、「そんな人」にまさか自分が会うとはつゆも思わず。

「そいつに会う前の日の夜に、おれ、受験とか入試とか偏差値とか、そういうことについて、いろいろと考えるできごとがあって……、なもんで、そいつと会ったときのこと、すげえ印象的なの」

「うん……」

美咲にとって、受験とか入試とか偏差値のことは、すでに済んだことで、正直なところ、あまり関心がなかった。明日香ちゃんやシュウくんの行っていた「ふぞく」も、よい学校。よい学校への至り方は、明日香ちゃんみたいな人が気にすることで、キムチラーメンを食べてヒーヒーと汗を拭ったりするのがたのしい自分には関係ない、というか、関係することができないように思われる。

横教も上智も、よい学校。よい学校への至り方は、明日香ちゃんみたいな人が気にすることで、キムチラーメンを食べてヒーヒーと汗を拭ったりするのがたのしい自分には関係ない、というか、関係することができないように思われる。

「おれ、ビッグエコーで、菜摘が、理科大の夜間部なのに昼間部みたいなふりしたの、痛々しかったんだ。すっげえ痛々しかった。

だって、みっともないじゃん。でも、そんなみっともないことを、ついしてしまった気持ちが、よくわかったの。痛いほどわかったの。

だから、あの夜、神立さんから電話もらって、菜摘が急に走ってどっか行ったって聞いて、わかったの。恥ずかしくて恥ずかしくてならなかったんだなって。

理科大の夜間なのに昼間のふりするって、ふつうは、ヤなやつとか思うんだろうけど、おれ、ヤなやつ過ぎて、菜摘がかわいそうでならなかった」

美咲からの電話を切ったあと、グレーパーカはイノッチに電話をした。横浜駅構内にいたから会うことにした。

「人がいっぱいの駅で会うなり、菜摘は『すみません、あたしは嘘をついてました』って。『あたしはサイテーです。サイテーの女です』って、しゃくりあげながら、何度も言ったよ」

グレーパーカは冷めてしまったココアを一気に飲んだ。

「まあそれで……」

「うん、わかった……。そういうことがあったりして、そのあと、よく会うようになったんだね……」

美咲は言って、

(けらけらっと明るく笑った顔をつくろう)

と、すこし考えた。

(どんなふうにするとそうなるかな……)

LINEに返信をせきたてられているようだ。はやく笑ってあげないとならない。

(数学の臨教先生が、息を吸って吐いてとか言ってたっけ……)

息を吸って吐いて、美咲は、

「うん、わかった。結果的には二人にとって、すごくよかったじゃない」

美咲は「けらけらっと明るく笑った顔」というものを、自分なりに考えて、グレーパーカのほうに向けた。残りのココアをゆっくり飲んだ。

＊

6人が囲んだクリスマス・イブのテーブルに並んだものは、無農薬野菜のサラダ、サラダ、サラダ。大豆ハンバーグ。玄米。

オーナーは、セブンスデー・アドベンチストの教会に通う信者であった。

　クリスマス特別ケーキは、人参とオーツ麦をこねて、アーモンドオイルで焼き上げたもの。タンポポとどんぐりを炒ったコーヒーも出た。ノンカフェインとのこと。

　野草研究会の部長がなじみの店だった。彼女とグレーパーカが飲酒できる年齢にあったが、グレーパーカは甘党の下戸、部長はセブンスデー・アドベンチストの信者なので禁酒・禁煙・菜食だ。

「戦争中にひまわりの種を炒ってコーヒーにしてたって、お祖母ちゃんに聞いたことあったけど、こんなふうなもんだったのかな」

「あ、それ、おれも佐渡の祖母さんから聞いたことある」

　水マユと靴紐のカップルは、顔を近寄せてしゃべっている。色違いではあるがおそろいのセーターを着ている。

「イノッチは理科大でサークルに入ったりしてるの？」

　美咲はようやく話しかけた。

「ううん。夜間だし」

　靴紐や水マユがいても、もう、イノッチは夜間であることを隠さなかった。

「前に会ったときはごめんなさい。昼間部に行ってるようなこと言って」

　すなおに謝った。が、靴紐も水マユも聞き流した。それよりテーブルの上の、体にいいかもしれないが、あまりおいしくないケーキとコーヒーの味に興味津々なようだ。

美咲は、イノッチとまた話せるようになったのでほっとした。

「それじゃ、ちょっと早いけど、うちらはこれで」

水マユと靴紐カップルが立ち上がる。

「あっ、私も」

美咲も二人につづいた。

「今日はこのあと、家族でなんやかやすることになってて。9時ちょい前には帰るねって言ってきたから、ちょっと急がないとならないの」

イノッチとグレーパーカに手をふり、

「今夜は貴重なお料理を食べさせてもらってよかったです。ありがとうございました」

部長に礼をのべて店を出た。

「二人は相鉄線だよね」

地上に出ると、美咲はカップルに言った。当然、二人も駅のほうに行くものと思い。

「あ、今日は、ちょっと……」

いつもさばさばした水マユがばつの悪そうな顔になる。

（へんなこと言ったかな？）

傍目（おかめ）八目（はちもく）なら、クリスマス・イブの、まだ9時にもならぬときに、カップルはそれぞれの家には帰るまいとわかる。

だが、グレーパーカからイノッチとのことを聞かされたほんの数日後の、6か月の空白のあったイノッチの隣の席の、まじめに過ぎるような会食のあいだ、美咲はどことなくぎこちなかったので、こちらのほうのカップルにまで気を利かせる余裕がなかった。

「駅には行かないんで……」

靴紐と水マユの腕と腕がぎゅっと寄って、美咲は気づいた。

「あ、そっかそっか。そうだよね。イブだもんね。でも、あそこの信号までも行かないの？」

赤くなって、

（からっとした声、出せたかな？）

ちょっと気にした。

イブの夜をこれから二人きりで過ごそうとするカップルは、信号までは美咲とともに歩いてくれた。

「あの二人がつきあっているとはね。サキさん、びっくりしなかった？」

靴紐から訊かれた。

「私？　聞いてたから」

数日前に聞いた、とは伏せた。

「知ってたんだ。あの日のうちにそうなっていたのも？　おれ、マジびっくりだったんだけど」

「……」

「なんだサキちゃんは、それも知ってたんだ。口堅いね。尊敬」

水マユは、美咲がおどろいて黙っているのを誤解した。

「詳しくは聞かないようにしたから」

「エラい。恋バナは詳しく聞いちゃうとだれかに言いたくなっちゃうもんね。サキちゃん、かしこいよ」

美咲がトイレに行っているとき、靴紐は、グレーパーカとイノッチのカップルを冷やかすつもりで「いつから?」を詳しく訊いたのだった。

あの日とはビッグエコーに行った日だ。グレーパーカとイノッチは、初めて会ってその日のうちに肉体関係を持ったのである。

あの日、横浜駅で再会した二人。「あたしはサイテーの女だ」と大泣きするイノッチの頬と鼻をグレーパーカは、ティッシュで拭いてやり、「未成年飲酒すっか」とおどけて言い、二人で東横線で日吉まで行った。日吉はグレーパーカの住まいである、古くて安い「東京スチューデントハウス」のある駅だ。綱島街道に近い居酒屋で、イノッチはチューハイを、グレーパーカはノンアルコールビールを飲んだ。いろんなことを二人でしゃべった。チューハイ二杯で、イノッチはぽーっとして、ふらーっとなった。「なにか運命的な出会いのように感じて」二人はそのままラブホテルに行き、日の出のころにホテルを出て、互いの住まいに帰ったそうだ。

（それからまた学校に行くのに日吉駅に行って、東大に行ってるとかいう麻武の知り合いに会ったんだね……。理科大の夜間のことを隠してたイノッチと、そんなことになった翌朝だったから、その人のこと、よけいに厭味(いやみ)に思ったんだろうな……)

美咲はグレーパーカとイノッチのことにはなにもふれず、もう一組のカップルに、

「あ、青だ。私は駅だから、ここで。それじゃ、お二人さん、いいお年を」

お辞儀をして、横断歩道を走って渡った。

走る必要もないのに、美咲はそのまま小走りで地下鉄に乗った。クリスマスプレゼントが入っているのか、大きなギフト袋を手にした乗客が車内にはちらほらいる。

(お父さんに、なにか、プシューッと泡の出るお酒を買ってあげたらよかった)

横浜駅周辺には、そんな酒を売るワゴンがいくつか出ていたのに。

会食の場では「このあと家族でなんやかやすることになってて」と言ったが、その予定は実はない。弟妹はそれぞれ同級生の家でのクリスマスパーティに出かけている。給食センターが冬休みに入った父親は、母親と父方実家で伯父家族らとすき焼き宴会に出かけている。

(部長は、あのあとどうするのかな)

部長も「駅だよね?」と訊いて、グレーパーカとイノッチのカップルからばつの悪い顔をされるのだろうか。

(クリスマス・イブになぜひとりなんだろう。宗教的な理由なのかな)

セブンスデー・アドベンチストの教会に来ないかと誘われたことは一度もない。ちら

っとだけ、ほかのプロテスタントとの違いを話してもらったことはあるが、美咲にはよくわからなかった。

部長は、菜食のせいか、顔も手足も胴体も針金のように細く、肩に届かない長さの髪なのに、それをゴムで一つに結わえている。輪ゴムで結わえているときすらある。今では20代では着ているのを見かけない、全学連とか全共闘の人が着ていたような硬そうなデニムの膝下だけ広がったパンツと、生協で買うという紺色のシャツ。ランニングシューズやバスケットシューズは履かず、いつも3センチくらいのヒールのビニールみたいな革のパンプス。

(私も、部長みたいなかんじに見えているのかなあ)

体型も顔だちも、似ていると思ったことはない。じっさい造作としてはまったく似ていない。だがもしかしたら、今、自分が部長と二人で電車に乗っていたら、ほかの乗客は似ていると感じるかもしれない。クリスマス・イブに自然食を食べて禁酒禁煙で9時前に帰路について。

(ね、そうかもね)

カエちゃんやマユや、水マユや、よくしゃべったころのイノッチといっしょにいるつもりで、心中でしゃべる。

(この写真、見てるぶんにはおいしそうだよ)

スマホで撮った写真は、さっき食べた菜食メニューだ。

(食べたら、『うーん、どーでしょ』だけどね。ねー)

あざみ野に着いた。

いつもの出口のほうに向かいかけた美咲は、ふと体の向きを変えた。

(ちょっと道草して帰るってのはどう?)

今日の会食では「プレゼントはやめよう」ということになっていた。「イブにかけがえなき友たちと会食できることが幸いなる贈物なのだから」というセブンスデー・アドベンチスト派の部長の提案だった。

(イブなんだし)

美咲は、いつもとはちがう出口から駅を出た。

あざみ野は新興の駅だ。古くからの町のように駅前にこちゃこちゃした店の並ぶ通りはない。駅前はどこもファストフード店のようだ。小さなクリスマスツリーを店頭に出している店があった。

タリーズコーヒーやスターバックスのようなガラス張りの店構えで、一人でも入りやすそうだ。カウンター席ではビールを飲んでいる客がいるから、アルコール類もすこしはあるのかもしれない。店の名は『エンゼル』とある。

(エンジェルだよね、ふつう。エンゼルって、なんか昔っぽいね。エンゼルパイって昔からあるお菓子があるから、昔はエンゼルのほうがふつうだったのかな。なんかいいな。『エンゼル』って、クリスマス・イブにぴったりだ)

入ってみた。

一つだけ空いていたテーブル席にすわる。メニューにホットワインの写真があった。まんなかのふくらんだチューリップグラスに、赤い帽子をかぶった小さなサンタクロースがもたれている。

「これください」

成人にはあと数か月あるが、今日はせっかくのイブだ。せっかくのイブの夕食が苦い野菜とぱさぱさのケーキだった。

(あそこの店の料理やケーキは、体にいいかもしれないけど……、部長は、ほんとにほんとにおいしいと思ってるのかなあ)

かたん。

店員の腕が美咲の前を通過し、ホットワインがテーブルの上に置かれた。

(メリー・クリスマス)

美咲は、空想で居合わせている友だちと言い合い、空想で乾杯をして、グラスに口をつけた。

実は、高校生のころから酒を飲むことはたまにあった。

近所の神社で例大祭があると、世話役の祖父母の家には神輿かつぎの衆が集まるから、そんなときに猪口(ちょこ)で何杯か。大学生になってからは、焼酎のお湯割を飲む父親のために梅干しを出したり、アテにぬか漬けを出したりすると、「美咲もちょっと飲まんか」と、小さな湯飲み茶碗に、薄いお湯割を作り、「ほら」と父親が勧めてくる。「美咲は酒を飲んでも赤くならんな。酒飲みのスジだな」と父親は言うが、赤くなるならないがわかるほどの量を飲むわけではなかった。

だからホットワインを、厳密には法を破って注文することは、美咲の、イブの、アドベンチャーだった。「カレ」なる存在といっしょに一夜を過ごすことに比べたら、ささやかなアドベンチャーだ。さっきの店にもホットワインがあった。「ホットワインってワインのお燗じゃないのよ。フランスやドイツでは薬草やシナモンやハチミツで味付けして寒いときに夜中に飲むのが主だけど、日本で最近、出してるのは、だいたいオレンジジュースやクランベリージュースで割ってアルコール度数を弱めた、女の子向きのやつよ」と部長は言って、だが、その女の子向きのやつも、彼女はたのまなかった。

「どうせ私だからね」

美咲はホットワインの入ったグラスに言った。いつものように「どうせ」。それは僻(ひが)みではない。放擲(ほうてき)でもない。自足、がもっとも近いかもしれない。気持ちを落ち着かせるおまじないのようなもの。

先の自然食の店とはちがい、エアコンの熱風がよくあたる席で、ホットワインを飲んでいると暑いほどだ。

（部長を誘えばよかった）

いいじゃないですか、イブなんだからと強く勧めたら、部長はやさしい人だし、しかたないわねえといっしょに飲んでくれたかもしれない。

(カップルはカップルで行きたいところがあるんだから、部長を誘って横浜の、どこか大人っぽいお店に……)

そんな店に行ったつもりで、美咲はもう一杯ホットワインを注文した。歩いて家まで帰れるところにある店なので安心感がある。

「ああ、おいしい」

ひとりで言ったつもりだったが、知らずに声に出ていた。はじめの空グラスを下げに来た店員が、

「それはよかった」

と笑った。

「いい飲みっぷりですね」

「そ、そうですか?」

知らない店員から話しかけられ、美咲は少しあわてた。父親が焼酎を飲むたび、「くーっ、うめーっ」とおやじ臭いしぐさをするので、そんなふうだったろうかと。

「この席、エアコンの熱風が直撃してきて、すごく喉がかわいて、暑くて」

「熱風?」

店員はエアコンと美咲のかけている椅子との角度を見比べた。

「あっちに移ります?」

カウンター席を指された。一人客がぽつん、ぽつん、と間をあけてすわっている。テーブル席は椅子が向かい合っている。二人用のテーブル席はすべてカップルだ。

「ごめんなさい。そうします」

まちがった席にすわっていた。そう思えた。この夜には。

席を移った。

ホットワインはじんわりと美咲を温める。

(部長は大学卒業したら小学校とか中学校の先生になるのかな。教育大だもんね。高校かな。いい先生になるだろうな。依怙贔屓(えこひいき)しない先生。それがいちばんいい先生だもん。部長はきっとそんな先生になって、生徒から慕われる)

ツンと高く細い鼻。ノーメイクなのにピンクのリップを塗ったようなきれいな色の唇。やわらかそうな、ハーフみたいに茶色みがかった髪。横教の学生にも水大の学生にもわけへだてなく接し、みんなが和むようにいつも気づかいをしてくれる部長。

ホットワインを飲んでいると、部長のいいところばかり思い出される。

(細いから、パンツスーツとか着たらすごく似合いそう。髪はもっと短く切ってベリーショートにしたらいいのに。そして女子高の先生になって、生徒からタカラヅカみたい~とか言われて……)

われしらず美咲はほほえむ。

「イブだから待ち合わせですか?」

先刻の店員から聞かれた。美咲は後日に知るが、40代の彼は店長だ。

「いいえ。これから家に帰ります」

「そうですよね。イブですもんね。いい家のお嬢さんは家に帰るのがイブですよ」

「やだ、私の家なんかぜんぜんいい家じゃないですよ。庶民ですよ。父は給食センターに勤めてて、母はパートだし」

店員に個人的なことをしゃべったのは、アルコールがまわったことで社交的になったということもあるが、それよりも、今ここにはいない、父母や祖父母や弟妹への感謝や愛情が、しみじみわいたのである。

「いい家、ってクリスマス・イブに娘さんが早く帰りたくなる家のことでしょ。お客さん、自分のお父さんお母さんのこと、他人にしゃべるときにちゃんと父、母、って言ってるじゃないですか。いい家ですよ。いい家のお嬢さまですよ」

「えへー、そんなー。お嬢さまー？」

照れる。ハンカチで額をふいた。ワインと暖房とで暑かった。もっこりしたモヘアのカーディガンを脱いだ。ホットワインを飲む。アルコールの魔法は、あたたかく喉を通過する。

（おいしいね）

ほがらかな気持ちになる。

小学生のころ「さっきごはん食べたのに、なんでお酒飲むの？」と父親に訊いたことがある。「飲むと灯がついたような気持ちになるべ」「あかり?」「ほら、それみてえなやつ」。父親はTVを指さした。TVはついておらず、TVの前に、妹が出し散らかしたままのディズニーのDVDが出ていた。青みがかった夜の空を背景にお城があって、そこから灯が洩れている絵。「そんな灯がつくんだよ。ふぁーっと灯がついて、よしよしだ」「よしよし?」「これでよしよし、めでたしめでたし、王子さまといつまでもいつまでも幸せに暮しましたとさ」「あははは」。美咲は喉を反らせてわらった。反らせた喉から空気がたくさん入ってきた感触をまだおぼえている。すごく笑った。「めでたしめでたし、王子さまといつまでもいつまでも幸せに暮しましたとさ」と言った父親こそとても幸せそうだったからだ。

（あのとき、お父さん、おかしかったな。いつもは××さんがどうしたとか△△さんがどうしたとか、仕事の人のことかベイスターズのことしかしゃべらないのに、王子さまだって……）

ふだんは大人しいのにお酒を飲むと暴力をふるう父親というのがいるらしい。藤尾高校のころ、それで悩んでいる同級生がいた。気の毒にと思った。区役所の家庭相談の電話番号を調べて「ここに一回電話してみなよ」と勧めた。美咲の父親はふだんもきさくな人だが、口数は少ない。お酒を飲むと、顔はふだんにまして恵比寿顔になり、ふだんとちがっていろいろしゃべるようになる。

「爆笑問題の田中に似てる」「松村邦洋がもうちょっとダイエットしたかんじ」。親戚や、家に遊びに来たイノッチやカエちゃんやマユから、美咲の父親はよく言われた。言われると美咲は複雑だった。「お父さん似ね」「長女は父親に似る」とも、よく言われたからだ。

（じゃあ、カエちゃんの伯母ちゃんがファンだった野川由美子っていう女優さんは、爆笑田中に似ているのかなあ。やだ、おかしい。ウケるー）

一人でも、ホットワインを飲んでいると、気持ちがにぎやかになる。ふわりと頰がふくらむ。面皰（にきび）に悩まされたことなど一度もない白い肌理（きめ）の細かい肌だ。

「それじゃあ」

代金を支払い、美咲はふたたびカーディガンを着、コートを着て、ドアのほうに体を向けた。

「なんだ、彼女、帰るの？　残念だなあ」

カウンター席にいた客が、いきなり大きな声で美咲に言った。どこかの会社の新入社員といったかんじの客だった。

「だめ。この店はナンパだめだよ。健全な店なんだからね」

「ナンパなんかしてないよ。感想を述べただけだよ。彼女は薄着のほうがいいよ。彼女みたいなのはムネを見せなきゃ」

「セクハラははっきり禁止。厳禁」

店主が男客を窘（たしな）める声を背後に、美咲はふりかえらず店を出た。

ワインで温まった体で歩いて家に帰った。それだけのイブだった。

いやらしい客ね、とは思わなかった。そう思うべきなのかもしれない。セクハラだと感じるべきなのかもしれない。部長ならそう思い、そう感じるのかもしれない。けれどイブの夜、一人でホットワインを飲んでいた美咲は、男客の言ったことを、セクハラとは感じなかった。

褒めてもらってうれしかったのが正直な気持ちだ。セブンスデー・アドベンチスト派の店のサラダが苦いばかりで、オーツ麦と人参をこねたケーキもぱさぱさでおいしくなかったのが、正直な気持ちであるように。

そして年は明けた。

＊＊＊

大学3年のクリスマス・イブを、つばさは二人で過ごしていた。

全席禁煙の自然食の店だ。横浜ルミネからもう少し北に行った、目立たないビルの地下にある。

年配の夫婦らしき客と女性3人の客と、そして奥の広いテーブルの席には6人くらいの団体客がいた。団体客は学生のようだが、奥の席はホールからひっこむように設けられており、つばさの席からはよくは見えない。

つばさは出入り口に近い、暖房がききすぎるくらいの小さなテーブル席にすわっている。那珂（なか）いずみと向かいあって。

運ばれてきたサラダを食べたが苦い。つばさの手も、いずみの手も、のろのろとしかサラダにのびない。

ふたりともだまっている。

「１１５番……」

沈黙の重さに耐えかねたのか、いずみがうつむいたまま声を発した。テーブルに置かれた小さな蠟燭（ろうそく）があえかにゆれる。

「１１５番？」

肘をついてサラダボウルに向いていたつばさの顔が上がる。

「この賛美歌。『ああベツレヘムよ』」

いずみの顔も上がる。

「そっか。おれ、無宗教で。那珂さん、カトリックだもんね」

「カトリックじゃないよ」

「え、なんとか女学院じゃなかったっけ」

「なんとか女学院じゃないです。聖マグダレナ女学院という名前がちゃんとあります。何回か言ったと思うけど」

「ごめん。石川県の学校のことだから、疎くて。そこ、カトリックじゃないの？」

「学校のことじゃなくて、わたし個人はべつにカトリックでもプロテスタントでもないって言いたかったの」

「そうなの？」

「聖マグしか受からなかったから行っただけで、クリスチャンだから行ったわけじゃないよ」

「そうだよね、栄光学園のやつらもカトリックの厚い信仰で入るわけじゃないもんな」

「……この賛美歌、半音が歌いづらくてね。みんなでうたってると歌えるんだけど、ひとりで歌おうとすると半音のとこが、いつも狂うの」

「……へえ」

沈黙を埋めているだけのような会話だ。

「じゃこれ、クリスマスプレゼント」

つばさはいずみに包みを渡した。
A.Lecomte のマカロンだ。「なにが欲しい？」とあらかじめ訊ける状況ではなかった。『クリスマスプレゼント　彼女　もう別れる』と検索エンジンに入れたら「商品券的なものは女を怒らせる」とSNSで発言してるやつがいたので、そうかと思い、『クリスマス　プレゼント』で検索しなおしたら「無難なのはあとあとまで残らないもの、食べたらなくなるようなもの」と書いているやつがいたので、そうだなと思い『スイーツ人気』で検索しなおしたら、広尾にある店が紹介されていたのでそこで買って来た。
「プレゼント？　なんで？」

「なんでって、クリスマス・イブだから」

「クリスマス・イブだから、だよね。クリスマス・イブだから会わないといけないと思って会ってるんだよね」

「……」

そのとおりだったので、つばさはまたサラダの皿を見る。

「『那珂さん』だって。生理のとき中出しするときは、『いずみ、いずみ』って大声出してたくせに」

「やめろよ。こんなとこで。下品だろ」

「下品？　用がなくなったらぱっと那珂さんに変わるほうが露骨で下品じゃない」

「やめてほしいな。なにも、わざわざいやな気分をもりあげなくてもよくね？」

「いやな気分だもん」

「同じだろ。いやな気分とか言うなら、そういう気分になったの、おれのほうが先だけどな」

つばさは、先週いやな気分になった。気にしないようにしよう、たまたまだ、と思おうとした。が、できなかった。

合同練習の帰りだったダンスサークルの数人と広尾で知り合ったのをきっかけに、つばさは那珂いずみと、夏から「つきあう」をしていた。

＊

いずみは、理Ⅰの和久田悟と、金沢の市立中学で同級生だった。

「那珂ちゃんのあだ名は、ミスユニバース、だったんだよ」

広尾のバルで和久田は言っていた。

「中学生でミスユニバースってのが笑わせるよな。中坊だから、美人というとミスユニバースしか出てこないんだよな」

たしかにとびぬけた美人だ。片手で摑めきれそうなくらい小さな顔面に、CG画像のように整った目鼻がついている。175センチの長身、きゃしゃな骨組み。脂肪のない肉付き、だがバストだけはたっぷりとしている。つばさは、ほとんど見とれていた。

「和久田くんこそ、とびぬけてたじゃない。金沢鏡丘は確実って中1のころから言われて、ほんとにそうなったもの」

いずみは言い、そのローカルな会話に、つばさはふと疎外感を感じ、速いピッチで酒を飲んでしまい、翌日はひどい二日酔いになったのだ。

ひどい二日酔いの翌日、いずみからは、ごく短いサンキューメールが来ただけだったから名前を忘れていた。なんていう人だったっけと遥にも訊いたとおりである。

それが夏になって、不意に、Wordの添付ファイルが電送されてきた。Wordはゴシック体ではなく、わざわざ教科書体にしてあった。

アクアパッツァ。

水の魚。

海の中。

デモ、地上がいいな。

再会するなら。

ちがう？

ちがうかな？

ちがう？　ちがうかな？

どっち？


これだけのことを教科書体で、わざわざ添付ファイルにする。

こうした「ふしぎちゃん行為」に対して、あわてずにすむ経験が、つばさにはすでにいくつもあった。

【再会、いいですね。いつがいいですか？】

さっと返せた。

そして再会の一回目は茶を飲み、二回目はSEKAI NO OWARIのライブに行き、ライブの帰りに軽食をとり、三回目はちょっと値の張るレストランで全額奢（おご）り、「つきあってくれませんか」とつばさから申し出、あとはこの種のマニュアル的な情報に沿い、セックスに至り、このあいだまでつづけてきた。

いずみの陰毛を初めて見たときは達成感があった。東大入試のあと、合格者掲示板に自分の受験番号を見たときと同じ歓喜があった。

セックスそのものについては「挿れた内がスルンとしている」「腋が、兄と似た臭いがちょっとする」というのが正直な気持ちだったが、いずみを連れて歩くと、すれちがう男からの妬みの視線を、痛いほど浴びるのは快感だった。

ただし、妬みの視線を痛いほど浴びる、というのは、「こんな美人をおれはモノにした」というつばさの自意識を、つばさ本人が浴びているのかもしれないのだが、そうした心の裡を探っていては東大には合格しないので、すれちがう他の男からの視線だ、と思うのだった。

しかし、およそ「つきあう」という行為には、いにしえの宮中人が、秋と飽きとをかけて歌を詠んだように、秋風が吹くものである。

安田講堂前の楠の周辺にたむろする学生もめっきり少なくなったころ、正門前の『ルオー』でコーヒーを飲みながらゼミのテキストを開いていたつばさは、和久田から声をかけられた。

「連城剣一が結婚したってヤフーニュースに出てるぞ」

相手は「東大男子に人気アンケート第一位」が売りのグラビアアイドルだ。

「ああ、見た」

「あんなのと結婚してどうするんかね」

「あんなって、どっちが？」

生返事をする。

「どっちも。グラビアアイドルって年とったらどうなるのよ。あいつ、タレントとしてやってけるトーク力ないだろ。連城だってさ、ゴルフとか競馬じゃないんだぜ。パドルテニスとかいうの金儲かるの？　17歳年下だって。あの男、そんな年齢いってたんだ」

パドルテニス「とかいうの」という断片は、つばさをわずかに不愉快にさせた。自分もパドルテニス「なら」、中学時代から部活をやってきた生徒の下につかなくてすむと発想して始めたことは、記憶からサラサラ滑り落ちている。自負する東大生なので生き方上手だ。

「再婚じゃなかったか？」

テキストに顔を向けたまま、つばさは依然として生返事である。和久田の指がスマホ画面を滑る。

「あ、ほんとだ。略奪されたんだ。へー、古いほうのヨメを捨てたわけね」

和久田は「ここ、いいか？」ともことわらず、つばさの前の席に、コーヒーカップを持って移動してきた。

（おれはおれのことしてるんだから、自分も自分のことをしたらいいのに……）

つばさは眉だけ上向きにし、和久田をチラっと見た。

和久田は黙っている。

「竹内、おれさ……」

「何？」

わずかにイラっとして、つばさは顔を上げた。

「……」

和久田はつばさの顔をじっと見つめた。

「なんだよ、ど真剣な表情で。まさかおれにコクってくるわけじゃないだろな。そっちの趣味ないぞ。中高、共学だったし」

「おれもそうだよ。なあ……」

「なんだよ？」

「おれ、性欲が強すぎるんじゃないかと思うことがある」

「は？　いきなり、何の告白だよ」

「受かるまではお預けって、禁欲ちゅうか、ゲンかつぎっちゅうかしてた奴って多いんじゃないかなと思ってさ、うちのガッコには。するとそのぶん性欲が、貯蓄発酵されてるんじゃないかみたいな」

「人によるんじゃね」

「おれ、一晩で13回ヤッたことがある」

「そりゃ、相手もたいへんだったろ」

「そんなつきあいかたなんで、長続きしないっつうか、1か月くらいで飽きてしまうわけよ。グラドルがアプローチしてきたら、そら、そっち行くだろうなって、連城のキモチはわかるわけ……」

そこまでは、つばさも猥談として半分聞き流していたが、次の一言でテキストを閉じた。

「いずみも……」

和久田はすぐに口を閉じ、

「い……いっか、こんな話。おれ、何言ってんだろ」

ごまかしたが、いずみが那珂いずみのことなのはあきらかだ。

「いずみって、那珂さんのこと? つきあってたの?」

自分が気づいたことを和久田に隠せない。ストレートに訊いた。

「わかっちゃった? ま、ね。向こうがコクってきたときは、そりゃ、『やっりー、ミスユニバースだぜ』って食欲満々でガツガツいっちゃってもさ、チューインガムみたいつうか、あいつ、しゃべることなくてさ。聖マグから日藝のくせにさ」

「聖マグ?」

このときも、つばさはこの学校名に記憶がなかった。

「ずっと東京にいる竹内には地方のことはわかんないだろうけど、地方では、私立高校に進む生徒は、公立には行けない偏差値の低い生徒、って感覚が、ずーっとあったんだよ。

高校のときに先生らに聞いたんだけど、地方の私立高は、昭和の終わりごろから変化し始めたんだ。

平成に入ると地方私立学校は、『バタビアコース』とか『特別進学コース』なんていうネーミングで進学クラスを設けて、バカ学校のイメージ払拭作戦をとるようになったんだ。生徒じゃなく経営者側が刻苦勉励を続けた甲斐あって、平成にもなると、偏差値ランキングで、成り上がって男爵になるやつみたいな私立が、あちこちの地方で出てきた。

宗教団体もこれに注目して学校を作ったり、もとからある宗教系の高校は、同宗系の高偏差値大学への推薦枠をエサに生徒をかき集めるようになるだろ。するとさ、おれの従兄が行ったみたいな牧歌的な公立進学校は必然的に押し退けられて、かつてのカシコイ高校の名誉は、過ぎし日の栄光になってしまうわけよ。

その結果、平成に入ってからの地方の高校偏差値ランキングは、各県に複数あった旧制中学進学校のうち、ただ1校のみが、その県における special な公立進学校となり、以下はずらりと新興勢力の男爵私立高が占める。かつては第1位高のライバルだった2番手、3番手の公立高校は、9位か10位に入るのがやっとだって、かつての2番手3番手卒の先生らが嘆いてたよ」

和久田の従兄の時代とはちがい、那珂いずみは平成に高校に通った世代である。金沢の聖マグダレナ女学院高校は、和久田の従兄が高校生だったころには、公立に行けない生徒のための学校だった。だが和久田が言ったとおり（和久田が金沢鏡丘高の教諭から聞いたとおり）、横浜市でさえ、郊外にある藤尾高校などが「近年の公立高校の受験対策の失敗例」になっているのを尻目に、聖マグは平成には変身をとげており、そこその進学校となった。聖マグからいずみがAO入試で入った日本大学藝術学部放送学科も、全国レベルで高い人気の学部学科だ。

「だっからさー、聖マグで日藝でゆくゆく女子アナでもめざしてんじゃない？　で、なってておかしくないルックスじゃん？　けどさあ、なんでかさあ、あいつといるとげっそりしてくることがあるわけよ。しゃべってると。なんつうの、おれじゃなくてもいんじゃね？　ってかんじして。

おれじゃなくても東大だったら、こいつは誰でも同んなじなんじゃないのかねって、カンじちゃったんだよな。おれはヴィトンの鞄かよ、フェラガモの靴かよ、って気してきて」

那珂いずみとは2か月の短いつきあいで別れてしまったという。

「ルックスはいいからさ、ガツガツ喰ったもんだから、すぐ味がなくなったのかね。噛みまくったガムはすぐポイしたいじゃん」

「ポイ」した日を、和久田はおぼえていた。

「7月2日。おれの誕生日だったんだ。気まずい誕生日だったな」

つばさもおぼえている。

（7月4日だった）

と。いずみからのメールを受け取った日を。コンタクトレンズを入学祝いに買ってくれた祖母の誕生日だったからだ。「アメリカと同じ誕生日よ」が祖母の誕生日の口癖だ。

7月2日に和久田と別れ、7月4日にはつばさに、いずみはメールを送ってきたのだ。

アクアパッツァ。

水の魚。

海の中。

デモ、地上がいいな。

再会するなら。

ちがう？

ちがうかな？

ちがう？　ちがうかな？

どっち？

（汚い）

咄嗟につばさは感じた。

思うのではなく。

＊

横浜の菜食の店を選んだのはいずみだった。

和久田と喫茶店で話して以来、つばさは彼女に連絡しなかった。クリスマス・イブだというので義務感で会った。

いずみとつばさがはさんだテーブルには、サラダばかりが運ばれてくる。やっとサラダではないものが来たと思うと大豆ハンバーグと玄米だ。

クリスマス特別ケーキは、人参とオーツ麦をこねて、アーモンドオイルで焼き上げたもの。タンポポとどんぐりを炒ったコーヒーも出た。ノンカフェインとのこと。

「このケーキとコーヒーはいけるじゃん。うまいよ」

「お世辞はいいよ」

「お世辞じゃないって。べつにおれ、ここの店の人に義理ないし。大豆ハンバーグと玄米もなかなかいけたよ」

つばさの母親がいつも作るような料理と味つけなのだ。いわばおふくろの味だ。

「そうなんだ。頭いい人にはわかる味わいなのかな。わたしはバカだからニガテ。出てきたサラダ、ぜんぶ苦いもん」

つばさは厭味にイラっとしたが、抑えた。

「まずいとか口に出すからまずくなるんじゃね？」

「わかった。じゃあ、わたしからツーくんへのクリスマスプレゼントは、ここでの夕食にする。わたし、プレゼント用意しなかったから」

「いいよ。おれ、払うよ」

つばさが言うと、

「いいよ」

いずみがまた言う。

「いいよ」

つばさもまた言い、

「いいってば」

また、いずみも言った。

「いいんだよ。おれのクリスマスプレゼントのほうが、ここよりずっと安いから」

「へー、すべては数字で、合理的ィ」

乾いて、おちょくる口調だ。

「合理的なことに賛成してくれるなら、よかったよ」

「賛成するよ。それで？」

「それでって？」

「ここをわたしがプレゼントにするので了解でしょうか、頭のよい東大生は」

つばさの耳の奥で「東大ならいいんだなって」と言った和久田の明るい声がよみがえる。

「じゃ、ありがたく受けます。ありがとう」

「ありがとう」

いずみが何に礼を述べているのかわからなかった。

「よかった」

そう答えたつばさも、なにがよかったのかわからなかった。

女が泣いてヒステリックになるのだけはいやだ。トラブルはいやだ。

「わたし、明日ね、早い新幹線で米原まで行くの。それから金沢にちょっと帰るの」

いずみはにっこり笑った。

（よかった。この女は泣かないでいてくれそうだ）

いずみが支払いをすませると、二人で店を出た。

「わたし、長女なの。下に妹がいて。三人妹がいるのよ。金沢の兼六園のそばで旅館をやってるの。言ったけど、きっとツーくん、忘れたよね。

わたし、小さいころから『じゃ、婿養子さんですね』って言われてきて、それがイヤだったの。自分の人生を、よく知りもしない人が決めて言ってくるのが、とってもイヤだったわ」

いずみは道の先の信号をゆびさした。

「今、青だから、次の青になるまでにあそこまで行って渡るわ。いずみね、ツーくんといっしょに、あそこまで歩くのも、もういやなの。ツーくん、ここでちょっと立ち止まってて、わたし、先行くから」

じゃあと、いずみは信号のほうへ小走りで去っていった。

（よかった）

修羅を抱えずにすんだ、とつばさは思った。修羅。この重たい語が、東大工学部の優秀な頭脳にとって、どれくらいの重みがあるのかは不明だったが。

いずみとの時間差を作るために道わきに立ち止まっているつばさの横を、大学生ふうの3人が通りすぎた。

（あいつら、たしかさっきの店にいたんじゃなかったかな）

3人は、いずみがゆびさした信号のほうへ歩いていく。3人のうち1人だけが信号を渡って駅のほうへ、あとの2人は別のほうへ行った。

つばさはコートのポケットに手をつっこみ、できるだけゆっくり横浜駅のほうへ歩いた。

東横線のホームでスマホを取り出した。

【メリークリスマス。何してるの？】

パドルテニス部の女子マネの浅倉にＬＩＮＥを送ってみた。パドルテニス部はやめたが、ＬＩＮＥつながりはつづいている。

【渋谷で×ちゃんや、××くんや、×××さんと、いっしょにもりあがってるとこ。竹内さんも合流しましょうよー】

すぐに返信がきた。

【いいね。合流するよ。どこ？】

すぐに返信した。

彼らは渋谷円山町近くの居酒屋にいた。

「本気で酔っぱらっただっちゃ。帰りたくないだっちゃ。どっかで寝たいだっちゃ」

浅倉が冗談めかして誘ってきた。だが、つばさは、

「ごめん。なんか、今日は疲れてるんだ」

と中年サラリーマン亭主のような返事をして、広尾の自宅に帰った。

浅倉は、つばさが到着するまでに、一人で一瓶のスパークリングワイン、それにビールも焼酎も飲んでいた。「帰りたくない、どこかで寝たい」という発言は、肝臓胃腸の真実の叫びだったのかもしれない。わからない。浅倉本人にも。

ただし、他者への引け目というものが稀薄なつばさは、彼女は自分を誘っている、としか思わなかった。

そして年が明けた。

2

菜食の店でいずみと別れた日から、数日後だった。

今年のニュースをまとめるTV番組を、つばさがソファに横になって見ていると、大晦日に向けて、冷蔵庫の中を掃除していた母親が言った。

「今年は青山では――」

青山では、というのは母方祖父母のことだ。

「――いつも頼んでるお店のおせち、ひとまわり小さいものにしたんですって。ひーちゃんも、つーちゃんも、おせちを食べてくれないからって。お正月に青山へ行ったら、もうちょっと食べたげてよ。せっかく高いやつなんだから」

「まずいわけじゃないんだよ。お祖母ちゃんがいろんなもの作ってくれるから、そっち食べてると、あっちまで食べるの忘れてしまうんだよ」

「そうねえ……、ひーちゃんはすぐ帰っちゃうしね……」

司法試験合格をめざして勉強ばかりしている兄は、青山を訪れても、挨拶すると家にもどってしまう。

司法試験を受けるにはまず、司法試験予備試験、略して予備試験に合格しているか、法科大学院を修了していることが必要となる。法科大学院は、法学部出身者は2年間、他学部出身者は3年間修業をする。

並行コースで司法試験合格を目指す学生は多く、その場合、たいていが在学中から、伊藤塾など予備試験対策のための専門学校に通う。兄もそうだった。

3年時に予備試験を受けた。東大法学部の予備試験受験者については、論文試験で落ちたとしても、短答式までなら7割余ほどが合格している。兄はその短答式で落ちた。

4年時には短答式は受かったが論文で落ちた。「教職課程なんかで時間をとられているからだ」と父親が嘲笑と落胆をまぜた顔を兄に向けると、小さな声ではあったが「教職の授業はどれもおもしろかった」と、いつになく反論した。

法科大学院に進み、伊藤塾も通い続けるというダブルスクールで、院1のときにまた予備試験を受けたが、また論文で落ち、家にいるときはいつもふさいだ表情をしているようになった。兄は弟の手本として、ものごころついたときから「テストに落ちる」という経験が皆無だった。なんのテストであれ、落ちる、ということが激痛だった……のだろうと、母親と弟は見ていた。

「お正月くらいのんびりするといいって、つーちゃんからも言ったげて」

「そのうちね……」

気のない返事を母親に返した、この日の夜。

深夜に喉が渇いて、つばさは起きた。

水を飲むためにDKに行くと、母親が日中に磨き上げた冷蔵庫の前に、兄が突っ立っている。

照明を切ったDKで、兄の、喉仏から上は、ブルーライトにぼわあと照らされている。iPadタブレットを顔に近づけているのだ。

「びっくりしたあ。ホラー映画か」

軽くつばさは言ったが、兄の表情は能面のように変わらない。

「キモ……」

抑揚のない沈んだ声でつぶやく。

「どしたの？」

「こいつ、キモ……。げろキモ……」

「こいつ？　だれ？　こいつって」

「こいつ」

兄がタブレットをつばさの顔に近づけてきた。取り上げて、画面を見る。

『黒マントのふらっと映画』

たんなる個人ブログであって、パブリックなデジタルマガジンや新聞の記事でもなんでもない。

プロフィールとして、トーベ・ヤンソン原画のスナフキンに、合成で黒マントを着せた画像に、「ふらっと生きてるステウデント」と自己紹介している。

『美徳のよろめき』

なんだかチープなメロドラマみたいなタイトルだけど、三島由紀夫はなんで、こんなタイトルつけたのかな。風邪ひいてベッドにいるときにスカパーではじまったから、ちょうどいいかと思って見た。監督は中平康がやってる。

ちなみに中平康はぼくの卒業した学科の先輩に当たるのかな（中平は中退したみたいだけど）。そいでもって三島由紀夫は大学の先輩に当たります。

原作は読んだはずなんだ。ぜんぜん覚えてない。小説って正直、どうでもよくて。立花隆（あ、この人も学校の先輩に当たるんだわ）も「ぼくは小説は読まない。時間の無駄だから」って、何かで言ってるの読んだ気がするし、ま、先輩の言うことはきいておきましょ、と（何の話だ^^;）。

それで『美徳のよろめき』にもどって、原作読んでないから、あくまでも映画として観られたと思うんだけど、クレジットのセンスも褒めてあげたいんだけど、この映画はつまりは中平が

『中平が』までで、つばさは読むのをやめた。目が痛くなった。つばさには関心のないカメラアングルだの、音楽の入れ方だの、古い映画を見た感想が長々と書いてあるだけのようだった。

「これが何なわけ？」

「……キモい」

「こんなの、よくある感想文だろ。ヒマな奴の」

このブログの何が兄を不快にさせているのか、正直、つばさはわからない。

「だれだっけ、なんだ？　えと」

画面を見直し、

「ここ、立花隆。ほら、立花隆の言うとおりじゃん。『美徳のよろめき』を読む必要もないし、どこのだれかしらんやつの書いた感想文なんか、もっと読む必要ないじゃん」

「『美徳のよろめき』はどうでもよい。感想もどうでもよい。そいつがキモい。赤黄いろく膨らんだ面皰(にきび)みたいなやつだ」

兄は言った。

面皰症のつばさは反射的にムッとした。

「その譬(たと)えのほうがキモいよ」

だが兄は何も返さず、つばさのほうも見ず、ぼわあとした足どりで自分の部屋にもどっていった。

大晦日の朝食に、兄がDKに現れないので、母親は彼の部屋をノックした。返答はなく、ベッドのリネンや布団はきちんと畳まれ、六法全書を重石にしてA４の紙が置いてあった。

早い飛行機で気分転換がてら北海道の祖父母宅を訪ねる旨、走り書きされていた。

急な出発にはいくぶんおどろいたが、両親もつばさも、妙には思わなかった。4年の論文試験にすべった後にも兄は祖父母宅を訪れていたし、院生になってからの試験後にも訪れていたからだ。きれいな空気のせいか北海道からもどると顔色がよくなっていたので、このところ疲れきっているようだった兄が、また北海道の祖父母宅を訪ねるような気分転換は、おおいに必要だと家族も思った。兄が着いたとの電話が祖父からもあったし、祖母はうれしそうだったし、まさかそのまま北海道にいつづけることになろうとは予想だにしなかった。

2015年の早春。

竹内家に大波が押し寄せた。

それまでは、両親は思っていた。「上の男の子は東大法学部から法科大学院に行って司法試験合格をめざしていまして。下の男の子も東大なんですけど、こちらは工学部で、今年4年生になるんですけど、大学院に進むようなこと言ってますわ」と。同僚や近所の人にも、こう言っていた。

竹内家は「国家公務員のお父さまと、小学校教諭を経て専業主婦のお母さまと、二人の息子さんはそろって東大合格された家よ」と世間の人は見てきて、これまで失点なくやってきたのだ。

その家に大波が押し寄せた。当人たちにとっては。

トラブル、ごたごた、問題。こうしたものに絶対値はない。当事者の内での比較である。

竹内家に押し寄せた大波は、竹内家家長と妻にとっては、そうであったということだ。

「こっちで住むことにした」

兄から電話があったのである。

大晦日に祖父母宅を訪ねた兄は、そのまま北海道に滞在しつづけ、新たに開校した聖マグダレナ学院北海道校の教員になり、祖父母宅から勤めることにしたという。「金沢にある母体校は女子校だけど、こっちは共学でアットホームな学校なんだ」と送話口から流れる兄の声はいたってほがらかである。経済的にも学力的にも問題はないのに、いじめや家庭環境に理由があって不登校になった生徒を対象にしたフリースクール的な小規模の学校を、学校法人マグダレナは北海道と島根に設立したのだそうだ。

ダンサーめざしてリュックを背中に単身ラスベガスに行ったわけではない。絵描きになるといって単身モンマルトルの丘に行ったわけでもない。

勉学に再意欲のある生徒に手をさしのべる新機軸の学校の教員。祖父母宅から通勤。これを「堅実な進路だ」と感じるか感じないか。当事者による。

麻武から東大法学部に進んだ長男が、北海道の小さな町で学校の先生をすることは、両親にとって、とくに父親にとっては大波だった。「息子は脱落した」と感じた。「なんのためにバカ高い学費を払ってSAPIXに通わせ、麻武に通わせ伊藤塾と法科大学院に通わせたのだ」と。もし自宅に日本刀があったならば、長男の首を斬らないまでも、峰打ちくらいにはしかねない大波のトラブルだった。

司法試験は国家試験のうちでも最難関なのだから、何年もかかって合格する者も多い。その予備試験の短答式まではちゃんと合格した兄なのだ。当然、このあとはまた試験に挑み、合格してくれるものと、父親には他の発想はなかった。

では、この大波を、弟はどう感じたかといえば、

(は？　どしちゃったの？)

だった。

(岩見沢なんてイナカに越して、どーするっつうのよ、バッカみて)

だった。


兄が出て広くなった家でのゴールデンウィークは忙しかった。

いくつかの実習の結果レポートを完成させないとならず、近所の大きな図書館に通ったり、夜遅くまで自室にこもったりしていた。

ゴールデンウィークが明けた土曜。

『アクア　パッツァ』での食事をふるまってくれた「笑えるおばさん」からの紹介で、別の中坊の家庭教師のバイトをしている。目黒雅叙園の裏手にあるその家を、つばさが出たのは夜の10時になろうとするころだ。

譲治からLINEが来た。

【実入りのよいインカレをたちあげようかって話をしてます。和久田先輩と國枝先輩といっしょです】

二人は駒場キャンパス周辺での活動が多い「ダージリン」からは足が遠退いているようだ。

【竹内先輩もまじりませんか。場所は日吉です】

つばさは本郷、譲治は駒場なので、六本木で会って以来、二人は顔を合わせる機会がそうなかった。なにかの用で譲治が本郷に来たときに、チラとすれちがったていどだ。

かつて昭和末年に、東大の文Ⅲの江副浩正は、文Ⅰの中曽根康弘にリクルートコスモス未公開株一億五千万円を実質プレゼントしたのに、文Ⅰの中曽根から『私の友人の中では親しくなかった一人』と言われた。この答弁は、中曽根康弘にとっての「友人」とは、信頼と誠実をもって関わる相手ではなく、「知人」よりも儚(はかな)い気分で関わる相手なのだと、一部の国民の心の襞(ひだ)に沁み入らせたものである。

東大卒の元総理からすれば、つばさと譲治は、どのていどの「友人」なのだろう。

譲治とはわりと会っているような感覚が、つばさにはある。

譲治はメールやLINEにこまめだし、同じ本郷キャンパスの國枝の口からも譲治の名はよく出る。ワイドショーでコメンテーターをつとめている國枝の母親と、日本パーシー・リンド（Percy & Lind Japan）でハイポストにいる譲治の母親はフェイスブックでつながりがあるらしい。

(日吉に来いってかぁ……)

目黒駅に向かう坂道で、つばさは返信をした。

【今、目黒なんで。帰りがタルいんで】

すると、すぐに連続返信が来た。

【アゴ＆マクラ付でどうですか】

【本日は我が家の人数が減ったにつき】

飲食費は譲治持ち、遅くなったら自宅に泊まっていってくれというのだが、あまり気がのらない。

【目黒駅から東急目黒線で1本です。20分くらいです】

(え、そうだっけか？　目黒から日吉って、そんなにカンタンに行けるのか)

けっこう意外だった。つばさは日吉に向かった。

一番安いボトルワインが6800円の店に着いたときには、和久田と國枝はすでに帰ってしまっており、譲治とエノキが、つばさを迎えた。

「お呼びたていたしまして、ども」

コントで社長を演じる子役タレントのような相変わらずの口ぶりで、譲治は16000円の白いスパークリング・ワインを開栓した。

「ひようら(慶應日吉キャンパス裏)で、こんな店やってたって学生は来ませんから、密談に向いてますよ」

　客は二組しかおらず、どちらも白髪、禿頭、薄毛だ。

「そらそうだろ。学生には高すぎるよ」

「ちがいますよ。中途半端だからですよ。下から慶應のやつらは、日吉なんかでめし喰いませんよ。もっと御高名な店に行くんですよ。外部生（大学から慶應に入った学生）でも、家が東京のやつらは家の近くに行くしょ」

　慶應大学は都内三田と神奈川県日吉と湘南藤沢に主なキャンパスがある。

「SFC（湘南藤沢キャンパス）で大きな慶應面してるのはスポーツ推薦や芸能人枠っていうか広告塔枠とかのやつらで、そいつらはひっかけたりひっかけられたりして、そのあとは横浜かサーッと新宿に行く」

　よって、日吉界隈で食事をするのは、附属高校の運動部の男子、外部生のうち地方上京生だと譲治は言う。

「でも、そういうやつらは、もっと安いチェーンの居酒屋とか、とにかく量を多く出してくれる店に行くから、ここみたいな店は、いちばん学生が来ないんです」

　この数年にオープンした、今、つばさたちがいるような店は、地元の、50代以上の客を想定して、静かで、ポーションは少なく、値段は高めにしてあるのだそうだ。

「夜遅くから飲み食い始めるときはポーションの少ないほうがいいっしょ？　10時から吉野家なんかに入ったらデブの道まっしぐらですからね」

この店は、譲治の母親や父親が、ビジネス上の接待なのだが、表向きはプライベート利用にするときに使うのだそうだ。

「なので、竹内先輩はお気づかいなく。お金は液体ですから」

「それ、前も言ってたね」

金は液体。金は流れるもの。譲治の持論である。

「小金はこつこつ働いて得るもの、大金は流用するものですよ。P地点からQ地点へ金を流用する。Q地点の金が、次はX地点に流れて、次にはまたP地点にもどる。億単位の流用ができる地点が数カ所あって、一千万単位の流用ができる地点が数十カ所あって、百万単位の流用ができる地点が数百カ所ある。百万以下は流用できない。こつこつ働いてゲットしないとなりません。

ひようらでめし食わないやつらは、親が高額流用地点にいるんすよ。なら、そんな親の金を流用することは、ひいては、汗水たらして料理して、高い店舗代を払っている人を助けることになるわけですよ。金を盗むのはよくないが、金の流用はどんどんしないと、下層の人が苦しむことになる。ぼくはそう思ってます」

とぷとぷとぷ。譲治はつばさに白い泡ワインを注ぐ。

「いいね。情緒的経済論だね」

目黒雅叙園裏の家庭教師先で、軽食をどうかと申し出られたのを断って出てきたから、空腹だった。緻密な気泡の出るワインは、一杯でつばさをポーッとさせた。

譲治の金についての意見はたんなるイメージだ。だが酒を飲んで聞くと心地よかった。

「実はダージリンを、一人ともやめちゃいまして」

インカレのダンスサークルを、譲治、エノキともに辞めたのだそうだ。

「和久田と國枝も、本郷になってから駒場まで行くのがタルくて行ってないみたいなこと言ってたな。でも、一人ともまだ駒場だろ？」

「エノキは三鷹寮だしバイトもあるしキツいんす。それはしかたないんですが、ぼくのほうは、どういうわけか、出禁になってしまいまして」

出禁。出入り禁止のことだ。

「ほんっと、どういうわけか、としか言えない。自分的にはね」

「裸踊りでもしたか」

冗談でつばさは言ったのだが、

「そうです」

譲治は頷いた。

「マジ？」

「ぼくがしたわけじゃない。女の子がしたんです。自主的にですよ。それが顰蹙買いまして。ってか、買わされまして」

彼らの属していたダンスサークルは東大と慶應のインカレだ。親睦会という名の飲み会で知り合った慶應女子大学生が、譲治に執拗な秋波を送ってきた。「あたしのとこで飲み直そうよ」と言うので、彼女のライオンズマンションのワンルームに行った。

「外部生の、SFCにAO入試で入ったっていう、テレビ方面に行きたいヒトでした」

口説かなかった。強制もしなかった。譲治はこの点を強調した。

「ただ、ミスコンの企画をしゃべっただけす」

と。「ミス東大やミス慶應とは主旨のちがうミスコンってのがあってもいいな」と、譲治はSFC・AO入試の女子学生に話したという。

「ミス慶應が女子アナへの道なら、イグノーベル賞みたいに、イグミス慶應とか、そんな遊びっぽいミスコンをやって、受賞したコは、バラドル、バラタレへの道になるようにしたらいい、って」

そんなミスコンがあるからエントリーしないかと騙（かた）ったわけではないことを、譲治は強調する。

「そんなミスコンがあってもいいよね、って酒飲みながらおもしろくしゃべってただけすよ」

「うんうん」とSFCの女子学生も同意した。「あたし、それの、栄えある第一回ミスになるぅ」と言い、洋服を脱いだ。全裸になったわけではない。ブラジャーとパンティはちゃんと身につけていた。「どう？　二次審査の水着コンテストだよ」と言った。「ようし水着コンテスト通過」と譲治も言った。スマホで写真を撮った。クネクネッと踊るようなこともしたから動画も撮った。

「酔っぱらってノリノリになってただけのことです。淫行におよぶなんてことしてないすよ。ふざけて撮っただけで、撮ったらそのあとはバタンキューで爆睡。気がついたら朝でした」

譲治は二日酔いで女子学生のライオンズマンションをあとにした。

「これだけで『出禁』って、ちょっとキビシすぎません？　なーんにも悪いことしてないと思うけど」

たしかにこれだけなら、石部金吉以外は、酔ってハメを外したにすぎないと思う。だが、実はこれだけではなかった。譲治はSFC女子学生の画像を、サークルツイッターからパスワードで潜っていけるウェブにアップしたのだ。

「顔も目線入れたし、ビキニの水着に見えるような画像ですよ」

それを見た者が希望すれば500円で静止画像、1000円で動画が見られるパスワードを売った。

「その写真も動画も、ハメ撮りなんかじゃないですよ。ワコールのCMにしたっていいようないい雰囲気の、女の子だけがノリノリで踊りっぽいことしてる10秒くらいのやつですよ。そんなだから、金払ったやつは笑ってしまったくらいで。こっちも、やーいダマされたって笑ったくらいで。だから120%、ジョークなんですよ」

しかし、SFCの女子学生本人は怒った。「私の体で小遣い稼ぎをしている」と。大勢の女子部員たちも怒り、出禁と言われ、腹を立てた譲治はダージリンを退部した。

「なにかぼく、悪いことしてます？　強制したわけでもなんでもないですよ。ＳＦＣ女が自主的に『どう？』って脱いで見せたんですよ。撮影中もノリノリだったんですよ。『イグミス慶應になってバラタレになる』って本人が言ってたんですよ。

あの画像見たら、女の子のほうが勝手にやってること、わかってもらえると思うな。な、エノキ」

「そうですね、ほほっ。完全に、あれは勝負下着ですもんね」

ＳＦＣの女子学生のブラジャーはレースで、乳頭が薔薇の花の刺繍のみで隠され、パンティもペアの薔薇モチーフのストリングＴバックだったというのだ。

「そんな下着を、授業受けるのに着てきます？　居酒屋でのサークルの飲み会に着てきます？　そのヒトがそんな下着を着てきたのは、飲み会で、東大男子のだれかをお持ち帰りしようって魂胆だったのあきらかじゃないですか。誘われたこちらは被害者だったんですよ、むしろ」

譲治は言った。

「それで出禁とは、おそれいりますよ。それで、ダージリンなんてとこはやめてやったんす」

「なるほどな。それならＳＦＣの女がタチ悪いな。タチ悪いのにアタったたってとこかな」

「でしょ？　だから、自分でサークル作ろって。

東大では学問だけをしていたいという学生ばっかなら、伝統ある野球部も水球部もできなかったしょ。

タンゴでもジャズダンスでもダンスだけしてたいなら慶應のダン・サーに入ってればいいじゃないすか。うちらの男子だって東大だけでストリートダンスでもエアロでもしてればいいじゃないですか。

異性と知り合いたいというキモチがあるからインカレなんしょ？ うちは女子が少ないわけだし。なあ、エノキ」

「そうですよ、女子のみなさんはけっこうロコツですよ、ほほっ。男子より、ね、ほほっ。

東大ぜんぶで、女子は少ないですよね。理系はとくに。その少ない東大女子は、ご自分の学部より偏差値ランクが上の学部の男子とお近づきされる傾向があるじゃないですか。ま、傾向ですよ、傾向。

理Ⅲ医学部の健康総合科学科なんか女子多いのに、医学部より偏差値の低い学部の男子とは、和久田さんのような人は別にして、口きいてくれませんからね。いや、そりゃ、オトモダチとしてはしゃべってくれるでしょうけど」

エノキはつづける。

「なら、需要（デマンド）と供給（サプライ）に徹底的に対応したインカレを作ればいいじゃないかと、そういうハナシになりましてね、ほほっ」

容貌にすぐれているとは世辞にも言えず、そのためか女性受けする雰囲気も醸しださない彼は広島県の教員家庭から上京してきて、東大生としてバラ色の人生が待っているはずだったのが、それほどでもなかったことで譲治やつばさより冷めていた。

「『星座研究会』っていうのを作ろうと思ってるんです」

譲治はスマホ画面に12星座表を出した。

「牡羊座は3月21日から4月19日。この期間に牡羊座の女子をメインに呼んで飲み会するんです。牡羊座祝いですね。で、4月20日から5月20日だと、牡牛座の女子をメインに呼んで飲み会と、まあこんなふうに理由づけして飲み会するんですよ。だってインカレって、異性と知り合いたい、仲よくなるために飲み会したい、って、ようするにこれが本音しょ。本音のサークルを作るの、いいじゃないかと。でも、本音をラッピングしてやる必要があるわけすよ、対女子には。そこで星座す。女子は星座好きしょ。飲み会で『シェヘラザード数』使ってびっくりでもさせてやって、ふっしぎー、とか盛り上がらせといたらいいですよ」

「そうですよ。女子のみなさんは、ご自分の本音は隠したいんですから、イヤン困っちゃうですね、ほんと、ほほっ」

ほほっ。ほほほほっ。エノキが笑う。

(ほんとに笑ってるんだ)

つばさはエノキの喉仏が振動するのを見る。お追従笑いではない。おもしろいから笑っている。痩せて、へなっと姿勢が悪いエノキが笑うと、歴史ドラマに出てくる公家のようだ。

「竹内さんも入りません？　星座研究会」

「飲み会に毛の生えたような活動ですむのなら、入るくらいはいいよ」

パドルテニス部をやめていたつばさは、てきとうな気分で入部した。

店を出た。

いくらだったのか。つばさにはわからない。店主は伝票を持ってこなかった。譲治も、カードも現金も出さなかった。

私立小中高の学校も金がかかるが、進学塾もべらぼうに金がかかる。私立学校に行き、塾に行くには、親に金があってこそなわけで、学力もさることながら、金持ちの子女が集まるという点でまぎれもなく日本一なのも東大である。

（きれいな啼き声だなあ）

つばさは名を知らなかったが、オオルリのさえずりが、彼の目をさました。

（何時だ？）

1週間連続装用のメニコンソフト72だが、やはり寝たあとは、いくぶんのズレ感がある。目覚まし時計のほうに頭を向ける。

（あれ？）

いつもの場所に時計がない。

（そうか、譲治の家に泊めてもらったんだったな……）

手さぐりで枕のそばに置いたはずのスマホをさがす。電源が入っていない。遮光カーテンが部屋を暗くしている。

日吉は、渋谷から近いにもかかわらず、森や林、急な坂が多い。台地を切り崩して開拓を進めたからだ。

「今日はだれもいないので、気も使わずに」と連れて来られたその住まいは、黒い闇の中にあった。夜更けだったので周囲を囲む木々がそう見えたのだ。

体を反転させた。

寝ている布団の横にソファがある。ソファに布団がある。

（ああ、エノキもいっしょだったんだっけ……）

この部屋に通されるなり譲治が寝具を用意してくれた。シャギーカーペットの敷かれた床につばさが、ソファにエノキが寝た。

ソファにエノキはいないようだ。布団がまるまっている。

と、廊下から光が入ってきた。

「すみません。起こしてしまいましたかね。喉が渇いたもんで、譲治に言われたとおり、勝手に水をもらってきました」

ひそひそ声でエノキが謝る。

「いいよ。今何時？」

「6時ちょい過ぎす」

「そんな早いの」

つばさはまた布団にもぐる。

エノキもソファに横になる。

「すごいマンションでしょ。マンションじゃないのか。なんていうんです、こういうの？　中庭式マンション？　去年の夏休みに軽井沢でバイトしましたが、あそこのアウトレットの近くにある軽井沢プリンスみたいですね」

「へー、夜中に来たから、おれ、よく見てなくて。そんなに大きなマンションなのか」

つばさは目を閉じ、エノキに背を向けたまま、そのホテルに那珂いずみと行ったことを思い出した。

「大きいっていうんじゃなくて、雰囲気が低層ホテルっぽい。たぶん戸数はそんなになですよ。三浦の部屋がいちばんいい場所ですね、林に面してて」

「エノキは前にも泊めてもらったことあるの？」

「ありますよ、三、四回……。来年は三鷹寮を出なくちゃならないんで、どうしたもんかなと」

「ウチのほかの寮はだめなの？」

「そりゃ入りたいですよう……。でも希望者多いし、留学生枠もあって競争率が厳しいんですよ。家の経済状態が逼迫（ひっぱく）している学生優先になってまして」

エノキが長く息を吐くのを、つばさは背中で感じる。

「こんなマンションに泊めてもらったりしてると、おれの家の経済なんかじゅうぶん逼迫してるじゃねえかと思いますけどね。親父は公立中学勤めだし」

「え、だって校長先生なら給料いいんじゃないの？」

昨夜つばさは、エノキの家の話も聞いていた。

彼の父親は私立福山学院大学を卒業し、広島県福山市内の市立中学校長。母親も同市内の中学校教諭をしていたが、エノキいわく「せっかく広大（ひろだい）（国立広島大学）卒なのに、やっぱ時代のせいか、女なのでって」出産を機に退職し、自宅の一間で珠算塾を開きながら、舅姑の世話をして長男次男を育てた。舅姑のパターンと同じに。

舅（エノキ祖父）はやはり中学校教員で、姑（エノキ祖母）もやはり中学校教員で、結婚後の出産を機に、やはり勤めを辞め、自宅の一間で、お習字塾を開きながら舅姑の世話をして、子供（エノキ伯母とエノキ父）を育てたように。

エノキは次男である。つばさ同様、次男には長男を予行演習にできる要領のよさがあるのか、兄が新設の私立高校卒なのに対し、1学年下のエノキは、中2あたりから兄より成績がよくなり、トップクラスの進学校である県立春日高校に進んだ。

自宅から通学もできたが、彼の自宅から市街地の春日高校までは1時間余かかる。春日高校そばに住む伯母が「うちは娘がもう家を出てて気兼ねしなくてよいから」と自宅に下宿させてくれ、そこから通学し、進学塾にも通い、東大に合格した。

「おれんとこは兄貴もまだ大学に行ってるんで、家からの仕送りだけだと、家庭教師バイトのほかに、夏休みと冬休みにバイトしとかないと余裕ある大学生ライフっちゅうやつは送れないいんですよ」とエノキは昨夜、言っていた。「三鷹寮を出たら、家賃がハネ上がるから、長期休みだけじゃなく、日常的にバイトをもうひとつ入れないとならなくなるなと悩ましいところなんです」とも。

「校長ってもね、公立中学の校長すよ。収入は、この家のママパパとはゼロが一つ、へたすると二つ違うんじゃないすかね」

ふたたびエノキの長い息。

「竹内さんは家庭教師系以外にはバイトは？」

「イベント企画したり、ＩＴ企業に行った先輩のアシストしたり、単発でやるようなこと以外はないな」

「じゃ、飲食系バイトなんて、ですよね？」

「だな。安いしキツいじゃん？」

「まあね。でも、今しか経験できないつうか、ウチの大学にいるような学生とはちがう同世代たちと遭遇するのはおもしろいことも多々あるんですよね」

伯母には姉妹の二女がいたがすでに結婚や就職で家を出ていたため、下宿中のエノキは家事をよく手伝った。その経験で、わりと自然に飲食店のアルバイトを、夏や冬の長期休暇にしていた。

「軽井沢ではカジュアルイタリアンの店でバイトしてたんですけど、広島から来た安田女子大の女の子がかわいかったなあ。アイドル並み。おれが春高(シュンコウ)だっていうので尊敬してくれて」

春日高校という栄光は、もしかしたら東大という抽象よりも、その土地の出身者には具象としてもっと輝かしい栄光なのかもしれない。

「あんなかわいい子と軽井沢プリンスに泊まってみたかったすけどね。飲食のバイトって、短期だとシフトのタイミングがそうそうまく合わないし、『ダージリン』みたいに飲み会があるわけでもなくて、いつのまにか広島に帰っちゃってましたね」

(そりゃ、こいつのルックスでは、ピンで女は口説けないだろな)

つばさはエノキに背をむけたまま思う。

「竹内さんは、広島に行ったことあります?」

「いや。箱根から向こうって、修学旅行以外では行ったことない。あ、北海道だけあるよ。親父が北海道なんだよ」

「あ、そうなんですか? 札幌ですか?」

「いや、なんか田舎のほうだよ。岩見沢ってとこ。子供のころに行ったっきりなんで、よく位置関係、説明できないけど」

「おれん家も田舎にあるんですよ。福山の市街地に出るのもタルいくらいの。そんな田舎町って、塾って家の近くにはなくて。
兄貴は中2くらいまでは勉強ができたけど、母親のやってる珠算塾だけ小学校のときやってて、あとはバスケで部活がんばってて。
あんなにがんばらなかったら福山誠之館に行けたかもしれないのに、家の近くの高校行って、またバスケがんばって。でもバスケで有名な高校でもなし、スポーツ推薦でどっかの大学行けるわけでもないのに」

ばかだな。

遮光カーテンのしまった部屋に、エノキのつぶやきが漂う。

ばかだな。

エノキはくりかえした。

「兄貴は、親父をとにかく嫌ってて。蛇蝎のごとく、ってんですか、あれです。三浦もよくお父さんを汚物呼ばわりしますけど」

エノキと譲治が懇意になったのは、実験用具をかたづけていたおり、ふとエノキが、自分の兄の、父親への悪感情を話したことがきっかけだったそうだ。

「うちの親父は今は校長ですけど、平のころは理科を教えてて。それが生徒から人気のない先公だったんです――」

綽名が「キンブチ」だった。金色のメタルフレームの眼鏡からついた。そんなフレームの眼鏡なら、ほかにもかけている教諭はいる。生徒の親にもいるし、生徒にだっている。なのにエノキ父だけが「キンブチ」と綽名される。

「同級生らが自分の父を呼ぶとき、その【kin-bu-chi】という発声に、嫌悪と軽視の混ぜ合わさった音が籠められていた。粘ってるのに嗤ってるような発声だった」と兄は吐き棄てるように言っていた、とエノキは言うのである。

「実際そうだったんですけどね」

エノキの兄は自分たちの父親について、「生徒のことも、同僚教諭のことも、みみっちく値踏みしているケツの穴の小さい野郎だ」と断じているという。

「──おれだって親父がナイスとは思いませんけど、男の子供っていうのは父親に対しては、みんなそんなもんじゃないですかね」

エノキの話を、だがつばさは、もうほとんど聞いていなかった。6時過ぎにいったん起きたものの、目をつぶっているうちに、またうとうとしてきた。

「兄貴は坂本龍馬が好きだったんですよ。それで土佐に行くとかって、私立から公立になった高知工科大に行ったんですけどね。龍馬が好きだからって高知県に行ってどうなるっていうんです？　ね、ばかだと思いません？」

このあたりだけフッと聞いた。つばさは一瞬、山岸遥を思い出した。

もうとっくのむかしに死んだ作家だとか浪士だとかに、漠然とあこがれて大学を選ぶという行為が、つばさの耳をぴしゃっと閉じさせた。

（キモ……）

思い、あとは深い眠りの谷におちていった。つばさが寝てしまったのに、エノキは気づいたのか気づいていないのか。まだしゃべっていた。

「自分の父親がどうのこうの、三浦もなにを気にしてんですかね。プロの風俗嬢なわけですし、金で一回こっきりなわけですし。森鷗外大先輩みたいにパッキンの風俗嬢にのめりこんで同棲する男よりぜんぜん問題ないと思いますけどね。

親父なんかほっときゃいいじゃないですか。なにをこだわらなきゃなんないんですか。嫌いならこだわらないでしょう。こだわってるのは好きなんじゃないですかね。

反面教師っていうなら、おれは、親父より兄貴ですね。

兄貴と真逆のやり方がカシコイと気づいて、部活は弓道部にしておきました。マラソンとかビシバシさせられない。そのわりに運動部は運動部ですから内申書の好感度上がりますし。

上下関係ウルサイのも、おれ、そういうの得意ですから。気ぃ入れて礼儀するからたいへんなんで、表面の型だけちゃんとしとけばいーんですよ。礼儀作法ってもともとそういうもんしょ。公式にあてはめて計算するのといっしょじゃないですか」

エノキは長く息を吐いて、そのうち、すうすうと寝息をたてた。

つばさは尿意をおぼえた。

喉も渇いた。

エノキはソファで鼾をかいている。

布団から出た。遮光カーテンで暗い部屋を、もっそりとした足どりでドアのほうへ歩いた。

(トイレ……、どっちだっけ)

ドアを開けた。

明るい廊下。

「あら、おともだち?」

濡れた口が動いた。

つばさは棒立ちになった。

「ミネラルウォーターもルイボスティーも冷蔵庫に……」

爪になにかキラキラする粒が貼りついている。10本とも。

つばさは棒立ちのまま、女を凝視する。

濡れている。くちびるが。赤くはない。ごくごく淡いピンクだが、濡れたように光っている。長い。爪が長い。エルム街くらい長い。白い。ファンデが白い。長い。髪の毛が長い。骨盤くらいまである。出てる。乳がチラっと出てる。Vカットの襟ぐりから乳の谷間がチラっとだけ出てる。

妖艶派か清純派かと言われれば、清純派メイクとファッションだが、それがなにやら「ばっちり清純派」なところが、ものすごい女っぽさだ。

「す、すみません」

部屋からは出ず、ドアを閉めてしまった。

(譲治の親父さん、おれらが寝てるあいだに、デリヘル嬢を呼んでたんだ)

見てはいけないものを見てしまった。そう思った。

尿意をこらえ、ドアの内側からしばらく、廊下の気配をうかがっていた。

そうっともういちどドアを開けた。だれもいない廊下。

(たしかこっちだった)

小走りする。廊下の突き当たりにトイレはあった。来客への配慮なのか、ドアがわずかに開いており、トイレだとすぐわかった。

用を足すと、また小走りして布団の敷かれた部屋にもどった。あわてた気配がエノキを起こした。

「10時半だ、もう起きないと。家の人が帰ってきますね」

半身を起こしたエノキが腕時計を見ている。

「家の人が帰って来る……?」

「今日は家が空いてるんで」と譲治は言っていた。父親が大阪出張、母親はニューヨーク、妹は祖父母宅だと。

「じゃ、あれ、だれ？　さっき廊下にいたデリヘル嬢のような女が、まさか慶應女子に通っているJKってわけは」

「廊下？　あ、もう帰って来たんですね。朝、早い便で、成田じゃなく羽田から帰ってくるって言ってましたよね」

エノキはのんきそうに洋服を着始める。

「なに、それ。聞いてないよ」

「言ってたじゃないですか。昨夜、三浦が言ってたの、忘れました？　三浦のママさん、朝に帰国するって」

「なに？　じゃ、あれ、お母さん？　お母さんなら、アラフィフじゃん」

譲治曰く「優秀な子供を計画出産」してから再就職したというから、つばさの母親よりは年下だろうが、同世代だ。

「あ、見ました？　エッてなるしょ？　おれなんか、広島から出てきたばっかのときに会ったもんで、たまげましたよ。お上品でございますし、ケバイっていうんでもないんですけど、なんかがムンムンな人ですよね」

「だよな。あれが大学生と高校生の子供のいるお母さんのファッションか？　いくら仕事してる女だからって……」

つばさの母親が、学芸大を卒業後に公立小学校に勤めていたのは1年すこしだ。早々に結婚したあとは国家公務員住宅で、同じような夫を持つ、同じような国家公務員家庭の務めにしている。

の隣人と、揉めぬよう、浮かぬよう、ワンノブゼムに徹することを、妻として母として
　譲治の母親について、現在は外資系企業に勤め高ポストについている、フルタイムどころか海外出張もこなしてばりばり仕事をしている、そう聞いていたつばさは、なら、その外見を、教育大附属高校のときに習った女性教諭のような、脂っけのないざんばら髪をゴムで括って、ねずみ色がかった男女兼用デザインのシャツとズボンを着た、化粧気のまったくない像に想像していた。初夏のこの日、まだつばさは会っていないが、秋には会うことになる、横教の野草研究会部長のように。

「三浦のママさん、ナゾなんすよ。おれ、数回、会ってますけど、夜明けだろうが真夜中だろうが、ばっちり化粧してるんですよ。いったいいつ化粧を落としてるんすかね。おれのメニコンみたいに2週間連続装用OKの化粧品かっていう。靴もスゴイんすよ。20センチくらいありそうなヒールで。あんなの、足がツらないんすかね。なんにせよ、現役女感あふるるお母さんですよね」

「あふるるって暢気（のんき）なレベルか？　あれ、お母さん？　まじ？　すげえな」

　顕微鏡の鉱物を観察するように見れば、年齢相応の皺やシミもあるのかもしれない。が、つばさがメニコンソフト72を装用して廊下で見たのは、エノキの言うとおり、現役の女だった。ワンピースは膝頭が見える丈だった。自宅の廊下でも、ぺたんとした、よくあるスリッパではなく、ミドルヒールソールのワインカラーの室内履きだった。

＊＊＊

日吉駅からしばらく歩いたところに、高台の公園がある。樹木や草花が繁っている。

大学2年になった美咲は梢を見上げた。

（きれいな啼き声だなあ）

「オオルリじゃないか？」

頭のすぐ後ろで声がした。野草研究会の、横教の男性部員だ。

「わかるんですか？」

振り向く。

「さえずり方に特徴があるからね」

「すごーい。よく知ってるんですね」

感心した。

「勉強になりました」

自分がどんな表情をしているか、本人には見えない。

が、振り向かれた男子学生には見える。

（すなおでキュートなスマイル）

彼は思った。

夏の近づく公園の木々の葉は、ぐんぐん緑を濃くし、そこから洩れる陽光が、美咲の笑顔や、白く肌理の細かい肌を照らしている。

「もうこんなに暑いんじゃ、今年の夏は猛暑かな」

横教の彼は、美咲の胸元を、あまり見つめてはいけないと自分を制止する。が、どうしても目がいってしまう。

英語教員を目指す彼は、昨日の現代アメリカ文学のテキストに出てきた単語を思い出す。『cleavage/klíːvidʒ（洋服の襟元から見える）乳房の谷間』。バードウォッチングが高校生のころから好きだった彼は、横教入学時から野草研究会に入っていたが、アルバイトと授業の両立がなかなか難しく、月1回の活動も休みがちだった。教養課程を終えた今学年からは、わりと出席できるようになった。

後輩部員である水谷女子大2年の美咲のことは、もちろん前から知っていたものの、そう印象になかった。最近、気になる。

彼だけではない。ほかの男子部員も気にしているようすだ。ほかの男子たちが彼女のことをよく噂にするというわけではないのだが、部室で挨拶をかわすときの、彼らの態度が、わずかだが前とは変わっている。前よりどことなく積極的に挨拶をしている。

美咲のほうは、あたりまえに挨拶を返しているだけだ。

ただその返し方が、前とは微妙にちがう。前はサークル部長とそっくりだった。まじめだった。礼儀正しかった。

今はちがう。

まじめでなくなったわけではない。礼儀正しくなくなったわけでもない。変わらないといえば、なんら変わらない。

ただ、少しだけ、力が抜けた。

少しだけ、力が抜けた。

何が抜けるのだろう。何か抜ける。すっと抜ける。

たとえば「お疲れさま」なら、その言い方が前より、少しだけ、抜ける。

「さえずりで鳥の種類がわかるなんてすごいですね。耳がいいんですね。きっとカラオケとかに行ったら歌が上手なんでしょうね」

甘い笑顔で褒めてくれた。

バードウォッチングが好きな男子学生はうれしかった。

だが、前に立つ美咲のほうは抜けている。もうすこし接近したくとも、とっかかりになるような気配を出さない。

褒めてはくれたが、彼に対する、特別な感情があるようすはない。

(そのまんま、たんに鳥のことを褒めてくれただけなんだな)

彼が少々がっかりしてしまうような、肩に力の入らない褒め方だった。

この抜け感を換言すると、

(なんか、この子、前より色っぽくなったなあ)

バードウォッチング好きの男子の思う印象である。

紙が破れてしまって掬えない。そんな金魚のように、美咲は、抜けた。
桶で動かない赤い金魚。こんなのかんたんに掬えるぞと、ポイを寄せると、ぱしゃと紙が破れてしまって掬えない。そんな金魚のように、美咲は、抜けた。

こうした変化を美咲にもたらしたものは、ひとしずくのあきらめ、である。

『エンゼル』に冒険で入ってみたクリスマス・イブの夜に、だれとも知らぬ客が、胸元を褒めてくれた。

（なら、そうしておこう）

なんとなく襟ぐりの大きい服、胸のラインがなんとなく出るような服。そんな服を着るようになった。

それまでファッションに関心がなかったわけではない。

衣服や髪形や靴や鞄、そうしたものに関心を寄せることを不潔視する女性も少なからずいる。自意識に自分も手を焼いてしまうような女性は、昔も今も東西にいるものだ。

しかし、美咲はごくふつうの女の子として、ごくふつうにファッションに関心があった。だが、どんな服が自分に似合うのか、どうするとうまく着こなせるのか、いまひとつわからなかった。買い物にでかけても、連れの友だちや家族が、あるいは店員が「これにしたら？」「こんなのがいいよ」と勧めるものを選んでいた。

ほとんどその延長で、『エンゼル』の客が褒めてくれたような服を選ぶようになった。

すると異性が、前より、どこか、わずか、なんとはなしにやさしく接してくれる。決してあからさまな態度ではない。どことなくの、わずかなわずかな温度差。

（こんなふうなのがいいんなら、こんなのにしておこう）

どこかあきらめて、美咲はそう思った。

早々に結婚したカエちゃん。ニュージーランド人の恋人ができたとメールをくれたマユ。同じ日に急にカラオケボックスに行っても、水マユは靴紐と「つきあう」に至る。イノッチもグレーパーカと「つきあう」に至る。

（どうせサラダだから）

最初に出るサラダであってメインディッシュではないのだから、こんなふうな服を着ているのがいいのなら、そうしておこう。美咲は、ひとしずくのあきらめで、そう思ったのである。

サークル活動でも、バスや電車でも、道やコンビニでも、ことばをかわす異性は、みな、するりと美咲をすり抜けていく。

（あー、鳥が啼いてて、大きな木がたくさんあって、みどりの葉っぱがみんなサラサラいってて、気持ちがいーなー）

美咲は上を見上げ、深呼吸をしてから、足元を見下ろし、オオジシバリの写真を撮った。黄色いその花の名前は自分で調べた。

3

「東大星座研究会」はインターカレッジサークルとして、部員を募ることにした。男子は東京大学、女子はお茶の水女子大と水谷女子大、というのが譲治の案だ。

「お茶大は近くだからまあわかるけど、なんで水大？」

「そりゃ、水大も近くだけどさあ」

4年のつばさと和久田は乗り気にならない。

「東女(トンジョ)と津田は場所的に離れてるからやめるとしてもさ、お茶大ともうひとつは本女(ポンジョ)じゃダメなの？　文京区じゃん」

「本女はお茶大をいやがります。お茶大は東大女子をいやがります。そうは口にしないけど本音はそうです。だからといって、お茶大がいたらぜったい本女が来ないということじゃないです。あくまでも傾向です。来やすさの度合いです」

数多く合コンの幹事をやった経験則だと譲治。

「お茶の水、水谷女子。たんに『水』がついてる二大学にしましたという、意味のなさ、さがいーんですよ。自分にexcuseがつく」

堂に入ったエクスキューズの発音。

「それにこの意味のないユルさが、この二大学以外の子だって例外参加しやすいしょ。結婚相談所主催のパーティの逆にしないとダメだと思うんですね——」

結婚相談所の類の団体がいくつもある。頻繁にパーティを主催している。婚活中の男女に向けたパーティだ。

男性出席者を医師に限定したパーティでは、参加費は、女性出席者のほうが男性より1・5倍から2倍高い設定なのが相場だ。

「──阿漕じゃないでしょ、こういうの。これを阿漕というなら、レディースデーと謳って、飲食店が女性客に割引するのも阿漕じゃないすか。

動物昆虫の世界では、♀が♂を篩にかける。篩にかけられて勝ち残った♂は、♀を篩にかけていい。人間の世界では、♀と♂は互いが篩にかけあう。篩にかけられて勝ち残った♂は、♀を篩にかけていい。それを♀も納得しているから高い参加費を払ってでも参加するんすよ。

道路や鉄道も整備されてインターネットも普及してる。みんな忙しいじゃないすか。いわゆる勝ち組の人ほど忙しいわけで。なら、無駄なく出会いを求めることは、ちっとも阿漕じゃない」

けれど。譲治のあとをつづけるのはエノキだ。

「──けれど、大学生のうちはまだ、女子のみなさん、ご自分のキモチに不正直なのですよ、ほほっ。だから『東大男子と知り合えるチャンス』だとかロコツにするとダメなんですわ、これを前面に出しちゃダメなんですわ、ほほっ」

「そ。だからあくまでも『星座研究会』なんです。お茶大と水大っていうのは、広範囲の偏差値で受け入れてまーすってパフォーマンスですよ。ユルい規則であって、この他の大学のコが来てくれてもいいよ、みたいにしとくんです」

「なるほど」

「はーん」

「いいね」

つばさ、和久田、國枝は頷いた。

【東京大学星座研究会です。牡羊座から魚座まで、そのシーズンの星座生まれの人を祝いながら、紅茶を飲みながら、星座についてたのしく語り合うサークルです。とりあえず、紅茶を飲みに来ませんか？

紅茶には不可欠なおいしい水。そこで女子はお茶の水女子大と水谷女子大の、二大アクア女子大！】

SNSでこんなふうな呼びかけをしたところ、徐々に入部者が増えていった。もっとも小規模サークルなりの数だが。

女子の大学比は、最初は水大ばかりだったが、夏休み明けにはお茶大も増えた。ミスコンがきっかけだ。

合コンで譲治と知り合いだった女子学生が「ミスお茶の水大学」にエントリーして、ツイッターでずんぶん叩かれていた。ミスコンに出たこと、「ミス」を獲得できなかったことを「負けた」と書いたことで。

「勝ち負けはどこにだってあるのに、ないようにするの、おかしいよな。どこでも、複数の人間がいるかぎり、序列ってのはできるよ。序列の最上段にすわりたいって、そう思うのを否定するのはおかしいよ」

『サンマルクカフェ』で、つばさがこう言ったことで彼女は気をよくし、「星座研究会」に入った。そのさい、あと二人、お茶の水の女子学生を連れてきた。するとまた一人、また一人と、お茶の水も増えていったが、「サークル活動に個人の時間をとられてしまうようではイヤだ。あくまでも余暇の遊びの域におさめたい」というのが、つばさ、和久田、國枝、エノキ、それに譲治の、そもそもの希望だったから、やっきになって人数を増やす必要もなかった。

＊＊＊

水大の、文京区キャンパスではなく、瀬谷キャンパスを出た2年の美咲は、バスの中で思う。

(このごろ、喧嘩ばっかりだ)

父方の伯父が結石で入院し、それを見舞いに行った息子(美咲の従兄)がバイク事故で複雑骨折をした。母方祖父が、町内会の親睦会で飲み過ぎ、町内会費7万円入りの財布を落とした。

どれもたいしたことではないと言えば、たいしたことではない。ただ重なった。

見舞いに行く分担だとか、クリーニング店の店番の分担だとか、つまらぬことが原因で口喧嘩がよくおこり、大声での喧嘩に変じてしまう。

そこにきて美咲の妹が補導された。

定期考査を控えた勉強会だと、妹は毎日のように数人で同級生宅に集まって泊まり込んでいた。母子家庭であるその母親は夜の勤めをしているので、家は中学生たちだけになる。薄い壁のアパートの一室だったので、「騒がしい、低い男の声も聞こえる、私設売買春ではないか」とアパート住人が警察に通報し、補導されたのである。

よく聞けば、女子中学生3人が集まるものだから無邪気にかまびすしかっただけで、男の声は、その家の母親の勤める店の常連客の、70近い僧侶だった。

退職前は公立中学校の数学教諭と僧侶の兼業だったと、店で聞いて知った母親に頼まれて、数学はじめ他教科の勉強をみてやりに、店から時々、直行してくれていたのだった。

（笑っちゃうよね……）

美咲は思うし、じっさい、巡査も実情を知って笑っていたのだが、10代の女声は、音として、夜間にはとんでもなくやかましくなるので、近所迷惑なことはたしかであると、厳重注意を受けた。

警察に連れていかれて事情を訊かれたり、警察から学校へ連絡が行くというようなことは、当の妹にはむろん、地域の学校の給食センターの配達員という立場の父と、その妻である母にも、けっこう深刻なことであったので、これがまた口喧嘩のたねになるのだった。

（食欲の秋になったというのにな）

ていくだけだ。スマホに入れていたJUJUの曲も、ヘッドホンで聞いているというのに、すりぬけ

ふと「食べもの」「たのしい」で検索エンジンにかけてみた。「牛肉には気分を高揚させる効果がある」とステーキの写真をアップしている人がいた。

それで、三ツ境駅前の、バスから下りたところにあるスーパー『ひろた』に入ってみた。

夕食の買い物をして帰ることが、美咲にはときどきある。長女の役回りで、食事の支度や手伝いをよくする。だが買い物は自宅の最寄り駅前でするのがもっぱらだったから、この店に入るのははじめてだ。

店頭ににぎやかに貼りだされている値札がいつも安かったので一度入ってみようと前から思っていた。「奥さん、これなんかね、」「奥さん、この大根はさ、」と、店主は女性客を全員、奥さんと呼ぶ。

「奥さん、この肉どう? いいとこだよ。めっけもんだよ」

「奥さん」に見えたわけではないのはよくわかっているのに、「奥さん」と呼ばれると、くすぐったいような、うれし恥ずかしな気分になった。

肉を買って帰った。

5人家族なのでステーキではなく、すき焼きふうに煮て生卵を添えた。

「ほう、いいにおいだな」

朝の早い父親は、早めに食べ始めて早めに食べ終わるが、途中から茶の間に来た弟と妹も、

「わあ、今日はごちそうだ」

「おいしそう」

大喜びしている。食卓は久々に笑い声に満ち、美咲もうれしかった。だが、

「髪が長すぎるんじゃない？　うっとうしいよ」

食べ終わったあと、母親が弟の髪について言った。

「こんなの、みんなと同じくらいだ」

「みんなって何人？」

いつもなら、こんなときは「そう言うけどねえ、ちょっとねえ」くらいに流していたのに、このところ苛々（いらいら）がたまっていたのか、母親はいつになくキリキリ声で叫んだ。

「何人て。数えたことなんかねえよ」

「2人？　3人？　そんなのみんなって言わないわよ」

「うっせえ、ばばあ」

「そのばばあに、食べるものから着るものからぜんぶぜんぶ、やってもらってるくせに。あんたのおちんちん、拭いたげて、うんこもらしたの洗濯してあげてたの、このばばあなんだからね」

「うっせえって言ってるんだよ」

弟は、テーブルのアジシオの瓶を、さすがに母親に向かってではなかったが、床にビシャッとたたきつけた。ワンタッチキャップが開き、アジシオが床で散乱した。

「これ、掃除するの、だれ？　ばばあよ。あんた、掃除なんかしないでしょ。ばばあがするのよ。みんなやっかいなことはばばあにさせてんのよ」

怒鳴る母親の腕を、ぽんぽんと美咲はたたき、

「お母さん、私がやるから。割れなくてよかったじゃん」

美咲は箒（ほうき）を取りに立つ。

「ごちそうさまーっと」

妹は末っ子の要領のよさで、箸を投げるように食卓に置くと、すばしこく二階の自室にかけあがった。

さっきまで弟も妹も「いい肉はやっぱ味がちがう。やばい。やばい」とよろこんで食べていた。おいしい夕飯だったのに、アジシオ散乱で台無しになってしまった。

「ったく、ヒステリーおこすなよ。っんとに女はいっつもヒステリーなんだからな」

そう言う弟に、美咲は「あんたのほうがヒステリーおこして塩の瓶を投げたんじゃないの」と言い返してやりたくなったが、また騒ぎになるといやだから、ことばを呑み込んだ。箒と塵（ちり）取りを持ってくると、弟も二階に逐電していた。

だまって箒でアジシオを掃く美咲のかたわらで、母親はぐすぐすと鼻をならし、ティッシュをまぶたにあてている。

「遠藤さんと結婚してたら、こんなみじめな目には遭わなかったのに」

キャベツ畑とイモ畑を隔てた隣の遠藤歯科医院は「ずーっと歯科医院なの、あそこの家は」と母親から聞いている。

法事や盆正月に親戚や知人が集まると年寄りのだれかが「おれらんとこは、ずっと百姓だったからよう」と屈託なくおおらかにいう。そんな美咲の親類や付近の家々が専業農家だった時代から、遠藤さんとこは「医院」だった。ロバート・ケネディ夫人が「わたくしはロバートのパートナーではありません」と言い、水谷女子大が短大だったころから、ずーっと「歯科医院」だった。

そんな遠藤歯科医院の跡取り息子と、美咲の母親は幼稚園から中学校まで同級だった。高校から、跡取り息子は「ふぞく」に行った。日大附属鳩ヶ丘高校。須田秀と同じ高校だ。

「背が低くて、前にならえのとき、腕のばせなくて、一番前で腕を腰に当ててる小デブで、体育はぜんぜんダメの男子だったけど、ギターがとってもうまくてね」

「うん。『スカボロー・フェア』を上手に弾くんでしょ」

「あれ、言ったっけ？」

「言ったと思うな」

前にも聞いたが、美咲は母親を促す。

「それで？　遠藤医院の跡取り先生がどうしたって？」

母親は、美咲が藤尾高校に入ったころから、二人きりになると、自分の若い娘時分のことをしゃべるようになった。

親子で同性の友人めいた関係になる母と娘がよくいる。

マユは小学生時代からそうだったと、カエちゃんとイノッチは中学生時代からそうだったと、美咲はそれとなく聞いて、すこしあこがれていたから、母親から彼女の娘時分の話を聞くのは退屈ではない。このところ、なにかと苛々させられることつづきで疲れている母親がほっとしてくれればいいと思う。

「成人式で遠藤くんと会ったの。『ボクは結婚したら浮気するよ』だって。『曾お祖父ちゃんも、お祖父ちゃんも、親父もそうしてたから』だって。ちょっとあんた、なんなのそれ、って思うでしょ？」

母親はティッシュをがばがばっと取り、涙を拭き、洟をかんで、『ひろた』のポリ袋をセットしたゴミ箱にポイと投げた。

「浮気は恋で、妻は愛だって。『愛人や妾や恋人というのは何人も作れます。それは恋だから。恋は短い、そのときそのときだけの感情ですが、対して正妻は一人だけ。それは愛だからです』って、遠藤くんは言ったの。

愛は港だとかって、よく男の人、こんなふうなこと言うよね。本気なのはきみだけだみたいないいわけに。でも遠藤くんは、ちょっとちがってた。

『正妻を家柄や学歴で選ぶのは賢い方法ではないとぼくは思っています。男は社会人として職業を持ち、家族を養っていくから、傷も負う。正妻には、傷に包帯を巻いてくれる女性を選ぶべきだと思うのです。そんな女性を男は港と呼ぶのです』って」

そして歯科医院の跡取り息子は、美咲の母親に「ぼくの港になってください」と言ったのだそうだ。

「『港になってください』か。うれしいセリフじゃない。それは初めて聞いたよ」

「秒殺で断ったわ」

「なんで？」

「あたりまえじゃない。メカケ何人もつくるけどいいよね、って言われて結婚したい？　美咲、あんた、そんな人と結婚できる？」

「遠藤歯医者さんの言ったのは、そういう意味じゃないんじゃないの？」

「じゃ、どういう意味？　浮気するけど本命はきみだけですよ、とでもいうの？　そんなふうに解釈するなら、美咲、あんた、甘い甘い」

「そうじゃないよ」

「じゃあ、なに？」

「なにって訊かれると困るけどー。だって成人式で会ったんでしょ？　私も行ったけど、男子なんか女子とちがって、まだ高校生みたかったよ。そんなもんだから、もっとシンプルな意味だったんじゃないの？

今はまだいろいろ迷うこともあるけど、おおらかにかまえていてください、みたいな。

港のように待っていてください、みたいな」

「ちーっ、甘い甘い。ちゃんと妾と正妻って言ってるじゃない。浮気は公認しろって意味なだけよ。それを甘いオブラートでくるんでるのよ。だから『お断りです』って言ってやったのよ」

「でもお母さん、さっき、遠藤さんと結婚してたら、こんなみじめな生活じゃなかった、とかなんとか、言ったじゃない」

「言ーました、言ーました」

母親は冗談っぽく大きな声を出し、出すとまたぽろりと涙をこぼした。

「成人式のころは知らなかったのよ」

「なにを？」

美咲はティッシュの箱を渡す。

「短大生のころは夢見る夢子ちゃんだったから知らなかった。人生にまず必要なものはお金だって。

恋だとか愛だとか港だとか、そんなもん、お金があったら解決よ。ヘルパーさん雇って病院にお見舞い行ってもらって、受験控えてる子には家庭教師雇って高い塾に通わせて、空いた時間にわたしも、『わたしらしい生き方』とかをやれるわ。お金があったら、うっせえ、ばばあなんて言われなくてすんだわ」

「あははー。お金があったって、男の子というのはお母さんに、うっせえばばあって言うよ」

「そうよ。お兄さんとか弟のいる子で家の話するとみんな言ってるよ。あ、『みんな』って言っちゃだめか。これでさっき喧嘩になったんだったね」

「そんなもんなのかな。わたしは女ばかりの四人だったからね」

母親ははーっとため息をついた。

「お金いっぱいあったって浮気する夫はいやじゃないかな」

「それはそうだね……。このところもの入りでね……いらいらしてね……。お父さんには元気でいてほしいわ」

「そうだね」

父親が食卓にいなくてよかったと美咲は思った。レンタルしてきた怪人図鑑のようなDVDを部屋で見たいからと早く夕食を終えたのだ。正月や盆に親戚でカラオケに行っても特撮ヒーローものの歌だけうたう。

「お父さん、さっきの喧嘩、気にしてるんじゃない？」

「またやっとるわい、くらいよ。性格がのんきだもん」

母親の顔に笑顔がもどる。

「女の人のいる店にも行かないで、たまに家で麦焼酎のお湯割飲んで、自分でつまみ用意して、仮面ライダーの古いの見て、怪人カタログ見て。いい人と結婚したわ」

「そうだよ、お母さん、遠藤歯医者さんと結婚しなくてよかったじゃない」

食器を洗うと、美咲は自分の部屋の窓から遠藤歯科医院のほうを見た。

（お客さんでもあったのかな）

あちこちの部屋に灯がともっていた。

母親が父親と結婚してくれてよかったとあらためて思う。

（きっとほんとに浮気をしてるんだろうな、あの先生）

近くなのだから遠藤歯科医院の奥さんにはよく会う。いつ会ってもあまりたのしそうに見えない。

（お父さん、DVD見終わったら焼酎飲むのかな。そしたらいっしょに飲もうっと）

まだ鍋にすき焼きふう煮がちょっと残っている。

（『ひろた』で茗荷も安く買えたから、茗荷とまぜてアテにしてあげよう）

父と酒を飲むのが、美咲は大好きだ。父はふだんもやさしいが、口下手というか、口数が少ない。酒を飲むと、やさしいのはそのままで、よくしゃべるようになる。自分が小学校のころに夢中になった仮面ライダーやキカイダーと悪者の怪人の話をしてくれる。『地獄大使』の話は、母親の「遠藤歯科医院」のように、何回となくする。

＊＊＊

『喫茶ボンナ』で5人の東大生は同じテーブルにつき、なにもしゃべらずにスマホを見ている。

「これが今日までの入金額だから」

5人は楽天銀行の画面を見ている。星座研究会名義の口座を開設してある。

「端数切り捨てで5で割ると、えと、一人6万か。じゃ、山分けということで。これ、暗証番号だから」

メモアプリの画面を、譲治は4人に見せる。それを見ながら、つばさ、和久田、國枝、エノキの男子学生は、6万を自分に便利な口座に振り込んだ。

「じゃ、おれはこれからバイトなんで」

飲食のバイトと家庭教師のバイトをしているエノキはあわてて店を出た。

「こりゃ、すげえな。こんなに開いちゃって。これなら高く売れただろ」

和久田はスマホ画面に目を向けたまま、つばさに訊いた。画面は星座研究会で親密になった女子学生の画像だ。

「それは入金してからしか見られないステージだから刺激度は関係ないよ。顔がいいかどうかのほうが問題」

目隠し加工をした顔写真。目隠し加工のない顔写真。全身のセクシーな静止画像。セクシーな動画。段階ごとに課金し、課金がなければ見られないウェブに、女子学生の写真と動画を、彼らはアップしている。

「こんなの、どやって撮ったん?」

「それはみんなこっちが」

國枝に訊かれたつばさは、譲治をゆびさす。

「どうやってもなにも。たんに撮っただけです。そのヒトが自主的にしてくださっただけです」

ＳＦＣの女子学生のケースと同じだ。星座研究会の飲み会で「ミス星座っていうのがあってもいいね」とか、「前にスマイル動画に連城剣一をゲストに呼ぶ企画を実現させたんだよ」だとかいう話をしたあと、積極的な秋波を男子側に送ってきた女子に、「二人で抜けようよ」と持ちかけ、密室で写真を撮る。強制ではない。あくまでも女子の自主性にゆだねる。ただし、飲酒による自主性も含む。

「自撮りってことはないだろ。左手でこっちつまんで、右手はこっち広げて、両手とも使っちゃってるしぃ」

「ま、ね。でも強制してませんよ。ぜんっぜんっ強制してないすよ。『どお？』って、そのヒトが、自主的にしてるのを撮るだけです」

「撮っただけ？　ヤッたろ？」

「めっそうもない。法に抵触するようなことしませんよ。星座研究会はヤリサーじゃないんだから。いっしょにしないでくれます？　おれ、理性的にやってますんで。あくまでも女のヒトの自主性を重んじてやってますし、こういうの撮るときにヤッたら、万が

一、バレたときにイチャモンつけられ放題になりますし」

商品に手は出しません。譲治は言って、アイスコーヒーのグラスに顎をつきだし、ストローでちゅうと吸い上げる。

「こいつ、女の子に好かれるんだわ。小柄で威圧感がないのがいいんじゃないかな」

「國枝さんのリードがいいからですよ」

飲み会の雰囲気に飲まれているような女子を見定めて、クイズをし、席替えをし、譲治とつばさでターゲットをはさむようにしたところで、譲治が「二人で」と誘い、会場から抜け出すのである。

「場所はあくまでも女の子に選んでもらってるんですよ。スタバがいいわと言われたらスタバでお茶しますよ。

自分の部屋に来てという子は、その時点で、おれを『許可』してるわけでしょ。それでもおれは、そこでも何もしません。その子の外見をベタ褒めするだけです。

だって遊びたいなら、ただ合コンすりゃ、必ず東大好きの女の子のほうからアプローチしてくるじゃないですか。そういう子には素直にそれに応じますよ。面倒な撮影なんかしませんよ。ご好意をエンジョイさせていただきますよ」

「ご好意、ご行為、ウケるー」

和久田は大きな声をあげて笑った。

「ダージリンにいたころの和久田なんか、よっぽど身におぼえあるだろ。背高いし、数学コンクールで優勝してる有名人なんだから。先週の星座研究会だって、お茶女子の視線は全員、和久田に集中してたぞ。『ワタシに釣り合う男子がやっと見つかったわ』って顔してた、みんな」

つばさが言うと、和久田はまんざらでもない顔をした。

思い出す。先週の星座研究会の飲み会で行った、池袋のチェーン居酒屋。「和久田さんて、東大なのにシャイで、いい人ーってかんじー」と女子トイレからの声を、男子トイレから出てきたつばさは聞いた。

和久田の、顎を引き、首の後ろをてのひらでごりごりと掻く、あのしぐさが「シャイ」「いい人」に映ったのだろうか、いずみにも。

「そ。下心があるのは女のほうなんだよ、東大男子を見るときはね」

國枝が言う。「下心」という國枝のひとことに、つばさは頷く。

「『このワタシに釣り合う』ってのが偏差値の高い大学の女子。『これをゲットしなくちゃ』ってのが偏差値の低い大学の女子。差はこれだけ。

どっちも下心で東大男子に接近してくる。結婚というものがそもそも下心による結びつきじゃん。だったら、はじめからツヴァイやゼクシィで下心を合理的にマッチングさせればいいんだよ」

つばさは東大に入ったころから、いや、教育大附属のパドルテニス部に他高校から女子マネ志願者が絶えないのを知ってから、そう思ってきた。

「それはそうと、この写真の子なんだけどさ、なんかずいぶんラグジュアリーな部屋だけど、これ、場所どこ？　ラブホ？」

　和久田が手の中のスマホを譲治に見せる。

「いや、そのヒトの部屋です。だから、わりとこのへんですよ」

「けっこう豪勢な部屋だぜ。山手線内で、こんなとこに？　一人じゃなくて、きょうだいで借りてるのかな」

「一人暮しでした。買い換えたとかって聞いたな。はじめお兄が親に買ってもらってた川崎のマンションを売って買い換えたって」

「じゃこの子、水大の一介の学生で持ち部屋なわけ？」

とはいえ、そんな学生は東大にはもっといる。大学の偏差値の高さは、親の年収の高さとほぼ比例する。

「お兄が川崎の歯科大学入ったときに、川崎にマンションを買って、お兄が卒業して田舎に帰ったんで、そこを買い換えたって」

「川崎の歯科大って……、ああ、あそこかよ」

　侮蔑の呼気が和久田の鼻孔から勢いよく出た。

「あんなアホ大でも、田舎に帰ると『東京の歯科大を出た』ってなるんだろうな。おれ、地方だからわかるよ。府中も綾瀬も鶴見も東京になるんだ」

「あ、そのヒト、和久田さんと同じ金沢のヒトですよ」

「え、金沢出身の子が星座研究会にいるの？　やベー。気をつけないと。狙われる」

「そうですね。捕まえて金沢で歯医者させられますよ」

「みんなも気をつけろよ。文Ⅲの男と娘を結婚させて婿にして、その婿に地元のアホな私立医大や歯科大に入学させて、代々の医院や歯科医院を継がせて、うちの婿は東大卒ですって、東大医学部卒みたいに吹聴する田舎の大金持ちがいるんだぜ」

「そのヒトが出席のときは、和久田さんにあらかじめ教えますよ。こないだの論文で和久田さんまた有名になりましたからね、そんな和久田さんとエッチにこぎつけようもんなら、もうスッポンみたいに銜（くわ）えてぜったい離してもらえませんよ」

「そうだな、やっぱ、うかつにアレを挿れちゃいかんな」

「パクッですよ」

「ひえー、キョワいキョワい」

和久田は股間に両手をあて、わざとクネクネしてみせた。

和久田はじめ、『喫茶ボンナ』のテーブルを囲む東大生たちの、手の、手首の、腕の、肩の、首の皮膚の毛穴、頭髪の毛穴、全身の毛穴から、自信が噴出している。自分は優れているという自信は、まっすぐでのびやかだ。

のびやかでいきいきした青年たちは、ボンナを出たあと、池袋ＰＡＲＣＯに行った。つばさと國枝は、ナイキエアの秋の最新モデルを色違いで二足買った。譲治は背を高く見せたかったのかフォアマンオックスフォードを。和久田はモールを物色したものの、何も買わず帰っていった。

エノキだけは買い物に行かなかったので、彼の行動をつばさたちは知らない。

エノキは、家庭教師宅の、乃木坂46ファンの男子中学生に問題を出した。

「西野七瀬と白石麻衣と秋元真夏がステージで3人共有で使うアクセサリーを買いに行きました。

リボンとプラ玉で3000円だったから、1人1000円ずつ出しました。そこへファンのきみが偶然出くわし、500円をカンパするね、とお店の人に渡しました。

お店の人はチョロっと200円を自分のポケットに入れて、ステージがんばってね、オマケしとくね、100円ずつだけど、と言って3人の手をぎゅっとにぎりながら、100円玉を返してゆきました。

ななちんとまいやんとまなったんは、1人あたり出すぶんの1000円が900円になったので、得しちゃったねと、にこにこしながら帰りました。

900×3=2700円。お店の人がきみからチョロまかしたのが200円。2700+200=2900円。100円はどこへ消えたのでしょうか?」

「どしたの先生、なんで、今日は、こんなやさしい問題を出すの?」

都立西高を第一志望とする中学生はおかしな顔をした。

「ちょっと休憩で」

「休憩？　だって先生、今来たばっかじゃん？」

中学生はすぐに式を書いてエノキに見せた。1分とかからなかった。

（3000－500）＋300＋200＝3000

「正解」

「なんなの？　こんな問題出されても、まいやんと会った気分にはなれないよ。やだな先生」

「これが解けない女子大生もいるんだよ」

「うっそー」

「いるんだって。偏差値が低い大学だと」

この問題を、エノキは星座研究会の飲み会の二次会で出した。

二次会にはターゲットをしぼって誘う。（一次会でけっこう飲んだ女子学生）＋（そんなに飲まずに東大男子とさらに親密になりたい気配が濃厚な女子学生）だ。

たいてい二次会は水大女子ばかりになってしまう。ざっくばらんな雰囲気になる。

エノキの役は、そんなときに酒と問題を出すことだ。

一次会はビールやカシスソーダやソフトドリンクだが、二次会では安い焼酎をボトルでオーダーする。それをジョッキグラスに入れてジュースで割ったものを1杯用意する。アルコール度数はけっこう高いが、麦焼酎はクセがなく、甘いアップルジュースやオレンジジュースで割れば、女子は「飲みやすーい」と言う。称してクイズカクテル。

「クイッターッ（クイズタイム）」

こう叫ぶのがエノキの分担だ。

クイズを出して、解ければクイズカクテルを飲まなくてよく、解けなければクイズカクテルを一口飲む。

あくどいヤリサーの男子がやるような一気飲みなどさせない。ただ一口飲むだけ。刑務所送りになった和田サンとやらはアルコール度数96度の酒を、気絶するまで飲ませたらしいが、そんな酷いことはしない。酷いというよりバカだ。それは法に抵触する。エノキは思うのである。

ななちんと、まいやんと、まなったんが、買い物に行きました。

3000円の品物を買いました。

おや、きみたち、かわいいね。お店の人が言いました。

お店の人はデレッとしているように見えたので、ななちんと、まいやんと、まなったんは、ウフフと笑って、スカートの裾をちょっとまくって、ふとももを見せました。

わあ、顔もかわいいけど、スタイルもいいんだね。お店の人はよろこんで3000円を2700円に値引きしてくれました。

かわいいから、今の写真、ウェブにアップしていいかい？　顔は加工するからさ。

お店の人に言われ、3人は、いいわよ、と言いました。

合法とは、こういうことだ。

(性欲を満たすのに、ほとんど薬物に近いアルコール度数の酒を無理やり飲ませて気絶させ、死人同様になっている一人の女を、雑居ビルの一隅という路上同然の場所で、10人以上でマワしたって、そんなのは、犯罪だ酷いだのっていう前に、バカだろ、バカ。しょせんは早稲田止まりだ。慶應もそう。『ミス慶應』をエサにするのに、自分の時間削って、イベントのしちめんどくさい手伝いして、おこぼれだけもらって、しょせんは親の金で下から慶應のバカだ。なんもしなくても大学名を言や、女のほうがパンツ下ろすのは東大だけなんだよ)

エノキは、思っているというより、感じていた。

小学校から高校まで、ずっと勉強はできたから、いじめられたり、ひどいからかいを受けることはなかったものの、体育はまるでだめ、ひょろひょろして、エノキ茸のように、頭部だけが大きい彼の容貌は、およそ異性から好まれるところではなかった。それでも東大だと言えば、飲み会に誘えば、時間的に都合が合わない場合以外は断られることはない。

『東大襖(ふすま)クラブ』についてエノキは思うのである。

(あのクラブが長年、なぜ存続できる?　他の大学じゃ意味ないからだよ)

東大生が襖を張り替えてくれる。これに注文主はよろこび、信用するのだ。

たまに高偏差値大学卒の女が、低偏差値大学卒の男や、高卒中卒の男と結婚したりカップルになったりすると、エノキは決して見落とさない。その女の顔に、勝ち誇った色があるのを。

「こんなに優秀なわたくしが、こういう男性を選びましたの、ホホホ」という色。

(三浦や竹内さんや國枝さんは見抜けっこない。和久田さんなんかぜったい)

おれは見抜ける。エノキは思う。

中高生時代、彼は同級生の発する「キンブチ」に、いくど打ちのめされそうになったかしれない。「キンブチ」。小学校で同じ給食を食べ、同じグラウンドを走り、中学校で同じニューホライズンでアメリカの家庭にどぎまぎし、同じアイドルでオナニーをした同級生が、している同級生が、自分の親を「キンブチ」と呼んでいる。自分のほうは彼らの親の顔どころか名前すら知らないのに。

「キンブチ」「キンブチ」。その発音に嫌悪の色があきらかにある。あいつイヤ、あいつキライ、あいつの父親はイヤなやつ、父親があんななあいつもキライ。そういう発音だ。

(ずっと、見抜いてたんだからな、おれは)

勉強のできるエノキに、だれもそういう意味だとは明言しなかったけれども、「見抜いてるぞ」とエノキは思ってきた。「自分は東大に行ける。おまえらとはちがう」と。

(東大に入って、おれのことを「すごいのね」と思ってくれて、つきあってくれるような女の子を見つけて、バイトしてお金ためて、彼女がうれしがるようなものを買ってやって、プロポーズして結婚して、福山に帰って、いつまでもいつまでも「すごいのね」という場所にいてやる）

表向きはへらへらお追従笑いしているようでも、東大に入ったことで、エノキにはエノキの自信が醸（かも）されていた。

第三章

1

10月16日（金曜）。

布団から出ると、涼しいというよりはもうすこし気温が低かった。夏とはちがう。秋のキリッとひきしまった空気。

パジャマのまま、大学2年の美咲はスマホで今日の講義を確認し、テキストや筆記具など、それにメイクポーチを鞄に入れた。

ポーチは小さい。アイブロウにもアイライナーにも使えるミニペンシル。リップクリームか口紅。小さな紙おしろい。これくらいしか入らない。

ニュージーランドにマユを訪ねたときに、マユの家のそばのスーパーマーケットで、自分用の土産に買った。野草研究会の部員らしく、鳥と木のイラストのついた8NZ$（ニュージーランドドル）。

メイクポーチを出先で鞄から取り出すことはまずない。ふと化粧をしてみようかという気分の日は家からしていくし、出先では化粧直しをつい忘れてしまう。せいぜい紙おしろいを鼻にあてるくらいだ。

おしゃれには関心があるが、人懐こい美咲は、水マユはじめ、大学に入ってからの仲良しも大勢でき、女子ばかりでわいわいしゃべったり笑ったりしているとファンデーションを塗りなおすだとかマスカラを塗りなおすだとか、めんどうになる。

生理用ナプキンを持ち歩くように、身だしなみとしていちおう鞄に入れるだけのポーチだ。

「るせえってんだよ。ほっとけよ」

「ほっといてすむなら、ほっとくわよ。出したまま散らかしといたら、汗じみがひどくなって、結局、洗濯がたいへんになって、困らされるのはこっちなんだから」

向かいの部屋で弟と母親が大声で怒鳴り合っている。

(また、朝から喧嘩か……)

所帯じみている。

「お姉ちゃん、マーガリンがもうないよーっ。出してーっ」

こんどは妹だ。階下から大声だ。『あさが来た』のテーマ曲が始まっているのに、これから朝食を食べるつもりだろうか。

「なにやってるの。学校に遅れるよ」

昨日の雨で使い、壁のフックに吊るしたままだったレインコートをパジャマの上にはおり、美咲はＤＫに行った。

「お姉ちゃんこそ、まだ時間に余裕あるからいいんだよ。あんたは中学なんだから。はやくすませなさい」

妹を急かし、自分も朝食を食べた。母と弟の食べ終わった食器もいっしょに、かたづけて洗った。

ＤＫの床と廊下にウエットクイックルワイパーをすべらせ、トイレの便器と床をトイレクイックルで掃除した。

植村花菜の歌がヒットするよりずっと前から、美咲は父方母方両方の祖母から、よくトイレの神様の話を聞かされた。「お便所の掃除をしっかりする女の子を美人にしてくださるんだよ」「破れていても、ツギあてをきれいにくけてあれば美人。そんなツギの洋服を着てても、下着におしゃれしている女の子は美人なんだよ」。スノークリーニングの店舗契約をする前、二人の祖母は、まだ小学校低学年の美咲に言ったものだ。

「信〜じて、まい〜にち〜、トイレを掃除して来た〜けれ〜ど〜」

てきとうに歌いながらトイレの床を拭く。

「美人になんか〜なってないわ〜　ストレンジ〜」

（トイレ掃除をしなくても美人は美人。したからといって美人じゃない子が美人にはならないよね。トイレの神様の伝説は、トイレ掃除を女の子供にまんまと手伝わせるため

に大人がこしらえたんだよね、きっと）

そんなふうにも思うけれど、「どうせ」とおまじないを唱えれば、トイレ掃除もたのしくなる。習慣化したことをキチンと終えると、今朝の空気のようにキリッと気分がひきしまる。

軽くシャワーを浴びたあと、ベッドの脇のチェストを開けた。

（お祖母ちゃんの教えを、今日は特別にしっかり守るとするか）

朝からの母と弟の大声での口喧嘩、妹のだらしなさ。ちょっとクサクサした気分をもりあげようとした。

光沢のある素材のブラジャーとペアのパンティをチェストから選び出した。「iPod touch ピンク」のピンク色。ブラジャーにもパンティにも細かな部分にデコラティブなレースが施されている。その下着は、肌理細かく色白の美咲の肌にとても似合った。

（天国のお祖母ちゃん、クリーニングのお祖母ちゃん。ちょっとは美人になったような気がするよ。いい気分になるもんね。きれいな便箋とかさ、きれいな栞とかさ、持ってるといい気分になるのと同じだね。自己満足？　これ大事）

なーんちゃってと、ひとりで照れた。

時計を見ればもう出かける時間が迫っている。

（しまった。トイレ掃除をがんばりすぎた）

ピンクのすてきなブラジャーとパンティの上に着るものは、さして考えもせず、家を出た。ところが数十歩歩いていくと、予想外に寒い。トップスはとろみのある生地の、深く切れ込んだVネックのチュニック。ボトムはアンクル丈のデニムパンツに、素足にバレエシューズの組み合わせだ。

（どうしよう）

昼には気温があがりそうだ。そうは思ったが今が寒い。家にもどった。着替えている時間もなかったので、あわててソックスを履き、ぶ厚いスウェットのトレーナーをかぶり、靴もスニーカーに履きかえた。

「このあと、みんなで赤レンガ倉庫に行くんだけど、サキもいっしょにどうかな」

一般教養でとっている公衆衛生の講義のあと、水マユに誘われた。

「みんなって？」

「イノッチさんと……」

イノッチとグレーパーカ、水マユと靴紐、それに野草研究会の部長。

「部長も？」

「教採、神奈川も栃木も合格したんだって」

靴紐から聞いたらしい。靴紐もグレーパーカも部長も横教だ。

「じゃあ、おめでとう言わないとね」

「そう。それで、今週末まで赤レンガ倉庫でオクフェスやってるから――」

ミュンヘンで開催される祭りにちなんで、10年ほど前から横浜赤レンガ倉庫で開かれるオクトーバーフェストに「みんな」は行くのだそうだ。

「さっき連絡来てさ。今年のオクフェスは過去最多で１００種類以上のビールが出るんだってよ」

「そうなんだー。聞いたら喉がなるね」

「でしょ？　でしょ？　サキはお酒強いから行くんじゃないかなって思って」

「行くのはいいけど、おでかけのつもりしてなかったから服が……」

ビッグサイズのスウェットトレーナーをかぶっている。美咲はバストがGカップなので、厚手のかぶりものをトップスにもってくると、実際以上に太ってみえる。

「オクフェスは野外で飲むから、それくらい厚手を着てたほうがよいよ。私もカーデ着てきたもん」

ボーイッシュな服装をしていることの多い水マユだが、今日はアコーデオンプリーツのロングスカートにふわりとしたトップスというガーリーな服装だ。カレと会う日に女の子が選ぶような服。おそらくオクトーバーフェストに行くことは、あらかじめ予定していたのだろう。イノッチとグレーパーカとのダブルデートとして。

（だったら行こう）

ダブルデートの二組にくっついていくのなら、きらくだ。

（どうせビール飲むだけだし、ダサい服でいいや）

そう思ったのだ。イノッチや水マユにとっては「カレとデート」だろうが、自分にとってはビールを飲みにいくフェスティバルだ。

「ドイツのソーセージも売るのかな」

「あたりまえだよ。ビールといえばソーセージだもん」

「おいしそうだね、ドイツビールとソーセージ」

（こんな服なら、ソーセージのマスタードやケチャップをこぼしても気にならない）

美咲は、朝に顔を洗っただけで半日を過ごした、正真正銘のすっぴんで、水マユと横浜赤レンガ倉庫に向かった。

『乾杯の歌』が流れる横浜赤レンガ倉庫は、たくさんの人でにぎわっている。座る席がなく、立ち飲みしている人も大勢いる。イノッチが早めに来て場所とりをしていてくれたので、7人とも座れた。

そう7人である。

まじめ一点張りに見えた部長も、交際を始めて2週間だというカレと来ていたのだ。ひとりだけカップルではないことに、美咲はなんの居心地の悪さも感じなかった。なのに6人がわずかに気をつかう表情になったのが、かえってさびしかった。

そして、そんなことより、せっかくオクフェスに来ているのに6人がほとんどビールを飲まないのが残念だった。グレーパーカは下戸。彼に合わせてイノッチも点滴のようまない。水マユと靴紐は、飲むには飲むが、二人とも「そんなに強くないから」と言って、ブーツ型のグラスの中のビールがぬるくなるにまかせている。

「サキは遠慮せずに飲みなよー」

「そうだよ、二杯目、おれがとってきてやろうか？　どのビールがいい？」

イノッチとグレーパーカが言う。

飲まない顔ぶれの中でひとり飲むのは、悪いというよりつまらない。

「いいよいいよ。どんなビールが出てるのか、見て回ってきていい？　荷物お願いね」

美咲はステージを囲むように出ているビールカウンターを順に見てまわった。

（お祭り大好き）

祭りや文化祭や体育祭が、子供のころから美咲は好きだ。親戚で集まるのも好きだ。みんながワイワイと笑っているような場所にいるのが。酒が飲めるようになるとよけいに好きになった。

このところ家で喧嘩がつづいていたから、民族衣装を着た、ふくふくと幸せそうに太ったドイツ人のお姉さんが、ピンク色の頰を盛り上がらせてビールをついでいるのを見ていると、気分が晴れる。

（私もあのお姉さんに注文しよう）

美咲が彼女のカウンターのほうへ向かいかけたとき、ドンと背中に何かが当たった。

ふりかえると自分と同世代だろうロングヘアの女性が目を丸くしていた。

「ごっめーん。ビール、こぼさなかった？」

右手にソーセージの紙皿を、左手に空のグラスを。左脇にルーズリーフ用紙をはさんでいる。

「ううん。平気」

「よかったー」

すると、ルーズリーフ用紙がはらりと地面におちた。

「あァ、もう」

「いい、いい。拾ったげるよ」

美咲は笑いながらルーズリーフを拾った。

「あれ？」

ルーズリーフには水谷女子大の校章がプリントされている。

「水大なの？」

美咲は訊く。

「うん。もしかして？」

「そう。わたしも水大」

「そうなんだー。アンドレアってどこ？」

ルーズリーフにはボールペンでいろいろとメモが書かれていた。

「アンドレア？」

「そう。アンドレアでライカイム・ヘルヴァイスを頼むって言われて、買ってきたげるって、はりきったまではよかったものの、それを探してて、その前にソーセージがおいしそうだなと思って買ってしまって、手がふさがって。バカだね」

彼女は優香だと名乗った。美咲も名乗った。優香は美咲より2学年上だった。

「じゃ、いっしょに探しましょうよ。私もちょうど、ビールのおかわりをしようと思ってたとこだから」

美咲と優香はアンドレアを見つけ、ビールの注がれたグラスを持ち、席にもどるべく歩く。

「私、こっちだけど、優香さんの席は？」

「わたしも、こっちだよ」

優香のグループの席は、美咲たちの席の隣だった。

「やだー、なんて偶然ー」

箸が転んでもおかしいとしごろの娘二人は大笑いする。

両グループは椅子とテーブルを近づけあった。若者特有の親和性もあったが、野草研究会のカップルたちが、相手のいない美咲に気を使ったところもあった。

「わたしたちはインカレなの」

星座研究会という、水大の文京区キャンパスに通う女子5人と、近辺の大学である東大男子5人のグループだった。星座研究会のメンバーはよく飲んだ。

（大勢でがやがやしているのはたのしいなあ）

ビールを飲むと、愉快になった。

＊

「やだー、なんて偶然ー」

優香が高い声を出すと、和久田がつばさに耳打ちしてきた。

「あいつ、いっときだけダージリンにいたんだ。慶應の公開講座受けてるってんで、その間だけ。久しぶりに会ったら、がぜんアプローチきつくかけてきてる」

和久田にはそう映っている。優香にしてみれば、ダージリン時代にすでに面識があるための気安さ……という可能性だってあるのだが、和久田にもつばさにも國枝にも、星座研究会の男子たちは、その可能性は思いつかない。

この日、エノキと譲治はいなかった。

もし譲治とグレーパーカが顔を合わせていたら……。

グレーパーカは、岩手県遠野に引越す前、麻武で譲治と校内委員会で知り合いだった。横教に進学した彼と譲治は、ある朝、日吉駅で偶然会っている。「あれ、東大じゃないの？」と日吉駅で譲治がグレーパーカに示したいやな態度を思い出し、野草研究会を星座研究会に接近させないようにしたかもしれない……。

とはいえ、譲治がいなくても、野草研究会のメンバーは、星座研究会にはさしさわりのない挨拶をかわしただけで、さほど接近しなかった。部長も水マユもイノッチも、星座研究会の男子学生がみな東大だと言うと無反応に努めた。各々のカレに気をつかったのだ。カレたちはみな横教大生だったから。

「東大なんだー、すごいですねー」

そう返したのは美咲だけだ。

東京大学は優秀な大学である。ごく事実であり、ごく素朴な気持ちだった。

「野草研究会の人たちはみんなまじめそうだね」

大学4年のつばさは、すぐ隣にすわっている美咲に言った。

「高校のときは園芸部に入っていたりしたの？」

「いいえ、写真部です。えと、竹内さんでしたよね、竹内さんは？」

「パドルテニス……って言ってもわかんないよね」

「わかりますよ。試合を見に行ったことありますよ」

「え、ほんと？　マイナー球技なのに」

「ええ。ねえ、イノッチ、夢の島体育館まで見に行ったよね」

＊

美咲はイノッチに声をかけたが、彼女は「そうだったね」と小さく頷くのみだ。グレーパーカがそばにいるから、他の男子とはあまり親しく話さぬようにしようとしている気づかいを、美咲は悟った。

（オクフェスは二の次なんだ）

今日は前々から予定されていたダブルデートの日なのだ。部長たちも加わってトリプルデートになった。デートがメインで、オクフェスでビールを飲むのがメインではないのだ。よくわかった。

（きっと部長が「神立（かんだつ）さんも誘ってあげたら」とか言ってくれたんだろうな……）

オマケでここにいるかっこうだが、

（いようっ！　お三組さんっ、それならば）

それならば自分はオクフェスをたのしもう。美咲は自分に発破（ハッパ）をかけた。

「試合見に行ったとき、連城剣一がゲストで来てたんです」

「えっ、あの日なの？　その日、おれもいたよ。連城剣一をゲストにってスマイル動画におれが企画持ち込んだの」

「えーっ、そうなんですか、すごーい」

「おれ、高校のときからずっとパドルテニスやってたんだ。大学でもやってたんだけど、踵を痛めて……」

「ずっと運動部をつづけてたなんて、偉いですね」

運動部を続けるのは立派なことですと、美咲は習った。小学校の朝礼で校長先生がそう言っていた。そのとおり、中学でも高校でも、運動部に入っていたものの途中でやめてしまう生徒はよくいた。だから、ずっとつづけていた人は偉い。美咲は素朴に敬っている。

ステージのドイツ人のヨーデルプリンセスにも美咲は、

「すごいですねー」

と言った。声帯をゴムのようにのびちぢみさせて高音でメロディを奏でている。素直に感心する。

つばさが、教育大附属高校だったと言っても、大きな声を出した。

「えーっ、すごーい」

かつて秀が日大附属鳩ヶ丘高校だと言ったときも「すごーい」と叫んだ美咲。彼女には「ふぞく」に行く人という存在が、明日香ちゃんなのである。「どうせ」な、自分とはちがう遠くにいる人なのである。

ライカイム・ヘルヴァイスの残りを飲み干すと、美咲の上唇にうっすらと髭のように泡がついた。それに美咲は気づかず、ヨーデルソングのリズムに合わせて上半身をゆすっていた。

＊

つばさは、美咲の口元に目をとめた。

（野草研究会とかいう女子たちは、同じ水大でも星座の子たちより、えらくまじめそうだな。まじめっつうか地味つうか。

やっぱ辺境にキャンパス建てるとダメだなァ。垢抜けない。メイクもしてるし、髪もおでかけ仕様にしているのに、なんなの、あのノリの悪さ。とくにあの部長。民生委員みたいだ。女子大生っていうけど何浪したんだよって。

でも、隣のこの子だけ明るくてノリいいな。メイクもしていないし、ちょいポチャぎみだけど、お肌すべすべってかんじ？　東大だって教えたら、野草研究会のほかの女子とちがって、即「すごーい」って手放しだったもんな）

〝下心〟。この語を、やがてつばさは、たびたび発することになる。

〝下心〟とは、岩波書店発行の広辞苑には『①心のそこ（で考えていること）。本心。②かねて心に期すること。かねてのたくらみ。特に、わるだくみ。③格言などの裏の意味。寓意。④漢字の脚の一つ』とある。大修館書店発行の明鏡国語辞典には『心中に隠し持っている意図やたくらみ。「―があって親切をよそおう」』とある。

「おっ、この女、セックスできそうだな」と心中でひそかに思うような感情は〝下心〟のよくある例である。だが、東大生にとってそれは〝下心〟ではないことが、やがてわかる。やがて半年後につばさが、〝下心〟という語を発するときに。

とまれ、半年前の２０１５年の秋、赤レンガ倉庫で開かれているフェスティバルで、つばさは美咲に言った。

「神立さん、だっけ」

「あ、はい」

「神立さんは、いけるクチだと見ました」

つばさが言うと、美咲ははにかんでコクンと小さく顎をひいた。

「これエルディンガー・ヴァイスだって。飲む？　星座研究会の女子、自分は飲まないのに持ってきてもったいないよね。おれ、飲もうっと。神立さんは、こっちの冷えてるほうを飲みなよ。はいカンパーイ」

流線形のビールグラスを美咲の前にすべらせて、自分のグラスの端をかちんとあてた。

「可笑しい」

ごくごくと三口ほど飲むと、ふうと息を吐き、美咲は笑った。

「可笑しい？　おいしいじゃなくて？」

「飲むと、可笑しくなりませんか？」

「そうだね。おれも可笑しくなろうっと」

つばさも、ごくごくと三口飲んだ。飲んで息をつくと、可笑しい気がする。

「ほんとだ」

「でしょ？　飲むと、何見ても可笑しくなりますよね」

「おれの顔も可笑しい？」

ぺろんと長く舌を出して見せた。あははと美咲は笑った。

ぷっくりした唇の、上唇の上に、さっきよりはっきりとビールの泡の髭がついている。

「神立さんて地方出身でしょ？　東京とか横浜じゃないでしょ」

すれていない素朴な人当たりを、田舎育ちなのではないかと思った。

「横浜ですけど……」

「まじ？　うそ」

「横浜といっても、あざみ野だから、都心の人からしたら実質、地方かも……」

「髭、できてるよ」

「えっ」

美咲は口のまわりを、手でぽんぽんと叩いた。ハンカチもナプキンも使わないのは、口紅はおろかリップグロスも塗っていないからだ。

（山岸遥だとこういうとき、顔を服の袖でゴシゴシ拭きやがるんだよな）

そういうところが苦手だが、美咲には、女子らしいしぐさをテクニカルに身につけていない新鮮さがある。

「とれました？」

美咲は顔をつばさのほうに向けた。

美咲の鼻は高くない。だれかにいたずらされて鼻先をちょこんとつままれたような、わずかにわずかに上向きの小さな鼻。

午前中は小寒いくらいであったが、午後から徐々に気温が上がり、人が大勢集まったフェスティバル会場はむしむししている。美咲の小さな鼻の骨の真ん中あたりは、うっすら汗ばんでいる。

のんきそうな鼻とは反対に、目は大きく、目尻がわずかにツッて、マンチカン猫のようである。この猫種名は、以前、那珂いずみから、金沢の実家で飼っていると見せられた写真の記憶があったのだった。

(ははは、なかなかいいな)

美咲の顔について、つばさは思う。

「はい、これ」

ポケットティッシュを美咲に渡した。

「これは?」

「鼻のまんなかへんに汗かいてる」

「やだ」

美咲は赤くなって鼻と額を拭く。まるめたティッシュには、肌色がまったくついていない。ファンデーションも塗っていないのだ。

「やだもう。ほんとに」

美咲は顔を拭くと、恥ずかしさをごまかすように、エルディンガー・ヴァイスをごくごくと飲んだ。てのひらを首にあてた。首にも汗をかいているのかたしかめているらしい。

「ここ、人がいっぱいで暑くなってきて」

美咲はぶ厚いトレーナーを脱いだ。

（うわ、デカ）

襟ぐりの深いチュニックになった美咲のGカップの膨らみに、つばさの目は射られた。トレーナーを脱いだので美咲の髪は乱れたが、それを気にとめていない。動作のいちいちが無防備である。

（チョロかわいい）

門が半開きで、玄関の戸にもベランダ窓にも鍵がかかっていない家。ぴしゃっと閉まっていない窓から、レースのカーテンが風でぱたぱたと外に出たり内に入ったりしている家。そんな防犯対策のゆるい家。けれど、人がいると思われ、空き巣はかえって狙わない。たとえれば、このころの美咲は、そんなかんじの家のようだった。

野草研究会の、日吉の丘公園でさえずりはオオルリだと美咲に教えた男子部員も、「おや」と惹かれながらも、美咲に食事に行こうと誘うとか、映画に行こうと誘うとか、具体的なことはなにもせずじまいだった。

「神立さん、ここ、抜けない？」

しかし、東大生のつばさは誘えた。

昭和のころ、英語の上達しない日本人が、東南アジアの言語なら（挨拶くらいなら）すぐに上達したしくみと、基本的に同じだ。西欧人が日本に来るとすぐに日本語が上達するのとも。

相手にどれだけ臆しているか。その度合いが小さいほど上達が速いのと基本的に同じで、情緒の成熟した男ならかえって臆してしまう、美咲の触れなば陥ちん無防備さに、つばさは臆さなかった。

「抜けるって？」

「抜け出さない？」

「抜け出す？」

「そう。月夜のバルコニーに」

つばさとしては、わざと気障に言って笑わせるつもりだった。

「え、コマーシャルっぽい……」

不安。とまどい。わからない。そんな表情が、正直に美咲の顔に浮かんだ。

「コマーシャルっぽい？　なにが？」

「月夜のバルコニーっていうのが……」

美咲は「ごくふつうの女の子」なのである。「月夜のバルコニー」ということばは、非現実である。バタバタした日常の生活では耳にしない。Amazonや楽天で何か買うときの、商品説明文にあることばでもない。コマーシャルというものが、ど日常な茶の間に割り込ませてくる虚構の夢であるとしたら、「コマーシャルっぽい」と言った美咲のひとことは、言い得て妙だ。

「そんなトロい反応だから、出身は東京とか横浜じゃないなと思われちゃうんだよ」

「……」

おどおどした表情が美咲の顔を覆った。異性のアプローチに警戒する表情ではない。教養の深浅にびくついたのである。

つばさのような優秀な大学の学生は、「月夜のバルコニー」に、優秀ではない自分が知らぬほかの意味があるのを知っているのだろうかと。

美咲がこのとき感じたびくつきや、自分の教養に対しての気後れを、半年後にある場所で、つばさは〝下心〟と呼ぶことになる。

とまれ半年前の今は、

「ふたりでバックレないかって訊いてるんだよ」

「バックレるって……あの……」

「ここから、どっかへ」

「でも、だって、カノジョさんは？」

「カノジョ？　だれのこと？」

「だれのことって……だれかはわかりませんけど……、だって、オクフェスってみんなカップルで来てるんじゃないんですか？」

「なにそれ。そりゃ、カップルもいるだろうけどさ。すくなくとも、こっちの星座研究会はカップルなんか1組もいないよ。たまたま男女同数なだけで。なんだ、野草研究会のみんなはカップルなの？　神立さんのカレはだれ？」

「あ、私は……。私は、ただアマリです。オマケ？　ついでに誘ってもらっただけで……」

「そうなんだ。横教の男子は見る目ないね」

＊

「……見る目ないね」

つばさに言われて、美咲はハッとした。

「じゃ、神立さん」と数学の授業中にアテられた難しい数式を前に困っていると、魔法使いがヒントをそっと耳元に流してくれたようだった。

(見る目ないね……って、言われたかったんじゃないだろうか。自分はずいぶん長いこと、そう言われたかったんじゃないだろうか……)

藤尾高校のときも、藤尾高校を卒業した春休みでも、水谷女子大に入ってからも、周りのみんなには、ごくふつうに、あたりまえのように降ってくる恋の花束は、自分だけ素通りしていく。花束を受けるのは別の女の子で、自分には、花束が素通りするときに散った花びらだけが、頭や背中にくっついているのみ。

なんでだろうとは考えもしなかった。そういうものだ、と思っていた。

そういうものだと思わなかったら、自分はブスで取り柄がなにもない女の子なのだと絶望しなければならない。

（もしかしたら、自分にも、どこか、なにか、取り柄もあって、もしかしたらだけど、なにかいいところもあって、でも、それはちょっとしかないから、見つけてもらえない。小さくてちょっとだから、すごく目のいい人でないと見つけられないって、そう思うようにしてたんじゃないだろうか。『見る目ないね』って、ずっと言われたかったんじゃないだろうか……）

月夜。

バルコニー。

ふたりでバックレる。

横教の男子は見る目ないね。

つばさの口から出た音が、頭の中でくるくる回った。

『お嬢さん、次は、ぼくと踊っていただけませんか？』

そんなふうに聞こえた。

「うん。バックレる」

美咲はこっくりと頷いた。

＊

桟橋まで出ると、ちょうど水上バスが出るところだった。

つばさと美咲は大笑いした。水上バスじゃなく船。可笑しくもないことが、やたら可笑しい。

「うん、船だね」

「だって海に浮かんでんだから船だろ」

「水上バスって書いてあるよ」

「この船、乗ろう」

「どこに行くの、この船？」

「知らない。乗ろう」

つばさもビールで気分が高揚していた。美咲も高揚していた。

行き先を確かめもせず、つばさはチケットを二枚買って、一枚を美咲に渡した。

「どこに行くのか知らないなら、乗る」

美咲はつばさより先に乗船した。

「いーね、そのノリ」

「いー？　このノリ」

二人は笑い、ごく自然に手をつなぎ、デッキに立った。

二人は、ごく自然に、互いを、苗字ではなく、名前で呼び合った。つばさくん、美咲ちゃん。可笑しくもないことで何度も笑う二人は、ちゅばさくん、みさちん、などと呂律がまわらないことがあり、それがまた、よけいに可笑しく、そのうち、ツーくん、サキちゃんになった。

おりしも太陽が沈みきる寸前で、海は、オレンジ色の昼と、紺色の夜が、重なり合っている。

「到着先がシェルブールってことはないよな」

つまらぬ冗談だった。美咲に言ったつもりさえないほど。ひとりごとに近かった。環境エネルギーについて学ぶ工学部の学生だから、原子力産業拠点のフラマンヴィルのある港湾都市名は日常的に耳にするものだった。が、美咲からは、

「すごーい。やっぱり東大だ」

予想だにせぬ感嘆が出た。

美咲にすれば、鉄鉱石を積荷にする港湾都市シェルブールは、「月夜のバルコニー」と同様の、コマーシャルが見せてくるような非日常の、異国フランスの都市名だった。赤レンガ倉庫から出るたんなる水上バスがシェルブールなどに行くわけがない。それをわざと「到着先がシェルブールってことはないよな」とつばさが言ったのは、文学的な情感のあるギャグだと感じた。

(きっと、森鷗外とか夏目漱石とか三島由紀夫とかぜんぶ読んでるんだ)

そう思っての「すごーい。やっぱり東大だ」という感嘆だった。

美咲の素直な感嘆に、つばさも素直に照れた。うれしかった。

「すごいって、そんな。なにが」

「シェルブールっていうのが」

「なんで？」

「だって、シェルブールだなんて」

美咲は笑った。

つばさは、ハッとした。

（笑うとなんてかわいい）

オクフェス会場で感じた、軽い好感よりも、もっとダイレクトな好感がわきあがった。

デッキに紺色の夜風が吹いてくる。

「ここは、寒いね」

美咲は鞄を開け、さっき脱いだトレーナーを着ようとした。

「あーっ、置いてきちゃった」

「ううん。サキちゃん、ちゃんと持ってたよ、あそこの席をたったときは」

もう一杯ビールを買ってくると、ほかのみんなに言い、二人は会場を抜け出したのだった。

「バッグにひっかけてたのがすべり落ちちゃったんだ、きっと」

美咲は声をあげて笑った。

つばさも。

トレーナーを落としたら、ふだんなら瑣末ながらもトラブルなのに、可笑しい。

「寒い？　……ていうか、寒いよね」

「ううん。……ていうか寒いかも」

ならば船室に入ればよいのだ。だが入らなかった。

つばさは美咲をぎゅっと抱きしめた。

「トレーナーの代わり」

二人はキスをした。

美咲は酔った。

ライカイム・ヘルヴァイスにでもエルディンガー・ヴァイスにでもなく、会ったその日にキスをするような冒険に。どうせ明日香ちゃんとはちがうと美咲は思ってきた。ひがみも不満もなく、今居る所今在るものに充足するおまじないのように。大胆でスリリングでドラマチックな、そんなコマーシャルのようなできごとは自分の暮しにはおこらないもの、無いものだと思っていた。なのに、今、自分は、会ったその日にキスをするようなプログレッシブな女性の役を演じているのだわと思い、どきどきして酔った。

（なんで？　なんでこんなことができているの？）

ああ、そうだ。

前に。

ずいぶん前に。

どこかで見た。

ラケットを持った男子大学生とめぐりあい、恋におちる女子大学生の映画。どこだっただろう。見たわけじゃない。でもどこかで見た。思い出せない。でもおぼえてる。

(白馬に乗った王子様)

つばさに抱きしめられながら、記憶の断片が舞う。

(この人が私の白馬に乗った王子様)

つばさの腕の中でまぶたを閉じる美咲を、つばさはきつく抱きしめる。

(ふわふわして、あたたかい)

つばさは溶け合った唾液をのんだ。

恋が生じた。

水上バスに斬られる水面のうたかたのような恋であったかもしれないが、それでも恋であったはずである。

そもそも、恋は遍く玉響なのである。

*

水上バスは、シェルブールではなく横浜ベイクォーターに着いた。

が恥ずかしくなった。

「ほんと？　だいじょうぶ？」

顔をのぞきこまれた。

「平気……ちょっとうがいしてくる」

駅のトイレに入った。

U字型の便座にこしかけ排尿するとき、だれもいないのに恥ずかしくてならなかった。これまで幾度か見てきた。水マユが靴紐に「だいじょうぶ？」と労られるところを。イノッチがグレーパーカに「だいじょうぶ？」と労られるところを。

（二人に比べて私は不潔だ。おしっこしたいと言うのが恥ずかしいようないい女でもないのに……二のセンの女ぶって……）

疚しくて恥ずかしかった。

おしっこしたいと恥ずかしくて言えない。それは彼女の精神の潔癖であろう。うがいをしてくるというのが嘘だというなら、「便所」を「お手洗い」と言うのも嘘だ。世人がもはや気づかなくなっている嘘は許せても、己がついた瑣末な嘘は許せない潔癖。もし処女ということばが、膣に陰茎を挿入したことがないだけでなく、かつ心情が潔癖な女を指すのであれば、美咲は本当に処女であった。

トイレの洗面所で、彼女は潮風を浴びた顔を洗った。木綿のハンカチで顔を拭いた。手の湿り気で、潮風に乱れた髪をなでつけた。もういちど手を洗ってから、ニュージーランド土産のポーチを取り出した。

（持っててよかった）

1分ですむほど簡単な化粧をした。

だから濃くなった。

1分ですむほど簡単な化粧なら薄化粧のナチュラルメイクだと思うのは、化粧をしたことがない人間（圧倒的に男性に多い）だ。

薄化粧のナチュラルメイクに仕上げるのは経験と技術を要する。化粧の経験のない者、浅い者が、少ない道具で、急いで化粧すれば、ただ濃くなる。

アイラインが濃すぎる。小さなポーチに入れやすいというだけの理由で入れたままにしておいた口紅も赤すぎる。だが駅のトイレの照明ではよくわからない。白馬の王子様を待たしてはおけない。焦って美咲はトイレを出た。

出ぎわに1秒、ふりかえった。

「さよなら」

鏡に映る処女に言った。

＊

横浜ルミネからもう少し北に行った、目立たないビル。

その地下には奇しくも、美咲もつばさも、まだ互いを知らぬころのクリスマス・イブに訪れた菜食の全席禁煙の店がある。

そのビルを通りすぎ、西へ行く。ずっと行く。ホテルがあるのに、つばさは気づいた。シティホテルではない。ビジネスホテルでもない。

（まさか、ね）

つばさは、美咲が、まさか入ることに応じるわけがないと思った。

浅倉も南もラブホテルでは応じなかった。バカにしないでよ、と頰をぶたれたこともある。

はじめはダーツだとかボウリングだとかドライブだとか文化祭だとかスポーツ観戦だとか、4人くらいでの行動があって、それから2人での映画とか音楽系ライブがあって、それから2人でのカジュアルな（カジュアルな価格設定の）居酒屋があって、それから2人でのフレンチかイタリアンかでのカジュアルではない（価格設定がカジュアルではない）ディナーがあって、そこはあらかじめ予約しておかないとならない店で、そしてホテルがあって、それはあらかじめ予約しておかないとならないホテルで、でもビジネスホテルではなくシティホテルでないとならず、そういうホテルでようやく、そうなる。

この手順のうち、一つ二つを省いた女子はいたが、この手順でさえNOと言う子もいた。那珂いずみの場合、ディナーの席で、有名ブランドの包装紙に包まれた、リボンのかかった小さなプレゼントを、四回、贈らなければならなかった。

そういうことになった後なら、こんなホテルにも行ける女子はいたが、はじめからこんなホテルに行けたことは、つばさの場合は、なかった。

「入る？」

だから、それは、さっきの水上バスで「到着先がシェルブールってことはないよな」といったような冗談だった。

美咲は頷いた。

（まさか）

まさか頷くとは思わなかった。

「あの……」

ドアを閉めると、ドアの前で、美咲は立ち竦(すく)んだ。

つばさがふりかえる。

仄(ほの)暗い照明の中でつばさは見た。美咲の顔に、とつぜん不安が、積乱雲のようにひろがっていくのを。

半年後につばさは、美咲の「キャラ」なるものを他人に語るが、なぜこのときの、小鳥のようにおびえる彼女の、不安な顔を忘れたのだろう。

「……」

立ち竦む美咲の手を、つばさはそっとにぎった。そっとにぎったのは、彼の〝下心〟ではなかったはずだ。おびえる小鳥をやさしく癒やそうとしたはずである。

「あの……」

実に蚊の啼くような小さな小さな、すがるような声が、焦って塗った赤い口紅に染められたぷっくりとしたくちびるから洩れた。

つばさは美咲の手をそっとにぎったままでいた。そうして、ドアのすぐ前にずいぶんのあいだふたりで立っていた。

その建物は、そういう建物としては、品のよい、地味ともいえる内装だった。

「すわる?」

窓のそばに置かれた椅子を、つばさが見ると、美咲は頷く。

「何か飲む?」

この質問にも頷く。

「お酒にする?」

この質問にも。

つばさは冷蔵庫を開けた。350㎖の缶がならんでいる。アルコール類もソフトドリンク類も。

「ちょっと強いのにしよっか？」

この質問にも頷く。

「いくつかあるよ。ほら見て」

美咲のほうは向かず、つばさは冷蔵庫を腕で示す。

「シャワー使うね」

つばさが言うと、美咲のおびえた表情はさらに濃くなった。首を下に向けた。

「えっと……、メールとかしたほうがいいと思うな……。だって、ほら……、だってさ……、家の人、心配するじゃない？」

「あ……、うん……」

美咲の顔にやわらかさがもどった。

「……そうだね……、うん……」

彼は経験者なのだ。帰るべき家のある女子とどこかで一泊するという行為の。直感した。手垢を感じさせないなりに。

つばさは明言したわけではない。美咲も明確に意識したわけではない。ただ、かんじょくとして、美咲は、これからおこなうことになる行為のヘゲモニーを委ねられる安心感を与えられた。男女雇用機会均等法が制定されて10年後に生まれていても。

「家の人に連絡したらさ……、そしたらさ……、冷蔵庫の好きなのを飲んでたらいいよ」

「……うん……」

つばさが美咲を残して浴室に行くと、彼女は彼の〝アドバイス〟に従った。オクフェスに水大のサークルのみんなと行くことは、学食からとっくに母親にメールしてあったから、イノッチのところに泊めてもらうことになったとだけ、処女が処女でなくなるときの定番のいいわけを電送した。ナチュラルメイクには時間がかかるのと同様、自然で短いメール文を作成するのは時間がかかった。

iPhoneの「送信」を指でなぞると、すーっと気が遠くなり、そのあとすぐに、どきどきっ、どきどきっと心臓が早鐘を打った。

がたっ。浴室のドアが開く音がした。美咲は、冷蔵庫を開け、チョイスする余裕なく、たんにもっとも腕がのばしやすいところにあった「烏龍茶割り」という缶を抜き取って、プルトップを開けて二口飲んだ。

「シブいの、飲んでるんだね」

腰にバスタオルを巻いたつばさは、やさしく笑いかけてくれ、美咲の手の中にあった缶をするりと抜いて、立ったまま、美咲のとなりで、こく、こく、とふたくち飲み、テーブルに置いた。そのとき、カタと音がした。びくっと美咲の咽が上下した。

「サキちゃんもシャワー使う？　これ飲んで待ってるから」

缶をかざすことで、美咲を浴室に促した。

美咲は、彼といれちがうように浴室に向かった。

行為がはじまってから、つばさは思った。そのあいだじゅう、美咲はつらそうだった。終わってから、美咲が塗った口紅のような色がシーツについているのが、大きく身体を動かしたときに見えた。

(まさか)

美咲も見、つばさも見た。

「……」

見た美咲はぎくっと全身を硬くした。

つばさは彼女を、そうっと抱きしめた。

「ばかだなあ。こんなとこについてきて」

ばかだなあ。

繰り返した。

「だって……」

美咲はつばさの胸に顔を埋めた。

「私、ばかだもん、東大じゃないし。東大じゃないし」

私、ばかだもん……東大じゃないし。こういう状況で、こう言ったことが、なぜ半年後には、つばさの中で変化して響いたのだろう。

半年前である今、彼は、こう言った美咲を切なく感じ、抱きしめていた腕の力をぎゅっと強めた。

菜食の店を西に行った、このホテルの一室で、少なくともこの夜には、仄あたたかな恋が在ったはずである。

それゆえに、美咲はそれに頼った。

＊

人の、きもち、は数ではない。形にならない。恋するふたりのあいだには醍醐があったであろう。だがミルフィーユ菓子も、パイ生地とクリームと果実の、醍醐のおいしさなのである。

美咲とつばさのきもちが焼き上げたミルフィーユ菓子は、なぜ半年後には、酷い醍醐に変化してしまったのだろう。

半年前のこの夜、事後にようやくリラックスした美咲は、光沢のあるピンクのパンティをはき、ペアのブラジャーについてはバックホックをつばさがとめてくれるのにまかせた。

そのとき「お祖母ちゃんがいつも言ってたの。トイレ掃除をちゃんとする女の子は美人になれる、下着におしゃれする女の子は美人になれるって。今日は弟と母親が朝から喧嘩してて、いやになって、それで気分をなおそうと思って、選んだの」と言った彼女を、自分のほうに向かせてつばさが「色が白いからすごく似合ってる」と言ったのは、素直な感想だったはずである。

なぜそれが半年後には「オクフェスに行くにあたり、はじめから計算して選んできた勝負下着だった」と変化したのだろう。

野草研究会の女子学生たちが、横教生である各々のカレに気をつかって「東大」に無反応でいた中、カレがいない美咲だけが「東大なんだー、すごいですねー」と言った。東京大学は優秀な大学であるという、ごく事実に対して。

つばさが連城剣一をゲストに呼ぶ企画を実現させたことにも「すごーい」と、運動部が「ふぞく」だったことにも「すごーい」と、美咲は言った。明日香ちゃんのように高校を長く続けていたことには、とりわけ「すごーい」と大きな声を出した。

美咲のてらいのない手放しの尊敬を、つばさもうれしがったではないか。

それがなぜ半年後には、〝下心〟でそう言ったと変化するのだろう。

父親の体質を受け継いで飲酒しても顔が赤くならない美咲に「神立さんはいけるクチだと見ました」とつばさが言ったのは、顔が赤くなって見てくれが悪くなるのをいやがって、ちびちびとしか飲まない他の女子たちより、ノリがよくていいなと思ったのではなかったか。

父親に似て、ふだんはいくぶん口下手なのに、飲酒して陽気になった美咲に「チョロかわいい」とそそられ、厚手のトレーナーを脱いだ美咲のGカップの乳房にもそそられたつばさは、ごくふつうの若い男の、自然な反応を示したのではなかったのだろうか。

それがなぜ半年後には、酒をよく飲む女、胸のデカい女、といったマイナスの意味で美咲を形容することになるのだろう。横浜駅のトイレであわてて化粧をしたためにアイラインと口紅が濃くなったことまで、〝下心〟があるので勝負メイクをしていた、と形容することになるのだろう。

恋というものが「冷める」ことを宿命としているとしても、事実無根とさえいえる思いを、なぜつばさは抱くことになるのだろう。

とりわけ、美咲が会ったその日にラブホテルに入ったことは、半年後のつばさにとって、彼女を軽侮する最大の要素に変化する。

しかし、そんな行動をすることができなかったから美咲は処女だったのである。つばさもその証をシーツに見ていたではないか。

美咲は、異性との交際はグループ交際から始め、家の人にも紹介して、ゆっくり親しさを増していくものだと思っていた。だがイノッチもそうなり、イノッチ曰く「サーッと既成事実作っちゃう女」が現れ、そう言っていたイノッチもそうなり、彼女たちのほうが正しいのだと、さびしく(野草研究会のオオルリのさえずりの特徴を教えてくれた男子が誘えなかったほどさびしく、あきらめたように)知らされていた。赤レンガ倉庫のオクトーバーフェストでも、美咲だけがカップルではなかった。

わずか20年の、バタバタとした善き家庭での日々を暮してきた、ごくふつうの女の子が、オクフェスで3組のカップルに囲まれ、ごくふつうにセンチメンタルな気分にいるときに、「見る目ないね」と言ってくれた異性を、白馬の王子様だと感じて、せいいっぱいの勇気でラブホテルに飛び込んだことは、ドアの前で立ち竦んだ彼女のふるえ、おびえた表情で、つばさもわかっていたのではなかったか。

2

オクトーバー。October。英語を習い始めてすぐに習った単語なのに、はじめて知ったようにきれいに耳の中で響く。

順番をずっと待っていて、ようやく自分の名前を呼んでもらったようなオクトーバー。朝。大学2年。美咲は、相鉄線三ツ境駅からバスに乗った。

吊り革につかまって立つ美咲の前に、お婆さんとお爺さんがならんですわっている。朝のバスでよく見かけていた二人だ。

お婆さんはスカーフを巻いている。偽エルメスだ。前にお爺さんにそう言っているのを聞いた。「これはニセモノだって孫に言われたの」「そうだったのか。そら、すまなんだ」「ちがうのよ、いいのよ。ニセだろうがホンモノだろうが、いいのよ。ニセならお買い得で、お買い得なのにあたたかくて使い勝手がいいのよ」。二人はしゃべっていたのだ。

お婆さんの偽エルメスのスカーフが朝日を撥ねている。

深まる秋の光。

(きれいなスカーフ)

このスカーフはこんなにきれいな色だったろうか。美咲はしげしげとスカーフを見つめる。

(すてきなお婆さん。クリーニングのうちのお祖母ちゃんより年上だと思うけど、いつもきれいにお化粧して、いつもスカートなんだよね)

パンストではなくタイツだが、むさくるしい肌色ではなくビビッドカラーを、鞄や靴に合わせてはいている。

(前からおしゃれだとは思ってたけど、この人、こんなに美人だったっけ)

しげしげとお婆さんを見てしまう美咲は、「すでに見知っているものが、前よりずっときれいに見える状態」にある。

(このお婆さんみたいに年をとれるかなあ)

吊り革につかまり、空想する。つばさと結婚して、いつまでもいつまでも仲良く暮して、お爺さんとお婆さんになって、バスに乗って、偽エルメスだろうが偽シャネルだろうが、そんなことはどうでもよくて、二人で微笑みあえたら。

(年収なんて……)

遠藤歯科医院の跡取り先生と結婚していたら年収がぜんぜんちがったと母は言うが、跡取り先生と結婚していたら、今より幸せだったとは、美咲にはまったく思えない。跡取り先生の奥さんを見るたび思う。

それに母親は、年収など口で言うほど気にしていない。母親は正しいチョイスをしたと思うのである。

(そりゃあ、多摩川の河川敷で段ボールの家に住むのはいやだよ……。公園のトイレを使って、公園の水道で身体を洗う生活だったり、そうじゃなくても電気をとめられるような生活だったら、さすがに「愛さえあれば」とは思えないと思うよ……。だけど……)

だけど、本物のエルメスのスカーフ、本物のシャネルのバッグが買えなくても、ちっともかまやしない。美咲はそう思うのである。

(ちょっとくらい生活苦しくても、ふつうの家で、いつまでも仲良く暮していくのが幸せだよね……)

「大学前」の停留所で降りた美咲は、水谷女子大の正門からまっすぐに歩いていった。

と、二号館の壁がきれいだ。

(こんなに、きれいだったっけ？　昨夜、大雨だったからかな？)

洗い流されたように壁が濡れて、屋上と直角をなす壁がみずみずしい。

美咲は立ち止まり、あたりを見回した。

きれいだ。

(こんなにうちの学校、きれいだったっけ？　そういや、これまで、学校の建物をこんなふうによく見つめなかったような気がする……）

うきうきしてきた。

「おはよう」

同じ学部の仲良しに会ったので挨拶をした。いつも器用に長い髪を編み込みにして右から左に一本に流している。入学式の日もこの髪形だった。

「おはよう、神立さん。次の講義、いっしょだね」

編み込みの仲良しは、にこにこ笑ってくれた。

「いっしょに行こうよ」

器用な編み込みはいつもどおりだが、彼女はいつもはわりと無表情なのに、今日はにこにこしている。

（なにか、いいことあったのかな。ずいぶんきげんよさそうだな。にこにこしちゃって。かわいいな）

美咲は思う。

実は反対なのだ。

編み込みの彼女は美咲につられているのだ。

美咲が満面の笑みで「おはよう」と言ったから、つられて彼女もにこにこしたのだ。

ミラー効果だ。

ことほどさように「すでに見知っているものが、前よりずっときれいに見える状態」

に美咲はいるのである。

CGグラフィック基礎の講義は扇形の教室でおこなわれる。

(きれい)

美咲はしげしげと教室をながめる。

(この教室、こんなにきれいだったっけ?)

目にするもののすべて、色鮮やかでいとおしく映る。

カレ。

カレがいる。

これがカレ。

カレにLINEする。

二十歳。選挙権があって、お酒が飲めて、そして、カレがいる。

美咲は恋のよろこびに包まれていた。

恋する乙女は美しい。古今東西から賛美されてきた。然り。このころの美咲は、実に美しかった。つばさと「お泊まりのあるデート」を三回したこのころ。

うち一回は野草研究会の集まりの後に会った。そのとき美咲は採集したコスモスのミニブーケを持っていた。

つばさはふざけてコスモスをベッドにばらばらと散らし、そこに美咲を全裸で横たわらせて写真を撮った。「ゲージツの秋」「ゲージツ写真」「おれは天才ゲージツ家だぞう」

と、つばさが頓狂(とんきょう)な声を出すので、美咲は笑ってしまった。

なのにこの写真が半年後には、彼女の「キャラ」を誤って伝える item に変化してしまう……。

＊＊＊

銀杏がすっかり葉を落とすと、本郷キャンパスも冬枯れの光景になった。

4年のつばさはショートメールを受け取った。

【つーちゃん、いま、どこにいる?】

「つーちゃん」と呼んでくるのは母親と祖父母だ。

【家】

暮れも近く、大学は冬休みに入っている。短く祖母に返信した。祖母はショートメールしか使えない。

(20代の)孫とショートメールをし合うということが、祖母には「最先端の通信技術(IT)を使いこなしている」という満足になるらしい。

兄が北海道に越してからは、もっぱら弟つばさだけに連絡してくる。

北海道に出奔した(と父母には映っている)兄は、駒場キャンパスのころまでは(教養課程のころまでは)、祖父母と初孫とで仲良くやっていた。少なくともつばさにはそう見えた。

兄が本郷キャンパスになり、つばさが駒場キャンパスのころ、兄は祖父母と会うのを避けるようになった。

「なんで？」と訊くと、「自分の上位を満足させていることが見えてしまって、それが自分の卑小に感じて、自分のアホさが許せなくなるから」と答えた。ワケがわからなかった。

「お祖母ちゃんたちは孫がそろって東大に行ったことをよろこんでくれてるよ」とつばさが言うと、兄は「東大の話なんか、なんもしてねえじゃん」と言い、つばさを見る目に蔑視が宿った。そして「×××××経験××××数が少ない××スペリオリティ×××、それに××××××」としゃべりつづけたが、つばさには聞き取れなかった。

兄は「年齢を重ねたことを寿ぎ、己の知らない経験を傾聴すべきなのに、自分の年齢の数が少ないことで新しい道具を知ってるだけなのに、そっちにスペリオリティを抱いちゃってるアホさが許せなくなるんだよ。おまえ、それない？　年長者に対して、はいはい、よしよし、っていう応対は、返せば、上位から下位を見る態度じゃん。なんでそれしてるんだろって、自分の浅さアホさをどう処理したらいいのか許せなくなる」と言ったのだが、つばさの精神内には、この日本語を、肉親である兄の主張としてキャッチできる触手が形成されていなかった。だから兄に対して、「メンヘラ？」と思っただけだった。

祖母はショートメールで頼んできた。

【つーちゃん、バーバの代わりに運転してもらえない？　だめ？】

【いいよ。どこ？】

【ヨガのとこの、ちょっと先の店の…】

「ヨガのとこ」というのは、けっこうな値段をとるスポーツジムのことだ。会員の祖母はそこをそう呼ぶ。会員には芸能人や政治家夫人なども多い。そのジムのある界隈の店は、つばさも何度か祖母におごってもらったことがある。

【うっかり飲んじゃったの。ランチにみんなで行った店が、今年はこのランチで終わりっていうんで、つい】

　ジムでの顔見知りとランチをとったさい、うっかりグラスワインかなにかを飲んでしまったようだ。ジムは車で行くほどの距離ではないのだが、ヨガに凝ってくるとみな、施設が貸し出してくれるものではなく、自分で買ったヨガマットを持ち、ウェアにもこだわるようになって荷物になる。大きな鞄代わりに祖母は車を使う。

【場所わかるから。そこに行くよ。すぐ出るよ。つきそうになったらまたメールする】

　祖母が駐車しているビルにはしゃれたブランドのショップが集まっている。駐車場で祖母を買い物に誘い、あわよくば何点か、気に入ったものを買ってもらえるかもしれない。

（となると店員に侮(あなど)られないよう、そこそこなカッコしておかないとね）

　星座研究会の副業でときどき入ってくる泡銭(あぶくぜに)で買った高額ブランドの服と靴で、つばさは地下鉄に乗った。

ジムの駐車場に着くなり、

（この服着てきてよかった）

つばさは思った。赤レンガ倉庫からラブホテルに行った夜に美咲が、自分のピンクのブラジャーとパンティについて思ったように。

「イズミと申します。はじめまして」

祖母の車から出てきた同世代の女性からお辞儀をされた。

那珂いずみと同じ名前だったので微かにザラッとするつばさの斜め下で、肩よりすこし長いくらいのまっすぐなイズミの黒髪がサラサラと流れた。

「マヤちゃん、車にもどって。つーちゃん、まず乗って」

サイドウインドから顔を出して祖母。

（そうか、イズミって名前じゃなくて、苗字なんだ）

つばさが運転席側のドアから車に入るのを待ってから、まっすぐでサラサラの黒髪の、マヤという名前らしい女性は車内の後部座席に乗った。

後部座席にはもうひとり、こちらは祖母よりは若い、つばさの母親くらいの年齢のマダム然とした女性がすわっていた。嵩張る毛皮のコートをまるめて膝に乗せて。

「さっき言った孫のつばさです」

祖母は後部座席をふりかえり、つばさを紹介した。彼の到着を待つあいだに、すでに二人には情報を伝えていたのだろう。

「ええ、東大に行ってらっしゃる方ね。わたくしは……」

毛皮を持った夫人がこう言ったことでわかるのは、祖母は、孫の情報として真っ先に「東大生」だと伝えたことだ。

毛皮夫人の次に、サラサラ黒髪のマヤが、

「和泉摩耶です」

と頭を下げた。

毛皮夫人、摩耶、の順に家に送ることになった。

「摩耶ちゃんはまだ大学生なのよ。東京女子大。えっと何年生だっけ。つーちゃんより下よね？」

「国際社会学科の2年です。来年の春から3年。吉岡さんにはいつもご親切にしていただいております」

吉岡というのは祖母の苗字だ。摩耶は「おります」という謙譲語を使いこなして、短く自己紹介した。

「ご親切にしてもらっているのはわたしのほうよ。もう年をとって身体が硬くて硬くて。××さんなんか……」

祖母は後部座席の毛皮夫人をふりかえる。

「わたしより10(とお)も若いから楽勝でしょうけど、わたしの年齢(とし)になると、先生がなさるようなポーズなんかとれないわ」

「だめだめ。わたしは食いしん坊だもの。太ってるからだめよ。そこいくと吉岡さんは意識が高くていらっしゃるもの。すらっとされてて食生活もちゃんとされている証拠よ」

祖母と毛皮夫人は、ファストフード店の女子高校生の集団のようにかしましく笑う。

「つーちゃんはヨガやったことないでしょう？　やったことないと、あんなのかんたんだと思ってるだろうけど、パワーヨガとなるとインナーマッスルとアウターマッスルと両方駆使しないとならないから大変なのよ。パドルテニスやめたんならあんたもヨガやるといいわよ。男性もクラスにちょくちょくいるのよ。家でだらだらしてるくらいならヨガをしたらいいわ」

「まあ、つばささん、ごめんなさいねえ。駐車場まで来させられて、アッシーくんさせられた上に、こんなお説教まで聞かされてねえ……」

毛皮夫人が言うと、

「あの……」

摩耶が慎ましやかだが、澄んだ、通る声で言った。

「あの、アッシークというのは何のことでしょうか？」

「あ、おれもわかんなかった。お祖母ちゃん、アシークって、なにそれ。ドイツ語？」

大学生の男女二人から問われ、祖母と毛皮夫人はさらに大きな声で笑う。

「やだ、アッシーくんって、つーちゃんはわからないんだ」

「吉岡さん、死語よ、死語。もう死語になっちゃったのよ」

「アッシーくん」が、「足」からくる、運転だけのために呼び出される男のことだと毛皮夫人から教えられると、摩耶は感心していた。

運転のために前方を見ているつばさだが、後ろからつばさの耳に入ってくる摩耶の口調は、自分より年配者に対して従順で、深窓のお嬢様という雰囲気があふれている。

「つーちゃん、摩耶ちゃんは帰国子女なのよ。だからよけいに『アッシーくん』、わからなかったのかもね」

「お祖母ちゃん、日本にいたおれも、わかんなかったんだから。ねえ、摩耶さん」

初対面でファーストネームをさん付けにしたのは、イズミという音を発するのを避けたい気持ちが、無意識にあったからである。

「いろいろ知らないことを教えてもらえるので、私は年長の方と接するのがとてもたのしいんです……」

車内は限られた空間だ。

限られた空間に男女がいれば親密になる。

さらに。

限られた空間に、若い者と若くない者がまじっていると、若いほうの男女が親密になるスピードが加速する。

この車内は、このケースに該当する。祖母・毛皮夫人の若くない二人。つばさ・摩耶の若い二人。若くない二人は恋愛シーンから遠退いている。いっぽう若い二人は恋愛最前線にある。

この2集合が限られた空間にいると、若くないほうが、若いほうの強力な触媒になるのである。つばさと摩耶に、互いを急速に親しく感じさせる効果を生む。

しかも。

この車内の状態は、期せずしておこった状態である。

「今日は吉岡さんから孫を紹介されるのだわ」「今日は祖母からジム友の女子学生を紹介されるんだ」などといった、「予め(あらかじ)の情報」が若い男女にまったくなかった。期せずして接近する状況になっている。

この状況下では、若い男(つばさ)と若い女(摩耶)は、互いの情報をごく、、、自然に入手していける。

「摩耶さんは帰国子女だって? どこにいたの?」

前を見たまま、つばさが摩耶に訊く。

「ソレントよ」

摩耶ではなく祖母が答える。

「ソレントよ。だから摩耶ちゃんは英語ペラペラのバイリンよ」

「てか、お祖母ちゃん、英語ペラペラなら、たぶんトロントだし。ソレントならイタリア語がペラペラだし」

「あっそうか、ソレントじゃなくトレント、トレント」

「ロだよ。トレントって、どこだよ、それ」

「うるさいわね、混乱したのよ。とにかくカナダよ」

孫と祖母のやりとりを、摩耶は、

「やだ、カメディショウみたい」

鈴を転がすように笑った。comedy showの発音が堂に入っている。譲治もそうだが、彼とちがい、ひけらかさんとするものがなく、つい出てしまう発音である。

「帰国子女というほど長い滞在じゃないんです。高校同士の提携で、交換留学で1年いただけなんです。だからペラペラなんかじゃないんです」

「ペラペラ」には個人差がある。摩耶の言う「ペラペラ」は、国家首脳会談で同時通訳ができたり、『Paradise Lost』が原書ですらすら読めるというレベルのことだ。つばさの祖母のそれは、『The Catcher in the Rye』が原書で読めたり、ニューヨーク五番街の売り子に商品について訊けることだ。

つばさの祖母がサリンジャーを読むことをアクセサリーにしていた年齢のころから、摩耶の家は歯科医院だった。

摩耶の父の代に閉院した。摩耶の父は開業医ではなく、歯科大で教鞭をとる道に進んだ。その嫡男である長男（10歳上の摩耶の兄）の代でまた開業医にもどった。一般歯科ではなく審美歯科を銀座に開いている。

「英語がペラペラなのは義理の姉です」

「いやだわ、それはあたりまえじゃない」

毛皮夫人が、深い横皺がいくすじか入った首をのけぞらせて笑う。

「お義姉さまはアメリカ人なんだから」

「交換留学させてもらったことより、義姉と同居していることで英語力をつけてもらっています……」

遠慮がちに摩耶は言う。

「つばささん、摩耶さんの義理のお義姉さまね、ジャズシンガーだったのよ。ホームパーティのときお歌を聴かせていただいたけど、とってもすてきだったわ」

「へえ、そうなんだ。なんていう人？　ＣＤとか出してる？」

「そんなそんな。学生のころバイトで、バックコーラスで歌ったことがちょっとだけあった、っていうていどのことですよ。学園祭で歌っていたくらいのことです」

そうこうするうち車は毛皮夫人の自宅近くまで来た。

「どうもありがとう、つばささん。あそこの門のところなんだけれど、一方通行だからここでいいわ」

毛皮夫人が先に車を下りた。

「次は摩耶さんとこだね」

同じジムの会員なのだから、各々の自宅は近い。すぐに門柱に暗証番号盤のついた集合住宅の前についた。三浦譲治の低層マンションとはちがい10階建てくらいの、いくぶん古い雰囲気のマンションだ。暗証番号盤も、改修して後付けされたようなようすだ。

「どうも送っていただきありがとうございました。その、あの……」

車をおりた摩耶は、遠慮がちに、ためらいながらつづけた。

「吉岡さん、暮れですからこのあとは、つばささんとお二人でご予定が……？」

「ううん。ないわ。あとはこの子に家まで送ってもらって、お駄賃にクレープでも焼いてやろうかって思ってただけ。つーちゃん、あんた、だれかと約束とかあるの？」

「ないけどさあ……。でも、お祖母ちゃん、今まで、おれにクレープなんか焼いてくれたことあった？　摩耶さんの前だからってかっこつけないでよ」

「なに言ってんのよ、あんたたち兄弟が幼稚園行ってるころに、焼いてあげたことがあったわよ」

「そんな大昔のこと。それに、ただのパンケーキじゃなかった？」

また大笑いである。まるでTVドラマの書き割りの前で、ディレクターから「ハイッ、ここは年配者と若者がなごやかに歓談してッ」と指示された出演者たちが出すような笑い声。

「もし、このあとお時間があるようでしたら、せっかくですから、うちで紅茶でもお召しになりませんか。今朝、義姉がミートパイを焼くと申しておりましたから、それがちょうど焼き上がっているんじゃないかと……。クレープじゃないんですけど」

これでまた大笑いになり、

「じゃあ、おことばにあまえて、すこしだけおじゃまさせてもらう？ つーちゃん？」

「うん」

祖母と孫は、摩耶の住まいに行くことになった。

マンションの6階だった。

歯科大も冬休みに入っており、摩耶の父母も在宅していた。摩耶の母はパッチワークでは有名な手芸家で、大きな展覧会をときどき開いており、目下はアメリカ人の嫁が一番の生徒とのこと。摩耶の父母は、先約のために途中で外出したものの、和やかなティータイムだった。

譲治の自宅のように最先端の建築ではない。きちんと改修されて、家庭的で、古風な清潔さがある。

(成り金じゃなくて、家柄がよいって、こういう人のことなんだろうな)

と感じるほど、摩耶に対してつばさの好感度が上がっている。

摩耶の義姉は、アメリカ人だと聞いて彼が漠然と思い描いていた外見ではなかった。祖母よりも背が低い。小麦色の肌、焦げ茶色の瞳、黒い髪。

陽気なこの女性は、祖母を別室に案内した。結婚して日本に住むようになってから始めたパッチワークの作品であるベッドカバーを見せるために。

「お義姉さんの、お父さんとお母さんはヒスパニックなの。お母さん方のお祖母さんがメキシコ系ヒスパニックで、お祖父さんはユダヤ人だったの」

マイノリティ枠で大学に進み、そこに同じくマイノリティ枠で留学してきた摩耶の兄と知り合って結婚した。

「日本人と結婚するようなＷＡＳＰは、まずいないわ……」

東京女子大で国際社会学科を選んだのは、トロントで、自分が有色人種であることを微妙に感じたからだと摩耶は言った。

だが帰国後には痛切にそれを感じたことを、彼女はつばさには伏せた。

摩耶には東京女子大学1年生のときにイギリス国籍の、バース生まれ育ちの白人男性と交際した経験があった。彼が東京工業大学に留学しているときのことだった。

摩耶としては「結婚を前提にしたおつきあい」のつもりでいた。ところが、ある日突然、明日帰国すると言われた。鋏でジョキッと切るように。

つばさには話すまい、と摩耶が判断したのは無意識だったのか意図的だったのかは、わからない。わからずじまいのまま半年後に、摩耶とつばさの交流は絶えるからだ。

半年前のこの日、摩耶はつばさに高校交換留学生時代の思い出だけを話した。

「意地悪されたりすることはなにもなかったけど……、どんなに親切にしてくれても、白人という人種には、何世紀にもわたって有色人種を下に見る感覚が骨身にしみついているんだなと思ったわ……。理屈じゃなくて感覚として……」

「そうなんだ……」

「勉強のできる奴」をずっとやってきたつばさは、ものごころついたときから今日まで、引け目というものをほとんど感じた経験がなく、心がぴかぴかしてつるつるだったので、摩耶の打ち明け話にはじーんと感動した。

家柄がよく、知的で、容貌もよく、そして差別をうけた悲しみが、彼女をむしろ奥深い人間にしている……と映ったのである。

さるほどに、彼と祖母は摩耶の住まいをあとにした。

「つーちゃん、今、カノジョいるの?」

助手席から祖母の問い。

「特定の人はいないよ」

即答した。

摩耶と会ったことで、つばさの、つるつるした裡で、かわいい玉がすべった。

「サークルの何人かといっしょに飲んだり、さわいだりするような女の子の友達はいるけど……」

気どらなくて、すなおで、Gカップで、つばさのギャグにはなんでも笑いころげる女の子は、つつーっとすべって落ちた。つばさの裡から。

「避妊しなさいよ。ぜったいスキン使うのよ」

祖母は言った。大きな声で。

「アッシーくん」はわからなかったがスキンはわかった。古めかしいその呼称を、運転席のつばさは笑わない。

「若いから女の子と遊ぶこともあるでしょ。でも避妊はぜったいしなさい。ぜったいスキン使いなさい。自分のためにも、女の子のためにも。避妊だけはちゃんとしときなさいよ」

「わかってるよ」

「ならいいわ」

「お祖母ちゃん、和泉さんをおれに紹介したくて運転頼んできたの？」

「ぜんぜん」

きっぱり祖母は否定した。

「彼女、学生さんでしょ。さっきの毛皮の××さんとかとわたしが出るようなクラスは時間的に合わないから、会うことなんかめったにないのよ。今日はたまたま、サウナで三人で並んで汗かいてて、たまたまランチに誘っただけなのよ」

「そうか」

摩耶は東大狙いの女の子ではないんだ。つばさは思った。ほかの可能性は考えなかった。

女子サウナでは仲のよい会員同士のおしゃべりが喧(かまびす)しい。が、しゃべらずに、だまって聞いている会員もいる。

吉岡さんの孫は東大生だと、だまって知る会員もいるだろう。それは摩耶だったかもしれない。摩耶ではなかったかもしれない。仮に知って、「東大なんだ、すごいなあ」と思ったとしても、たいへん自然なことだ。でなければ、東大は優秀な大学ではない、ということになる。

ただ、つばさは、摩耶がつばさが東大生だと予め知っている可能性はなかった、とした思わなかった。それはとりもなおさず、つばさの篩から、摩耶が落ちない条件だったからである。

「いいお嬢さんねえ。お父様とお母様もすごくかんじよかったわね。つーちゃん、おつきあいするなら、ああいうお嬢さんがいいわよ」

祖母がこう言うような娘だったからである。

「気が早いなあ、お祖母ちゃん」

「こういうことに気が早いもなにもないでしょ。向こうだって、つーちゃんのこと、きっと気に入ったわよ。ぜったいよ」

〝下心〟というのであれば、こうした篩もまた〝下心〟ではないのだろうか。半年後のつばさに訊ねたい。

「わたしは何もしませんよ。年寄りがどうのこうのお節介やく時代じゃないでしょ。まあがんばってね、応援するわよ」

車庫入れのあと、家に寄っていくかと祖母から訊かれたが、つばさは首をふった。

「じゃ、今日はどうもね。こんど、摩耶ちゃんを映画にでも誘うときのたしになさい」

財布から1万円札を抜き、祖母はつばさにくれた。つばさは地下鉄でまた広尾に帰った。

地下鉄内でスマホを見ると、美咲からＬＩＮＥが来ていた。

【来週はもうはやお正月だね。ツーくんは初詣、どこへ行くの？】

クリスマス・イブが近いころには【来週はもうはやイブだね。ツーくんはイブはどうするの？】という文面だった。【実は父方の祖父の具合が悪くて23日からしばらく北海道に行くことになって】と返信した。嘘だった。祖父も祖母も元気いっぱいだった。そろって北海道から東京に来たのだ。兄のようすを伝えに。兄のドロップアウト（と、つばさや、つばさの両親には映る行為）について、美咲に説明するのが面倒だったからで、この嘘には悪気はなかった。

悪気はなかったが、クリスマス・イブに美咲に会うのは「やめたほうがよさげだな」とどこかで思っていた。

（初詣にいっしょに行くのはやめないと）

摩耶と会った今ははっきり思う。

（どう返信しようか……）

考えているうちに日比谷線のドアが開いた。下りた。

同じように下りてきた客が、壁際に立ったままのつばさの前を、ホームから地上への階段へと歩いていく。

（そういや、手首、痛いな）

腰も痛い。冬休みに入っているのに准教授が電送してきたデータでプログラムを作成しないとならなかった。ずっとPCのキーを打っていた。

なんでこんなことをと思いながらやり、久しぶりにたくさん寝て、起きたところに、さっきの【運転してくれないか】という祖母からのメールが来たのだった。

駐車場で摩耶にお辞儀をされてから今まで、手首が痛いことは忘れていた。

美咲からのLINEを見て、手首が痛かったのを思い出した。

【炭素税の効果試算を出すから、行かない。初詣】

とLINEした。

＊

LINE着信の音に美咲の、つばさから「マンチカン猫みたいだね」と言われた顔に、薔薇色の微笑みが浮かんだ。

LINEを読んだ。

炭素税の効果試算というのが何か、美咲は悩まなかった。つばさは理系の学生なのだから。

だが、要は勉強で忙しいという、ただの事実の返信が笑みをしゅうっと消した。剝き出しで事実を伝えている。他大学の他学部の人間に伝えようとするものではない。そして「行かない」だ。「行けない」ではなく「行かない」だ。

（速く打とうとして、『け』を『か』と打ったんだ――）

美咲は思った。思うことにした。

カレ。カレがいる。これがカレ。カレからのＬＩＮＥ。

美咲は恋のよろこびに包まれていた。

だから。

だからこそ、敏感だった。

たちどころに嗅ぎつけた。

もしや自分の恋のよろこびは、花火のように瞬間だったのではないかと。

二十歳。選挙権があって、お酒が飲めて、そしてカレがいるのよ。カレからのＬＩＮＥ。

（神様どうか……。神様、どうか……）

どうかもうしばらくだけ、私にとどめておいてください。このよろこびを。

（もうしばらくだけ……。どうか……）

美咲は祈って、思うことにした。速く打とうとして『け』を『か』と打ったのだと。

「思うことにする」のは、たいへん多くの人が択る行動だ。ハートに貼るバンドエイドだ。

心に擦り傷ができたとき、だれにも見つからないように、だれよりも自分自身に見つからないように、ささっとバンドエイドを貼る。擦り傷が見えなくなる。

バンドエイドを貼るには、そこそこに器用さも必要で、いらついたりあわてたりして貼ると縒れたり、皮脂で接着剤がとれたりしてしまう。傷口にバンドエイドを貼る、という行為をくりかえすうち、すみやかにきれいに貼れるようになる。

２０１５年も終わろうとしているときの、この日の美咲は、まだバンドエイドを貼るのが下手だった。

しかし、そのぶん、恋をしているよろこびがデパートのアドバルーンのように大きかったから、縒れても、接着部分が皮脂でうまくくっつかなくなっても、バンドエイドは効いた。

「思うことにする」が度重なるうち、バンドエイドはどんどん上手に貼れるようになるが、逆に効果は小さくなってゆく。

半年後に美咲は、ある場所で、「寝てしまったふり」をすることになる。それもバンドエイドだったのだが、しかし世の中には、ハートにバンドエイドを貼る必要など、一度もなかった人間もいるのだ。ハートがぴかぴかのつるつるで、きらきらしていれば、できごとは、できごとが表に見えているとおりにしかわからない。

＊

広尾原住宅のエントランスまで来たとき、譲治からのＬＩＮＥを受けた。

【電話、いつならいいですか？】

ＬＩＮＥは返さず、つばさは電話をかけた。

『今、いいけど。そっちは？』

『あ、すみません。かけてもらっちゃって。いいすよ』

『なにかあった？』

『れいの子。れいのアレで、動画がめちゃ高でいけた子』

『ああ、ＳＦＣの』

『そそ。彼女、アラビアンコムが気に入ってきたんですよ、いましがた』

『アラビアンコムって、あのアラビアンコム？』

アダルト動画配信の大手サイトである。

『ただねー、あのヒトねー、どうもＳＦＣじゃなくて、ツーシンみたいで』

『通信制の女子大生ってこと？』

『ええ、まあ、通信でも慶應は慶應ですんでアラビアンコムも乗り気なんすけどね』

『出たいって言うなら出ればいいじゃん？　おれらには別に関係ないじゃん？』

『関係なくはないんですよ。こっちで撮影しないかってアラビアンが。

カラミなしでいいから、先日のものよりもうすこし過激なのを撮影すれば「東大生が選んだ美人女子大生オナニー」として買うと』

『いくらで？』

『それが、ビミョーなところで……』

譲治から額を聞いて、つばさも相槌を打つ。めんどうさとリスクを考えればさしてメリットのある話ではない。

『岩石割りだな』

鉱物（岩石）を叩き割って巡る地質調査のある学科では、学生がいつも文句を言っているのに、つばさはひっかける。

『アラビアンがもっとほしいのはスカトロ系だそうで、スカトロ撮ったら金額は倍出すって』

『汚物処理だな』

泥炭汚物処理も学生から嫌われる実技なので、それにひっかけた。

『どうします？』

『アラビアンと関わるまで手広げるのは、やめといたほうがいいんじゃね？　あくまでも小規模で、内々でおいしいとこもらっとくのがいいと思うけどね、おれは』

『了解(リョウカイ)ンゴ。じゃ大手進出は断るということで。あくまでも内々でってことで。ではでは』

『あ、ちょっと……』

『はい？』

『譲治ってカノジョいるの？』

『は？　どしたんすか、あらたまって』

『ふと……』

『契約前に約款されるのは避けてますけど──』

婚姻は契約である。資産運用、蓄財、子孫の増殖、伝染病回避など健康面をケアできる契約として婚姻はある。契約であるから当然約款があり、配偶者以外と精神的にも肉体的にも深く交わるのは違約である。だが恋愛は情趣の領域である──。

『──自由恋愛って、昔の人はいいこと言ってるじゃないですか。恋愛に保証はないんですよ。何股かけようがかけられようが文句言われたり言ったりする筋合いはない。文句言えるのは契約した配偶者のみ。あ、あと、ほら結婚を前提としたおつきあいっていうんですか、そういう婚約者もですかね、仮契約中なんだから。でも、そういうつきあいでもない恋愛なのに、浮気は許さないだの、ほかの女とメシ食っちゃだめだの、大きな顔する女がよくいるじゃないですか。ああいうのに捕まるのはぜったいいやなんです、ぼくは。ぜったい避けてます』

『そらまあ、それが通ればいいだろうけどさ……』

『通すんですよ。４回以上ハメないことにすれば通せます』

『決めてんの？』

『まあ、幸せのクローバールールとでもいいますか。理想は2回、ギリで4回。これ守ってれば、そういうこともあったわね関係ですませられますが、5回やっちゃうとね。5回以上やっちゃうと女は相手をカレだと看做してくるので注意すべしと、これはうちが毎年初詣に行く箕輪諏訪神社の教えなんで』

「いいかげんで不誠実ないい男」になりきって陶酔しているようなところがすこしあったが、譲治は言い切った。

不安や気がかりめいたものが、おぼろげに心中にあるとき、人というのは、断言されるとそうだなと思うものである。

（さっきみたいな返信で正解だった）

わずかな閊が、つばさの胸でとれた。

『こんどはこちらから質問しますけど、女で困ってるんですか？』

不意に、低くシリアスな声を、譲治は送ってきた。

『あ、いや……、そういうわけじゃないんだけど、もうすぐ正月だろ。初詣なんて、譲治はカノジョと行ったりすんのかなと、ふと思っただけだよ。そしたら思いのほか、オピニオンを語ってくれたんで、ちょっとびっくりしたんだ』

つばさは東大に合格した人間である。日本一、入るのが難しい大学だ。感受性がなめらかでなければ受験競争には負ける。受験技術に益のないことが気になるようでは負ける。かしこい卵黄がつまった卵は、つるりと戦争を勝ち進む。テヅルモヅルのように触手がうにゃうにゃ枝分かれしているようでは、何でもがひっかかってきて負ける。つばさはテスト競争を勝ち抜きつづけた人間なのだ。

譲治の断言を聞いた後は、スマホを持ってほがらかに笑った。

笑ってごまかしたのではない。笑おうとしたのではない。笑うことにしたのでもない。心からほがらかに笑った。

それから和泉摩耶の、すらりとしたふくらはぎを、のびのびと思い出した。ちょっと力を入れすぎたら絞め殺されそうに柔弱な首すじを思い出した。交換留学前に矯正したという整列した歯並びを、さくらんぼのようなくちびるを思い出した。祖母がうっかり落としたデザートフォークを拾ってくれようとして、腰をかがめたさいに、つばさのほうにやや突き出すかっこうになったニット素材のミニスカートに包まれた臀部（でんぶ）を思い出した。

つばさはLINEを送った。摩耶にではなく、美咲に。

【これから会おうよ】

＊＊＊

iPhoneの着信音が鳴るように、美咲の心も鳴った。

（やっぱり、私の思い過ごしだったんだ）

頬が輝いた。

瞳が潤んだ。

美咲がLINEを受けたのは『エンゼル』だ。

新年を迎えるにあたり、今日は朝から家の窓拭きと網戸の掃除をした。「もう、私ばっかりにさせて」と、ちょっとだけ怒鳴って家を出てきたのだった。

母親はクリーニング店、父親は近所の知り合いとマッサージセンターに行ってしまった家の掃除を、妹はろくに手伝わないし、弟はまったく手伝わない。きゅっきゅっと拭いたガラスがきれいになっていくのは小気味よかったが、何部屋もの掃除をしている傍らで弟がゲームに「うわっ」とか「おーっと」とか「よっしゃ」とか言っているとムカッとしたのである。

それで去年のイブにふと入ってみたのをきっかけに、常連とは言えないまでもたまに来るようになった『エンゼル』に来たのである。

「おっと、急にいい顔になったね。さては、カレから？」

コーヒーを運んできた店長にひやかされ、砂糖もミルクも入れていないのにコーヒーをスプーンでくるくるかき混ぜて、照れを隠す。

【うんOK。どこで？】

つばさに返信した。「わーいOK。どこで？」とはじめは打ったが、「うんOK」に変え、うれしいときはうれしいとちゃんと相手につたえるべきかと「わーいOK」にもどし、また「うんＯＫ」にした。さらっと、するっとしていたほうが、よりつばさの負担にならないだろうと。

「去年のイブはひとりで来てくれたものね。今年のイブはカレといっしょだったの？」

「ううん。カレの北海道のお祖父ちゃんの具合が悪くなって、カレはお見舞いに行ってたんだよね」

「お家の事情」に、ほんのほんのほんの少し立ち入れた自分。その事情を（すこしだがなじみの）店の店長に伝える。どちらも「カレがいる女の子」でないとできない行為だ。

美咲はうれしかった。つばさが、祖父の容体を心配するような男性であることも。

「お祖父さんの見舞いにイブに北海道まで？　そりゃ、やさしいカレだね」

「ベタベタしたことはしてくれないけどね」

「男は照れるんだよ、そういうこと」

店長は一般論として言ったのだった。だが美咲は店長のひとことに力づけられた。

「そうだね。きっと、そうなんだね」

美咲がそう言ったときには、すでに店長は別の客のところへ移動していた。

【日吉とかそのあたりどう？　渋谷とかは混んでるし】

つばさからＬＩＮＥ返信が入った。

（日吉？　なんでまた？）

そう思ったが、

【日吉ならサキの通学定期で行きやすいんじゃないかと思って】

すぐに続けてきたのでうれしかった。美咲の通学定期は日吉を通るルートではないが、気を使ってくれていると。

【OK。ありがとう。7時でいいかな?】

返信した。大掃除をしていたままに近いいでたちで家を飛び出してきたから、おめかしとはいかないまでも、せめて着替えたい。

【7時でいい?】

【もうちょっと早くなんない? 早く会いたい】

「早く会いたい」。この文字の並びは美咲の心を躍らせた。ジャンプ、ジャンプ、ジャンプ。

【6時半。これでせいいっぱい。今の用事がもうちょっとかかるから、どうしても……】

しかたなく嘘をついた。支度したい、とは言えなかった。メンドウな女だと思われるのではないかと恐れた。白馬の王子様からの呼び出しに、窓ガラス拭きと網戸掃除をしていた格好で出向くのは、20歳の女子大学生にはできない。魔法使いが現れてほしい気持ちだ。

【じゃ6時15分に、東横日吉の、横浜方面行きのホームならいい?】

【うん! それなら】

ぐずぐずメンドウな女だと思われないよう、相手を胃もたれさせないよう、がんばって軽い文面で返信した。

返信しながら『エンセル』を出た。コーヒーを飲む時間はなかった。

大急ぎで家にもどり、大急ぎでザッとシャワーを浴び、腋下(えきか)とVIOラインのむだ毛をT字剃刀で処理した。バスタオルを巻いて自室にかけあがり、インクブルー地に人造パールのデコレーションをあちこちにあしらったペアのブラジャーとパンティを身につけた。今年のイブ、つばさとのデートが叶ったらこれをと思い、買っておいたものだった。

時間がない。アウターのコーディネイトまでじっくり考えていられない。クロゼットを開けたところにあった、ユニクロのストレッチスキニーとモヘアのセーターを着て、GAPの内ボア撥水コートをはおって家を飛び出した。

＊

つばさが、美咲と待ち合わせる場所を日吉にしたのは、渋谷や新宿や六本木だと混んでると思ったからである。その手のホテルが。

山手線内から外れたところで、自分も、美咲も、アクセスしやすい駅として日吉が浮かんだ。

日吉駅のホームにしたのは、ネット検索したら、日吉にはなかったからである。その手のホテルが。

一駅先にはある。駅の周辺にいくつかある。その駅で待ち合わせるのは不自然でためらわれた。日吉なら慶應大学のある文教エリアだから自然だ。ホームで待ち合わせ、二人で一駅乗って下りてホテルに直行すればよい。

こう思った。つばさはセックスしたくなったのだった。

今したい、すぐしたいのに、美咲は6時半でないとだめだと言う。（東大のおれが会おうって言ってるのに、水大が何をもったいぶってるんだよ）という気が、つばさの心のどこかで瞬間的に涌いたが、【今の用事が】という美咲のＬＩＮＥの文字で冷静になった。（そうだよな。いくら水大でも時間的都合ってもんがあるよな）と思いなおし、6時15分で了解と、広尾原住宅のエントランスから送信し、いったん家にもどった。

「おかえり。今日はジムまで行って運転代わってくれたんだって？　どうだった？」

入り口ドアを開けて、框の前に立ったつばさの足元に、母親がスリッパを出した。この3秒ほどの光景を、もし動画投稿したら、現代の日本の成人はどう感じるのだろう。興味深いところではある。

「どうだったって？」

「調子よ、バーバの顔色とかよ」

「問題なく元気。おれもパワーヨガしろって勧められた」

「ならよかった。お父さん、忘年会で遅いそうだから、夕飯は二人なんで、はるさめとエビと島豆腐の入ったサラダと、とりそぼろごはんと、百合根と真鱈と銀杏いれた茶碗蒸しでいい？」

「それ、これから作るの？」

「サラダはできてる」

「じゃ、それだけ頼むわ。このあとまたすぐ出かけるんだよ」

「そうなの？」

「ちょっと大学のサークルのことで。ほら、前に泊めてもらった日吉の……」

「ああ、あの、お母様が一橋大卒で外資系の会社に勤めてらっしゃるっていう……」

「そそ。日吉の豪邸住まいの家族」

「一橋大だと商業の名門だから、やっぱり女の人でも専業主婦にはならないでバリバリ仕事続けてキャリアウーマンをやっていくのねえ……」

母親は、以前に耳にした息子の友人のことより、彼の母親のことが強く印象に残っているらしい。自分と同性で同世代だからなのだろうかと、つばさは推測してみる。

母親は専業主婦であることに、どことなく引け目を感じており、同時に、仕事をしている女にどことなく、窓の桟やエアコンの送風口にたまった埃みたいにうっすらとした嫌悪感を抱いている。「私が20代30代だった時代は、リブだの男女参画だのっていった って、まだまだ完全に男社会だったたから、そういう時代に仕事を続けていけるっていうのは、なんだかんだいって自己主張が強くて他人を押し退けてでもって性格の人じゃないとやっていけなかったわよ」というのが母親の持論だ。

目端の利く次男であるつばさは、

「お祖母ちゃんの知り合いの人の家でミートパイを出してもらった」

だから、サッと専業主婦の話題を出す。

「アメリカ人の女の人で、結婚して日本に来て、お姑さんにパッチワークならってて、手作りだっていうミートパイを出してくれたよ。さすがにアメリカ人仕様っつうの？ボリュームがあってさ。なんで、腹がそんなに減ってないんだよ。サラダだけ食べて、残りはもどったら食べるから。そんなカンジで」

「そう、じゃ、残りは冷蔵庫に入れとくから、あんた、もどったらチンして食べなさい。茶碗蒸しはラップしとくから。食べたら食器だけシンクにおいといて。水つけといてくれたらいいから」

気儘な行動をとる息子に、息子の母親は、食器を洗っておけとは決して言わない。電子レンジで温めやすいよう、器に食品フィルムまでラップしてやるご親切さだ。

息子は、母親のおもてなしの精神あふるるサラダをテーブルに肘をついてつまみながら、冷蔵庫にあった（母親が買っておいてくれた）ビールを飲んだ。そのビールとて、「ビールある？」と成人の息子が言えば、母親が取り出してくれ、冷蔵庫で冷やしておいたグラスも添えてくれる。

高収入の世帯主の家に、成人後も、専業主婦の母親と同居する息子は、女子マネがつねにそばにいるのと同じである。

つばさの母親が、息子から伝えきいただけの譲治の母親という有職婦人に、引け目と同時に微かな嫌悪感を感じるように、その両感情の母の元で育ったつばさは、浅倉や南という女子マネを、受け容れると同時に微かに蔑視する。

ではつばさにとって美咲は？

そんなことに思考を充てる無駄は、この勉強のできる青年はしない。

トニオ・クレーゲルの時代は大学に行くような青年は、かかる思考をすることもあった。現代は、かかる思考をしていたらテスト競争から脱落する。この青年は速く計算して、ミスなく計算して、速く公式を使って、速く応用して、速く記入して、正解数の多い答案用紙を提出できる優秀な頭脳の持ち主なのである。

おれにとってかの人は何なのだろうかと考えるような行動は、東大に入りながら本郷に行くころには二次方程式の解の公式すら使えなくなる文Ⅲのやつらがやっているごくつぶしのような行動であり、難病や飢饉や地雷に困っている世界の人々を救えないアホな行動なのだから、そんな行動を、優秀なつばさはしたことがないし、これからもしないようにしている。

（摩耶の足のセンはよかったな。細いのに尻はむちっとしてた。あれはいいな）

だから、頭脳優秀なつばさは、早く美咲に会いたい、美咲の膣に挿入して射精したいと欲した。

３５０㎖摂取した缶ビールの、４・５％アルコールが体内に残るうちに、アラビアンコムの無料お試し動画をチラ見した。お試しといっても2分はあった。Ｋカップで人気のアダルト動画女優がチョコレートコーティングのバナナを乳房に挟んでよがる動画だった。『つづきはアラビアンコム会員登録してネ！』と出たところまで見ていたら、家を出るのにちょうどいい時間を10分ほど過ぎていた。

「おっと、いけね」

つばさはトイレに行った。ビールの利尿作用で勢いよく大量の尿が出た。が、すっとはしない。

（いーかんじ）

もやもやしたものが、いい塩梅に残る体で、つばさは日吉に向かった。

＊

美咲は6時6分に、東横線日吉駅のホームのベンチについた。

「どうしよう、遅れる、遅れる」と焦る車内で、よほどメイクポーチを鞄から出そうかと思った。以前、赤レンガ倉庫から船に乗ったときに持っていたニュージーランド土産のポーチを。

だが美咲は「車中でメイクをするのはだらしないふるまいです」と、水谷女子大に入ったときに、文京区キャンパスでおこなわれた入学式で、家政学部部長の教授がおこなったスピーチをよくおぼえていた。

＊

「みなさん、お箸をお箸として使えますか？」と、三浦紀子教授は言った。「こんなことを大学生の方々にお訊きするのは嘆かわしいことでございます。しかしながら、お箸を握ったり捩じったりして、お箸として使えない人がたいへん多いのです」。教授の声が講堂にわたったとき、それまで退屈そうにしていた者、顔見知りとひそひそ私語をかわしていた者、みな、はっとして前方中央を注視した。たまたま正門で、講堂へはどう行けばいいのだろうと美咲といっしょに来た、髪を器用に編み込みにした新入生も。

「昭和のころの年齢より12歳引いてようやく平成の人間の精神年齢だと言われております。ですから、いいですか、みなさん。7歳児への御注意だと思い、申し上げます」。三浦教授は、新入生に「レディを目指してください」と言った。「わたくしもレディにはいまだ遠うございます。みなさんとごいっしょに目指しとうございます」。三浦教授の、講堂の演壇にすっくとした姿勢で立ってのスピーチは感動的だった。

「付近には、お茶の水女子大と日本女子大がございます。共学ですと東京大学がございます。はっきり事実を申し上げます。みなさんもよく御存じの事実です。わが水大は付近の大学より偏差値がずっと低い学校です。

この事実をどうかしっかと見据え、この事実に卑屈になることなく、食事のさいにテーブルに肘をついたり箸を捩じったりするような、はしたない行動をなさらぬよう、電車内で化粧をするようなだらしないふるまいをなさらぬよう。慎み深く思いやりのある女性になるのだと、自分に与えられたところで勉学に励むのだと、本日、入学のこの日より、レディを目指してくださいわたくしも努めます。ともに目指すことをお願いすることをもって、新入学者への祝辞といたします」

美咲はこのスピーチに打たれた。隣の、髪を編み込みにした、三重県四日市南高校出身の新入生は涙を流していた。

＊

教授のスピーチに従い、美咲は車内では化粧をしなかった。

だが、予期せぬつばさからの呼び出しに、あわてて着替え、あわてて電車に乗って日吉まで来たのだ。カレがいるのにクリスマス・イブにも会えなかったのだ。化粧をしたかった。

もともと美咲が化粧をすることはまれだ。せいぜい日焼け止めクリームや、ほのかに色のつくリップクリームを塗るくらいだ。でも今日は化粧したかった。

カレがいる。カレと会える。そのうれしさで化粧したかった。

(待ち合わせた時間まであともうちょっとある)

美咲はホームの鏡の前で、ニュージーランド土産のポーチを出した。マスカラを塗った。

赤レンガ倉庫のオクトーバーフェストに行ったとき、横浜駅のトイレであわてて塗った口紅が、存外に濃かったのに懲りて、以来、美咲はリップクリーム以外のものは口に塗らない。マスカラだけだ。イノッチや水マユや上手に髪を編み込んでいる同級生などが「すばやく化粧するなら、とりあえずマスカラがかんたんだよ。とりあえず目がぱっちりするし、ナチュラルメイクになるもん」と教えてくれたからだ。

そしてつばさが「マンチカンって種類の猫知ってる？　サキの目って、あの猫みたいだね」とほめてくれたからだ。カレが褒めてくれた目を飾りたかった。

（あわてて来たけど、約束時間前に着けてよかった）

つばさより先に到着したことで、すこし落ち着いた美咲は、日吉駅ホームの鏡の前でマスカラを塗った。

＊

つばさは日吉駅ホームに下りた。

着いたとＬＩＮＥしようとしてコートのポケットからスマホを出すのと同時に、美咲を見つけた。

ホームの鏡の前で、美咲は顎を上げて、マスカラを塗っていた。

自分にとって彼女は何なのかなどと無駄なことは考えない優秀な男子学生であるつば

さは、そのようすを見たときの、自分の感情を言語化するようなことはしなかった。

ただ、かんじた。

（ああいうとこ、ちがう）

と。

摩耶とはちがうと、つばさはかんじた。瞬間的なかんじだった。下半身にたまったもやもやのほうが圧倒的に勝っている。

やがて半年後、このときのホームでの目撃について、つばさは弁護士に「口紅くらいをなおすのならわかるのですが、鏡に近寄って、なんか棒みたいなので必死でアイメイクをしていて、そのようすに〝下心〟を感じた」と言うことになる。

つばさは日吉に着いたときは、美咲に「ごめんねー、待ったー？」と謝るつもりだった。しかしマスカラを塗っている彼女を目にしたとき、そのつもりは、横浜方面へ発車した電車の風圧に飛んでしまった。スマホをコートのポケットにもどし、

「行こ」

ポケットから手を出さないまま、つばさは美咲に言った。

「ごめーん。あわてて家を出てきたから、メイクする時間がなくて」

ホームを歩くつばさを、一歩うしろから美咲は追いかけてきた。

ふりむいた。

マスカラの効果については知らない男子学生も、美咲の目元が小気味よくキュッとツ

って、ぱっちりし、瞳全体が愛くるしく強調されているのには気づいた。

つばさに会えたうれしさで満面の笑みだ。

（かわいいな）

思うのである。

嘘ではない。

美咲の笑顔につられて、つばさも笑った。

＊

美咲は安心した。

（よかった）

ホームに現れたつばさは、どこか怒っているように感じていた。

急に会おうと言ってくれたのに。ちゃんと決めた時間に間に合うように大急ぎで来たのに。９分早く着いたのに。なんで？　何を？　怒っているのだろう。会えてうれしいはずなのに、つばさが自分に向けた顔を見て、美咲はとたんにおびえた。

ハートにバンドエイドを貼った。「気のせいだよ」「思い過ごしだよ」。そう思うことにするバンドエイド。

だから美咲は、がんばって笑った。

と、つばさが笑った。

(なんだ、やっぱり気のせいだった。よかった)

そう思いはしなかった。そう思うことにした。脆弱(ぜいじゃく)な安堵でしかない。

「どこ行くのー？　ネットで見てたら、駅出たすぐそこに、慶應と民間の店が両方入ってるビルがあるんだね」

気らくな口調を、がんばって発した。

「ろくなところないよ、たぶん」

つばさは地上への階段もエレベーターも通りすぎ、ホームのベンチに腰をおろした。

「そう、なの？」

美咲が訊いたとき、ちょうど次の電車がホームに入ってきた。

「このへん、どこも慶應のやつらでいっぱいで、混んでて落ち着かない気がしない？　となりの駅まで行ってみようよ」

つばさは美咲の手をにぎり、電車に乗った。カレに引っ張られて電車を下りる。カレに引っ張られて電車に乗る。

それは美咲にはうれしい動作だった。

日吉の次の駅で下車するなりラブホテルに連れていかれようとも。飲み物や軽食をオーダーすることもなく、入室と同時にセックスが始まろうとも。

(今夜はそうなるって思って、私だって、むだ毛を処理したり、下着を替えたりしてきたんだから……エッチなことを予定していたのは私も同じだもの……)

自分を諫めこそすれ、美咲はつばさに会えたことが、うれしくてうれしくてならなかった。

悲しかったのは、つばさが服を着たときだ。泊まるものと思っていた美咲はベッドで呆然とした。

浴室から出てきた彼は服を着た。

「どしたの？　シャワー、使わないの？」

つばさは、美咲も帰る支度をするものと、あたりまえのように思っている。

「好き？」。この質問をさっきした。前戯のときに。つばさは「うん」と答えた。「ほんと？」と質問すると『ほんとだよ。オクフェスのときかわいいって思った。ほんとだよ』と答えた。

「好き？」という、主語も目的語も曖昧にした質問ならできる。「泊まっていかないの？」という、曖昧ではない質問はできない。「ツーくんにとって私は何なの？」。この質問は、ぜったいできない。

（もう私、答えを知ってる……）

「ツーくんにとって私は何なの？」と質問をしたら、もうこの人には会えない。

美咲の顔から笑顔が消えた。

「急がないとね……」

美咲は言った。

急ぐ必要などない。終電にはじゅうぶん間がある。年末サービスで夜7時以降は休憩も宿泊も同じ料金だ。「急がないとね」には、何の意味もない。ただ言って、美咲は帰る支度をした。

3

２０１６年。

１月５日の正午すこし前。

自室のＰＣに向かっていたつばさのスマホに、兄から電話がかかってきた。

『この番号生きてた？　ずいぶん長いこと音信不通でいたからさ、この番号生きてるのかどうかわかんないから電話した』

『どこからかけてるの？』

『シグマなんちゃらってジム。青山の祖母（ばあ）さんの通ってるジムだよ』

父方の祖父母は「北海道の」、母方の祖父母は「青山の」と、竹内家では呼んでいる。

「勤め先の学校が冬休みに入ってから東京来て、ちょっと用事すませて、そのあいだはマグダレナの共済宿泊所に泊まってて、おとといから青山の家に泊めてもらってんだけど」

「うち、知ってんの？」

父母は兄の上京を知っているのかと訊くと、

「そりゃ、だまってるさ」

父親は兄のドロップアウト（と竹内家ではなっている行動）を今でも激怒している。

「周りに親父とかおふくろいる？」

（あれ？）

つばさは思った。兄は、他人の前ではともかく、身内だけのときには両親を、お母さんお父さんと呼んでいた。

「いない。二人で、議員だったか会長だったか、なんか偉い人のとこに行かなきゃなんないとかって出ていった」

「おまえ、ちょっと会えないか？　このジム、家からそんなに遠くないだろ。親父たち、車使ってったの？　あ、べつに車じゃなくてもいいぞ」

「車はあいてるけど……。なんで東京のジムで体験なんかしてるの？　スポルシグマって岩見沢にも店舗あんの？」

「ない。ないない。こんなこじゃれた施設、なんもない。ここはさ、汗かく必要があったから来ただけだよ。会員と同伴なら無料体験できるっていうからさ。そんで、つばさは来られるの？　来られないの？」

兄は口ぶりが明るくなっている。

「いいよ。支度したらすぐ行く」

和泉摩耶が来てるかも、とつばさはちらと期待した。

「支度？　自分の兄キに会うだけなんだから、今着てる服のままでいいじゃん」

摩耶に会ってもよいようなかっこうで行きたい。つばさは思う。暮れに、つばさのＬＩＮＥを受けた美咲のように。

「いやまあ、ちょっとはさ」

いかにもめかしこんできました、というのはかっこわるいので、先日の運転代行で青山の祖母が暮れに買ってくれたSTUSSYのモックジャケットをしれっと着て、ボトムスも同ブランドのパンツでまとめた。星座研究会の副業で、こづかいは潤っている。父親のプリウスを借りて、つばさはジムへ向かった。

「よう。おめでとう」

ジムのフロントロビーに現れた兄は、汗だくだ。

「なにがって、新年の挨拶はおめでとうだろ。寝ぼけてんの？」

「おめでとうって、なにが？」

快活に肩に手を置く。

「そういや新年だったな」

「忘れてたか？　院試勉強で頭いっぱい……ってことないよな。院試は夏で終わってるもんな。合格したろ？」

「ま、ね。おれんとこの院試はらくだからね」

「おお、余裕かましてくれんじゃん。院でもがんばって勉強しろよ」

「さわやかに言ってくれるね」

「さわやかだよ。60分走った。でも、あのベルトコンベアみたいなので走ってると、どうもハムスターになったみたいだけどさ」

笑いながら、兄は腕を大きく上げ、つばさの顔の前に腋を近づけた。

「臭いか？」

「え？」

「おれの腋、臭いか？　忌憚なく言ってくれ。さっきからさりげなくスキンシップして、接近して嗅がせてたんだ」

「汗のにおいだけする」

「よっしゃーっ」

ばん、と兄はつばさの肩をたたいた。

「おれ、腋臭だったんだって？　東京にいるときゃ、ぜんぜん知らんかった。生徒に臭いって言われてはじめて知ったよ」

兄は東京の形成外科に腋臭処置をしに来たのだった。ダウンタイムは1日でよいと形成外科医に言われたが、ＰＣでのデスクワークがたまっていたこともあり、術後12日目のジムだった。

「まだまだ岩見沢に十地勘なくてさ。札幌はもっとないだろ。なもんで、理Ⅲの知り合いにあちこち訊いてもらって、ここがいいってとこに行ってやってもらってきた。高周波の照射針を使う最新の方法。ギプスとかして肩から脇を包帯ぐるぐる巻きにすんのかと思ってたら、そんなもんはなんもせんかった」

「理Ⅲのやつに、腋臭の手術はどこの病院がいいでしょうか教えてください、って訊いたの？」

「うん、訊いたよ？　そんな丁寧なことばづかいじゃなかったけど。なんで？」

「いやべつに……」

「イブにやってもらったんだけど、自分じゃわかんねえだろ。効果のほどを嗅いでもらいたかったんだよ。やはり持つべきものは兄弟だな。遠慮なく言ってもらえるじゃん」

「痩せたね」

兄は小肥りではなくなっていた。身長は変わらないはずだが痩せたぶん、タテが強調されて高くなったように見える。

「12キロくらい減ったかな。学校まで行くの、自転車だから。自転車で45分だぜ」

「先生の仕事、どう？」

「ガチ向いてる。ってか、勤めてるとこが向いてんのかな。あんまし学校学校したとこじゃないから。田舎暮しも向いてる。法曹に進まなくて、んっとによかった。裁判てのはさ、ドロドロに揉めるから裁判になるわけだろ。ドロドロに揉めるような事情があるから何かが起きて揉めるんだろ。そんなの、広尾で生まれて育って、中高は麻武行って東大行った人間の経験で裁量できると思う？　できる人もいるんだろうけど、おれは、できないから」

こういう話をする兄が、つばさはキモい。こういう話には関心がない。

「フーン」

つばさはフロントを行き交う女性会員を、それとなく注意した。

「なに？　きょろきょろして。祖母さん、探してるの？　もうすぐ来んじゃね？　じゃ元気でな。おれ、汗だくだから、ここであんまりぐずぐずしてると汗が冷えて風邪ひくから、風呂入って祖母さんとこ帰るから。おまえもあとで来たら？　今日は松阪牛です き焼きするとか言ってたよ」

「そりゃ、うまそうだな」

うまそうだが行く気はない。兄に手をふった。

フロントでぶらぶらしてると、ほどなく祖母が来た。レモンイエローのトップスとスカイブルーのヨガパンツの派手な格好で。

「おめでとう、つーちゃん。ひーちゃんは？」

「風呂場に行ったよ」

「つーちゃん、今夜の夕飯にね……」

「聞いたよ。松阪牛ですき焼きするんだろ」

「あら聞いたの。つーちゃんも来たら？　摩耶ちゃんと摩耶ちゃんのお義姉さんも呼んだのよ」

「行く」

つばさは二つ返事で応じた。

「あらそう。よかった。パパは都立大の八雲同窓会でいないから」

パパというのは、祖母の父親のことではない。祖母の夫、つまりつばさの祖父のことだ。自分の配偶者をパパ、ママと呼ぶ奇異な習慣は日本だけのものである。

しかし松阪牛のすき焼きは食べられなかった。摩耶の義姉が風邪で来られなくなったという電話が祖母にかかってきた。代わりにということで、摩耶の実兄（義姉の夫）が、つばさと、祖母と兄と、そして摩耶を、銀座の、開院している審美歯科クリニックの近くにあるふぐ料理の店に招待してくれたからだ。

ふぐもうまかったが、こうしたことで、つばさと摩耶はごく自然に「家族ぐるみのつきあい」となり、それはごく自然に「結婚を前提としたおつきあい」へ進む過程となった。

＊＊＊

２０１６年。

正午すこし前。

遠くに桃色がある。

畑を隔てた遠藤歯科医院の庭の桃の木で咲く花の色だ。

(向こうのほうにある……)

水大3年になった美咲には、桃の花の色がずーっと向こうにあるように思う。

(赤ちゃんのときも、私はあの桃の木を見てたのかな)

院長先生にプロポーズされたという母親。

(もしお母さんが受けてたら、私は、あっち側から桃の木を見てたのかな)

向こうから、こっちはどう見えるのだろう。

(ばかだ……。なんとかしてタラとか、なんとかしてレバとか、考えたってしようがない)

ベッドの上のスマホが軽快な音を出した。LINEの着信音だ。

(いっか……)

スマホには近寄らない。

イノッチと水マユからボウリングに誘われていた。イノッチとグレーパーカの交際は続いているが、水マァと靴紐は暮れに別れていた。【アタイはお一人様で行くけど、サキはカレを連れてきてくれてぜんぜんOKだよ】と水マユから、おどけた口ぶりのLINEがあった。

返信していない。行くか行かないかの問いのLINEだろう。

(カレ……)

カレとは、年が明けてから2回会った。

＊

1回目は居酒屋だった。

ある夜の7時ごろ、【これから飲まない?】というLINEが来た。

もう美咲は家にいたし、指定された場所も近くではなかったが、あざみ野から乗り換えなく一本でいけるところだった。

だから行った。支度――カレにとっての自分の役割の支度――をして。さびしい「わきまえ」だった。それでも、カレに会えること、カレのそばにいられることのうれしさのほうが、勝った。

駅につくと、本当に居酒屋に連れていかれたので、むしろびっくりした。

飲まないかというLINEだったが、飲みに誘っているわけではないと思っていたのだ。このまえのような所に直行するのだと。

居酒屋にはカレの「ふぞく」の高校時代の部活の仲間が何人かいた。みな男子大学生だった。彼らは席についた美咲に「急に呼び出してごめんね」というようなことを、表現を替えて言った。

カレは「神立さんは酒豪なんだよ。急に呼び出したお詫びにたくさん飲ませてあげて」と言った。カレは一回だけ、美咲に酌してくれた。もうぬるくなっていた瓶ビールを。

そのあとはみな、「ふぞく」の高校時代の部活の練習や試合の話、それに数学や英語や古典の担当教諭の話をして大いにもりあがった。美咲には何のことかわからなかった。

ひとつだけわかったのは、自分の知っている女子マネコンビとは別の、初代浅倉&南の女子マネコンビがいて、その二人が来るはずだったのが来られなくなり、知っているほうの浅倉&南のコンビに声をかけようとしたが連絡がとれず、そこで自分が呼び出されたということだった。

同席した彼らの話題はわからないから、彼らがワッと笑えば、わからないが、口角を上にあげて歯を見せておいた。

たいていの居酒屋で出る瓶ビールは中瓶なのだが、その店は大瓶だった。中瓶を見慣れているので大瓶はずいぶん大きく見えた。それがわずかに可笑しかったから、みなが笑うと大瓶を見ることにした。そのうち大瓶を見慣れてしまって笑えなくなった。

すると手に持ったままだった美咲のスマホが振動した。斜め前にいるカレからで、

【あとで2人になろうな】とLINEで言ってきた。うれしかった。本当にうれしかった。

（きっとこれは義理があって出席した会で、義理があるからカレもいっぱいしゃべっているんだ。そのあと2人になれる。それはカレにとっては、私が役割を果たすだけの時間かもしれないけれど、2人きりになれたら、それでうれしい）

るのだった。

「わきまえた」役割でもうれしいのである。なぜか？　美咲はカレに恋して、恋していなった。カレ以外の男子たちが「神立さんはもうかわいそうじゃない？　おれたちのガッコの話ばっかじゃ、悪いじゃん」と口々に言った。カレは「そうだなあ。じゃ、女子一名、ここで解散します」と言った。美咲は一人で帰った。さびしい帰途だった。

だが、「ふぞく」高校の飲み会は、居酒屋の次には、カラオケで二次会をすることに

2回目はイタリアンのビストロだった。

これは急な呼び出しではなく、1か月前からの約束だった。

場所が渋谷の、駅からはわりと歩くところだったのでGoogle マップで検索したらラブホテルがたくさんある一角だった。だから美咲は「わきまえて」支度して行った。

カレから言われた店自体は、都会的でおしゃれなイタリアン・ビストロだった。美咲が同世代の友人との食事で行った中で、いや、親類家族との食事を合わせても、これまで行った中でいちばんおしゃれな店だった。

カレと、もうひとり東大の星座研究会に誘われているところの男子。星座研究会に入ったばかりのお茶大の女子と、その子が連れてきた、星座研究会に入ろうかどうか考えているところの、もうひとりのお茶大の子。そして星座研究会にすでに入っている水大の子。ここに美咲がまじって会食した。

テーブルではカレは美咲のとなりにいた。カレは「水大がひとり足りないから来てもらったんだ。同じ学校の子がもうひとりくらいいないと心細いだろ」と耳打ちした。耳たぶにカレの息がかかると、ぼうっとした。カレがそばにいる、カレが自分にだけ話してくれている、というのがうれしくて。

サークルに勧誘するにしては高すぎる店だった。お茶大二人のうち一人は、去年の秋の学園祭で「ミスお茶の水」にエントリーした子で、もう一人は高校生のときに「ミスセブンティーン」にエントリーした子だった。二人とも背が高くて、ロングヘアが骨盤まであって縦ロールで、フレアのミニスカートをはいていた。双子のように見えた。

水大の子と美咲はトイレでいっしょになった。「あーあ、ごはん食べたらさっさと帰ろっと。あなたもそうするでしょ？　うちら水大はお茶の子たちの刺身のツマだよ」と、その子は言い、「まつエクして、厚化粧で、高いブランドの洋服とバッグを持ってシナシナしてるけど、ミスなんとかっていうほど美人でもないよね。まったく男子って、コンサバのファッションしてキレイなのがホントに美人な人だよね。ストリート系ファッションしか受け入れられないんだね」と怒っていた。

けれど美咲は、イタリアンの店での会食のほうが、その前の居酒屋よりずっと居心地がよかった。

「ふぞく」高校の男子たちと居酒屋にいたときは、高校時代の話ばかりだったので、まったくわからず、でも彼らがもりあがっているから水をさしては悪いと思い、ぎこちなく作り笑いばかりしていなければならなかった。トイレが男女いっしょで、便器の周りが尿でびしょびしょで汚いのがいやだった。

その点、渋谷のイタリアンは、トイレも男女別で清掃もいきとどいていたし、ホールはもちろんおしゃれなインテリアでゆったりできたし、食器もおしゃれだったし、食べ物もおいしかった。それにお茶大の二人は理系だったから、男子たちに関心のあることをしゃべってくれたのでラクだった。

(このジャガイモおいしいなあ、白いチーズがからまっているなあ、こっちのパスタもおいしいなあ、このソースがおいしい)

などと料理をじっくり堪能できて、なおかつ、そばにカレがいて、そのカレはたのしそうにしていたから、そんなカレをながめていられたのがよかった。

自分ではない女がカレを笑わせているのは、カノジョの立場ならイヤなことである。もし美咲が、自分がカレにとって何なのか、その答えに鈍感であれば、この場は、もう一人の水大の子のように妬みの炎が舞い上がっていただろう。

カレのカノジョではないことを、美咲はすでに敏くかんじているのである。それでもカレは会食に自分を呼んでくれ、お茶大の二人もカレのカノジョではないのである。物理的距離として近くにカレはいて、笑っているのである。「ね、そうだよね?」「いやあ、今の話、ウケたよね?」などと、ひんぱんに自分のほうを向いたり、肩をたたいてくれるのである。そんなことが美咲はうれしかった。駅からラブホテルに直行するより、ずっとよかった。

美咲はつばさに恋して、恋しているのだった。

＊

軽快な音を、ベッドの上のスマホがまた鳴らした。ＬＩＮＥ着信音だ。

遠藤歯科医院の庭が見える窓から、美咲は離れた。

スマホをとる。やはりイノッチからで、ボウリングに来るか来ないか、カレもいっしょかどうかを訊いていた。

【あの人はカレじゃないよ。セフレでもないし……、せめてセフレにもど……】

返信の文字を入力した。

「もど」のあと、「もどりたい」と打とうとして、指が止まる。

（もどる？）

もどればセフレ？　カノジョだったときはないの？　カノジョだった、と、自分ではそう思っていた。「到着先がシェルブールってことはないよな」と潮風に吹かれたオクフェスのあの夜と、そのあとしばらくは。たとえつかのまでも。

共学で育った美咲にとって、「友人」は「カノジョ」の下位にあるものではない。「カノジョ・カレの関係」と「友人関係」は別種のものであり、高低はない。高低は同種の関係で比較するものだ。カノジョの下はセフレである。

（カノジョじゃなかったの……？　セフレだったときはあったよね……、けど……、今は……）

今はセフレでもない。友人でもない。カノジョでもない。

（今は……なんなんだろう……）

わからないが、はっきりわかっていることは、自分がつばさが大好きだということだ。

（……）

入力した画面をしばらく見ていた。もうオクフェスも、赤レンガ倉庫の桟橋から出た船も、横浜湾の夕日も、もどらない。

入力しなおした。

【風邪ひいたみたいで。ボウリングはパスです。3人でたのしんできて】

この文面で送信した。

＊＊＊

2016年。

染井稲荷神社前の桜並木は、もう花が散ってしまった。

大学生と大学院生、5人の男子学生たちは歩いて高岩寺に行き、そこで地蔵を拝んだ。

「初めて実物を見た。これが、おばあちゃんの原宿か」

「これはとげぬき地蔵だろ。おばあちゃんの原宿は、商店街のことだろ」

「このお寺だけでもにぎわってんな」

和久田と國枝とつばさ。3人は東大大学院1年生になった。

「で、きみが入ったマンションって、なんてとこ?」

「ニュー大場マンションですよ、ほほっ」

「ダッサ。すっごい昭和感」

エノキと譲治。二人は東大3年になった。

これで星座研究会を主宰する5人はみな東大本郷キャンパスに移った。

彼らはエノキの新居を見に来たのである。これまでエノキは広い三鷹寮に入っていたが、ここは3年になると出ないとならない。東大には三鷹以外にも寮がいくつかあるが、どこも倍率が高い上に審査も厳格だ。ごくふつうの公務員家庭ははねられる。エノキは入寮許可が出ずに越した。三鷹寮と同じ広さの一人部屋を、同じ家賃で、豊島区あたりの民間賃貸物件に見つけることはとうていできなかった。アルバイトを増やさないとならなかった。

それが巣鴨にあるというので、つばさ、和久田、國枝、譲治は、星座研究会の副業をおこなうために使えるところかどうかを見にきた。

「ニュー大場マンションて名前はやめて、とげぬきマンションとか、いっそ地蔵荘とかって名前のほうがイケてるのにな」

和久田が言い、ほかの3人もエノキも、そうだなと笑った。

「ここっす」

鍵を開けたエノキが先に入った。4階で日当たりはよい。だが1Kといっても実質ワンルームだ。男5人が入るといかにも狭い。のびのびできない。開放感がない。みな口々に言った。

「そりゃ、譲治お坊ちゃまのお館のようにはいかんすよ、ほほっ」

「ここで、2万5千くらい？」

つばさは国家公務員住宅の感覚で訊いた。

「とんでもない。5万3千です。バイトは教育系だけじゃモたないすね。シフトの多い飲食系も始めたんで時間的にたいへんで。飲み会に参加するのは、おれはこれからはキビしいかと……」

星座研究会は、そもそもが「時間的に縛られない範囲でのサークル活動」をうたい文句にしている。紅茶を飲みながらの活動回数を、これまでにもそう多くおこなったわけではない。飲み会となるともっと少ない。飲み会の二次会となるとさらに少ない。

いつからか隠語ができている。

動画を撮って資金にする女子学生はM要員。M要員にできそうな女子学生、M要員になってもらいたい女子学生と親密度を増したり、ムードに酔わせて合意にもっていく会食はM作戦。美咲が水大の女子学生とともに呼ばれた渋谷円山町のイタリアンでの飲み会がそうだった。moneyのM。そして星座研究会の部員で、セックスを娯楽としてエンジョイする女子学生はS部隊。S部隊を呼んでの飲み会二次会は二次会S。sexのS。

「まあエノキ、心配しなくてもM作戦はここでは無理だし、二次会Sだって互いの時間的都合つうもんがあって、そんなにやってらんないしさ。エノキはバイトをせっせとやってるんでいいんじゃね？　きみ、なんつっても苦学生なんだしさ」

ベランダに出てみたつばさは、のびをしながら室内をふりかえった。

譲治がエノキの、リサイクルショップで買ったというパイプベッドの大きさを腕で計っている。

小柄で女性に威圧感を与えず、メール、LINEの返信がこまめな譲治は、M要員を見つけるのが巧い。見つけてきたM要員に、譲治は國枝を接近させる。國枝の母親はコメンテーターとしてTVに出ているから、「なにかのミスコンに応募したらいいじゃん」と持ちかけると、「なにかのチャンス」というムードになり、もともと自分の容姿に自信のあるM要員は、写真や動画を撮影することを拒まない。

むろん、その画像のセクシー度には強い警戒をする。つばさの言うことにはウンウンと何でも従う美咲のような「チョロい」女子学生はそうそういない。が、そのときの雰囲気で合意させるのが、國枝は実に巧みだった。

國枝は、院に入る春休みに、母親の著書の版元である産業日本社から『東大生が教えるムダのない24h』という実用書を出版している。この本の話題をはじめから出さず、効きそうなタイミングで出して、「番組アシスタントからバラドルに進んでいけばいいようなことはいっさい言わないところだ。あくまでもM要員が自ら想像をふくらませるだけで、彼は騙りはしない。以前に譲治がダージリンを出禁になったSFCの女子学生の撮影と、手順は基本的に同じだ。

とはいえ、M作戦はそうそう成功しない。二次会Sは催こうと思えば催けるが、実験やレポートで時間的に暇がない。

催いた場合、必ず参加するのは譲治と和久田だ。譲治は、M要員を見つけるのも巧いが、女子学生に接近するのも巧い。いっぽう和久田の場合は、女子学生のほうから積極的に接近してくる。長身、逆三角形のひきしまった身体、テニス焼けした肌に白い歯、顔だちが整いすぎていないところがまた「さわやかでいい人」という印象を与える。院になってすぐ提出した原子力に関する論文も高い評価を得ており、SNSを通じそのことは、高偏差値大学の女子学生のあいだで有名になっているから、彼の場合は、カノジョ立候補者が多すぎて、後腐れなくセックスするために星座研究会にいるのである。

「エノキ、おまえ、ここで一人暮しするなら、ティッシュをダンボール買いしとかないとな」

和久田がエノキをからかった。和久田はエノキに恋人ができないことを「センズリ連続千夜男」とよく嗤うのだ。

「あれ、こいつにもカノジョができたの、聞いてません？」

譲治がエノキのパイプベッドに大の字に寝ころんで言った。

「あれま、そうなの？　おめでとう」

和久田はさわやかに祝ったが、

「それが、別れたんすよ。年上だったんで、ちょっとうまくいかなくて、ほほっ」

エノキは出っ張りのない貧弱な顎を、さらに喉のほうへ引いた。

「年上だー？　へー、意外ー」

和久田が言い、それだけでエノキの「恋バナ」は終わった。

＊

和久田國枝譲治も、つばさも知らないが、エノキが「別れた」というのは、次のような事情である。

エノキが先週から始めた飲食系のバイト先というのは焼肉店である。芸能人もよく来るし、企業の接待にもよく使われるような、いわゆる高級焼肉店だ。

この店の前に、短期間だけ、三鷹寮のわりと近くにあった古い赤提灯を表にぶらさげた店でバイトをした。

先代の女店主（ママ）から、その甥がひきついだ店に、先代ママと縁のあった女性が入り、現ママとしてきりもりしている店だった。バツ2で44歳のママは、51歳の先代の甥と懇（ねんご）ろな仲のようであったが、若いエノキには親切にしてくれた。ある一夜、親切にしてくれ過ぎた。

エノキが「年上のカノジョだったけど別れた」というのは、こういうことだ。

「女子力」なる言い方が昨今、巷で多用されているが、「男子力」もあるわけである。たとえば二次会Sで、和久田には女子学生がすぐに接近してくる。2人接近してきたとすると、1人は和久田にとっては「これ、要らない」なので、それをエノキにまわす。男子力をたくさん所有している♂としては、貧しい男子力の♂に下賜するという裡なる意識である。

和久田が「今日はこっち」と気に入った女子をつれて密室に移動すると、「これ、要らない」になった女子は「じゃあ、ワタシはエノキさんで」とはならないところが人文なのだが、和久田は高校時代に数学コンクールで優勝し、日本一入るのが難しい東京大学の、そのまた理系専攻なので、人文について考察したり思慮したりするような下級なことはしない高級な（エノキのバイト先の焼肉店くらい高級な）大学院生だ。

エノキは、「これ、要らない」になった女子をなだめるという行為を何度も体験することにより、卑屈の精神が育成された。

卑屈の精神も、不屈の精神で磨いていると、卑屈のかさぶたがとれ、新たな境地になるケースもおおいにあり、それが人文なのだが、やはりエノキも、日本一入るのが難しい東京大学の理Iに入った優秀な理系学生なので、下級な人文とは無関係だ。

「これ、要らない」になった女子は、しばらくエノキとうだうだ無駄話をして、彼の裸踊りにきゃはははと笑ったりするが、彼女が酒飲みでない場合は、やがて「じゃね」と二次会Sの会場をあとにする。彼女が酒飲みの場合は、アルコールにより二種類の気分が合わさってみなぎる。「もうどーでもいーや」という気分と、自分は標的とした♂から不要とされたという裡なる落胆。そこで、エノキの裸踊りに笑うついでに、彼に乳房を揉ませるくらいのことはするが、だが、ここまで「どーでもいーや」になっていると、アセトアルデヒド分解能力は限界に達しており、きょうれつな嘔吐となることのほうが圧倒的に多い。

よって、和久田が「これ、要らない」と下賜してきても、エノキが「おこぼれちょうだい」になることは、これまで一回しかなかった。

その女子学生は、後日にはエノキに、「ごめん。酔っぱらってて、ぜんっぜんっおぼえてない。なんか、わたし、酔いつぶれちゃったよね」とメールしてきた。もちろん彼女はエノキとの交合を、気分悪くおぼえている。だが、なかったことにするため、この文面になるのである。

したがって、たとえ短期間にせよ、その女子学生がエノキのカノジョになることはなかった。

彼は、つばさから「素人童貞だろ」とからかわれたことがある。一回にせよ、おこぼれにあずかっているし、赤提灯ママの一件もあるのだから、このからかいは事実ではない。とくに、おこぼれの女子学生との一回はエノキの♂としての糧(かて)となっている。

彼は広島県福山市に生まれ、育った。県下一の進学校である県立春日高校に通い、春日高校を卒業し、東大に合格したという、栄光の道程だ。

東大生の多くがそうであるように、栄光の道程で、挫けるという触手は発生しない。和久田がそうであるように、つばさがそうであるように、エノキも、常に前向きだ。彼は希望を抱いている。星座研究会の、次の飲み会二次会には福があると。

ただし、彼の裡の思いに、エノキ本人も無自覚であり、ましてや、星座研究会のほかの部員も、彼の人柄には関心がないので、よって、だれも知るよしもない。

＊

エノキは、譲治が無遠慮に大の字に寝っころがったベッドの布団やシーツやマクラの皺を手でのばしたり、はたいたりしている。

「狭いといや狭いですが、駅前には安そうな居酒屋もありますんで、ほほっ」

「だな。Ｍの件ではこの部屋は使えないとしても、終電がなくなったりしたようなときには、こんなところもあるってことで。じゃ、みなさん、もう広い場所へ出ようじゃありませんか」

譲治はレッドウィングのハイカットブーツに左足を入れた。

星座研究会が密かに好調な２０１６年、春。

譲治の妹は慶應義塾女子高校から慶應大学医学部1年に。

つばさの中学の同級生、山岸遥は東洋大学食環境科学部を卒業して、計量器の大手メーカーに入社した。

＊＊＊

２０１６年。

4月17日の夜。つばさはインターネットで片岡仁左衛門と市川染五郎について調べて丸暗記した。

4月18日の昼。『彦山権現誓助剣（ひこさんごんげんちかいのすけだち）』についてインターネットで調べて丸暗記した。

同日夜。つばさは歌舞伎座に行った。和泉摩耶と摩耶のアメリカ人義姉の3人で。なので、つばさは星座研究会の二次会Sには参加しなかった。

翌日昼。本郷キャンパスの第二食堂で、つばさは國枝から、昨晩のことを聞いた。

「S部隊は2人。一次会は大塚の『土間土間』だったんだけど、1人は、カンパーイって言った直後から即、サンスターをピンポイントで狙ってた」

國枝は和久田の顔を「サンスター顔」と言う。サンスターかなにかの歯磨き粉のポスターみたいな顔だと。「清潔感があってスポーツもできるっぽくて誠実なヒトだと女が思う顔」だと。

「もう1人はおれのほうに来た。ルックスではその子のほうが上だったんでラッキーというか。Aカップだったけど――」

S部隊の2人は、杯を重ねるうち目つきがとろんとしてきたので、そのままタクシーでニュー大場マンションに移動した。

エノキは二次会には参加していない。二次会も参加しなかったも同然だった。

「バイトがあるって、鍵だけ昼間、学食、ココで受け取ってて、おれらが女の子と4人で入ったんだよ」

部屋代をいくばくか支払うことでエノキは了解したという。

「ったく苦学生だから、ちまちまと金を稼ぎやがるのさ、エノキは」

和久田とS1は狭い風呂場で、國枝とS2はパイプベッドで、分かれてセックスをした。

「それがさ、和久田って、途中で風呂場の戸を開けて、こっち見ながらヤりやがんの。サンスター顔なのにトンデモ趣味なやつだよ」

國枝は笑い、聞いたつばさも笑った。ともに日本一優秀な大学に通う者同士、親愛の情あふるる笑い声が第二食堂にひそやかに響く。

「おれらが終わったころ、エノキが帰ってきたんだけど、おれがベッドを使ったことにクレームつけてきた。あくまでも部屋を貸したんだって。ベッドを使うなら割り増し料金よこせみたいなことを言われた」

「セコいな」

「親父が田舎の中学校の先生だからな。村夫子（そんぷうし）的なセコさがある、あいつには。だから女が寄らないんだよ」

セコいというなら、どっちのほうだと自問するような人間は受験競争の敗者となる。他者を見下げる鉄の額こそテストに強い人間を育てる。なお、「村夫子的」という表現については、國枝は先週、実母が出演しているワイドショーにゲストで出た、今まで彼が名前も聞いたことがなく、番組終了後にはすぐに名前を忘れた小説家が使ったのでおぼえた。


3か月後にエノキは、法廷で語ることになる。帰宅した彼は、事後に自分のベッドで全裸にバスタオルやシーツを巻き付けただけでぐったりと寝そべっているS1とS2の乳房を揉んだり、ワギナに指を入れたりしたと。


4月18日の夜は、昼間の暑さとはうってかわって冷えた。

南東の風がニュー大場マンション412号室のベランダに吹いていた。

このマンションは、「一次会のあとに少人数で行く二次会」の場所として好都合な立地だ。

池袋駅からは離れている。それがよい。飲み会に女子学生を誘うとき、場所が「巣鴨」「大塚」より、「池袋」のほうが誘いやすい。池袋での一次会で女子学生が、二次会にも参加してもよいかなという気分になったときを瞬時に捕獲できる。酔った足どりで歩くより、パッとタクシーのドアが開いたほうがよいのだ。男子学生との飲み会には、ヒールの高い靴をはいて出席する女子が圧倒的に多いからだ。

池袋駅前からタクシーに乗るにあたり、近すぎてドライバーにいやな顔をされず、でも1000円ちょっとで着けるところにニュー大場マンションはある。

＊＊＊

2016年。

ゴールデンウィーク。

天気がよいとは言えなかった。今日は晴れるかと思うとすぐに曇ったり、雨だから外出をとりやめると晴れてきたり、すぐにまた曇ったり。

バタバタとした善き美咲の家は、ゴールデンウィークには、日帰りの小旅行に出ることがよくあったが、今年は品川区にある『おふろの王様』というスーパー銭湯にみなで行くだけにした。

「あたし、ここに入ってみる」

妹が一人で「ジェットバス」に入っていった。美咲と母親は岩盤浴に行った。

「あの子の成績、今年はもうちょっと上がってくれないもんかねえ」

岩盤浴室で美咲と並んで横になると、母親は妹について言う。

弟は成績から藤尾高校は叶わず、家からはやや遠い市立高校に行っている。妹は弟より成績がふるわず、新学期の面談で母親は担任から、今の成績から行ける穏やかな私立女子高にしたらどうですかと言われてきたのである。

「その学校の資料を見せてもらったんだけど、やっぱ私立はすごく高くてさ……」

母親はため息をついた。

「藤尾高校みたいないい公立にポンと受かってくれて、やっぱ美咲は長女だけあって、ちゃんとしてたよ。今になって、あらためてありがたいわ」

母親は、小さい子供の頭を撫でるように、わざと大げさに美咲の頭をなでた。

「今日の朝ごはんのパンね、『グリム』で買った胡桃（くるみ）の入ったパン」

今朝は家族5人でパンとインスタントコーヒーと、美咲の作ったレタスと胡瓜のサラダを食べた。パンは、カエちゃんの『グリム』で、昨日の夕方に母親が買ってきておいたものだった。

「カエちゃんが包んでくれて、そのとき、カエちゃんに聞いたけど、美咲、カレは東大なんだって？」

「え、んと……」

母にどう答えようかと、美咲は口ごもる。「カレができた」「今夜はカレとデートなの」。そんなふうに心から思えていたころ。24時間中、幸せで幸せでたまらないころ、美咲は『グリム』のバイトに行ったのだった。

＊

「うちでもチュロスを新発売したんだ。シナモンきかせぎみにしてみた。試食してみて」

自宅から店に出てきたカエちゃんが、小さく切ったチュロスの入った皿を、美咲の前に突き出した。

「あれえ、サキ……。やせた？　エステでもした？　なんか、異様にかわいくなったんだけど。びっくり」

カエちゃんは、チュロスをつまんだ美咲を見て言った。

「さてはカレができたな。あれだね」

カウンターの後ろの、今焼きたてのパンを置く棚には、ハート型のチュロスがならんでいる。

「おまけするよ。カレとふたりぶん。バイト終わったら持って帰って」

トングでチュロスを二つとり、袋に入れてくれたカエちゃんは、背中に子供をおんぶしている。

「ねね、どんな人？　美咲のカレって？　大学生？　だよね？」

カエちゃんが訊いてきた。高校卒業とほぼ同時に妊娠した彼女には、大学生という身分が新鮮なのだ。

「うん、まあ」

答えた美咲には、つばさと乗った船の振動、舳先から見えた横浜の灯のにじみ、潮風の中でのキスがありありとよみがえった。

オクフェスから10日しかたっていない日だったのだ。美咲の頬はまさに薔薇色だった。

「大学生か。キャンパスの大きな木の下で、ふたりで語らいをするんだね」

「大きな木の下って……」

「だって大学ってそんなかんじ。ね、大学生って、どこの大学？　水谷女子大……てことないよね、女子大だもんね」

「共学の大学」

美咲は小さな声で答えた。かあっと全身が熱くなった。つばさに関わること……、たとえば広尾、たとえばパドルテニス、たとえば赤レンガ倉庫、たとえば次男、つばさを思い出させるものは、ぜんぶぜんぶ、美咲をかあっと熱くさせる。

「そりゃ共学の大学だよ。男子大学なんてないもん。え、あるんだっけ？　ないよね。なんかもう別の世界みたいな気がするよ。

サキとは小学校も中学校も高校もいっしょで、あんなに四六時中いっしょにいたのにさ、わたしのほうは、もう勉強だとかルーズリーフのノートだとか、進路だとか就職だとかいうものとは無関係になっている生活なんだもん。教室でみんなと勉強してたのが、何十年もむかしみたいな気がしちゃうんだもん……」

カエちゃんは、一瞬、まぶたをとじた。

「あっと、えっと、なんだっけ？　サキのカレの大学の話だっけ、どこ？」

カエちゃんから訊かれ、

カエちゃんは、とてもふつうにすなおに大きな声を出し、彼女がおぶった子供は、東大とは何の関係もなく、母が自分以外の人間に注意を払っていることを敏感に感じ取り、ごねて、うわーんと泣き始めた。

「あー、もう。××ちゃんたら、どうしたっていうの。ごめん、サキ、また」

カエちゃんはあわてて店の奥にひっこんだ。

*

岩盤浴で、美咲は、母親が訊いてきたことに答えた。

「その……、そんなんじゃないよ……」

「ん、まあ、根掘り葉掘りはヤボに訊かないよ。おとしごろなんだしね。隠すようなメールをもらうほうが、かえって安心ちゃあ、安心だよ。ましてや相手のカレが東大ならね……」

「ちがうって、ほんとに」

美咲は声を大きくした。

「そんなんじゃないんだって、ほんとに」

他の客が美咲たちのほうを見たくらい、声が大きくなった。

「ほんとに……」

美咲は声を小さくした。

「そんなんじゃなくて……、東大と水大のインカレのサークルに勧誘された、っていう話をしただけなんだよ」

「なんだ、そうなの？」

「入部はしなかったけど、東大の人も来る飲み会とかには行くことあるよ。そのことを話してたら、カエちゃんの子供が泣きだして、私もバイト中だし落ち着いて話らしい話はできなくて、それでカエちゃん、ちょっとカンちがいしちゃったんじゃないかな」

「なんだ、そうなのか……」

「そうよ。それだけだよ……。あ、なんだか私、暑くて苦しくなってきちゃった」

美咲は岩盤浴室から出た。

水風呂につかる。

「すんだこと」

自分にいいきかせる。

「相手の男が（女が）もう自分に気がないと察知したら、はい終わりと㊎印をポンと押して処分せよ。それがいくつものトラブルを避けてくれる方法である」。ありとあらゆる賢者が、ありとあらゆるロマンスの書物が、こう教えてきた。この教えはたしかであろう。しかし、それがたやすく実行できたら、ありとあらゆる恋の詩歌、ありとあらゆるロマンスの物語は、ひとつも生まれなかった。

『おふろの王様』内の「お食事処」で、美咲は父親のグラスに冷たいビールをついだ。

「お父さん、今日はじゃんじゃん飲もうね。私、つきあうからねー」

家族や親戚での食事のとき、電車で来ていても母親は酒を飲まない。父親、祖父母の体調を見とどけ、足元に気をつけさせる必要があるからだ。美咲も、いつもなら長女として母親を手伝うように、自分も飲まないのだが、今日は自分にもビールを注ぎ、自分から飲みだした。

「おうし、いいねいいね。ビジンダーの酌だな」

特撮ヒーローものの大好きな父親はよろこんだ。

美咲は大きなグラスでビールをぐっぐっぐっと飲んだ。風呂で熱くなった食道をビールがきいんと通過していく。ビールのアルコール度数は低いが、炭酸なので胃壁からすみやかに吸収され、すぐにまわる。

「あー、たのしーなー。宝くじにアタるんじゃないかなって気分になるね。ね、お父さん」

美咲の顔に笑顔が咲いた。お酒を飲むとたのしい。体質的にアルコールに強いのである。

「お姉ちゃん、LINEかなんか来てない？　スマホ鳴ってるよ」

十割そばをすすっていた妹が肘で、美咲の腕をトントントントンと叩いた。

「え、そうお」

家族の小物をまとめて入れた袋からスマホを取り出した。ＬＩＮＥ嫌いの水マユから、メールが来ていた。

【復旧しました。こなごなに壊れてたので、復旧なんかありえないと思ってたけど】

靴紐と水マユは暮れに別れたが、このゴールデンウィーク中に仲直りをし、元の恋人同士にもどったというメールだった。

長そうだったので、美咲は「お食事処」から出て、廊下で一人で読んだ。

【私と彼が初めて会ったのは、私とサキが初めてしゃべった日と同じだったよね。だからサキは、私と彼の縁結びの女神様なの。

でも私たちは、けっこう見切り発車でつきあっちゃったから、お互い、合わないことがいっぱいあって、いっぱいケンカした。暮れのケンカはいちばん大きかった。彼の卒業後の進路のことだったから。

もうダメって思って、別れるって思って、彼の番号とかみんな削除しようと思って。でも、削除はできなかった。いっさい連絡しなかったけどね。でも、細い細いつながりだけ、細い一本だけ、残しておこうって……。

その細い細いつながりがあったために、こないだ、二人で会って、じっくり話しあいました。そしたら、解決できることがたくさん見つかって……。それで復活。

「よく考えたら、ここまでお互いがじっくり話し合ったことってなかったんじゃない?」って、二人であとで大笑い。

話し合うことが大事ですみたいなこと、学校の先生とかがよく言って、そんなのきれいごとじゃんとかって、今まで信じてなかったけど、生まれてはじめて実感した。人はやっぱ、話し合うって大事なんだなって】

読んだあと、美咲は体育座りをした。ビニールレザーのベンチで。スマホを膝頭にちんと置き。

(よかったね、よかったね)

メールをくれた水マユに言った。

心から祝福した。自分自身に言った。一縷(いちる)の希望を見たのだ。

『おふろの王様』から出ても、空はまだ明るかった。

「こんなのがある」「あれなに?」「これ何屋さん?」などと、妹や弟はあちこちの建物をゆびさす。

この界隈に彼らが来たのははじめてだ。父母も美咲も、この駅は、乗り換えに使ったことはあっても下りることがなかった。地方から東京へ修学旅行に来た中高生のように、家族5人で、駅の周辺をきょろきょろしながら歩いた。

「みんな、次は、ここに行こう。ここ、ここ」

父親がみなの腕をひく。

ビア樽に、大ジョッキビールと作り物のソーセージを盛った皿が置いてある店の前だった。

店先から中をのぞくと、カウンターと、丸いテーブルがいくつかあり、椅子はない。立ったまま、軽く飲む店のようだった。「独・ベルギーのビールをそろえています。おつまみ豊富」と、作り物のソーセージを盛った皿を重石にして厚紙に書かれている。

「ソフトドリンクもありますよ。プリンやベルギーチョコソフトクリームもあります」

長いエプロンをつけた女店員が、ドアを開けてにこにこした。

「ベルギーチョコのソフト、食べたい」

妹はさっさと入った。弟、父親、母親も入った。美咲は数秒遅れて入った。厚紙の文字を見ていたのだ。マジックで書かれた「独・ベルギー」を。

(独・ベルギー……)

美咲の裡に、きらきら光る春のキャンパスが思い出された。パドルテニスのウェアを着た大学生。彼は女子大学生と向かいあっている。女子大学生はバインダーにまとめたノートとテキストを持っている。二人の向こうに体育館。

中学生のころに見た雑誌の写真だ。その写真の大学生が着ていたのは何の競技のウェアだったか、見たときはわからなかったはずだが、パドルテニスのウェアに記憶がアレンジされていた。

(あの映画……、なんていう題名だったっけ……)

結局見ないまま、題名も忘れたけれど、定期考査が終わった日の、やれやれと解放感にのびをした午後の空はありありとおぼえている。中学校に入った年だった。

(「独」って、何だろうって思ったんだったっけ……)

今では「独」がドイツの略だとわかるが、あのときはわからなかった。

『彼女にとり彼は、白馬に乗った王子様だった』

小さな級数の活字が、そう綴っていた。

「お父さん、一杯だけよ。でないと肝臓に悪いからね。美咲、あんたも、もう飲まないほうがいいわよ。女の酔っぱらいは男の酔っぱらいとちがってシャレにならないからね」

母親が制めた。

「わかってるって」

美咲はコーヒーを頼んだ。

じゃんじゃん飲むと、父と娘で言ってはみたが、すでに『おふろの王様』の「お食事処」ではビールと日本酒を飲んだので、「独・ベルギーのビールをそろえています」という店では、父親だけが小瓶のシメイを1本飲んだ。父親はごきげんで、よくしゃべった。

酒を飲んだ父親は陽気で、家族はたのしく帰りの電車に乗った。

田園都市線を走る電車があざみ野駅の三つ前の駅を発車したときだ。

つばさからメールが来た。

（えっ）

もう来ない。自分からは連絡しちゃいけない。もうすんだこと。もう来ない。美咲はこの2か月ほどのあいだ、自分に言い聞かせてきた。

【元気？　いっしょに飲みにいこうよ。ワッと盛り上がろうよ】

このあと日時と場所が書いてあったが、美咲はすぐにスマホをポケットにしまった。

（酔いを冷まさなくちゃ）

美咲は自分を諫めた。

「お父さん、気分悪くなってない？」

「ちょっとあんたたち、電車の中で足を組んだら迷惑でしょ。小学生じゃないんだから、やめなさい」

「お母さん、帰ったら、出る前に部屋干ししてきたやつ、ちょっとだけでもベランダに出したほうがよいよね」

つばさからのメールに、とびあがるほどよろこんだ美咲は、あまりにうれしくて、日常に注意を払うことで自分を諫めた。

（見間違いだったのかもしれない。送信はカエちゃんだったかも。男子だったらグレーパーカとか、水マユと仲直りしたあの……）

着信画面には「ツーくん」と出たのに、だれかと見間違えたかもしれないと、あるいはだれかと間違えて自分にメールしてきたかもしれないと、ぬかよろこびに終わることをおそれた。

あざみ野の自宅にもどり、自室でパジャマに着替えてから、そうっとスマホを取り出した。

間違いなかった。メールはつばさからで、ほぼ2か月の空白など、なにもなかったかのように気軽に飲みにいこうと誘ってくれている。

(もしかしたら。水マユと同じで、思い過ごしだったかもしれない。つばさのことがあんまり好きで、なんでもかんでも心配してしまっていたのかもしれない)

美咲は希望を抱いた。

【OK。久しぶりだね!】

返信文を考えて、迷って、考えて、迷って、なんども打ち直して、「相手に重たい、ウザイと感じさせない」ように配慮に配慮をして、短い返信をした。

「送信」ボタンを押したときに美咲の顔に浮かんだ、しおらしい無垢な笑顔を、月影が照らした。

第四章

1

２０１６年。

５月10日。

火曜。

曇っていたが5月にしては暑い、というより湿気の多いジトジトする日だった。

午後5時すぎ。

【Ｍ１。ディレクターの名刺で乗り気に。撮影は無事終了。今回かなり疲労困憊(こんぱい)。とりあえずフツーのワンピ水着ですが上智なのでプライスアップできるみこみ】

東大大学院1年のつばさは、同大3年の譲治からＬＩＮＥを受け取った。

【おつかれ】

実験室から返信した。

【というわけで、今日は國枝先輩も自分も疲れたドワンゴ。今日の飲み会は、予定通り、

ホントに飲み会ってことで】

星座や紅茶について奥深く語り合い研究する目的は、星座研究会にはない。目的は東大男子と親しくなりたい女子学生を募ることだ。

それは女子のほうも承知している。星座研究会にかぎらない。東大のインカレはすべてがそうだ。東大にかぎらない。妙齢の男女が飲み会をするのは、太古の時代より（歌垣、盆踊りがそうであったように）、すべてこれが主目的だ。血気盛んな年齢の男女はみな異性との出会いをもとめているのだから、違法でも汚濁でもない。

星座研究会のわずかな個性としては、そうした場所としての飲み会があり、その下位に、インスタントにセックスできる女子を物色するための飲み会もあったことである。二次会Sと、つばさや譲治や國枝や和久田が呼ぶところの。

わずかな個性だというのは、こうした目的の飲み会を開くサークルは星座研究会だけでなく、ほかにも全国的にあったし、今もあるからである。

星座研究会だけでなく、どのインカレにおいても、水谷女子大生は偏差値の点で引け目を抱いている。

彼女たちは「ぼくは東大です」と言う男子に「まあ、すごいのねえ」と思う。「私は東大です」と言う女子には「まあ、すごいのねえ、私なんか……」と思う。「私はお茶の水女子大です」と言う女子にも思う。「私は慶應大学です」と言う女子にも思う。偏差値のランキングが現実としてあるのだから、自然な引け目だ。カモノハシではなくヒトなのだから。

引け目を感じてインカレを辞める学生もいるし、最初から避ける学生もいる。引け目は引け目で持っておいて、たんなる飲み会としてたのしめばいいと思う学生もいる。千差万別だ。

偏差値についての引け目は、東大よりもお茶の水よりも、水谷女子大の学生が強い。だがそれゆえに、その引け目を、その挫折を、自己の裡(うち)でいかに対処するか、どう消化するか、その葛藤により、東大の女子学生にもお茶の水女子大の学生にも、まず生まれることはない、みずみずしい陰影の人文が生まれることがある。それこそ引け目のダイバーシティであるのだが、星座研究会のメンバーはみな優秀な理Ⅰ出なので、そんな陰影はロースペックの証でしかない。

星座研究会のメンバーはサラブレッドだ。幼少のころからブリンカー（競馬馬用目隠し）をつけて、ゴール（＝東大）に向かって真っ直ぐにインしたので、心はすべすべできらきらだ。

【今日は盛り上がって飲むドワンゴ】

【禿同(はげしくどうい)】

譲治とつばさのやりとりは真実だった。

5月10日の飲み会は、一次会も二次会も、盛り上がってたのしく飲もうというだけの、それだけの目的のものであり、なんの他意もなかった。はじめから。最後まで。

だからこそ、後日に彼らの親たちは思う、もとい、かんじるのである。「たんなる学生のバカ騒ぎに、みなさま、なにをそんなにお騒ぎになるのかしら」と。もちろん彼らの子である、つばさ、譲治、和久田、國枝、エノキも。

逮捕される前日の5月10日の夕方、つばさは譲治とのLINEをつづける。

【おれは、店に着くのは30分ほど遅れるみこみ。みんなで先に盛り上がっててクレメンテス】

送信してから鼻唄が出た。

(こじれることなく別れられてよかった)

美咲との関係について思う。

教育大附属の同級生たちとの飲み会や、渋谷円山町のイタリアンで、ミスコンにエントリーした女子をまじえての食事会。どちらでも、美咲は「これからはトモダチとしてやっていこうね」とわきまえている雰囲気だった。

(水大だけど、あいつはKYじゃなかった。ワカってるじゃん)

つばさは思っている。譲治にLINEで言う。

【新キャラの女の子、誘っといたから。水大だけど星研じゃない。瀬谷キャンパス。酒強いからノリいいよ】

たのしい飲み会になることを、つばさは願っていた。

(MとかSのだんどりはいつもダージリンだったやつらにまかせてきたから、フツー、フツーのと。

(みんなでたのしく盛り上がれるといいな)

ピュアに願っていた。小中とずっと成績はトップで、高校は教育大附属で、大学は東大で、人より抜きん出て優秀な自分には、人として果たすべき責任がある、と。優秀な両親が願う、優秀なコースの、優秀なゴールへと、一直線に進んでインし、優秀な大学院にも進んだ、とても優秀な学生であるつばさが思う「人として果たすべき責任」は、飲み会を盛り上げることだ。

後日に法廷で非難されるような、ムラムラした性的ないやらしい気持ちなど微塵もない。ダマしてセックスしようだとか輪姦しようだとかいったことはつゆほども思っていなかった。いっさい。微塵も。

ただ飲み会を盛り上げようとした。それだけである。

このピュアな、永遠の少年のような気持ちに、後日、星座研究会の男子学生の親たちも心から共感する。「学生が飲みすぎてふざけた」だけの出来事だったと。そんなレベルの出来事に対して裁判所がとった対処は、男子学生たちも親たちも、純真に理解できなかった。まったく理解できないために、憤る前に、啞然とすることになる。

＊＊＊

美咲は池袋駅からわざとゆっくり歩いた。

曇っていたが20度あった。暑いというより蒸す日だった。ジメジメした。

午後8時5分。

つばさから指定された時刻より、わざと5分遅れて、居酒屋に着いた。

早く着いたり指定時刻ぴったりに着くより5分くらい遅れるのが、出席者にとって、ちょうど負担にならないように思ったのだ。

入り口で靴を脱いで下駄箱に入れるシステムの店だった。

「東大の三浦様ですね。こちらでございます」

店員の案内は、譲治が「三浦」で予約したのではなく、「東大の三浦」で予約したことを語っていた。

いちごシャーベット色の作務衣を着た女店員について暖簾をくぐると、あげものの油、焼き魚、煮魚、湿気、ほこり、などの臭いがすべて混ざった臭いが鼻孔に流れ込んでくる。

美咲はハンカチを出してマスクのように鼻にあてた。

父方の祖父と伯父は煙草を吸っている。母方の祖父もおとといくらいまでは吸っていた。喫煙者が同席する食事の場には慣れているつもりだ。が、この店は通気が悪く、臭気が籠もっている。

　野草研究会の部員は全員が煙草を吸わないから、打ち上げは、調理ができる場所を借りての精進料理か、セブンスデー・アドベンチストの部長が探してくる完全禁煙の店か、あるいはカラオケボックスの禁煙ルームだ。サークル関連以外の友人たちとの会食も似たようなものだ。カエちゃんやイノッチといった地元の友人たちとはだれかの自宅に集まる。カエちゃんは小さな子供を連れてくるから禁煙は絶対の条件だ。

（みんなと行くような店に慣れてしまったんだね、きっと……）

　気を取り直そうとする。

　のちにふりかえれば、入店したとたんのこの臭気は暗雲だったのかもしれない。

「お連れ様、おいでになりました」

　作務衣の店員に案内された部屋は、襖でしきられているわけではないが、通路に面した部分には人工竹のパーテーションが置かれているため個室のようなぐあいになっていた。

「はーい、待ってましたー。神立さんだよね？」

　骨ぐみのきゃしゃな小柄な男子学生が、小男(こおとこ)特有の高めの声で美咲に手をふった。

「はじめまして……」

　姓名を名乗る。席には3人の男子がいたが、つばさはいない。

「あの、竹内さんは？」

「ああ、竹内先輩ね、ちょっと遅れるってLINEあって。でも来るから」

遅れるだけと知り、美咲はほっとして框に足をかけた。長身で日に焼けて引き締まった体型の男子学生が、美咲の持っていたショルダーバッグを持ってくれた。

「紅一点だから上座にすわってすわって」

「ありがとう……」

座布団にすわった美咲を、3人がとりかこんだ。はじめに美咲に手をふったのが三浦譲治。バッグを持ってくれたのが和久田悟。もうひとりが國枝幸児。

「みんな星座研究会なんですよね……」

初対面3人を前に、なにをしゃべっていいのか見当がつかず、すでにつばさから聞いていて、わざわざ訊かずともよいことを訊いてみる。

「うん。みんな東大」

「みんな東大だから同じ穴のムジナっつうか」

「東大のムジナかよ、おれら」

「東大門東大綱東大目東大科東大種のムジナ」

「いいね、それ。いいね。東大門東大綱東大目東大科東大種」

「その上もつけなきゃ。界だよな。東大界」

「おお、そうそう東大界、東大界」

美咲は3人に、星座研究会であることを（あまり意味なく間もたせに）確認しただけなのに、彼らは東大東大と大きな声を出し、ぐびぐびビールを飲んだ。

「あの……、お茶の水の人や、水大の人が来るって聞いてたんですけど……」

渋谷のイタリアンの店で会った女子学生が来るのだと、美咲は思っていた。

「ミスお茶の水と、ミスセブンティーンの……」

「来ない来ない。そんなご大層な子、来ないから。今日はフツーの飲み会だから」

譲治が扇子(せんす)のように手を左右にふる。

「元水大の子が来るんだよ。水大を3月に卒業して4月から勤めてる子」

「ああ、あの保母さん二人組」

國枝が口をはさむ。

「いやいや、あのヒトたちは、ほら、國枝先輩が怒らせちゃったしょ?」

「あ、そだった。二人いっしょにってのが気に入らなかったみたいで、やっぱ」

國枝は譲治になにか目配せをした。

「だから、今日来るのはオクフェスのときに来た……」

オクフェス。美咲はどきんとする。

「オクフェスって、じゃ、もしかしてあの日……」

野草研究会ととなりあわせたのは彼らだったのかと、美咲が確認した。

「なんだ、そうだったのか。あの日、美咲ちゃん、いたんだ」

「あそこ、ざわざわしてて、なんか知らないうちに解散になってたから、おれ、あの日のこと、ぜんぜんおぼえてないや」

和久田と國枝のことは、美咲もおぼえていなかった。譲治は欠席だった。

「じゃ、遅れてくる元水大の人って、もしかして優香さんかな……」

「あ、そうそう。優香ちゃん。待って、LINEしてみる――」

譲治は手元でスマホをササッと操作した。

「――あ、そうだって。神立さんのことおぼえてるって」

「そうなんですか、よかった」

これから来るのが優香だとわかり、美咲はなんとなく縁起のよさみたいなものをかんじた。あのしあわせだったオクフェスの夜に関わる人間がやってくるのだと思うと。

「優香ちゃんはダージリン……、あ、前のサークルも、移った星座研究会も仮入会みたいだったたんで結局、あのオクフェスしか来なくて、おれも会うのはオクフェスぶりなんだよ」

「私も彼女とは連絡先を交換しそびれてたからオクフェスぶりです」

「なんだ、じゃ、今夜はオクフェスぶりの飲み会だな」

和久田が言ったので美咲は、よかったと思った。つばさとの関係がオクフェスの夜のようにもどるなどとは決して思わない。ただ、たのしかった思い出として整理がつけられるのではないかと期待した。

(あれは花火だからね)

つばさとのことはそう思っている。

（きれいな花火だったな）

だがすんだことだ。もういちどなどとは願わない。

（だから……。だから、今日、会ったら……。今日あったらつたえよう）

美咲の望みはごくささやかなことだった。それを今日、つばさに伝えよう。メールやLINEで書くのじゃなく、口で、ことばで、会って、顔を見て、ひとこと伝えよう。1分ですむ。

（そのいいタイミングがありますように）

美咲は心中で祈った。

＊

美咲の前の席で譲治は、テーブルの下でスマホを操作している。

【神立さんてヒト、来ました。DB――】

送信相手はつばさだ。DBというのはデブでブスのことである。

【――このヒトはネタ枠ですね（笑）】

グループトークで送信した。

＊

山手線内で、つばさは譲治からのLINEを受信した。

短い一文とスタンプ。スタンプは豚で、ファンシーな絵柄ではなく、けっこう写実的な絵柄だ。譲治からのLINEは、つばさのプライドを著しく傷つけた。

譲治の自宅は、つばさの官舎より、広くて大きい。だが広尾ではない。譲治は高校時代は帰宅部だ。自分はパドルテニスを駒場でもつづけた。譲治はダンスもへただとダージリンにいたやつらから聞いている。だいたい譲治は自分より背が低い。——こう思うまで明白な意識は、つばさにはなかった。自分より下ってかんじっぽいっていうかみたいにふわっとエアリーに位置づけていた譲治が、自分がまぐわった女をDBだと、ネタ枠だと、判定してきた。

つばさの頰は、恥辱でローズ色になった。

そこに國枝もトークに加わってきた。

【ネタ枠。激ウケ。水大でも瀬谷キャンパスはV・Dは3ランクレベルダウン】

つばさは鼻の先までローズ色になった。返信した。

【Gカップだって言ってる】

反撃のつもりだった。「Gカップだよ」ではなく「Gカップだって言ってる」と書いたところに、自分の陰茎を美咲の膣に挿入したことを隠そうとする無意識がある。

反撃（のつもり）をしたところで池袋に着いたので、つばさはスマホをポケットにしまった。

＊

「じゃあ、優香ちゃんと神立さんはオクフェスでぶつかって知り合ったんだ」

和久田は美咲にビールをつぐ。

「ええ。水大っていったって人数多いのに、奇遇ですね」

美咲はビールを飲む。

机の下では3人の男たちはＬＩＮＥグループトークで品定めを続けている。

【Ｇカップでも、ウエストがＦカップなんで、結局Ａカップかと（笑）】

【それはない（断）！　ウエストもＧカップでは？】

【爆】

【いちおう確かめよう。山手線ゲームで】

机の下を知らず美咲はビールをひとくち飲み、またひとくち飲み、またひとくち飲んだ。男子学生たちがスマホをちらちら見ているので、自分から話題をふるのはやめたのだ。

〖池袋東口店5周年記念。ハイボール98円！〗

間もたせに手にとったメニュー表。

（98円。すごい。安いんだなあ。ということは、きっと薄く薄く作ってあるんだろうな。ちょうどいいや、今日はこれを頼もう。そして……）

そして、つばさにひとこと伝えて、彼からもひとこと聞いたら、それで帰ろう。美咲は思う。

つばさから連休中に来たＬＩＮＥには【いっしょに飲みにいこうよ。ワッと盛り上がろうよ】とカジュアルに書いてあった。

（ツーくんが来たら、ほがらかに手をふろう。ヤッホーとふろう。重い女だと思われないようにしなきゃ。そしてタイミングをみはからって、伝えて、聞いて、帰って、それで……）

それで、めでたしめでたし。おしまい。

美咲はそう思っていたが、やっとつばさが来ると、ヤッホーと軽くふるつもりだった手をにぎりしめてしまった。顔はこわばってしまった。

（こわばった顔を見せちゃだめ。重い女だと思われる）

美咲は自分を諌めた。

哀れなるかな。美咲はつばさに恋しつづけているのである。

会うのは今日で最後と決めているし、それに迷いもない。つばさの気持ちをとりもどそうなど滅相もない。しかし、彼女が彼に恋しているというその感情は、彼女本人にもどうにもコントロールしようがない。

恋する相手が現れたときに、ヤッホーと軽く手をふるのは、恋する人間にはとうてい不可能である。

「竹内センパイ、到着〜」

軽く言って、つばさに手をふったのは、美咲ではなく、譲治だった。
「わお。ハイボール98円だって」
とってつけたように大きな声で（硬い大きな声で）、美咲は譲治にメニューを見せた。
譲治がつばさにふっている手を、ひっぱるように美咲がメニューを見せたものだから、
譲治は「なんだよ」という顔になり、つばさも「よう、おまたせ」と譲治に返している
のに、譲治と自分の間がメニューで遮断されたので、「なんだよ」という顔になった。
座は、かすかではあったものの、しらけた。それを敏く、美咲は感知した。
（失敗した）
眉間が寄る。
（どうしよう。フォローしなきゃ）
大波のような焦りが美咲の全身にかかる。
（とりなさなきゃ、なんとかしなきゃ）
焦るだけで、身体も動かず、くちびるも動かない。
そこへ、いちごシャーベット色の作務衣が、
「生ビール、追加、お持ちしましたー、よろしくうーッ」
大きな声でやってきた。
（いっただきやーす）
美咲は声を出したつもりだった。店員に呼応する大きな声で、生ビールを受け取り、

テーブルに置くことで、さっきのしらけた場をとりなすつもりだった。だが、恋する相手が到着するやいなやの自分がしでかした失敗にふるえつづけている喉から出たのは、しゃがれたような息のような声でしかなかった。

幸い、それは4人には聞こえず、美咲がだまって、店員からビールを受け取り、テーブルに置いた、ように見えた。実に理系の学生たちには美咲の裡(うち)は見えず、彼らは後日、法廷で「被害者は、自ら率先して、参加者にビールを配るなどして、すくなくとも途中まではたのしんでいたはずです」と述べることになる。

そう述べる約2か月前の5月10日の夜、ビールジョッキをテーブルに置いた美咲は、ようやくつばさのほうを見ることができた。うれしくて、でも恥ずかしくて、自分の失敗がいやになって、ぺこんと頭を下げるだけでせいいっぱいだった。

＊

ぺこんと頭を下げた美咲の挙措(きょそ)を、つばさは、テーブルに肘をついてお通しの小皿に箸をのばしながら、

(おれんとこだって、もとは北海道の田舎と中央線の田舎の家の出なんだしさ、お家柄なんてもん、ないと思うけどさ、でもさ、なんていうの？　ふつうのテーブルマナー？そういうもんて、やっぱ、育った家の影響受けるんだろうな)

と感じた。

(お父さんは歯科大の教授で、お兄さんは審美歯科医で、お義姉さんはアメリカ人で、東京女子大で、カナダに交換留学してた摩耶とはちがうよな)

と。

こう感じたつばさは、後日の第二回公判では「ぼくに近づいてくる女性は、ぼく個人を好いてくれているのではなく、親の勤務先やぼくの学歴を見て〝下心〟で近づいてきていると思えていました」と、もはや愉快な供述をすることになる。

ドバイのブルジュ・ハリファビルのように高いプライドのつばさが、会に遅れて到着して、先ずしたことは、星座研究会の男子面々が「ネタ枠」だとした女を、「元カノ」だと思われないようにすることだった。

原子力についての論文が評価され、親戚には入閣した政治家もいる和久田や、すでに一般書籍の著書を上梓し、母親も有名人の國枝だけでなく、ちびでスポーツの不得意な譲治が「ネタ枠」と判定した女に、オクフェスの夜に灯ったような情感を抱いたことを知られては沽券(こけん)に関わる。

「で？　酒は生のあとは、ボトルでも頼んでるわけ？」

つばさは國枝に言った。美咲のほうには顔をいっさい向けず。

「いや、なんも。女子はサワーとかのほうがいいのかなと思ったりしてたから」

「いやあ、ボトルで焼酎でしょ。今日のこのヒト、笊(ざる)なんだから」

美咲とも、神立さんとも、つばさは口にしない。

「ほんと？　そんなに酒豪なんだ」

國枝が美咲のほうを向く。

「そんな……。お酒は好きだけど、笊とか酒豪だなんて、そんな……」

「なにいまさらお嬢様ぶってんだよ。水大だけあって、おミズの女みたいに酒飲むじゃんかよ」

つばさのことばづかいに、美咲はショックを受けた。

夢を見ていられたころはもちろん、ラブホテルで。「ふぞく」の高校の同級生らとの居酒屋で。きれいなお茶の水女子大生二人が同席したイタリアンの店で。いつも、つばさは、たとえ肉体的な接触がなかろうと、ことばづかいはいつももっとソフトだった。

「……」

美咲はことばが出ない。

（なぜ、こんなしゃべり方をするの……？）

不必要で、意味のない、乱暴さに思われる。

「酒豪なら、じゃあ、もっと飲まないとね。お酒は何が好きなの？　焼酎でいいの？」

和久田が指先で、トントンと美咲の肩を叩いた。

「あ、なんでもいいから。このヒト、酒ならなんでもかまわず飲むから」

つばさが答えた。

（このヒト……。ツーくんにとって私は、とうとう、サキでも美咲ちゃんでも神立さんでもなくなっちゃった……)

そう思う美咲を、だが、「飲みにいこうよ。ワッと盛り上がろうよ」と誘ってきたのはつばさである。

＊

美咲を誘ったつばさは、初公判でも第二回公判でも「自分の役割は、飲み会を盛り上げることだと思っていました」と、ぶれることなく述べることになる。

「人として果たすべき責任は飲み会を盛り上げること」としていたつばさは、そういう役割の責任として、飲み会に持ってきたのである。美咲を。タンバリンやマラカスとして。

だれかが注文したらしい麦焼酎のボトルを店員が持ってきた。

(こいつに飲ませなくっちゃ。飲むとノリがよくなるからな)

つばさはグラスに氷を入れ、焼酎をなみなみと注いで、美咲の前に置いた。

「さ、飲もうよ」

氷をかきまぜる。指で。処女を奪った美咲が自分にほれ抜いていることをよく知っているつばさは、この無遠慮な行為が、彼女にはセックスアピールとして恋心を疼かせると計算した。そして声を大きくした。

「せっかく久しぶりなんだからさ。久しぶりだから盛り上がってくれないと」

「久しぶり」とくりかえすことで、つばさは、譲治、和久田、國枝という、美咲を「ネ夕枠」と判定した同性たちに、そのネタ枠と会うのは自分も「久しぶり」なのだ、恋人ではないのだということを強調した。

「やっぱ、美咲ちゃんが飲んでくれないとさ、つまんないよ」

＊

つばさから「美咲ちゃん」と呼ばれた美咲は、ほっとした。

（やっと、名前で呼んでくれた。やっと、いつものしゃべり方になった）

重たい大ジョッキを持ち上げ、残っていた生ビールを一気に飲んだ。ぬるくなっていた。

「そうそう。やっぱ、美咲ちゃんはそうこなくっちゃ」

美咲ちゃん。つばさの声が発する自分の名前。笑みがようやく浮かぶ。

（私の役は……）

察知する。

（今日、私が呼ばれたのは、飲み会を盛り上げること）

笑っていよう。胸を出していよう。それがいいよと、前にも何人かが言ってくれたから。

「あれ、神立さん、笑うとえちゃけぇ」

「和久田、なんだよ、それ。『えちゃけ』？」

國枝が訊く。

「かわいいってこと」

「なにそれ、石川県の方言すか？」

讓治が訊く。

（前にもこんなことがあったな。いつだったっけ……。そうだ。数学の臨教の先生だ。丸顔で、おでこのへんに面皰がちょっとできてた……。オクフェスでツーくんを見たとき、だれかを思い出すなと思ったけど思い出せなかった。あの先生だったんだな……）

男子たちから勧められるままに、美咲は焼酎の水割りを飲んだ。役割を果たそうと。

＊＊＊

ＯＬの優香が、遅れてやってきた。

つばさは優香とオクフェスで会ってはいたが、その一回だけだったのでおぼえていなかった。

【こっちもネタ枠ではないかと】

さっそく机の下でスマホをいじり、ＬＩＮＥで送る。

【禿同。こっちのヒト、ＢがＡでＷがＫ。家政学部なのに、どういう食生活でこういう体型に？】

【ふるさと納税してくれて、金沢名物、ふぐの卵巣のぬか漬けをおかずに毎日どんぶり

メシ何杯も喰ったとか】

さっき石川弁で美咲の笑顔をほめた和久田が送信すると、

【爆】

【爆】

自分の容貌の欠点はブルジュ・ハリファビルの屋上に上げて、彼らは嘲笑をLINEで共有する。

つばさはほっとした。同性たちの反応に。

【瀬谷はGカップだし。新キャラのヒトよりメリットあるかと】

つばさはLINEでは美咲を「瀬谷」と、水大キャンパスのある地域名で示す。彼女とのかつての親密さを否定する意識が働いている。

送信してから、自分のスマホを國枝にちらっと見せた。

「ほほう」

國枝はつばさのスマホを和久田にまわし、和久田は譲治にまわし、譲治がつばさにもどした。

画面は、以前につばさが撮った美咲だった。かつて親密な日に撮ったコスモスの花の上に横たわる全裸の美咲は愛らしかった。だがつばさは、それではなく、たんに壁を背にした上半身だけの画像を画面に出していた。後日の法廷で「全裸で笑っている被害者の写真を見ていたので、許されると思った」と被告らが言うことになる画像である。

「竹内、この資料はどうやって入手したの？」

國枝は、美咲の写真を「資料」と言い換えて訊く。

「エノキと同じ。あいつ、すぐ、コレするじゃん？」

エノキが飲み会というと裸になってウケようとすることは、星座研究会の部員はよく知っている。美咲も優香も、エノキのことは知らないから、わからない。

「ごめんごめん、女子たち。ちょっと内輪のハナシしちゃった」

つばさはスマホの画面をAmazonの書籍画面に変えた。

「実はね、ここにいる國枝は、本を出したんだよ」

國枝幸児著、産業日本社刊『東大生が教えるムダのない24h』の表紙を、美咲と優香に見せる。

「すごーい。おめでとう」

「おめでとうございます」

美咲と優香はすなおに祝った。

「では、星座研究会恒例、山手線ゲームをはじめましょう。いいですよね？」

つばさが大きな声を出す。

（ツーくん、これ好きだな。「ふぞく」の人たちと居酒屋で飲んだときは、高校のときの先生のあだ名やフルネームでやってたっけ……）

トイレが汚い居酒屋での山手線ゲームでは、立ち上げたパドルテニス部につばさを勧誘したという男子が「神立さんは、じゃあ、藤尾高校の先生でいいよ」とハンデキャップをつけてくれたが、場のだれも知らない藤尾高校教諭のあだ名やフルネームを言ったところでウケなかった。

「むずかしいのはやめてよ。おもしろいお題にして」

優香が提案したのは百均コスメにあるものだった。

「却下ー。優香ちゃんと神立さんしかできないしー」

たかが遊びのゲームなのに、國枝は真顔で不服を申し立てる。

「じゃあ、百均コスメにないもの。おれ、行くよ。アッカカッパのオーデコロン」

和久田がさわやかな笑いをとり、

「ランコムのマスカラ」

優香が挙げ、國枝、譲治、つばさ、美咲も、100円では買えない化粧品類を次々と挙げて、場はようやくはずんだ。

「それじゃ、次のお題は……」

國枝が優香の前に、グラスに焼酎の水割りをつくって置く。

「原子番号1から順番に挙げる」

「えー、なにそれ。わたし飲むわ」

OL優香は焼酎の水割りをひとくちだけ飲んだ。

「じゃ、神立さん」

國枝はグラスを美咲の前にずらす。

「……水素？」

水大の一般教養で化学をとっていた美咲は答えた。東大生はとたんに、憎たらしい子供を見るような目つきで美咲を見た。ヘリウム。リチウム。ベリリウム。ホウ素。一周まわすと國枝はグラスを優香の前に置いた。ＯＬ優香はまた、

「やだ、もっとやさしい問題にしてよ」

ひとくちだけ飲んだ。

「炭素」

美咲は答え、グラスを隣の和久田にまわした。窒素。酸素。フッ素。ネオン。優香にまわってくると、ちろっと舌を出して、ちろっとグラスに口をつけた。

「ナトリウム」

美咲はグラスを和久田にまわした。

和久田はグラスを美咲にもどした。

「水俣病の原因は？」

「え？」

急に題が変わり、不意をつかれた美咲はぽかんとした。

「知らないの？　水俣病だよ。日本人として知ってるのが常識だよね」

「……」

「降参？」

「……」

「降参だよね、飲んで」

和久田がグラスを美咲の口にあてた。つばさがグラスの底に手を添え、かたむけた。

美咲は飲んだ。

「美咲ちゃんに不景気な飲み方は似合わないよ。國枝、そっちの大きなグラスにオンザロックで作ってあげて」

つばさが言う。

「よォッしャアア」

國枝はおどけたふしまわしで応え、焼酎をなみなみとついだオンザロックを美咲の前に置いた。

「よし、名付けて、美咲ちゃんスペシャルだね。にこにこかわいく飲んでよ。前みたいに」

つばさに言われ、美咲は飲んだ。

「ちょっと美咲ちゃん、だいじょうぶ？　それ濃いよ」

「平気、平気。彼女、すっげえ、酒豪なんだよ。さっきから負けたくてうずうずしてるんだから。そのほうが飲めるからさ」

「えー、そうなのー、すごーい」

「じゃ、美咲ちゃん、次、足尾は？」

和久田が問題を出した。

「……」

アシオは？　といきなり訊かれてもわからない。

「これは、何の題なの？」

「水俣の次に足尾ときたらわかってくれないと。はい、降参？　飲んで」

つばさがグラスを美咲の口に当ててきたので美咲は飲んだ。とっぷんと焼酎が喉を過ぎていった。おいしくない。ろくにつまみも食べていない身体に濃いアルコールが入ると急速に頭が痺れた。

「よし、じゃ、次は……」

和久田は三次方程式の問題を出してきた。それは山手線ゲームではなく、ただ美咲を答えられなくするための問題だ。

藤尾高校の夏休み直前の授業で臨教から当てられた美咲なら、落ち着いてやれば解けた問題かもしれない。だがもう数学の問題を解くことから離れている美咲には、しかも空腹に強い焼酎を飲んでいては、わからないより前に、解く体調ではなくなっていた。

「わかりません……」

「また降参？　たかが三次だよ。おバカだね」

「ほんとですねー」

美咲はとにかく声を大きくして同意した。盛り上げないといけないからだ。それがつばさが自分に望んでいることだから。

「じゃ、罰としてまた飲みましょう」

つばさはグラスをまた美咲の口まで持っていった。

「ばーっ」

「ばーっ」

「ばーっ」

國枝、和久田、譲治が囃す。

「飲むとかわいいから、飲みなよ」

つばさは美咲の耳に口を寄せてささやいた。

「罰飲みしまーす」

大きな声を出して、美咲は焼酎を飲む。どくん、どくんとアルコールがまわってきた。

（テンションあげて、みんなを笑わさないと）

自分を激励し、美咲は考えた。真剣に考えた。モノマネ。小咄。自虐ネタ。どれがこの場でウケてもらえるだろうかと。

どうしようもなく恋をしていたのである。ひたすら、つばさがいる部屋にいたかった。彼にとって自分はもう「女」ではないのだ。もう女としての接触はない。よくわかったから、だから望んだ。

（ツーくんの役にたちたい。よろこんでほしい）

と。焼酎を飲めばいいのなら、そうしようと。

「やめなよ、美咲ちゃん。いくら強いからって、そんな無茶なペースで飲んだらよくないよ」

優香が制めた。

彼女の声は、少し遠いところ、襖を隔てた隣の部屋から聞こえてくるように、美咲には聞こえはじめた。

「優香ちゃん、そんなに心配性になんなくてよいよー。飲み会なんだからさー。優香ちゃんも飲んでよー」

男子の声も遠いところから聞こえてくる。

（この声はツーくんじゃない。だれかな。いいや、だれでも）

美咲は、息をとめて焼酎を飲んだ。

「いよっ、横綱っ」

だれかが言った。

「ごっつぁんでーす」

美咲はがんばって大きな声を出した。耳がジーンとしている。みながどっと笑ってくれたが、遠いところから聞こえているみたいだ。

トイレの汚い居酒屋での「ふぞく」の高校の飲み会では、つまみを食べて「まいうー」と叫んで、太っていることを売りにしている石塚英彦のマネをした。とくに上手にモノマネできたとも思わなかったが、みなが笑った。「サキのそういうサービス精神、大好きなんだよな、おれ」とつばさも褒めてくれた。

（これだけ飲んだら、飲み係としては合格かな。女の子係には優香ちゃんが来てくれたし……）

優香が来てくれてよかった。助かった。美咲は思っている。彼女はダンスのインカレサークルで和久田や國枝といっしょだったのだから話だって合うだろう。

「ほら、もっと飲んで。飲めるのが取り柄なんだから」

つばさがグラスをにぎらせる。美咲は横隔膜に力をこめて飲む。うまくない。

（石塚のマネして、まいうーって言ったほうがいいのかな……。おいしくないな……）

石塚のマネまではできず、えへへへえと笑ってみせるのが関の山だった。

（渋谷のイタリアンの店は、おいしかったねえ）

つばさに話しかけているつもりで、美咲は心中でしゃべった。

（あの日は、二次会も、たのしかったね。オロナミンC飲んだよね……）

渋谷円山町の、おしゃれなイタリアンを出てすぐ、お茶の水大に通うきれいな2人は、タクシーに乗った。つばさ、つばさではない東大の男子、水大の文京区キャンパスの子、美咲は、道路の自販機でオロナミンCを買って飲んだ。

（オロナミンCが売ってる自販機なんてめずらしい、とかって買ったんだったね……）

オロナミンCから、古いTV番組の話になり、つばさではない東大の男子が特撮ものにくわしく、彼の家が参宮橋だというので、4人でタクシーに乗って彼の家に行った。タクシーに乗る前に、水大の子が「お茶の子たちが帰っちゃったから、男子たち、もうトモダチモードにシフトしてるんだね。これはこれでたのしいね。いいかも。これに乗って二次会行って、ざこ寝して、始発で帰るよ。いっしょにそうしない？」と美咲に耳打ちした。

（松の木のある家だったよね……）

母屋と離れのあいだに松の木があり、離れに男子学生は住んでいて、母屋からビールだの日本酒の一升瓶だのを持ってきた。

（あの彼、ほら、小保方さんのマネしてくれて……可笑しかったね。おぼえてる、ツーくん？）

水大の子は、参宮橋ではよく飲み、はしゃいで陽気だった。4人ともよく笑った。そのうち、彼女と美咲はベッドで、つばさと部屋の住人は床に、通販で買ったというごろ寝布団を敷いて寝た。3時間ほどだったがみなぐっすり寝た。始発に、水大の子とつばさと美咲で乗って、とちゅうまでいっしょに帰った。

（始発電車なのに、ワンカップ大関を飲んでる厚化粧のお姉さんがいて、可笑しかったよね……）

キスするとかおっぱいをさわられるとかセックスするとか、そういうことは、もうない。つばさと自分はもうそういうんじゃなくなった。

（2か月前って、ツーくんにはずーっと前なのかな……、もうすっかり忘れちゃったかな……）

美咲のまぶたがとろんとしてきた。頭が重い。

（むりして飲みすぎたかなあ……。もう飲むのはいやだなあ……。寝たふりしてしまおう……吐いたりしたら、ツーくんにうざったがられる……）

お荷物にならないように。重い女にならないように。

美咲は壁にもたれる。目をつぶる。

（トモダチもいいけど、でも、会うのはもう今日、これっきり。ツーくんにたのしい思い出だけ持って帰ってほしい。私もそれだけ持って帰る。オワリ）

美咲の願いはこれだけだ。

オクフェスの夜はたのしかった。白馬に乗った王子様と一夜のシンデレラ。ほんとは小太りで、幼稚園のときから男子には「そうではない子」だったけど、魔法使いに魔法をかけてもらって、ツーくん、あの一夜だけは、かわいく思ってくれた？

つばさに訊きたかった。うん、と答えてほしい。お世辞でいい。私、あの夜はとっても幸せだったの。うん、ぼくも、とツーくんに言ってほしい。だって、あの夜は、ツーくんも、ほんとにたのしそうに見えたよ。たのしそうなふりをしているとか、嘘をついてるとか、そうは見えなかった。うん、ぼくも、ってツーくんが言うのを聞いたら、そしたら、あの夜をいい思い出にして、ありがとう、さようならって。また、これから私は私でやっていくわって。

これが美咲の希みだった。

つばさは、美咲が処女でなくなった相手、である。処女を捧げたとか、処女を奪ったとか、抱かれた、とは感じない。美咲は1995年生まれである。「わたくしはロバートのパートナーではありません」と言ったエセル・S・ケネディ（1928年生まれ）とはちがう。処女でなくなった相手への、美咲の希みは、ささやかなことだった。

（1分か2分、ふたりきりになって……ふたりきりって、道路のどっかとか、廊下のすみとかでいいんだよ、そんで、ちょっと盛ってくれていいから、うん、と言ってもらって、ありがとう、さよならって……）

それだけだった。

センチメンタルかもしれない。少女趣味かもしれない。しかし、野菜農家の多い新興住宅地に生まれ、その学区では進学高校に進み、半年前にはまだ処女だった娘が、処女でなくなった日を過去にしようとするときに、このていどの希みは、過剰にセンチメンタルで、過剰に少女趣味だろうか。もっとも、後日に彼女に向かって投げられることになる凄まじい非難は、彼女の感傷や少女趣味に対してではなく、彼女が1928年生まれのエセル・S・ケネディのようには行動しなかった（男の部屋について行った）という非難であったが。

数十分あとに男の部屋に行くことになる前、美咲は居酒屋で、酒を飲まされないために、寝たふりをしようと、目を閉じた。

目を閉じると、黒っぽい毛布をふわ～と頭からかぶせられた心地がした。ふりではなく、すーっと美咲は眠りに落ちていった。

「しょぼい飲み会だな」「この店、食いもんがオールアウトだな」「言えてる。だいたい臭いよ。設計ミスじゃね？　通気がまるでダメ。食べログに投稿してやれ」。

会話が、向こうのほうから漂ってきた。

「美咲ちゃん」

優香の声だ。

「美咲ちゃん、起きて起きて、行くよ」

優香が肩をゆすぶった。

「……う、ん……」

「一人、2500円だって」

【フツーの飲み会だし、二人ともDBだし、男女均等プライスで】と、星座研究会の男子学生たちが内々で決めていたのを、優香も美咲も知らなかったが、

「優香ちゃんは遅れてきたのに……」

めざめたばかりの美咲は、思ったことをすぐ口にした。

「そういうアナクロなフェミニズムを主張してくるかな」

國枝が聞きつけた。

「なら、きみが払ってあげれば。酒の量からしたら、きみがいちばん飲んだじゃん」

ぴしゃりと國枝は言った。

彼は後日の法廷で「男女差別について主張してくる女子が周りには多く、自分はその主張をいつもは聞き流していましたが、少なからずの反感は抱いていたことを説明したのを、被害者には誤解を与えてしまったかもしれませんが、性的な暴力をふるうつもりはいっさいありませんでした」と、違和感を感じていたことを供述するから、このときは、酔いのせいもあり、美咲の、なにげないひとことにカッとなったのかもしれない。

「……そうだね。じゃ、優香ちゃんは2000円で、私が3000円」

「え、いいの？」

「私はなんせいっぱい飲んだから」

「じゃ、おことばに甘えて」

2000円を美咲にわたした優香は、OLと学生の差にはノータッチだった。

美咲は1万円札を國枝にわたした。

「二人ぶんで」

「悪い、釣りがないから、ちょっと待ってて。この店払ったら返すから」

美咲の財布には優香からの2000円と、あとは10円以下の小銭が数個だけになった。

居酒屋の入っているビルを出ると、煙草や揚げ物の臭いが消えたぶん、風はなくとも、いくぶん胃のあたりがすっとした。つばさのほうを見た。男子だけで集まり、札をトランプのように片手に持ち、居酒屋代金の精算をしている。

1分か2分だけつばさと二人きりになるという希みは叶いそうになかった。

（帰ろう）

美咲は思った。

（いいや。ツーくんに訊かなくても。答えてもらわなくていいや。オクフェスの夜がたのしかったの、ほんとのことだし、なにも、ぐずぐずそんなこと訊かなくても、自分がそう思ってればいいや。会えたからよかった）

美咲は駅のほうに身体を向けた。

「竹内さん、それじゃ」

ツーくんと呼ばずに、つばさに手をふった。

（はい、これでおしまいッ）

美咲はハッと息を吐き、池袋駅に向かって歩きだした。

と、ショルダーバッグのバックルが、ぐいと引っ張られた。

「どこ行くんだよ。帰るなよ。二次会だよ」

バックルを摑んでいるのはつばさだ。

「電車なくなると困るし……」

スタートが8時だったのだ。二次会に行けば終電をのがしてしまう。

「泊まってけばいいじゃん。次に行くとこ、星研のやつの家だからさ、泊まれるよ。いつかみたいにざこ寝すりゃいいじゃん。おれ、サキの隣に寝るからさ」

「家……」

自販機のオロナミンCを飲んで行っただれかの家。松の木のある家。掛け布団をヨコ向きに使った。つばさと乗った始発の小田急線。イタリアンのあとの二次会を、美咲は思い出した。

つばさがタクシーをとめる。ドアが開く。

「ほら、乗って」

つばさが先に乗り、美咲のバッグのバックルを引っ張る。美咲は乗った。優香も乗った。

「じゃ、エノキんとこ、先行ってるから」

美咲の隣でつばさが窓を開けて叫ぶ。23時。

＊＊＊

【二次会やるから。女2連れてくから】

このLINEがエノキのスマホに入っていたのは、5月10日の21時半ごろだった。

そのときエノキは『昌徳宮』でロースやカルビを客席に運んでいた。

制服を脱ぎ私服に着替えたエノキが、既読し返信をしたのはバイトを終えた池袋駅の構内だった。

【リョーカイ】

池袋駅近くのビルに入っている『昌徳宮』から巣鴨までは山手線1本で2駅だ。『ニュー大場マンション』までは15分もあれば着く。

エノキはのちに法廷で「女性を連れていくからという最初のLINEを読んで、性的な期待をしなかったといえば嘘になります」と供述するのだが、「ですが次に来たLINEには、フツーの二次会だから、とあったので、そういう会ではないんだとすこしがっかりしました」ともつづける。弁護士から「そういう会ではない、と思ったとは？」と弁護していく過程での質問を受け、「次に来たLINEには『ネタ枠だから』とあったので、仲間うちで特別な二次会にしていたような、異性と性的に接触するようなものではなく、おもしろおかしく飲むだけの会という意味だと受け取ったということです」と答えている。この答えをもって彼の弁護士は、「あくまでも、ふざけである」と強調することになる。

「こんばんは。エノキです」

美咲の前で412号室のドアが開いた。

半畳の上がり口の、上がり口から台所シンクの見える狭い部屋だ。

押し込められるようにして乗ったタクシーから下りて着いた「家」は、美咲がイメージしていたのとはちがった。庭があったり、ほかの家族も住んでいるようなところではなく、マンションの一室だった。ただ、エントランスの『ニュー大場マンション』のロゴが、美咲の家の近くにある『美容室プリティー』と同じ、昭和の時代のフォントであることにどこか郷愁をかんじた。

タクシーには二組に分かれて乗った。〈美咲・優香・つばさ〉、〈譲治・和久田・國枝〉。もし、このとき、〈美咲・つばさ〉〈他の4人〉という分かれ方だったら、美咲は車中でのわずかなあいだに、ささやかに希んでいたことを叶えられたかもしれない。つばさから「うん、おれもたのしかった」と世辞でも答えをもらい、タクシーを下りたら、そのまま『ニュー大場マンション』には入らず、巣鴨駅から電車で帰ったかもしれない。

「入って入って」

つばさが後ろから押した。美咲は412号室に入った。

「ほんじゃま、まずは乾杯しなおしってことで」

集まった7人は、譲治とエノキが近くのコンビニで買ってきた缶入りのハイボールやチューハイをプシュッ、プシュッと開けた。

「わたしはもう飲めないから」

優香はポリエチレン袋から烏龍茶のペットボトルを取り出し、紙カップについだ。

「あ、私も烏龍茶に」

美咲は手をあげ、優香からペットボトルと紙カップを受け取る。

飲食系と教育系のバイトをかけもちする地方から上京してきた男子大学生のワンルームは、いろんなものが乱雑に出しっぱなしになっている。

「レデーもいらっしゃるということで、これでも、おれ、お片づけしたんですよ、ほほっ」

昭和の男子大学生とはちがい、卑猥な雑誌や写真はすべてデジタルだから、そうした類の物こそないが、大量のティッシュや台所の生ゴミをゴミ袋に放り込み、ベッドの上でくちゃくちゃになった掛け布団とシーツの上をベッドカバーで覆い、木目プリントのクッションフロアにころがっていたドライヤーはベッドのパイプフレームにひっかけ、クイックルワイパーでフロア全体を拭いたと。

「消臭剤もスプレーしときましたし、ほほっ」

エノキは言い、ビールのロング缶をごくごく飲んだ。

「あーっ、バイトのあとのビールはうまい」

手の甲で口の際を拭く。

「エノキ、そんじゃ、いつものオープニングを景気よくやって」

國枝が目配せした。

「え？　フツーの飲み会じゃないんすか？」

「フツーの飲み会だよ。見てのとおり」

譲治が、美咲と優香に視線をやり、エノキに視線を送る。

「見てのとおりのコンディションなんで、そのぶん盛り上がろうぜ」

と譲治が言ったことについて、優香は後日の事情聴取で「見てのとおりのコンディションって何のことだろうと、ちょっと思ったけど、和久田さんが、一次会の店で出たつまみがすごくまずかったと、さんざんこきおろしたので、料理のことだと思いました」と答えている。

「だからエノキ、早くオープニング切れよ」

國枝に促されたエノキは、

「そうすか、じゃ、みなさんクイズ・タイムいきましょうか」

ロング缶に口をつけ、ぐびぐびとまた飲むと、大きな声で言った。

「クイッターーッ」

「いいぞ、エノキー」

譲治、國枝、和久田、つばさが、大きく拍手をする。優香と美咲は、つられて、小さな動作で手を叩いた。

「お酒飲まずに烏龍茶飲んでるようなら、かわりに問題に答えないとなりません。じゃ優香ちゃんから」

譲治がびっと腕をのばし、優香にひとさし指を向けた。

「え、なに？　わたし？」

「ピタゴラスの定理を発見した人はだれですか？」

「え？　そりゃ、ピタゴラス……」

「大正解。すごい。さすが水大ですね。じゃ、アルキメデスの原理を発見した人は？」

「アルキメデス……」

「またも大正解。水大の女子は頭いいね。お茶の水とハるはずだね」

譲治が褒める。ばかにしている。優香は露骨にいやな顔をした。

「じゃ、ピタゴラスの定理を言ってください。これは美咲ちゃん」

412号室に入ってからは、神立さんから美咲ちゃんへと馴れ馴れしい呼び方に変えて、譲治は次に美咲をまっすぐにゆびさした。

「……斜めのとこの2乗は、まっすぐのとこの2乗を二つ足したのと同じ数になるっていうやつ……？」

「正解。おっぱい大きい女はバカというのは嘘だったんだね。優香ちゃんより美咲ちゃんのほうが大きいだろ？」

譲治は褒めた。これは彼のまごころから褒めた。まさか（水大なんかの、と彼が見下げていた）美咲が答えられるとは思っていなかった。そのまごころからの譲治の称賛は、優香をさらにいやな顔にした。

後日に美咲に対して、「どうせ、もう一人の女のほうがモテたんで、ヘソ曲げた女が訴えたんだろ」という匿名の非難が出るが、「もう一人の女」である優香のほうがぼそっと言った。

「定理を暗記するのは文系的アタマだから」

「じゃ、優香ちゃんの一生を占ってあげよう。おれは占いのプロだから」

國枝が身を乗り出す。

「國枝さんが出した木って占いの本なの？」

「そうだよ。星座研究会っていうくらいだからね。占星術だって統計学の一種なんだよ」

「そうなんだ。すごいすごい。占って占って」

優香がすなおによろこぶと、東大生たちは、まごころからウケた。

自分たちの下位に在ると見なす存在が、自分たちが想像してきた以上に、自分たちの下位に在ることをまざまざと見せてくれるとき、彼らの、東大生であるというプライドは、あたかも性器をマッサージされたかのように快感にうちふるえるのである。

「じゃね、いきますよ。優香ちゃんの一生は、1/6を少女として過ごします。1/12で何人かとつきあったけど、そのあと1/7はカレ無しで過ごして、やっと結婚をして、5年後に子供が生まれ、その子は優香ちゃんより4年早く、かなしいことに優香ちゃんの命の1/2で死んでしまうとします。こんな人生だと優香ちゃんは何歳まで生きますか？」

「やだ。わたしの子供、わたしより先に死んじゃうの？」

「やだって言うのはナシ。さあ、早く答えて？　何歳？　答えられないなら、お酒飲まないとダメだよ」

『ハイボール濃いめ』の缶を、國枝は優香の前に置く。

「じゃあ、ピーチフィズ飲むから、降参」

優香は、度数の低い甘い酒の缶を開け、ひとくちだけ飲んだ。

「水大のＯＧに代わって、じゃあ、現役学生の美咲ちゃんに答えてもらいましょう。何歳ですか？」

國枝は美咲の前に『ハイボール濃いめ』の缶を置く。

「私はもうほんとに飲めない。さっきの店でたくさん飲んだから」

だからおまえは優香より多く出せ、そう言ったのは他でもない國枝だ。釣りがないからあとで渡すと言って、それっきりだ。

美咲は気分が、萎(しお)れた。

出した金額のことや、釣りをもらっていないことではない。優香は遅れてきたのにかわいそうだと思ったし、自分も、無理やり飲まされたところはあったが、それでも飲んだのだし。釣りだって、一次会を出たときはすぐに駅に向かいかけたくらいなのだ。もうもらわなくてもいいと思っていた。

國枝の言い方に萎れた。

一次会でも、いやな言い方で、美咲に優香のぶんを払えと言ってきた。今だって５０

00円のことはすっかり忘れている、というより無視している。

（カウントしてないんだ）

同じ飲み会に参加した、いっしょにいる人間として自分をカウントしていない。美咲は國枝を嫌悪した。

「飲めないなら、早く答えましょ～オ。何歳ですかぁ～ア」

何歳ですかぁ～ア。何歳でしょねぇ～エ。コメディミュージカルのような、妙なふしをつけて國枝は美咲を見る。陽気なふしが、彼の美咲を見る視線に含まれる見下しを強調する。舞台ライトを当てたように。

（なんて……。なんていやな感じの人だろう……）

悪寒が走る。

「はい、タイムリミット。答えは84歳でーす。ディオファントスの墓碑銘クイズですから。早稲田にスポーツ推薦で入れてもらうバカでも知ってますねー。優香ちゃんのおっぱいは84センチより上？　下？　腹はそれくらいありそうですねぇ～エ」

「……」

「美咲ちゃんのおっぱいは84センチより上ですよねー。ちがいますかぁ～ア」

「……」

「あれ、こんなカンタンなクイズも答えられないのかなぁ～ア。わかんないんですぅ～ウ、わかんないんですぅ～ウ。水谷女子大、なんもわかんないんですぅ～ウ」

國枝が妙なミュージカル調で歌う。東大生たちは全員がウケる。

「わかんないんだから飲みましょうぅ〜ウ」

國枝はハイボール濃いめの缶を美咲の口に当てた。

「國枝さん、さっきのお釣り、返してください」

美咲は國枝の手を払った。缶が床に転げ、ハイボールがこぼれた。

「なんだよ。急に金返せって。人をコソ泥みたいに。偏差値低いもんだから逆ギレ？」

場が険悪になった。

「チッ」

つばさが舌打ちをした。

「エノキ、すまん。ちょっとここ拭いて」

「あ、はいはい。拭きましょ拭きましょ、なんせ高級焼肉店のバイトで慣れてますから、ほほっ」

エノキのしなしなした口調は、場の険悪な空気をいくぶん散らした。

「みんな、ハラ減ってないすか？　カップラーメンとか食べないすか、ほほっ」

コンビニの袋をカシャカシャとさぐるエノキ。

「おう、頼む頼む。さっきの店、みんなまずかったもんな」

和久田が割箸を配る。険悪な空気がさらに散る。

「えと、そんで」

つばさは美咲の肩に、なだめるように指先をおいた。

「なんだって？　お釣りだって？　いくらもらってないの？」

「……5千円……。さっきの店で、お釣りがないからって……、ここの支払いしたあとでって、國枝さんが……」

「そうなんだ。それは國枝がいけないな。國枝、5千円札とかある？」

國枝は財布を調べ、5千円札を抜くと、つばさのほうへ腕をのばした。

「おれじゃないよ。こっちに渡したげて」

つばさは美咲のU字のTシャツのくりに人さし指をひっかけて数センチずり下げた。

左右の乳房がつくるくっきりとした深い切れ目（cleavage）がTシャツからのぞく。

「おーっと、ごめんごめん。忘れてた忘れてた。二次会で返すって言ったんだったよねぇ～」

よねぇ～っと、國枝は札を縦に二つ折りにして、ストリッパーへのチップをわたすように美咲の乳房にはさんだ。

「返しましたぁ～っと。じゃ、おネエさん、確かめ、お願いしますかぁ～アっと」

國枝が言うと、

「確かめてぇ～エッ」

「確かめてぇ～エッ」

妙なふしをつけて、譲治と和久田が手をたたく。

「……」

美咲はうつむいたままTシャツの胸くりから手を入れて札をとりだし、ショルダーバッグにそのまま、財布に入れるでもなく、しまった。

「いやいや、すごいですね。美咲ちゃん、胸大きいんすね。優香ちゃんとは比較にならなかったすね。おみそれしました」

譲治は美咲の左にすわっている。

「だから言ったろ。見ただろ、あのヌード」

つばさは美咲の右にすわっている。

左右を譲治とつばさにはさまれた美咲の頭はサーッと白くなる。

（だから言った、見ただろ、ってどういうこと？ みんなに見せたの？）

つばさは今言った。彼が「見ただろ、あのヌード」と言うようなものは、あの写真以外にない。ホテルでコスモスを撒いたベッドでつばさが撮った裸の写真。

（あれを、この人たちに見せたの？）

全裸の写真を撮らせる。それは相手を、心から信頼しているからおこなう行為だ。裸の写真をこの席にいる男子学生たちに見られたショックよりも、信頼を裏切られたショックで美咲はことばを失った。

「こいつ、マジ胸でかいから、さわっていいよ」

右からつばさ。

「リョーカーイ」

左の譲治が美咲のTシャツを脱がした。

のちに和久田は、警察の取り調べに対して、「被害者は、腕をふったり足をばたつかせたりはしてたかもしれませんが、竹内がおさえていたせいか、ぼくの位置からは、そんなに抵抗しているようには見えませんでした。やめてとか何も叫ばなかったので、その前にヌード写真を竹内から見せられてて、そういう写真をフェイスブックにアップしてる人だって聞いてたから、本人も胸が自慢なところがあるのかなというふうに思い、止めたりはしませんでした」と述べることになる。

金沢鏡丘高校生時代にすでにスピン角運動量の演算がすらすらできた和久田は、非常に頭脳優秀なので、信頼を裏切られたショックというものを、23歳のこの日まで（そしておそらく今後も）一度たりとも経験したことがなかった。彼にはまごころから、このときの美咲は、供述したままに見えたのだった。

「ひょーっ」

4人の東大男子は、Tシャツを脱がされた美咲のブラジャーに歓声をあげた。美咲は平凡なブラジャーをつけていた。今日の飲み会参加の支度をするとき、つばさとは「もう、そんなことはない」とよくわかっていた。平凡なノンワイヤーのブラジャーはニッセン通販で買った。ただ、色が赤だった。今朝のTVのワイドショーで流れた占いで『牡牛座の女性。赤い色がラッキーカラー。赤が元気にしてくれます』とテロップが流れたからだ。のちに國枝は、取り調べに対し「被害者は、ふつうの女子大生なら着ないような、風俗的な下着を着ていたので、性体験も多く、性的な対象になるような飲み会に慣れているのだと思いました」と述べることになる。

産業日本社から著書を出版した國枝は、シングルマザーとして彼を育てた母親の教育のたまものの優秀な大学院生だ。こんな優秀な息子を、シングルマザーの身で育てたので、國枝の母親はコメンテーター、パネリストとしてTV、動画サイト、出版界で活躍しているのであるが、かような生育環境の、かように優秀な頭脳の持ち主の國枝でさえ、濃い色の下着をつけた女性は性体験が多いと、平凡な男性のように感じるようだ。

國枝は赤いブラジャーを無理やり美咲からとった。キッチンの流しのほうに放り投げた。うっひょーという奇声が鳴った。譲治とつばさにはさまれた美咲は、ショルダーバッグで上半身をカバーし、うつむいた。

「やめなよ。星座研究会っていつもこんなことしてるの？」

優香が立ち上がった。

「むりやり服、脱がすなんて、犯罪だよ」

優香はうつむく美咲に訊いた。

「わたしはもう帰る。いっしょに帰る？」

優香のこの問いと、美咲の反応は、のちに、微妙に誤って伝わる。

「わたしは被害者に、帰る？　って訊いたのですが、反応がまったくなかったのと、今ならマンションから駅まで走ればギリギリ終電に間に合うかもという思いで焦っていたこともあって、急いで部屋を出ました」と、優香は事情聴取に対して述べるのだが、この日の優香は、ことあるたびに乳房の大きさを美咲と比較されて貶されていた。東大男子から出される問題にも、美咲はある意味、解答できていた。やっかみや嫉妬といった強い思いまでには至らずとも、つまらない、もう帰りたいという気分が、優香の、表の意識には刻まれていないかもしれないが、どこかにあった。

「じゃ」

だまっている美咲を残し、優香はさっさとニュー大場マンションから出た。

優香には、美咲は「反応がまったくなかった」と見えた。

正反対である。

美咲は、このとき激しい反応を示していた。つばさが自分に対しておこなった行為にショックを受け、全身がこわばり、失語していた。

Tシャツを脱がされた。譲治が脱がした。いっひっひと卑しく國枝が笑った。國枝がブラジャーを脱がした。

だが「こいつ、マジ胸でかいから、さわっていいよ」と指図したのは、つばさなのだ。ショックでひとことも発せられない。バッグで胸元を覆うのがやっとの美咲は、優香の「星座研究会っていつもこんなことしてるの？」という問いは、自分に向けられた問いに響いた。

（ちがう。私は星座研究会じゃない）

（オクフェスのときだって、優香ちゃんにそう言ったじゃない）

（私が入ってたのは横教のインカレの野草研究会）

（いつも、って？　いつも、なんて知らない。私は星座研究会じゃない）

思いが錯綜し、混乱し、呼吸が激しくなり、優香に言語で応じることは何もできなかった。

びしびしと罅が入っていく。最後の砦に。

ふとしたことで知り合い、ふとしたことで睦まじくなった人。でも終わったことはよくわかった。今日の飲み会で、いい挨拶をして会うのを最後にしようと希っていた。でもそれもできないとわかった。でもでも、國枝のことはなんていやな人間だろうと思ったけど、せめてつばさは、國枝よりはましな人間でいて。そのへんの、ふつうの、ごくふつうの配慮はちゃんとある人間でいて。それが最後の砦だった。

「こいつは残るってさ」

美咲の右で、つばさが言った。

（だれ？）

美咲はショルダーバッグが動くのを感じる。

（だれ？　私の右で、私のバッグをとろうとしている人間。この人間、だれ？）

ショックでことばを失った美咲のバッグを、右からつばさが引き抜くように取り上げた。

「写真見せたじゃん？　こいつ、あんなだから。尻軽女なわけよ。何してもいいよ」

つばさは國枝がしたようにバッグを投げた。ベッドの上にバッグは落ち、覆う物をなくし、剝き出された乳房を、譲治は後ろからぎゅうぎゅうと揉んだ。

「おまえもさわれよ」

譲治に言われ、エノキは乳首を摘んだ。美咲は痛みに顔をしかめた。

「ソーレ、ソレソレ」

妙なふしまわしで、國枝が歌う。

「ソーレ、ソレソレ」

同じふしを、和久田も鼻唄で歌いながら、譲治とともに美咲をおさえた。スキニーデニムをひきおろしたのは、つばさだ。

ファスナーのないその衣服は、ずるんと裏にめくられて引き下ろされた。伸縮性のある布地だから、ぴったりと身体についている。パンティもろとも引き下ろされ剝がされた。

スキニーデニムとパンティは裏返って、人形に木目プリントのクッションフロアにでれんと投げ出された。美咲は身をまるめて胸と股間を隠した。

「ダサーッ」

嗤うのはつばさだ。ソックスだけを履いているすがたがダサいと嗤うのである。

「ウンコついてね？」

譲治は、スキニーデニムからパンティを抜き、クロッチを場の男たちに見せて嗤う。

「その女、ポチャいから屁こいてても臭そうだぜ。譲治、そのパンツ、臭くね？」

サンスター歯磨き粉のＣＭに出れば似合いそうな爽やかなルックスの和久田も嗤う。

集団レイプではない。

これまで、他大学において、集団で男子学生が一人の、あるいは二人ほどの女子学生をレイプする事件はあった。

だが、ニュー大場マンションでの、この夜の「フツーの二次会」はちがう。レイプしようなどというつもりは彼らに微塵もない。レイプ目的で彼らは美咲を裸にしたのではない。

「だから、許されると思っていました」と、和久田は後日の取り調べで述べる。「被害者は一次会でどんどん飲んでいましたし、ヌード写真も見せられていたので、服を脱がせるとかしてふざけても許されると思っていました」と。

エノキもほぼ同様のことを、のちに法廷で述べる。「被害者はあきらかにいやがっていました。でもぼくは、バイトから疲れて帰ってきて、被害者とはこの日の夜、初めて会っただけだったので、興味がないといったらへんですが、無関心なかんじでした」と。

検察官になぜ服を脱がせるのを制止しなかったのかと問われると、「ぼくの部屋で二次会をすることになったという連絡をＬＩＮＥで受けて、山手線で受けたものには、被害者が全裸で笑っている写真が添付されていたので、そういうふうなことをする女性だから、今日も服を脱がされていてもいいのだと、そんなふうに解釈していました」と。

「また、穿（は）きたい？　臭いパンツ」

譲治は、親指とひとさし指で円を作るようなかたちにして、美咲のパンティの端をつまんで汚らしそうに持ち、身を屈める彼女の顔の前でふった。

美咲は失語したままだった。

譲治には「なにも反応がない」と見えた。おもちゃの電池が切れたとかんじた。

譲治はパンティをぽいとごみばこに捨て、

「キーック」

まるまった美咲を踵で蹴った。転がした。転んだ美咲が唇を震わせながら、また身をまるめると、また、

「キック、キック、キック」

と踵で蹴った。美咲は全身に力を入れ、身を屈めて動かなくなった。

「仕置きビンターッ」

譲治は力まかせに美咲の背中を平手で打った。白い皮膚に、赤い手形がついた。

「おい、起きろよ。お嬢様ぶってるなよ」

そう言ったのはつばさだ。

堰（せき）が崩れた。

美咲の喉の奥から、失望と屈辱と悲しみが、なだれた。言語は出ない。ううううと泣き声が垂れ出した。

「シラ～」

「渋ぅ～」

数学コンクールで優勝し、原子力についてのすばらしい論文を発表した優秀な院生の和久田と、著名な母親の育てた優秀な息子である國枝は、他者の悲痛は想像できない。『東大生が教えるムダのない24ｈ』という本を産業日本社から出しているのである。他者の悲痛を想像するのはムダな時間の使い方だ。

「シラ～」「渋ぅ～」。それは、悲痛の他者を侮る呼気だ。二人は優秀な鼻の穴から呼気をヘンと出した。

悲痛はくぐもって垂れ、部屋に染みだす。

モーターの鈍くなった玩具は、ムダのない優秀な学生たちを退屈させる。

「oh, baby, wipe your tears away」

外資系企業の上位ポストにある、イギリスと日本を往復する母親譲りの、堂に入った発音で、譲治は、ベッドフレームにひっかかっていたエノキのヘアドライヤーのスイッチを入れた。ゴオーッという熱風を、うずくまる美咲の臀部や陰部に当てた。かぶりを大きく振って美咲はいやがった。

「電池入った」

けけっと譲治は嗤い、テーブルにばらばらと出たままになっていた割箸を出して、美咲の肛門を突いた。

「裏返しちゃお」

蹲る美咲を、蹴り倒して仰向けにする。腹部に馬乗りになり、乳首を噛む。痛みのために詰まった声が美咲の喉の奥から出る。けけっと譲治はまた嗤う。

そこへエノキがアルゴリズムの分厚い大判テキストを盆代わりにして、カップラーメンを五つ持ってきた。

「nice timing. thanks エノキ」

譲治はテーブルに置かれたカップ麺をちらと物色し、

「お、これ、フカヒレ味ってか」

『カップヌードル　リッチ贅沢とろみフカヒレスープ味』を選ぶと、

「これは頭悪い女子大生のウンコがついてるとババッちいからポイしちゃおっと」

美咲の肛門を突いた割箸をクッションフロアに投げ捨てた。

「ねー、バッチイもんねー」

譲治が嗤う。和久田、國枝、エノキが嗤う。そしてつばさも。

「いただきやーす」

新たに割箸を取り出し、譲治は仰臥する美咲に跨り、カップラーメンを食べ始めた。

「熱ッ。エノキ、なにこれ、すげ熱い」

「とろみ、が熱をこもらせるんじゃないすか？」

エノキは自分が手にしていたカップを見る。

「熱つつ」

熱いとろみスープの絡まった麺をすくいあげた譲治は、

「おーっと、スベッちゃった」

と、わざと美咲の下腹部に落とした。身体がびくっと動く。その反応を見て、東大の男子学生たちは、全員が、げらげら嗤った。

「フカヒレだよん。高級カップラーメンは、偏差値45のヒトには合わなかったかなア」

カップをかたむけ、汁をぽとぽと美咲の咽に落とす。顎に落とす。汁が耳に流れ、耳の中に入りそうになり、気色悪さに美咲が首をふる。

「雌犬、いや、お肉たっぷりだから雌豚かな」

譲治の発言によろこぶ学友を残し、つばさだけは412号室を出た。和泉摩耶からの着信歴に気づいたからである。

のちに法廷で、つばさは述べる。「ぼくは電話をかけるために、いったん部屋を出たくらいですから、レイプしようとか、輪姦しようとか、傷つけようとか、そんなことをするつもりはいっさいありませんでした」と。

法的刑罰を軽減しようとしての弁解ではない。心からの、真実の吐露だ。傷とは、外傷のみを指す。

のちに検察官からの「被害者が熱いラーメンをかけられていることなどについてどう思ったか」という問いに、つばさは述べる。「あ、なんか飲み会で珍事がおこったなと。その日の自分の役割は、飲み会として盛り上げることだと思っていたので、これで果たせたかなと思い、いったん部屋を出ました」と。

この供述を受けて、つばさの弁護士は「被害者は全裸にされてはいますが、被告はそのような状況で、スマートフォンを確認していたのです。つまり強姦目的は皆無であったといえます」と、クライアントは「ただふざけただけ」であったことを強調する。

弁護士も東大卒だ。東大卒の弁護士による弁護のとおりである。

つばさも、そして譲治も和久田も國枝もエノキも、東大生5人はだれも美咲を姦淫するつもりはなかったのだ。真実である。

5月10日の夜更け。

つばさはニュー大場マンションの共用通路で、和泉摩耶と電話で話している。

『軽井沢は夏はすごく混むけど、万平ホテルなら、混んでても、それなりに落ち着くみたいだからいいかなって思うんだけど』

美咲が嗤われている412号室の外で、つばさは摩耶に提案する。

つばさは摩耶と、夏にはセックスしたいと欲している。露骨に性欲が伝わらないように、夏休みの計画を提案する。

つばさの母方祖母はもちろん、祖父も両親も、摩耶の両親も兄夫婦も、家族ぐるみで交流するようになり、つばさは摩耶に「結婚を前提としたおつきあい」を申し込み、許えられ、交際が始まったのが4月。周囲から祝福されての交際は、そうした交際がおしなべてそうであるように、ゆっくりと健全に（かつて美咲が須田秀とグループ交際をしていたように）おこなわれていた。

つばさは摩耶と健全な会話をし、

『じゃあ、二家族で泊まるのに、ほかにももっといいところがあるかどうか、みんなに訊いてみるね』

という摩耶のことばを最後に、電話を切った。

そしてもどった。412号室に。

美咲がしくしく泣いている。

囲む男子学生たちはひいている。

「盛り上げる役」のつばさは、あわてた。盛り上げなおさねばならない。つばさは、美咲の臀部を平手で強く叩いた。尾てい骨のあたりに赤く手形がついた。

「なーに泣いてんだよッ」

陽気に言った。

この一言が、まさに電池を入れたように、美咲の身体を動かした。

蹲っていた美咲はまっぱだかで立ち上がり、制そうとする譲治の脇腹を肘で突き、半畳もない出入り口で裏返しになっていたスキニーデニムを、裏返しのまま穿き、投げ捨てられていたTシャツをかぶった。

Tシャツには腕を通すまもなく、マフラーのように首にまいたまま、譲治をふりきり、412号室を飛び出した。

401から413まで4階にはあり、エレベーターは401に近い。〈1〉が点灯している。

美咲は隣の413号室の方へ体を向けた。413号室のドア脇には小さなポリバケツが伏せてあった。掃除でもしたのか413号室の前は濡れていた。この部屋の前を通り過ぎ、非常口のドアをあけた。

Tシャツを首にまいたまま、階段を下りた。足音はしない。靴も履いていないからだ。4階からの外階段は、昼間だったら怖かっただろう。だがとげぬき地蔵あたりは、夜になると、昼とはうってかわって静まり返って暗い。非常ライトだけの灯りが高所である感覚を軽減した。413号室の前でソックスが水を吸って湿ったのも、滑り止めになった。

手すりに手を添え、ときにぎゅっと摑み、美咲はニュー大場マンションの外階段を下りた。3階の踊り場でTシャツに腕を通した。

美咲が部屋を出たあとすぐ、

「ちょい、ヤバくね？」

和久田がみなを見回した。

「あいつ、キャーッと叫んでレイプされましたとか言いふらすんじゃね？」

「そうだな、このままだとハニトラかますかもな、あのバカ女」

國枝が舌打ちをし、

「竹内が連れてきたんだから、探して引き戻してこいよ」

2人に命じる。

「おれが連れてきたって、それ、なんか気になる言い方だな」

つばさは國枝をむっとした顔で見るが、

「いいから早くしないと。とにかく連れ戻して、なだめるのが先決だぜ。部屋は部屋で、だれかいないとな……、譲治は飲み過ぎだから、おまえが部屋にいろ」

和久田が靴を履く。

「部屋のほかにマンションのエントランスにもだれかいたほうがいいな。國枝が見張れ。エノキはこのへんの細かい道、知ってるだろ、外を探すのはエノキがいっしょに来て」

和久田はつばさへの指示はしなかった。指示を抜かすことで「めんどうな女を連れてきやがって」という腹立ちを示されたとつばさは感じ、エノキのあとから靴を履いた。

「あ、あの人、靴履かないで出てってますね。そんなに遠くには行けないんじゃないかな」

狭い上がり口に美咲の靴が残っていることにエノキが気づいた。ドアの前にいた和久田が靴を見るのにふりかえったので、彼と入れ違うようにエノキが先に部屋を出て、和久田、つばさ、國枝とつづいた。

マンションの住人であるエノキは、いつもの習性でエレベーターのほうに小走りし、ボタンを押した。

「あちゃ、もう1階に逃げられてしまいましたね」

〈1〉から順に上階へ昇ってくる数字の点灯を見て、彼らは美咲がすでにエレベーターで1階まで下りたと思った。

エレベーターが1階に着くと、國枝がエントランスに残り、和久田は駅に向かう大きな道路を、巣鴨住人のエノキはつばさと、その道路とは別のやや入り組んだ道路を走り、美咲をさがした。

だが、3人が道路を走り出したとき、まだ美咲は外階段を、湿ったソックスで下りていた。この時間差で、彼らは彼女を見失った。

（どっち？　どっちに？）

外階段を下りきった美咲は、自分がどこにいるのかまるでわかっていないことに気づいた。

池袋の居酒屋からタクシーで、このマンションまで連れて来られたのだ。このマンションの最寄り駅がどこなのかもわからない。わかっているのは、このマンションの名前だけだ。

エントランスのほうに行きかけた。

（あっ）

國枝がいる。エントランスとは反対の、マンションと隣の建物との廂間から通りに出た。

コンビニがある。

（あそこへ）

コンビニに行きかけ、やめた。

一戸建て住宅がいくつか並ぶ細い暗い道を走った。

暗闇にまぎれようとしたのではない。そんな計算ができるほど美咲は冷静な精神状態ではなかった。

コンビニのガラス窓から見えた棚にずらりと並んだカップラーメンがおぞましかったのだ。

「あ、あそこ。あれじゃないすか？」

背後から声が聞こえた。

（あの声は……）

カップラーメンを運んできた男だ。美咲はふりかえらずに前進して走った。盆栽を置車の後ろにしゃがんで隠れた。

「ほんとにいた?」

つばさの声だ。悪寒が走る。

「いた、と思いましたけど」

「猫とかじゃなくて?」

「そんなはずは……。この先を右に曲がってすぐにコンビニがあるんで、そこに逃げたんじゃないですかね」

「そうだ、きっと」

二人の男は、盆栽を並べた家の前を通りすぎていった。

先を右にコンビニ。美咲は聞いた。だから車の後ろから出て、二人が行ったのとは反対のほうに数メートル走り、途中で左に曲がり、どんどん走った。

学校なのかゴルフ練習場なのか、暗くてよくわからないが広い敷地の建物の前に出た。タクシーが来た。だがショルダーバッグもつばさに取り上げられたまま部屋に置いてきた。スマホも財布もない。

(あれは)

緑色の公衆電話がある。たしか緊急通報はコインがなくてもできるはず。美咲は公衆電話にかけよった。

（どうすれば……どうすれば……）

公衆電話というものを、これまで一度も使ったことがない。焦った。焦って、電話機の説明表示の文字は、ぐらぐら動いて見える。

「お姉ちゃん、この漢字、なんて読むの」。小さいころ、いつも妹が訊きにきた。「奥さん、今日、小松菜大サービスだよ」。『ひろた』の人の声。「息吸ってみ。吐いてみ」。数学の臨教先生の声。短絡的な、無秩序な記憶のストロボが、パパパパパッと頭に浮かぶ。

（息吸ってみ。吐いてみ。あの先生、いい先生だった。ツーくんは、あの先生に似てたのに。似てたのに……。あのいい先生も本当はいやな人なんだろうか）

へたりこみそうになる。

（息吸ってみ。吐いてみ……）

美咲は呼吸した。指のふるえがわずかにやわらいだ。

（緊急の場合は……）

かけかたを表示する文字に焦点を合わせることができた。１１０を押した。

『はい。１１０番、警視庁です』

落ち着いた女の人の声が聞こえた。

『あの、あの……』

『何がありましたか？』

『あの、あの、助けてください。逃げて来たんです。でも、場所が、ここがどこかわからなくて……』

『だいじょうぶです。この通報であなたがかけている公衆電話の場所はわかります。落ち着いてください』

『ニュー大場マンションです。ニュー大場マンションというところから逃げてきました……』

美咲の通報は、霞が関の警視庁本部指令センターに繋がっていた。通報対応とは別に、無線指令が必要とみなされ、通報位置最寄りの署ならびにパトカー、現場警官の端末にも連絡された。

やみくもに走った美咲だったが、彼女が受話器をとった公衆電話は、警視庁巣鴨署からすぐ近くだった。すぐにパトカーが来、同署に保護された。

２０１６年5月11日。午前1時11分。

警視庁巣鴨署の警官が『ニュー大場マンション』４１２号室にかけつけた。

エントランスにいた國枝だったが、様子が気になり、エントランスを出て、マンションからいちばん近いコンビニ（美咲がカップラーメンの並ぶ棚を見て拒否反応をおこした）の前まで歩いてきたところだった。警官を見て、隠れるために店内に入った。

４１２号室では、酔った譲治がぐったりとエノキのベッドで横になっていた。クッションフロアにはブラジャーとパンティ、女物のショルダーバッグが放り出されている。

三浦譲治は強制わいせつ容疑で逮捕された。

2

2016年。

5月11日。

午前1時28分。

【譲治が逮捕された】

美咲を追いかけた3人の東大生たちは、ばらばらに、夜陰の道路で、エントランス守備を放り出した東大生からのLINEを《既読》した。

送った國枝は頭の回転が速く、身の処し方はもっと速いので、すでにタクシーの中だ。

《既読》するなり、和久田はタクシーを呼びとめ、自宅に帰った。

《既読》するなり、つばさもタクシーを呼びとめ、自宅に帰った。

《既読》するなり、エノキは引越ししたくなったが、そうもいかず、大回りをして時間をかけて412号室にもどった。

同日。午前1時50分。

つばさは、車内からLINEの、新たなグループトークで《友だち》に連絡した。譲治を疎外した和久田、國枝、エノキ。この3人が新たなつばさの《友だち》だ。

【ここは譲治一人に引き受けてもらおうぜ】

つばさが提案した。《友だち》はみな大賛成した。

【おれたちはたしかにエノキの家で、飲み会の二次会で集まった。譲治だけがさわいでいた。おれたちはもうぐったりしていた。ほとんど寝ていた。よくおぼえていない。譲治がふざけてるな、みたいにおぼろげにしかおぼえていない】

こういうことにしようという提案だ。《友だち》はみな大賛成した。

【そしたら女の子が急に泣き出した。びっくりしたエノキが、譲治と女の子を離れさせた。どうしたんだと訊いたとたん、女の子は走って部屋を飛び出した。裸足だったし、バッグも部屋においたままだったので、追いかけないといけないと思って、みんなでさがしていました】

これは國枝の提案で、《友だち》はみな賛成した。

【画像と動画のM系のヤバいやつ、和久田が完全サゲして、削除して。國枝はS系。S系画像もな。俺はSNS関連、削除。ほかにも星研系のネットに残ってそうな記録はタンジュンなものもケンゼンなものも、オール削除すること。すぐやって。タク中でもやって。徹夜してもやって】

つばさは送信する。

【エノキは、譲治がどうなったか、ケーサツとの接触はどんなかんじなのか、そのへんの condition と連絡。これエノキが一人で引き受けろ。窓口一つにしろ。そんで情報は

すぐにこっちにまわして】

送信する。

【ok】

《友だち》が了解する。

つばさは暗い車中でタブレットを取り出す。パスワードを入力する。634898s1-42sysB-GFzodiac%anatherway。まずツイッター関連から削除作業を開始した。

頭脳明晰な《友だち》の厚い友情の手分け作業により、星座研究会の密かな金儲けや快楽の痕跡は、一夜のうちにインターネット上から消滅した。

*

5月11日。午前1時58分。

巣鴨署でバスタオルを肩からかぶった美咲は、婦人警官から紙袋を受け取った。

「中身を確かめて」

紙袋の把っ手をひろげると、ブラジャーとパンティが見え、美咲はすぐに袋の口を手でおさえた。

「申しわけないけど、確かめて。バッグの中、貴重品はちゃんと入ってる?」

美咲はしかたなく確かめた。國枝がよこした釣りの5千円札。「確かめてぇ〜エッ」

という囃し声がよみがえる。奥歯を噛みしめ、顔の筋肉に力をこめた。

母親が署に到着したときも、頬と口に力をこめていた。

美咲が涙を流したのは、昼である。

5月11日。正午少し前。

詳細を知らない弟妹は学校。父親は出勤。母親もスノークリーニングに行った。「今日は休むよ」と言う母親に、美咲が「行って。一人でいたいから」と頼んだ。

浅い眠りの中で呼び鈴が聞こえた。

カエちゃんの伯母ちゃんだった。母親と気があっている伯母ちゃんは、ときにそうするように店の甘いパンを持っておしゃべりに訪ねたのだった。昨夜のことは何も知らない。

「クリーニングのほう？　なら帰ってくるころか、明日にでもするわ。そんでこのパンはね――」

カエちゃんの伯母ちゃんは『グリム』の袋を美咲に渡す。

「お昼に美咲ちゃんが食べたらいいよ。ぜんぶ食べてもいいよ。また持ってくるから」

カエちゃんの伯母ちゃんは陽気だ。

突然、美咲の目から涙がつーっと一条流れた。

雌豚。バカ女。ウンコついてて汚い。臭い。げらげら嗤われた昨夜。もうつばさは私には何の関心もないとわかっていたのに、縋ったみっともない私を、この人は、以前、野川由美子というきれいな女優さんに似ていると言ってくれた。

「ど、どうしたの?」

カエちゃんの伯母ちゃんはおどろいて、美咲をのぞきこんだ。

「ご親切に……」

ご親切にどうも、母にはつたえておきます。そう言って、ちゃんと応対するつもりだったのに、美咲の喉は涙でつまり、声が出なくなった。

「どっか具合悪いんだね。寝てたところだった? おばちゃん、起こしちゃったね、ごめんねごめんね」

かさかさした、節くれだった手が、美咲の両手を包んだ。

「ゆっくり休むんだよ」

「パンを……どうも……」

ろくな礼も言えずに、パンを受け取り、美咲はドアを閉めた。

＊＊＊

5月11日。15時。

『東大生が強制わいせつ容疑で逮捕』

ネットのニュースに見出しが出た。『三浦譲治他4人の東大生・東大院生はマンションの部屋で女子学生（21）の胸をさわるなどわいせつな行為をしたもよう』という短い記事だった。

【なんだよ、これ。女がついてったんじゃん】

エノキは、ニュースにコメントを書き込んだ。匿名で。

民放TVの夕方のニュースでも取り上げられたが、「さて次のニュースです」と、いくつかが短く早く読み上げられていくニュースの一つとしてだった。

【自分で男の部屋に来て、胸をさわられたって怒ってる女。どうかしてるぜ】

國枝も匿名で番組ツイッターに書き込みをした。

【冗談が通じない女はキモい】

和久田も。

【ふられた腹いせ？】

つばさも。

同様の書き込みを、《友だち》たちは、できるかぎり多くの匿名の人間になり、できるかぎりすばやく、多くの場所に、書き込んだ。

5月11日。18時。

「これ、口止め料？」

勤めている杉並区西武線沿線にある日の出信用金庫近くのスターバックスで、優香は、和久田が机上をすべらせて自分に寄せてきた封筒の中に、1万円札が数枚入っているようなのを見た。

「ちがうよ。きみが、いわれのない悪口を浴びせられる危険が出てきたから、持ってきた」

「わたしが？　わたしがどういう悪口を言われるの？」

「だって、きみ、彼女を見捨てて、自分だけ帰ったのか、って叩かれるよ」

「見捨てるなんて、そんな。あのとき、わたしはちゃんとあの人に訊いたよ、帰る？って」

「そうだよね。あの人、自分の意思で残ったんだよね。きみは見捨てたとかそんなんじゃないよね。なのに、見捨てた女にされる必要ないじゃん？」

和久田は優香の手をとり、封筒を握らせる。駒場キャンパス時代に彼が入っていたダージリンに優香も入っていた。2月14日に、彼は彼女からチョコレートをもらった。好きですとは言われなかった。バレンタインだからと言われた。そのとおりだったのかもしれない。だが、好きだと告白してフラれて傷つくのを避けたのかもしれない。どちらなのかは優香本人以外にはわからないが、和久田は「こいつはおれに気がある」としか思わなかった。

本郷キャンパスに移り、ダージリンを和久田がやめても、優香のほうから「和久田くん、ダンスはもうやらないの？　また和久田くんとジャズダンスしたいな」とフェイスブックで連絡してきた。彼女は星座研究会の集まりにはオクフェスのときしか来なかったから、本当にダンスをしたかったのかもしれない。どちらなのかは和久田ではなく優香が知っていることだ。が、和久田は本郷に移っても、譲治が逮捕されても、「こいつはおれに気がある」としか思っていない。和久田が優香の手をとったのは、この揺らぎなき感情があってのことだ。

「この封筒は、そばにいた女を見捨てた女という立場になる必要なんかまったくない人が、その立場に立たされてしまう可能性が出てきてしまったことへのお詫びだよ」

和久田は優香の手をとり、封筒をにぎらせた。

「あのね……」

つばさが、次に話しはじめる。

「ぼくら、優香さんに嘘をつけみたいなこと言いに来たんじゃないんだよ。あなたが、ほんとのことだけ言う人ですよね、って確認しに来たんです」

つばさは「頼みにきた」という表現を巧く避ける。

「ほんとのことって？」

「二次会は、優香さんとあの子と、女子二人で参加したよね。ちがう？　いっしょにタクシー乗ったよね？」

「ええ……」

「二次会も飲み会だったよね。飲んで、たんにゲームしただけじゃない？　譲治だけはたしかに度をこしてたかな。そうだな、譲治だけ、度をこしてたね？」

「……そうね」

「で、優香さんが先に帰ったのは終電がなくなりそうであわててたからだよね。見捨てるなんていうんじゃなくて、終電の問題でしょ？　どう？　嘘ある？　ほんとのことでしょ、ぜんぶ」

「それはそうだけど……」

「だからもし警察から訊かれたら、ほんとのことこれだけ言って。ほんとのことだけ言う人だよね、あなたは？」

「『帰る？』って、わたし、訊いたわ……」

優香はくりかえした。

「そうだよ。訊いてたよ」

つばさは声を大きくする。

「訊いてた訊いてた。優香さん、たしかに、あの子に、『帰る？』って訊いてた」

つばさの隣で和久田が大きく首を縦に動かす。

「でも、あの子、優香さんにそう訊かれても帰らなかった。合意の上で残ったんだよね。譲治だけ、度をこしてふざけてたね。あれは度をこしてたけどね。優香さんはあの子を見捨てたわけじゃない」

つばさはたたみかける。

「でしょ？　ぜんぶ、ほんとのことで、ぜんぜん嘘ないじゃん？　それを、ぼくら確認しに来たんだよ」

「……うん」

優香は頷いた。

「警察からちょっと何か訊かれるくらいならともかく、法廷に出てきて証言とかになったら、わいせつ事件に関係した女性なんてさ」

「だから、わたしは別に……」

「そう。優香さんはなんにも関係ないんだよ。なのに、わいせつ事件に関係した女性ってことで、噂は広まるんだよ。信用金庫なんて堅い職場だったら噂にどんな尾ひれがつくかわかったもんじゃないですよ。若いってだけで、優香さんは、職場のおばさんから妬まれてるんだからさ。おばさんって噂流すの好きでしょ」

「そんな……」

「そういうもんだって。肩身が狭くなるだけじゃなく、縁談とかがあっても、悪影響出てくる可能性あるじゃん」

「……」

「あの人は自分で残った。男子では一人だけ度をこして酔っていた人がいた。これ以外のことは、自分は早く先に帰ったのでわからない。それだけ言って。ほんとのことなんだから」

譲治を《友だち》にしない《友だち》たちは、逮捕されないために有効なことを、おこなったが、結局、逮捕された。

＊＊＊

5月19日。

『東大生、ほかの4人も強制わいせつの疑いで逮捕』

大手インターネットサイトのニュースのトップに見出しが出た。記事には、

『すでに11日に警視庁が逮捕していた1人を含む東大生5人は、このうち1人の自宅マンションで、他大学の女子学生（21）と酒を飲んでいたが、服を脱がせた上、胸や尻を触るなどのわいせつ行為をした疑いで逮捕された』

とあった。朝日産経毎日の新聞も報じ、NHKもTVニュースで報せた。

『5月11日未明、東京都豊島区のマンションで21歳の女子大学生の胸などを触った疑いで、5人の東京大学生が逮捕されました。東京大学生らと女子大学生は、豊島区内の飲食店で食事をした後、5人のうちの1人が住むマンションで酒を飲んで、わいせつな行為に及んだとされ、うち4人は容疑を否認しています』

SNSや掲示板でこのニュースをとりあげる人間の数は、譲治だけが逮捕された5月11日とはちがい、おびただしい数になった。

とくにタレントの薬りんごの発言への反響が大きかった。

國枝の母親よりはるかに頻繁にTVに出るタレントが、ツイッターに投稿したのだ。

【のこのこついていったんだから、合意だろ！　@ringo-yaku】

薬りんごの投稿へは、この事件についての朝日新聞の報道に寄せられたメール以上のコメントがあった。

【言えてる。合意してると、そら男は思うよ。部屋来たんだから。最近は男の家に平気で上がる若い女の子、多いよね。時代なのかな…】

【こうしたことあると、いつも女性が弱者として報道されますよね。でも、女性側にも落ち度があったのではないですか。男の部屋にのこのこついていったのだから】

【男と女で密室で酒を飲んでたら、そういうふうな雰囲気に流れるってこと、予想出来るだろ。バカか】

【わたしの意識が古い時代のものなのかもしれませんが、深夜の12時過ぎてて、女子学生が男性の家にいるということ自体、いかがなものかと……】

【この女子大生は、男の部屋に行って酒飲んでるわけで、ちょっとタッチされるくらいのこと予想してたはず。なのに訴えて。こういう女、ダメだ】

【この女、いっしょに居酒屋行ったんでしょ。みんな酒入ってんでしょ。そんでほいほいついて行ってなあ……。逮捕された男の学生が気の毒な気が……】

【男のしたこともよくないかもしれないけど、女性に全く問題が無いとは言えないでしょう。もし自分の娘だったらビンタします】

【男子に言いたい。こういう問題のある行動をする女子に気をつけろと】

【飲酒した上で男性の家に行った。それも深夜。女性には期待というか合意の気持ちがあったはず。それを訴えるとは。この女性の親、恥ずかしくないの？】

【強姦はよくないけど、感情論で言わせてもらえば、自分でマンション行った女、俺は気に入らない】

【これ、女の陰謀じゃねーの？　怖いね！】

【30年とか前だったら、のこのこ部屋に行った女も悪いと言われた。今は、法律を勘違いして武器にして、自分の浅はかさには目を向けない女ばかり。女にばかり甘い法律を見直すべき】

【部屋に自分で行っておいて被害者ヅラの女子大生の親より、せっかく東大まで行かせたのにこんなことで実名出された男5人の親のほうが、すごく怒っていると思う】

【飲み会でふざけたていどのことで実名出されるの？　東大男子らが可哀想過ぎる】

【女が尻尾ふってついていってる。ＯＫサインでしょう。なんで逮捕？】

【酒飲んで付いていって、そんな事されると思わなかった、というのは女性が訴える理由にならないと思う。この女性こそ反省するべき】

【午前0時に男の部屋に行ってチチさわられて訴えているアホ女】

【自分で女が家にいらっしゃったら、おちちをさわってよいですかと聞いて、同意もらってハンコも押してもらって、さわらないといけない時代になった】

【深夜に酒飲んだ状態で男の家に行っておいて、よく訴えたよね。そらちょっとはなん

かあるのがふつうじゃん。行くってことはその気があるって男は受け取るでしょ】

　等々、すべてを挙げればこの百倍はある。この中には、当事者である東大生5人や、その友人、近親者や、優香のようになんらかの依頼をされた者が、匿名でコメントしている可能性もある。が、いずれにせよ大半が、110番通報した女性、つまり美咲を、程度の差はあれ、非難するものだった。

　その最たるものは、大手検索サイトが運営する『電議会』という掲示板に投稿されたものである。

　投稿者IDはuda_gawa_akane_tajiyy2345。投稿日時は2016・5・20。

【東大生が強制わいせつで逮捕された事件についてです。

　私は女性ですが、東大生に非があるとは思えません。

　薬りんごのツイッターを見て、エとか思って、ネットニュースの記事を読みました。おかしくないですか？　この事件。通報した女、東大生の部屋に行ってるじゃないですか。どうせ東大生狙いの女だったんでしょうね。なにを被害者ヅラしてるんでしょうか。この女、被害者じゃなくて、自称被害者です。尻軽の勘違い女です。

　東大生狙いで合コンに出て、部屋についていって胸さわられたって警察に訴えるって、東大生がかわいそう過ぎます。

　考えたんですけど、もう一人の女ばかりモテて嫉妬したんじゃないですか。尻軽女が初対面の男の部屋に来て警察に訴えて、東大生たちに迷惑かけてるんです。こういう女はハダカで道路の電信柱にでも縛りつけて公開リンチしてやるべき。道行く男性からよってたかって小便かけられたら、この勘違い女も反省するでしょう。
　東大生もかわいそうですが、東大なのに頭悪すぎ。みんな童貞なんですか？　女を見る目がない。こんな女は、はじめからトイレに顔をつっこんで口にウンコ詰めこんでやればよかったんですよ。精神をボロゾーキンにしてやるべきだったんです。そしたらぐうの音も出なくて訴えませんから。手ぬるい東大生たちです】

uda_gawa_akane_tajiyy2345、短縮して akane 2345 は『電議会』に、他にも数多（あまた）の投稿をしており、IDから他の投稿が一覧できる。

【「訊く」はなんと読みますか？　「　」の部分はコピペで出しました。「訊」という字の読み方は何ですか？】

という質問がある。漢和辞典をひいた体験どころか、漢和辞典を手にしたことすらないデジタル・ネイティブの若年層だった。

女優石原さとみについて、

【ちゃんと言わずに勘違いな行動して、叱られるとぶりっこで責任逃れして、石原さとみって、イラつく女だと思いませんか？】

という投稿もある。ドラマ好きでマセた一面もあるが、フィクションであるTVドラマの、登場人物の言動への嫌悪感を、現実の事件の報道に投影してしまう中学2年生だ。

インターネットが危険なのは、すべての文字が、均一の電子活字であることだ。

対象となる事物事件等についての専門家からの意見も、多角的視野から熟考できる社会人の意見も、若年というより幼年といってよい子供からの、幼さゆえのヒステリックな意見も、すべてが同じ電子活字で、あたかも公的見解であるかのように表示される。不特定多数が目にする画面に。

美咲はふだんからLINEを使っていた。フェイスブックも使っていた。両方でつばさとつながっていた。つばさが実名で報道されたことで、PCに詳しい者なら、美咲の個人情報をハッキングできる。さほど詳しくなくてもちょっと詳しければ美咲の《友だち》になりすませ、美咲にコメントを送ることができる。電話すらかけられる。

美咲を非難する最たる例であるakane 2345の投稿は、全文をコピー&ペースト（コピペ）されたり、一部をコピペされて、美咲本人に届いた。

【どうせ東大生狙いだったくせに。なに被害者ヅラしてるんだ】

【勘違い女。尻軽のクソビッチ】

【前途ある東大生より、バカ大学のおまえが逮捕されたほうが日本に有益】

電話もかかってきた。美咲の《友だち》には、自分の《アドレス帳》に、美咲の固定電話の番号を登録していた者もいるから、固定電話の番号も洩れた。自宅の固定電話に、匿名の電話がかかってきた。

『あんたの娘のほうが尻軽だ。どういう教育してるんだ』

父親は言われた。

んのよ、バーカ』

母親も、美咲だと思われて、言われた。

【被害者、水谷女子大なんだ。東大生狙いでインカレに入ったんだろうね】

【被害者、藤尾高校だ。なんで藤尾高校から水大？】

美咲の大学名、出身高校名も、掲示板「5ちゃんねる」で明かされた。

【自称被害者ワロタの、勘違い女の家はここ】

自宅の写真も明かされた。住所と番地も出ているので、Googleマップのストリートビューで周辺の画像まで、全世界の人間が見ることができる。

中2のakane 2345が、幼い無思慮で願ったとおり、美咲は「電信柱に縛られて公開リンチにされ」「みんなで小便かけ」られ「トイレに顔をつっこ」まれ「精神をボロゾーキンにされ」たようなものだった。

固定電話の線を抜いたのは弟だった。弟と妹は、姉におこったことはなにも知らず、母親から「大学の知り合いと喧嘩してひどい悪口を言われてショックを受けているのよ」と聞かされている。

数日間、美咲は家から一歩も出なかった。遠藤歯科医院の庭の木を、窓から見ることと、祖父母がニトリで買ってくれたベッドにもぐることとをした。

　それ以外には、突発的に、ものすごいスピードで、ろくに嚙まずに、コンビニのおにぎり、ポテトチップスを食べることだけをした。

　5月22日。

「お姉ちゃん、ちゃんとしたものを食べたほうがよいよ」

　中間試験で早く帰宅した妹が心配してくれた。

「激辛麻婆豆腐丼」と「親子丼」を、妹はコンビニで買ってきていた。

「親子丼なら消化にいいんじゃないかと思って」

　妹は言ったが、先に袋から出した「激辛麻婆豆腐丼」を、美咲は開封し、冷たいまま、てづかみで口に入れた。

「やめなよ、やめなよ」

　妹は肩と腕を摑んでとめたが、口に入れることを美咲はやめない。水道の蛇口に口を寄せ、水とともに飲み込んだ。

　水が食道を流れていく。咀嚼（そしゃく）しない刺激物が急に入ってきたので、胃が痛くなった。

（トイレに顔つっこんでやればよかったのにって言ってる人……どんな人なんだろうな……）

　美咲はふと思う。

（きっと偉い人なんだ……）

偉い人が、私を、バカ大学だと怒っている。ふと思う。

均一の電子活字で書かれた意見は、偉い人からの「御高見」として、美咲に突き刺さった。

(偉いこの人の前で死んだら、よろしいと許してくれるのかな)

ふと想像する。

(でも私が死んだら死んだで、今度は『これみよがしに自殺なんかしてキモい女』とかって、また電議会で怒るんだろうね……)

「ソレソレ、じさーっ」

「ソレソレ、じさーっ」

「ソレソレ、じさーっ」

あの夜の5人の囃(はや)しの、妙な抑揚。ミュージカルのようなふしをつけて美咲を追い込む囃し。彼らの声にまじって、見たことも会ったこともない偉いakane 2345の声も聞こえるようだ。

流しの前で、立っていられなくなった。

みぞおちをおさえ、体を前に折って、美咲はしゃがみこんだ。ぐえぇと、麻婆豆腐を吐いた。

「やめて、やめて、もう、やめて」

泣いた。妹が。

台所とリビングを仕切るガラスの引き戸が開いた。

「美咲ちゃんっ」

カエちゃんの伯母ちゃんだ。

SNSもせず、スマホも携帯電話も持たない伯母ちゃんは美咲の母親に固定電話がつながらなくなり様子を見に来たこと、姉妹の声がしたから何度も名乗ったこと、大きな泣き声が聞こえたのでびっくりして中に上がったことを、早口で言った。

「救急車、呼ばなきゃ」

カエちゃんの伯母ちゃんが固定電話をとった。線が抜いてあるのでつながらないのだが、美咲は叫んだ。

「通報しないで」

吐きながら叫んだ。

「通報したら、偉い人に怒られる」

叫び、げえええと吐き続けた。

＊＊＊

『電議会』には新たな投稿がアップされた。akane 2345に対するコメントだった。

【トピ主さん、あなたはたぶん、短いニュース記事を読んだだけか、簡単なTV報道を見ただけで、東大生との合コンに参加した他大学の女子大生が、二次会で参加者の東大生の部屋に行って、胸をさわられて文句を言っている、みたいにイメージしたのではないですか？ タレントの薬りんごさんもそうだったのではないでしょうか？

最初に一人だけ逮捕されたとき、私はすぐに彼らのネット上の痕跡を見たのですが(今はすべて削除されていますが)、ニュースに出ただけの事件とはちがうんじゃないかと思いました。

今日（6／2）出た『週刊文春』によれば、当日、部屋に下着もおいたまま外に逃げ出して通報したとあります。自分（被害者女性のこと）の思惑と外れたから怒ったとかいうのなら、服着て帰って、後日に警察に訴えるんじゃないかなと思います。

この事件については、もうすこし詳しいことがわかってから、発言されても遅くないのではないでしょうか……】

この投稿者IDは、syu.s-7799geijutu。

男性である。名前は須田秀（しゅう）。日藝、写真学科4年。以前、美咲とグループ交際をしていた男子学生だ。

秀がakane 2345の投稿に反論したのは、被害者女性が美咲だと知ったからではない——。

＊

秀は日藝祭用のポスター写真を撮った。数点のモデルとして、前年度のミス日藝のO

Ｇに頼んだ。石川県のテレビ局を中心にナレーターやイベントＭＣをしているが都内での仕事もしているので、上京スケジュールに合わせて撮影をした。那珂いずみといった。いずみがミス日藝に応募するさいの写真も、なったときの写真も秀が撮っていたのでモデル役は快諾してもらったし、撮影進行上、彼女が在学中から互いにＬＩＮＥやメールや電話といった連絡先も教えあっていた。しかし、とくに親しくなったわけでもない。

かつて秀は美咲が好きだった。彼らは若かった。秀が高３、美咲が高２で知り合い、互いの友人を紹介しあったり、互いの家族にも紹介したりして、のどかにグループ交際していた。

美咲との交際がのどかであったのは、秀の自意識の強さのためである。運動神経、容貌、偏差値、家柄等々、凡そハイティーンの男子が気にすることを、秀も気にしていた。だがその程度が、気にするを越えて、気に病むに近かった。几帳面で潔癖症の彼は自己評価が低すぎ、自分にまるで自信がなかった。のどかにグループで行動しているときの明朗な雰囲気から、他人はそれをついぞ想像できなかったが。童貞であり、美咲との交際において性的な関係のイニシアティブをとることはできなかった。

雛祭りホームパーティなるものに招かれることになり、美咲はじめほかの知り合いも来るというので、教育大附属のパドルテニス部の女子マネをしている、部員からは南と呼ばれていた女子生徒の家に行った。ところが家にはだれもいない。みなは遅れてあとで来るというから待っていると、南は、積極的というよりはむちゃくちゃなアプローチげた。

をしてきて、彼はあえなく陥落した。

美咲には伝えられなかった。どう言えばいいのか。考えれば考えるほど美咲を傷つけることになりそうで言えなかった。自分をだらしがない男だと嫌悪した。こんな自分のことは忘れ、新たなめぐりあいを得て、美咲には幸せな人生を送ってほしく、別れを告げた。

女子マネ南への情が新たに涌くのも事実だった。肉体関係ができたことは、自己評価が病的に低い彼にとり、南に対する責任感とともに、美咲との交際にはない刺激や新鮮をもたらした。

南は半年で、秀ではない男子学生に気を移した。三大学合同でおこなった学生写真展で、秀が南に紹介するかっこうとなった東京藝術大学の学生に。

「あの子はロコツにブランド主義だから」と、もう一人の女子マネ浅倉から、励ましてくれたのかなぐさめてくれたのかたんなる陰口なのかわからないが、言われたが、秀は南に、腹がたつとか恨むとかいった気持ちはおこらなかった。もし神様から、日藝を退学したら東京藝大に入れてやる、と言われたら、日藝を退学するだろうと思うのだ。なら南を批判できないし、また、あけっぴろげにどんどんセックスをさせてくれた彼女には感謝の念もあった。浅倉の言うところの南のブランド主義は、半年の短い交際期間に秀も目の当たりにしてきたが、自分にはないサバサバした活力として映っていた。

そのあと秀は、大学生活では受講を第一とし、課外活動としては映画研究会に入っていたが、たまに南のことを「ああいうふうにサバサバなれたら、おれも写真を撮るということを、儲ける技能として割り切ってやっていけるかもしれないなあ」と、どこか遠くからながめるように思い出したものだった。

そんな大学生の須田秀は、学祭のポスターモデルになってもらった那珂いずみと、とくに親しくならなかったし、なりたい気持ちもとくに起こらなかった。

撮影後に学祭実行委員の数人とともに学食で軽食をとったさい、たまたま隣り合わせたのだ。

「やだ、知ってる人の友だちが逮捕されてる」といずみは、エビアンのペットボトルを置いて言った。

「逮捕?」。「強制わいせつだって」。秀は、いずみの知り合いが痴漢でもしたのかと思った。「え、××研究会?」と、隣でいずみはひとりごち、スマホの画面に、ずいぶんのあいだ指を這わせていた。何の研究会と言ったのか、さして関心がなかった秀は聞いていなかった。

だが「カンダツミサキ、水谷女子大」と、いずみが言いながら入力しているのが聞こえた。

「カンダツミサキ?」と、秀はいずみのほうを向いた。「その人がどうしたんです?」。

「よくわかんないけど、東大のサークルに、このヒトも誘われてへんな目にあったみたい」と、いずみは答え、あとはエビアンのペットボトルをテーブルに残したまま、実行委員の会計係とともに学食を去った。

席に残った秀が「神立美咲」で検索しても、「神立美咲　痴漢　強制わいせつ」で検索しても、なにも出てこなかった。

ためらったが電話をかけた。『さっき、何を調べてたんですか？』と訊くと『ああ、東大生が、強制わいせつで逮捕されたの。その人って、私の知り合いの知り合いだった、ってだけのこと』と答えた。電話はそれで終わった。

秀は「東大　強制わいせつ」で検索しなおした。短文のニュースが出ただけで、神立美咲の名前が出てきたわけではない。

翌日にまた電話をかけた。『なんで、そんなに気にするの？　私はカンケイないから。前に、東大星座研究会っていうのに入らないかって、しつこく言い寄られたことがあって困って。そのサークルが事件おこしたってだけの話よ』といずみは言った。ＬＩＮＥやメールではなく電話をかけてきたことに違和感をおぼえている気配が、声から如実につたわってきた。

『神立美咲って、昨日言いませんでした？』と秀が訊くと、『そんな名前だったっけ？　もう忘れた。東大の星座研究会のツイッターの残ってるやつ見たら名前が出てただけ。もうこの話はこれでいいよね。じゃ』と苛々(いらいら)した声音で電話を切られた。

秀は、いずみがしたように「東大」「星座研究会」で検索しなおした。いずみへの一度目の電話から１日半が経過していたので、このサークルの公式ツイッターがあるにはあったが、会合開催の日時と場所を知らせるようなものだけである。

写真学科ではコンピューターグラフィックについても学ぶ。ＰＣにはそこそこ詳しかった秀は、ネットに残った形跡からこのサークルの裏サイトにたどりついた。すでに画像も文字もすべて消えており、そういう場所があったということがわかるだけだったが。神立美咲の名前は、どこにもなかった。だから秀は、美咲については、那珂いずみがされたように、きっと星座研究会に勧誘されたことがあったのだろうと思っただけだった——。

＊

——それから秀は、このニュースについて薬りんごのツイッターに出、そこから『電議会』にとび、akane 2345の投稿を目にした。このニュースについては措いて、この投稿があまりに不愉快でコメントしたのである。美咲をかばおうとしてコメントしたのではなかった。

＊＊＊

さて、インターネットはもちろん携帯電話もＦＡＸもプッシュホンも石油ファンヒーターさえまだなかった時代には、学生運動というものがあった。須田秀が投稿した『電議会』ではなく、全学共闘会議というものがあった。

日大の秋田明大全共闘議長と、東大の山本義隆全共闘議長は、この時代の学生それぞれの「櫛に流るる黒髪のおごりの春」の光を集めて撥ねる満月であった。しかしバリケード内にたてこもる学生たちに、白い割烹着を着た婦人たちが「あの子たちにキャラメルを配りましょう」と集まったのは赤門の前だけである。婦人たちは学生たちのちょうど母親の年齢くらいであったのでキャラメル・ママと呼ばれた。

山本全共闘議長の娘の世代のキャラメル・ママたちから、美咲に連絡があった。

譲治のママ、和久田のママ、國枝のママ、エノキのママ、そしてつばさのママは、弁護士を通じて連絡してきた。「会いたい」と。

会わなかった。

会えなかったからだ。

美咲の身体と精神の状態では、彼らの母親各々と、面会するという行動は不可能だった。だがキャラメル・ママたちは、山本全共闘議長の孫の世代の息子がなにをしたかより、息子が前科一犯になるのが、ぜったいにいやだった。それで「とにかく会わせて」と5人各々が弁護士に頼んだのだった。

＊＊

譲治のママは、

「なにバカな女にひっかかってるのよ」

と勾留後に自宅にもどった息子に言った。
日吉にあるこのハイセンスな自宅に泊まった譲治の「東大の先輩」が、起き抜けの廊下で見て、その外見に驚いたママの名は紀子。三浦紀子という。譲治が自分のことを「綿密な計画で出産した」と言った女性だ。

「三浦」を検索エンジン枠に入力すると、大知翔平春馬涼介ケーチ理恵子知良友和などにつづいて「三浦紀子」が出てくる。だがそれは、水谷女子大学教授である。

美咲が入学式において感銘を受けたスピーチをした教授だ。検索エンジンが、三浦紀子教授と混同して拾ってしまうのが、日本パーシー・リンド（Percy & Lind Japan）のHPである。この会社のHPに名前の出ているほうが、譲治の母親である。イギリスの製薬会社であるPercy & Lindは、1990年代末から美容皮膚科に向けた薬品の販売を拡大した。日本では、従来あった業界三位のエステティックサロンを買収して直営の「メディカル・コンシャスサロン」なるものを展開するようになった。そのころ再就職で入社し、現在はこの部門のシニアマネージャーとなっているのが、譲治の母親の三浦紀子である。

美咲が励まされた入学式のスピーチと、その後に遭遇した出来事を思えば、皮肉な同姓同名ではある。

スピーチは、日本パーシー・リンドの三浦紀子も、ときどきする。企業経営についての講師をつとめることがあるのだ。商工会や企業勉強会が催したセミナー記録を検索すると、「三浦紀子（日本パーシー・リンド直営メディカル・コンシャスサロン・シニアマネージャー）」とPDF形式の中に出てくる。

彼女は田園調布雙葉から一橋大学商学部を経てロンドンビジネススクールを出た才媛なのである。

「ウチはむしろ被害者よね」

才媛は、はーっと長く息を吐いた。

このたびの経緯はむろん弁護士から聞いている。キャリアを活かして得た人脈から、痴漢冤罪（えんざい）に強いことで実績のある弁護士を選んだ。

「その子、竹内さんを捕まえるつもりだったのが、そうは問屋がおろさなかった、ってとこでしょ」

「………」

才媛の息子、譲治はうつむいたままだまっている。

「竹内さんとはごく一時的に親密な関係にあったようで、彼が連れてきた女性ですね」

クライアントに答えるのは、低層マンションの磨き上げたリビングに呼ばれた弁護士だ。彼もまた東大卒だ。

才媛なので弁護士事務所には行かない。弁護士のほうからクライアントを訪ねて来るのが（才媛としては）常識なのである。

「竹内さんを捕まえそこねた失敗に、あなたはたんに巻き込まれたのよ。ったくバカなことに巻き込まれて」

はーっと、才媛の、ふたたびの長い息。短めのIラインのワンピース。

「たしかに竹内さんが、この女性が全裸で笑ってる写真をみんなに見せてたんですからね。そんな写真を見せられたら、その写真からこの女性の資質を判断してしまいますよね」

「それでウチだけが現行犯逮捕されたんじゃたまったものじゃないわ。最初に逮捕されるべきは竹内さんじゃなくて？　竹内さんが一人で責任とるべきことよ。言ったでしょ。ウチはむしろ被害者よ」

才媛は骨盤まで届くストレートのロングヘアを左手の甲でさっとかきあげる。

【ここは譲治一人に引き受けてもらおうぜ】と、竹内つばさがタクシー内で《友だち》たちに提案したように、譲治ママは「つばさ一人に引き受けてもらおうぜ」と弁護士に提案しているわけである。

「本件の場合は、だれかひとりだけにどうのというのは無理かと思います。今はとにかく不起訴にすることに全力を注ぐのが先決ではないかと」

不起訴にできるかどうかで、譲治だけでなく、今春、慶應大学医学部に入った妹への影響もちがってくる。

「お金がほしいんじゃないの？　この人は。ようするに」

「ええ。和解金目当てってことは、充分、ありえます。まず、この方向から行きます」

弁護士は言った。

「がめつい家に育ったがめつい人なんでしょね。たぶんね」

「いや、和解金というのは……、わたしはそういう意味で言ったんじゃなくて……」

弁護士は眼鏡フレームのブリッジに指をあててずれをなおす。

「最初から和解金をとろうとしたようなハニートラップではなくても、通報したことで事が大きくなってしまって、向こうの女性だって困惑してる可能性はありえる、という意味です」

「あら、そうかしら。向こうが何を困惑するっていうの?」

「こんなになってしまってどうしよう、みたいな……。なら、あるていど高額の和解金を提示すれば、この金額が人数分で5倍になるのだという計算が向こうに働く可能性はあります。がめついというのではなくて、事が若い娘さんのことですからね、精神面を勘案してのことです、つまり――」

このたびの件の場合、依頼された弁護士が優秀であるべきなのは、クライアントの罪状を軽くすること、できれば不起訴にすることだ。

「――若い娘さんが猥褻な事件に遭ったとニュースに出たりしたら、今はネット時代ですから、以前とちがって、そらたいへんな騒ぎになるんですよ。向こうにとってはものすごいストレスです。こんな騒ぎはもうおしまいにしたいと願うの、ふつうじゃないですか。おしまいにできて、お金ももらえるなら、それでしばらく外国旅行でもして、そっとしていたいって思うようになっていっても自然ではないかと。そういう意味です」「フーン、そう言われたらそうね。じゃ、面会を申し込んでくださる？　わたくしがこの人の家に行って、直接説得しますから」

才媛はPCタブレットで、美咲の実家の外観をすでに見ていた。すぐに削除されるが、なにせ現代は実家の画像もたちまちネットに流されるのだ。「ようするにお金がほしいんじゃないの」という才媛の、美咲に対する発想は、美咲の自宅の画像も影響したかもしれない。

才媛も、才媛の夫も、息子の逮捕で出勤をやめることはしなかった。「何かのいきちがいから一方的に事件にされ、困っております」という顔・姿勢・歩き方・話し方を、ゆるぎなく職場でとおしている。

美咲の実家への示談を申し込む前に、才媛と才媛の夫が、すぐにとった対策がある。譲治の妹に慶應大学医学部を1年間休学させたこと。イギリスのノッティング・ヒルにある高級留学生レジデンスに一部屋を借りたこと。

譲治も妹も、小学1年生のときから英語の個人家庭教師についている。部屋を借りておき、9月のイギリス新学期に間に合う、語学か経営の専門学校に通い、帰国し、慶應大学医学部に復学させる。学年が1年ちがえば、こんなちっぽけな事件の噂は霧消しているどころか、もともと知らない同級生と医学部の講義を妹は受けられる。

長女である譲治の妹を、ゆくゆくは皮膚科・麻酔科の専門医に育て、母娘で美容サロンを開く。才媛はこの計画を、つまらないバカな小娘のためにふいにしたくない。

「神立美咲さんというのね。わたくしが神立さんに会って、誠意をもって話します」

そして才媛は、弁護士をともなって美咲の家を訪れることを申し入れた。

会いたくない旨、検察経由で返答があった。

示談条件も、美咲サイドから検察経由で才媛の依頼した弁護士に示された。それは、才媛が発想した「お金」ではなかった。才媛が奇しくも「ちっぽけ」と事件を形容したように、ちっぽけなことだった。

だが、ちっぽけなその条件を、才媛も譲治本人も拒否した。

拒否しておいて、才媛はまた美咲に面会を申し入れた。六回申し入れた。叶わなかった。

そこで、同姓同名の三浦紀子教授に連絡をとった。

水谷女子大の三浦紀子と、譲治の母親の三浦紀子は、「女性が働ける環境」をテーマにした横浜市の講演会に、教育現場からと企業現場からの代表として出演したことがあり、面識があったのである。

才媛は、教授から美咲に、面会に応じるようにうながしてもらおうとしたのだが、断られた。まずはメールで頼んだが婉曲(えんきょく)に断られたので電話をした。電話では才媛が一方的にしゃべり、教授からの発言は30秒もないほど短いものだった。その短い発言に、才媛は激怒した。

罵倒されたと、才媛は感じ、示談交渉自体をやめた。

息子は何もしていないのだから、有罪にさせない。この方向で弁護してくれと弁護士に強く言った。

のちに譲治の第二回公判で、証人として出廷した才媛は、シックな黒いスーツと白いブラウスと、骨盤までとどくストレートのロングヘアはバレッタで謝罪ヘア（ハーフアップ）にして、証言することになる。

「和久田先輩は本当に御勉学に優れていらして、息子は尊敬いたしておりましたし、いつもかわいがっていただいて本当によろこんでおりました。國枝先輩と竹内先輩は、研究室がいっしょになったので昼食を３人でいっしょにとってもらうなど、本当に目をかけていただいておりました。

とくに竹内つばささん。とくに竹内さんはスポーツをずっとなさっていて、息子はそんなに運動神経がいいとはいえないのに、パドルテニスを教えてくださったりして感激しておりました。竹内さんは文武両道で、息子は竹内さんにはほんとうにかわいがっていただいていると。息子は先輩として竹内さんのことを、ほんとうに尊敬しており、竹内さんにはいつもリードしていただき、いつも竹内さんのあとをついていくといったようすでございました」

と。先輩にかわいがっていただく、先輩に（昼食を）いっしょにとってもらう、（運動神経がよくないのに）先輩が教えてくれた等々の慇懃（いんぎん）と、竹内竹内というくりかえしが、「うちの息子は、先輩の3人、とくに竹内さんに引っ張られただけです」と強く訴えていた。

＊＊

和久田のママは、

「そうですか」

と言った。

金沢市小立野町の静かな一角に、和久田の自宅はある。古くから紙屋を営んでいたが、曾祖父の代に書店を開いた。本というものがよく売れた時代である。『聖文堂』といった。

曾祖父は『聖文堂』経営の傍ら、俳句と俳画を趣味とし、金沢周辺の文化サロンでは名士であった。

書店を継いだのは長男で、長男は三女に恵まれた。うち長女が祖父に似たのか、日本画を得意とし、公立中学、県立鏡丘高校時代には県展で金賞を複数回受賞し、金沢大学薬学部に進み、卒業後は薬剤師になった。だが、名刺には「日本画家」という職業名が印刷されている。

その日本画家の、大学時代の2年先輩が、婿養子のかたちで書店を継いだ。店舗面積を1/3に縮小して、金沢文化サロンに特化した自費出版書籍と写真集、あとは一般学習参考書のみにした。残り半分は公文式学習塾にした。彼らは息子の悟には、絵本を読み聞かせるより先に公文式の数字盤を与えた。婿養子は金沢新報という地域新聞社の社員でもあり、同社がFM局を開局すると、番組のパーソナリティもつとめ、薬や薬草の歴史などを中心にトークをし、市民の人気を得ている。

ハイセンスな夫妻なのである。

「そうですか」と、ハイセンスな母親が言ったのは、弁護士事務所でだった。息子の逮捕にさいして依頼した弁護士に言った。美咲側から提示された示談条件を聞き。

「こちらの方の条件のとおりでいいんじゃないの？」

「そうだな」

ハイセンスな父親も言った。ハイセンスな夫妻は互いに頷きあい、

「では、そのようにいたします」

と、弁護士に即答した。

＊＊

國枝のママは、

「こんなんで、いいの？」

と言った。

由美凜子(ゆみりんこ)。本名は國枝由美。学生結婚してシングルマザーとなった自伝エッセイ、

『都の西北、一人で産んで育てて、おいしいごはん』がそこそこに売れた。それをきっかけにというよりは、このエッセイ出版時に早朝のＴＶ番組の子育てコーナーにゲストで出演したのをきっかけに、ＴＶ業界にじわじわと人脈を広げていった。

現在では高視聴率の平日午後のワイドショーのレギュラーコメンテーターとして、日曜夜のグルメ番組では「食味探検家」という番組が独自につけた肩書で活躍している。

由美凜子（國枝由美）は、目の覚めるような美人というのではないが、目鼻眉口といった顔の部品が小さく、ＴＶの強い照明に合わせたかなり濃いメイクを施しても厚化粧感が出ず、ナチュラルメイクに見える。顔の面（めん）も小さく、肋骨の枠組みも薄く、腕も細く、椅子にすわってカメラに向かうとＴＶ映えする。

もし、「個性的」という語が１００人中10人の印象や視点や嗜好（しこう）や思考を代弁するもので、「大衆的」という語が１００人中90人のそれとするなら、由美凜子は「大衆的」なコメントから、ぜったいに外れない発言しかしなかった。それは断じて計略ではない。思慮でもない。まごころから、そういう感性だからである。

可愛い女性なのである。

由美凜子こと國枝由美はすくすくとメジャーな感性に育った。しかも学校の勉強をよくした。勉強するのはよいこと。メジャーなセンスでそう思い、そうした。

この可愛いコメンテーターは、東京練馬区に生まれた。

幼小中と地元の公立校に通った。家庭的にも問題はなく、兄とはことに仲良く、明るも可愛い妹として、兄を家庭教師代わりに、小中を通じて、トップとまではいかずとも「お勉強がよくできるグループ」に属し、たのしく通学していた。

中3から証券会社勤務の父親の、社内的には栄転にあたる転勤で金沢市に越した。中学を卒業後は金沢鏡丘高校に進学した。石川県トップの進学校だったので、ここでは以前のような成績ではなかったものの、まじめにがんばった。だが早稲田大学からの学校指定の推薦枠は2人だったので、その1人にはなれなかった。一般入試で早稲田大学第二文学部に入った。

由美が入試に臨んだころ、AO入試というものは世にまだなかった。そして由美が入試に臨む数年前から、早稲田大学は夜間学部を次々と廃止していた。唯一残した夜学が第二文学部であり、旧夜学をまとめた塩梅なのが社会科学部だった。社会科学部は16時ごろから講義が始まり、第二文学部は18時半ごろから始まる。社学と二文が、勤労学生のための本来の機能を果たしているとは言い難い時代、由美の同級生の多くは、早稲田大学生になれたということに満足し、講義にあまり身も入れず、大学がひけてからは深夜の繁華街にくりだし、日が昇るころに就寝し、日が傾くころに起床する生活を送っていた。

由美も入学した当初こそ同級生たちのようであったが、六月に区議会議員選立候補者の選挙事務所でアルバイトをして以来、講義態度が変わった。全講義を最前列席で受け、昼は「転部コース」のある予備校に通った。当選した区議会議員から「早稲田には二文で入って一文に移るのがトクなんだよ」と、「移る」ためのコツを、議員自らの体験から教えてもらったのだ。不正や狡猾(こうかい)というのではなく、世の中には、なにごとにも要領というものがあるのである。兄の可愛い妹として育った由美は、いいことを教えてもらうことに長(た)けていた。いいことだからがんばった。みごとに昼間部に転部を果たした。

由美のがんばりは、不公平感から湧いた。

「不公平だ」と由美は思ったのだ。すくすくと育った由美にとって、18歳ではじめて抱いた粘ついた鬱憤(うっぷん)だった。

転校した石川県の中学校で同級だった女子Aがいた。「勉強ができない」という生徒ではなかったが、その反対では決してない。由美のほうがずっと成績はよかった。地方都市では、成績のよい生徒は公立高校に行く時代に、Aは私立・聖マグダレナ女学院高校に進学したことにも、それはあらわれている。

「聖マグに行ったらお勉強できる人になっちゃった」と自嘲気味に言っていたAは、ところが上智大学の最難学科に受かった。日本カトリック学校連合会加盟の聖マグダレナは同大学の推薦指定校の1つだった。「早稲田っていうから早稲田だって思ってたら、なんだよ、二文かよ」「あ、二文ね」といった冷笑をたびたび受けていた由美は、Aのような推薦入学に対し、「これでは県下トップの進学校である県立鏡丘でがんばってみんなについていこうとするような生徒がソンをするだけじゃないか」と憤慨した。この不公平感が、昼間部転部へのパワーとなった。

この勉強家の可愛いコメンテーターが、「こんなんで、いいの?」と、言ったのは法律事務所である。息子幸児の逮捕にさいして依頼した弁護士に言った。

可愛いコメンテーターは、美咲サイドが提示してきた示談条件に、首をかしげたのだった。

「もしかして暴力団的なルートを持ってる人かもとか思っちゃってて……。小ネタでいつまでも強請るつもりなんじゃとか……。いつまでお金払わないとならないんだろうって心配だったんですけど、なんだ、そうじゃなかったんですね」

ほっと胸をなでおろした。

譲治が逮捕されたと幸児から聞くやいなや、すぐに急病を理由にレギュラー番組を休んでいたが、これでまた復帰できる。

「こんなんでいいなら、すぐに応じます」

弁護士に答えた。

「ね、そうよね」

息子に言うと、彼も頷いた。

＊＊

エノキのママは、

「どうしましょう」

と言った。

キンブチ眼鏡をかけた夫（エノキ父）に。

逮捕された譲治の日吉の自宅に泊まったおり、つばさにしゃべったとおり、エノキの母親は「せっかく広島大学を出たのに」、出産を機に勤めをやめ、舅姑と夫の世話をする生活をずっとつづけている女性である。姑を見習って。

姑は自宅でお習字教室を開いていた。エノキの母親はそこを珠算塾にした。そのためエノキは小学校低学年のころからソロバンを習ったので暗算が得意になった。

エノキの父とは見合い結婚だった。コンサバティブな環境で暮すコンサバティブな女性なのである。名を雅代（まさよ）という。

「どうしましょう」と、妻に顔を向けられ、「キンブチ」と、生徒たちから（なぜか陰口として）呼ばれる中学校長は、不愉快そうに舌打ちをした。

「あいつのことより、問題はこっちだろう。どうするんだ」

だれに訊くわけでもなく、キンブチ眼鏡の校長は仏壇を開ける。妻雅代がすべてを世話した彼の父母は、次男エノキが東大に入った年の晩冬にあいついで他界している。

警察からの電話連絡を受けたのはキンブチだった。母国語といえども、存外にも多くの人は、耳だけでは聞き取れないものである。話されるなかに40語以上のことばが出てくると、一つ二つの単語だけピックアップして頭に入れてしまう。

キンブチは警察からの電話連絡で、息子は「ただ部屋を貸した」と理解しており、起訴されるとは思っていなかった。

ところがTVに出るニュースになった。どうしましょうとは、こっちにいる者にとっての大問題だ。東京にいる息子とちがい、自分たち夫婦も親戚も広島県で暮しているのだ。

「恥さらしな」

恥さらしな、というのは自分たちについてである。

「校長先生の息子が、なんかエッチなことをしよったけえ」

TVでニュースが流れて以来、この噂の中で、日常生活を送らねばならなくなった。まったく恥さらしだ。

「どうしましょう」

コンサバティブな女性雅代は、いまいちど言った。夫にではなく、自分にでもなく。顔は仏壇の上部に架けられた写真のほうに向けていたが、亡き舅姑に言ったわけでもなく。

＊＊

つばさのママは、

『え……、そうお……？』

と言った。

電話の向こうの長男（つばさ兄）に。

彼女は名を美枝（みえ）という。

以前、譲治におごられた高い店で、家族のことを訊かれてしゃべったとおり、美枝は東京学芸大を出ている。父親（つばさ祖父）が望んだからである。父は愛娘を自宅から近い大学に通わせたかったのである。卒業後も自宅から近い職場に自宅から通勤させ、そして自分のような公務員と結婚すればいい。それが愛娘の幸福だと信じ、娘のほうも父の希望に沿（そ）うことを幸福と信じた。

美枝には下に弟（つばさ叔父）がいる。彼も父から同じことを望まれたが、姉（美枝）のように五教科バランスよく成績がよくなかったので、自宅から近い私立大学として国際基督教大学を選び、そこを卒業している。

学芸大を卒業後、美枝は公立小学校の教諭をしていた。

目黒区八雲に育った父親には、同じくこの地に育ったBという竹馬の友がいる。Bは東京都教育委員会に勤めており、Bの長女次女とは美枝も仲がよい。家族ぐるみの交際というやつだ。

Bの長女と美枝は、いっしょに小学校教員採用試験を受け、二人とも受かった。

美枝は自宅からほど近い小学校に赴任し、自宅から通勤した。だが問題児とモンスターペアレントに悩み、父親のすすめもあり、1年余で退職した。

そのころ住んでいた都職員寮内の顔見知りの某氏を、父親が部屋に招いた。某氏は自分の遠縁の男をともなってきた。彼と美枝は結婚した。美枝の弟は、Bの次女と結婚した。

美枝は家族仲のたいへん睦まじい家に育ったのである。この点は神立美咲と似ている。父親をごく自然に慕い、「パパなんかキライ」といったような時期はなかった。一人暮しの経験もない。父親のような職業（公務員）で、父親の同僚の親戚と結婚した。

美枝は、母親とも父親同様、仲がよい。姉妹のように仲がよい。結婚後も。

目黒区八雲に所有する土地の地代収入や株の配当金収入があるから、父親は退職すると美枝たちが住む広尾に近い青山のマンションのコンパクトな一室に越した。同じマンションの別階に空き部屋が出るやいなや、美枝の弟一家も越してきている。

美枝はラブリーな家ガールなのである。この環境が育んだセンスは、美咲にも似ているが和泉摩耶にもっと似ている。

家ガールは、次男つばさから、譲治が現行犯逮捕されたことを、早朝に聞いた。

仮眠をとっただけのつばさは、げっそりとした顔をし、酒臭い息をさせてダイニングキッチンの椅子にこしかけていた。「どうしたの、えらく早いわね」と話しかけると、「東大の後輩が警察に逮捕された」と言う。

「飲み会があって。女の子もいた。みんなでさわいで飲んでた。ぼくも飲んだんだけど、途中から半分寝てた。そしたら女の子が泣いてて。ねぼけて気づいて。なに泣いてるのと訊いたら、その子はいきなり部屋を飛び出した。その子はすごく飲んでいたから、怪我とかしたらあぶないと思って、ほかに部屋にいた東大の友だちと追いかけた。部屋をからっぽにするのもよくないから三浦くんが残った。そしたら、なんでか警察が来て逮捕された」と、次男は語った。

M作戦のことも二次会Sのことも何一つ知るよしもない美枝は「何かいきちがいがあったのだろう」と思った。なので「それはたいへんだったわね」とだけ答えた。

早朝に聞いた次男つばさの話からは、まさかTVのニュースになるようなこととは思えなかった。ところがニュースになり、「ぼくも逮捕されるかもしれない」などと次男は言う。美枝はすぐに実家に行った。

「何かのいきちがいだろう」と、美枝パパ（つばさ祖父）も言い、「誤解がとけたらそれで終わりになるようなことだとは思うが、とにかく弁護士を探したほうがよいな」と、弁護士を雇ってくれた。美枝パパの大学の同級生から紹介された弁護士だった。

「それで終わり」にはならなかった。次男は逮捕された。

美枝は長男のスマホに電話をかけた。長男は北海道の、夫の実家に住んでいる。固定電話にかけると夫の両親が出るかもしれないので、それはいやだった。

『え……、そうお……？』と、美枝が言ったのは、この電話のときである。

長男が『そんな条件なら、とっとと応じればいいじゃん。なに迷ってるの？』と言ったからだ。

夫は次男が逮捕されたことを「学生が飲み会して、大酒くらって、ざこ寝してたんだろ。だれかが女の子をちょっとさわったら、その女の子も酔いの勢いでヒステリーおこして部屋を飛び出して、巡回してたパトカーに職質されたって、そんなとこだろ。起訴されたところで無罪だよ。女がキイキイ騒いでるんだよ」と言っている。

夫は勤務先の官庁では「いまのご時世ですから、すぐにセクハラ、なんでもセクハラと怒る女子学生から感情的に訴えられましてね」と豪快に笑って言っている。

だから美枝も、夫の言うようなことを、短くして、言い方を柔らかくして言っている。公務員宿舎の敷地内ですれちがう「ご近所」に。

長男にもそう言った。だが長男は『そんなことで逮捕されるの、ヘンじゃん。事情はもっとちがうんじゃないか』と言う。

『なんでも訴える人っているのよ。ほんとよ。私は経験あるもの』と美枝は、このときばかりは強く言い返した。

美枝は1年余の小学校教諭時代、教え子の親から訴えられたことがあったのである。授業中にしょっちゅう教室を奇声を上げながら走り回る児童がいた。「こら、授業中だゾ。自分の席にすわろうネ」と、ぽんと頭に手を置いた。ぽんと置いただけだ。それを暴力をふるった、暴力教師だと、その児童の両親から教育委員会に訴えられた。

この経験は以前にも、夫や息子に話していたが、また言った。

長男は『そのときだって実情がまったくつたわっていなかったわけでしょ。つばさの話では実情がわからないよ。ちょっとその、依頼したっていう弁護士さんの連絡先を教えて』と言ってきた――。

＊

――翌日に長男から電話があった。

『ことのしだいをメールと電話で弁護士さんから聞いたけど、向こうも他の依頼もかかえての対応だからね、めちゃ細部のニュアンスまでは、おれには実態がわからなかった。ただね、おれはつばさが無罪になるとは思えない。だから、せっかくの示談提示を受け入れたほうがよいよ』

『え……、そうお……？』

美枝は長男の言うことに、また同じような反応をする。

『ずいぶんお人好しな示談条件だと、おれは思うよ』

電話の向こうから長男はつづける。

『示談をすぐに受け入れて、それから、つばさに誠意をもって謝罪にいかせて、それ相応の慰謝料をわたすべきだよ』

『だって……、せっかく大学院に受かったのに……』

『勉強したいなら、また別の学校でしたらいいだけの話じゃないか。通信だって、図書館で独学だって、なんだってできるさ』

『そんなこと……』

『なによりまず被害者によく謝れって。頭の中を入れ換えるチャンスもらったって思えって。つばさに伝えといて』

『チャンスだなんて……そんな……』

『チャンスじゃないか。それこそ東大入れた頭持ってるんだから、わかるよ、あいつも。あんなお人好しな示談、お母さんとお父さんも、つばさといっしょに被害者の家に行って、御礼してきなよ』

『そんなこと……』

『そんなこと、じゃないよ』

『そんなこと……』

美枝は、もう切れている電話に向かって、繰り返した。

長男が、次男につたえろと言ったことを、美枝は夫につたえた。

「ふん、司法試験に挫折した者の言うことなんか」

夫は不機嫌になり、無視した。

（ひーちゃんは長男だからどうしても責任を強く感じすぎる。責任を感じすぎてポキッと折れちゃう。私に似たのね。

それに比べてつーちゃんは次男だから……。ほがらかだし、暴力的なところなんかなにもない。ひーちゃんだって暴力的なとこは何もなかったけど、神経質でピリピリッとするところはあったもの。そういうとこ、つーちゃんはないから……。

パパの言うとおり、なにかのまちがいね。裁判になっても無罪だわ、きっと……)

美枝は思った。「パパ」が、実父のことなのか夫のことなのか、本人にも曖昧だった。

「お人好しな」示談条件に応じなかったつばさは起訴された。

3

美咲の示談の条件は、一つだった。

國枝の母や、和久田の父母が、「そんなことでいいの?」と言い、つばさの兄が「お人好し」と言った条件とは、東大を自主退学すること。

國枝と和久田にとっては、実に「そんなことでいいの」だった。

國枝も和久田も大学院生であり、すでに東大は卒業している。自主退学したところで「東大卒」の肩書はそのままだ。

國枝由美と息子幸児は、即応じ、引越した。

もっとも引越しは事件とは無関係だ。TVに出つづけるための個人事務所（ゆくゆくは息子とともにやっていけるような）を立ち上げたので越した。

新住居のマンションは、地方巡業がメインの演歌歌手夫婦をのぞいては、中国人富裕層が購入しているため、幸児の噂をする「ご近所」はいない。

「ここに越しておいてよかったわね」

可愛いコメンテーターは、子育てや料理についてのエッセイをつごう3冊出しているが、収入のメインはTV出演からくる。既刊著書もTVに出たから売れ、出ているから売れる。

TVと関わって由美は痛感していた。インターネットなど、実質的には普及していないことを。

インターネットは買い物する道具にすぎず、大衆はTVだけを見る。ツイッターもブログもTVに出ている人間のそれを大衆は追う。TVの前の大衆は、院だろうが大だろうが、気にしない。注視するのは「東大」の二文字、傾聴するのは「ｔｏｄａｉ」の音だけだ。

一学生にすぎない國枝幸児が産業日本社から本を出せたのは、彼に「東大」の肩書があったからだ。

「その女の子、そのうち告白本をどっかから出すんじゃない？」

可愛いコメンテーターは息子に言う。

「そんなことをやってのけるようなタイプじゃなかったようなかんじするけど……」

一度しかしゃべったことのない美咲の記憶は、もう國枝にはほとんどない。顔はもちろん名前すら、弁護士に言われても、「そんな名前だっけ」と思った。「水大の、ネタ枠」としか認識していなかった。

「ありえるわよォ。有名になれるもん。その子が書かなくてもさ、ゴーストに書かせる出版社あるかもしれないしさ。ボク、なんとなくそんな気がするんだよね。もし、その子が告白本を書いたら、キミはかわす方法考えとかなきゃ。そうだなあ、キミは――」

可愛いコメンテーターは息子と話すときは、彼が小学生のうちから「ボク・キミの仲」を築いてきた。

「――キミは『ハニートラップ』というタイトルで、その子への反論を書けばいいわ。そして、引っかかった東大生、として自虐ネタで笑いとって、どんどんバラエティに出るといいわ。

それしながらカウンセラーの資格をとるべきネ。ハーバードかイェールかで心理学の聴講受けてもいいかな。特別長期公開講座みたいなものがあるはずだよ。

それ受けて日本へ帰ってきたら、日本で米国CCE, Inc.認定って銘打ってるような心理系資格とって、心理学風味の性格判断とか恋愛実用書とかばんばん出して。でもTVに出つづけないとダメ。TVに出て確実に販促していかないとネ」

「ハーバードかイェールの公開講座の方向性での手はあるな。でも、その前に、とりあえずどっか寺を探すよ」

「寺?」

「そ。1週間くらいだけ泊まり込んで修行させてくれる寺。丸坊主にすっからさ」

「お、そのアイデアにボクも賛成。『いいね』押すよ。やっぱキミ、東大合格するだけある。いいね。丸坊主にするのはいいね。みんなはビジュアルで判断するもん。反省してるってわからないとね」

可愛いコメンテーターは楽観的だった。正確には「反省していることがわかる」ではなく「反省しているように見える」なのだが、「そう見える」ことが大衆のハートを摑むのには最重要なことを熟知していた。

「だしょ？　だしょ？　そんで、どの寺にするかだけど、キミ、なにかいい情報知らない？」

「わかった。ボク、周りに聞いてみたげるよ。いい寺はないかって。クスリで捕まった芸能人とかさ、いるじゃない？　ああいう事件あるとそういうことさせるから、いいお寺、知ってる人、芸能プロダクションの関係の人にいるんじゃないかな」

＊＊

示談を受け入れて不起訴になった和久田悟も、引越しをしていた。

それまで住んでいた東大近くから成田へ。

成田市内のウィークリーマンションに部屋を借りた。

片づけや処分などすべてを業者にまかせる引越しパックを頼んだので、和久田はただキャスター付スーツケースをころがし、前に住んでいた所よりも狭いワンルームに、電車で移動し、ここで業者にひとつふたつの指示をして、簡単に引越しは済んだ。

室内面積は小さくなったが、持ち物も格段に少なくなった。

大半は金沢市小立野町の実家に送った。

あんな事件がなければ、和久田は9月まで実家にもどっていればよく、ウィークリーマンションを借りる必要などなかった。

だが事件がTVや新聞でニュースになり、実名が出てしまったので、今は金沢でうろうろしないほうがよしとふんだ。

(エノキの部屋みたいだな)

引越し業者が出ていったあとの狭いワンルームを見わたしながら、和久田は缶コーヒーを飲む。

「なんで?」。警察から、強制わいせつ容疑で逮捕すると言われたとき、和久田の口から発せられたのは、このひとことだった。

騒音苦情なら、舌打ちしつつも、このひとことは発しなかっただろう。たしかに5月10日の夜は狭いワンルームマンションで大騒ぎしていた。独居老人の多いマンションだったし、マンションのまわりも夜は静かなところだった。

ところが騒音への叱責ではなく強制わいせつ容疑と言われ、「譲治のやつ、M作戦のことまで吐きやがったな」と和久田は思った。M作戦は女が自主的に撮らせたものだし、同意書にサインまでもらっていると譲治は言っていたから、そのへんは問題なくとも、あの動画や画像で小金を稼いだのはヤバかったかもしれないと。

しかし逮捕後の質疑で、さすがに譲治はM作戦について何も吐いておらず、11日から12日にかけて、和久田が夜を徹して形跡を削除した甲斐あって、証拠も隠滅していることがわかった。

(二次会Sについては? 警察に知られたところでどうなる。全員、合意だった。「ぼくは東大だよって言えば、女はみんな、我先にパンツおろしてマタ開くんですよ。おまわりさんもやってみりゃ、いいじゃないですか。国民を逮捕するくらいなんだから、あなたたちも東大卒なんでしょ」と言ってやろう。言うと怒るだろうから、本当には言わないけどさ。東大卒で、とげぬき地蔵のジジババ町を、ショボくパトロールなんかしてね、っつの)

と、サンスター歯磨き粉のCMにぴったりの爽やかな外見の和久田は、優秀な頭脳で、逮捕時にそう思った。

成田のウィークリーマンションでは、

(だれもおぼえてないや)

と缶コーヒーを飲みながら、思っている。

(エノキのあの部屋では——)

ひょろひょろとして、下顎に出っ張りのないエノキが、中学校長の父親からの仕送りと本人のバイトで、「東大の近く」にこだわって住んでたワンルーム。

(——あの部屋は二次会Sにたまに使って、女とたくさんやった)

だが、おぼえていない。

（あ、一人だけ、挿れるとすっげえ構造の子、いたな。あの感触だけはおぼえてるけど）

顔も名前も、おぼえていない。最初からおぼえていない。おぼえる気もなかった。

（向こうだって、そうなんだし）

女のほうもそうだった。本命の恋人にする気がこちらにないことを、向こうもわかってた。スポーツとしてたのしんでた。スポーツとしてお互いたのしくわりきってやった。ちゃんとコンドームもした。和久田は思っている。あくまでも和久田は。わりきってセックスしているように見せる遠慮や、セックスからプラトニックへ移行する夢を口にはしなかっただけの諦念（ていねん）は、彼には発想できないものだ。

（二次会Sの子の中には、訴えるようなことをするバカはいなかった）

5月10日にエノキの部屋でしたのは、ただの飲み会だ。「ただの飲み会」だと、和久田はまごころから認識している。

だから、金沢からかけつけたハイセンスな両親に「部屋で東大の知り合いと飲んでただけ。そのうちの一人が他の大学の女子とOLさんを連れてきた。みんなで飲んで、笑い話とかしてた、ほんとにただの飲み会。そのうちおれはタルくなってきたから、よくわかんないんだけど、悪ふざけしたやつがいて、他の大学の女子が、急にすごく怒って部屋を飛び出して警察に通報した」とポカンとした口調で言った。

ポカンとして見せてごまかしたのではない。逮捕には本当にポカンとした。わいせつなことなどなにもしていないのになぜ強制わいせつ容疑で逮捕されるのか、心の底から理解できなかった。

不起訴になった今でも、正直、逮捕されたことが不満だ。だがTVニュースになっては、その事態への対処というものをせねばならない。

金沢市の文化サロンの中心にいるハイセンスな夫妻は、地元で購買者数の多い新聞二紙の地方面と、市内のみに配布される一枚紙に、広告を出した。

『過日、一部のマスコミ報道に近親者の名前が出ましたことで、地元の皆様にはご心配をおかけいたしまして申しわけございません。通報ならびに報道には大きな行き違いがあり、現在は、近親者につきましてはまったくの不起訴と、検察からのしらせを得ております。

平成二十八年　六月一日

聖文堂書店』

不起訴に「まったくの」という形容はしないが、そんなことは百も承知でハイセンスな夫妻は、「まったくの無実」というイメージを地元民に与える効果を狙った。

美咲からの示談条件は、和久田一家にとってはまさに「そんなこと」だった。

もともと和久田悟は東大大学院から出る予定だったのだ。

マサチューセッツ工科大学大学院に加賀国際教育交流財団からの奨学金で留学することになっていたからである。マサチューセッツ工科大学は学費が高額なので、本郷に移ったときからこの財団の奨学金は狙っていた。

中学入学と同時に、地元金沢大学の英語ネイティブ・スピーカーの留学生による英会話教室のようなところに通っていたし、高校時代には金沢の文化サロンのメンバーである市内在住のアメリカ人について英会話の個人レッスンを受けていた。本郷に移ってからはTOEFL対策を本格的にして、財団が募集する2名のうちの1人に選ばれた。

（刻苦勉励のストレスで精液が溜まるんだから、それを二次会Sで、相手合意の上で発散してきた。なにが悪いの、おれ？　人類に必要とされてる人材なんだけど）

和久田は思っている。

アメリカの新学期の9月までは東大大学院に在籍するつもりでいたが、早まっただけにすぎない。無在籍期間は金沢市内の実家にいたほうが金はかからないが、今は目立たぬところにいるのがよかろうと、空港にも近い成田に越した。向こうの大学との事務的手続きや住まいなど、諸々をクリアしたら早めに渡米して、英語での生活に慣れようと思っている。

狭いワンルームは3階にある。飛行機がとんでいく音が聞こえる。

缶コーヒーを飲みほすと、

「カスだな」

朝の森のように爽やかな声で和久田はつぶやいた。

(逮捕しにきた工業高校卒とかの警察官もカスだったが、いちばんカスは、通報したバカ女子大の女だ。あのバカ女。

公の場では口にしないけどさ、単細胞からヒトまで、頭が悪いやつ、身体が弱いやつ、不自由なやつは、弱者なんだ。弱者は淘汰されるんだ。弱肉強食なのが自然界なんだよ。なんでこの真実を覆い隠すわけ? これ真実でしょ。ナチュラルでしょ。

強者の余裕で、弱者をかばってあげるんだよ。上から目線? けっこうじゃない。ボランティア、慈善、福祉、みんな上から目線の賜物だろ)

和久田は思っている。

(ほんとにあの女はカスの中のカスだ)

警察に通報されたことへの怒りではない。

(自分が輪姦されそうだとでも思ったわけ? あんたネタ枠ですから。だれも、あんたとヤリたいなんて思ってませんでしたから。あんたの大学で、あんたの顔で、あんたのスタイルで、輪姦されるとでも思ったんすか? 思い上がりっすよ)

和久田はそう思い、もう顔も名前もおぼえていない美咲に、「思い上がっている」という理由で怒りを抱いていた。

美咲と姦淫しようというつもりはなかった。真実である。だれもいない場所でも、一人きりで神に誓える。

「なのになんで強制わいせつなわけ？　おれら、あいつになんもしなかったじゃん」

からになったコーヒー缶を、和久田はポリ袋に投げ捨てた。

＊＊

示談を受け入れて不起訴になった息子に、可愛いコメンテーターは、ダージリン・ティーをいれた。

「ダージリンよ」

「うん……」

（ダージリンって、まだやってんのか。譲治が入ってたことで、イメージダウンしてんだろうに）

國枝はスマホで、自分とてもかつて入っていたダンスサークルのツイッターを見た。

（星座研究会か。あれはやりようによったらもっと稼げた。ミス・アリエスとかミス・ヴァーゴとかミス・アクエリアスとか派手なイベントにすりゃよかったんだよ。三浦と竹内がへっぴり腰であぶく銭稼ぎしかしようとしなかったから、コソ泥みたいなことになった。派手にしてりゃ、もっとラクしておいしいところがゲットできたんじゃねえのかな……）

と思ったりもするが、とにかくはM作戦や二次会Sのことが露見せずにすんでよかったと安堵する。

國枝は紅茶の入ったカップを口に運び、

「っんとに、あいつなあ、なんで通報なんかするかね」

カップをソーサーに置く。

「警察でも言ったけどさ、あの通報した女子大生に、おれたち、ほんと、なーんもしてねえんだよ。エッチな気持ちなんてアブソリュートリー、ナッシング」

「うん、それ、ボク、何度も聞いてるよ」

「おれはそりゃ、清廉潔白な男じゃねえよ。いろいろと遊んでますよ」

「ふふふ、そうだろうネ」

「でも、あの日はさ、ほんと、たんに飲み会だったんだよ。大酒飲んで、その子だって飲んで、みんなでぎゃーぎゃーふざけてただけなんだよ。警察では、反省してます、申しわけないって言ったけどさ、なんで逮捕されるのか、ぶっちゃけ、ぜんぜんわかんね」

「だからー、注目されたいとか、有名になりたいとか、そういう子なのよ、その女子大生は。だからー、そのうち告白本書くんじゃないかって言ってるの」

可愛いコメンテーターは、息子には余裕綽々(よゆうしゃくしゃく)に言いつつも、内心では、クラーク悠希(ゆうき)が逮捕されたことに、自分の幸運を感じ、ひそかに拍手していた。

息子の事件がTVに出たのとほぼ同日に、クラーク悠希が逮捕されたのだ。

日本人ジャズピアニストとアメリカ人サックス奏者の孫であるクラーク悠希は、夜のニュース番組のコメンテーターとしてめきめき人気をあげてきていたのだが、竹島問題を取材するTV番組のあとに宿泊した島根県のホテルで、従業員女性をレイプしたとして逮捕され、連日ニュースになっているのだった。クラーク悠希の事件のほうに大衆の注目が一気に集まり、息子の事件は目立たなかった。

＊＊

美咲の示談条件について「そんなことでいいの？」とは思わなかったキンブチ眼鏡の中学校校長に従ったコンサバティブな妻は、仏壇の前でじーっとすわっていた。

校長は、縁側から足を庭におろしてこしかけている。

「宮崎勤の――」

彼は連続幼女誘拐殺人犯の名前を口にした。

「――お父さんは、息子が逮捕されると橋から飛び降りて自殺したな」

「へんな犯人を持ち出さんで……」

雅代は仏壇の前の鈴をチーンと鳴らす。

「あの事件は凶悪事件で……。何人も殺されとろうが……。あの子の、こんどのことは、ただの飲み会での行き違いじゃろ。ぜんぜん話がちがうけえ………」

コンサバティブな女性である雅代は、線香のけむりのようにことばを吐く。

「部屋を貸さんかったらよかったもんを……。ほんま運が悪いんじゃけえ……」

運が悪い。

それは自分のことのようにも思える。

雅代は、小学校から高校まで共学だったので、陰で男子が自分の容姿を謗っていることは知っていた。だが小学校から高校まで、そんな誹りをはねとばすほど勉強がよくできた。広島大学にも合格した。中学教員採用試験にも合格した。

（数学教諭として、あのまま勤めを続けとればよかったんじゃろか……）

雅代は思う。早く結婚しろ、早く結婚しろ。両親も親戚も学年主任も言った。早く子供を産まんと。子供が産める時期には限りがあるけえ。周りはみんなそう言った。自分も花嫁になることを拒んでいなかった。だが両親経由で持ち込まれてくる縁談は、みな成就しなかった。職場でもいい出会いはなかった。そこで「広島大学卒の人」という条件を外すと、たちまちキンブチ眼鏡をかけた今の夫と縁談がまとまった。

「なにも福山学院大にせんでも」「焦ったじゃねェ」。結婚式当日、ものかげで聞いてしまった同級生女子二人の声。

それは結婚以来、おりにふれ、雅代の内耳によみがえる。

（焦ったんかねえ。戦前じゃないんじゃし、40歳で初婚の女の人もようけおるんじゃし……。手に職もあったのに……）

互いに惹かれ合って結婚するという人生を、もしかしたら生きていたかもしれない。

おりにふれ、思ってきた。

（あのとき、連れていかんかったら……）

数学教論のころ、勤める中学の国語教論に好感を抱いていた。すれちがうと顔が赤くなった。「こんど、おれの友だちもいっしょにメシでも食おうや」と言われた会食に、高校時代の同級生女子といっしょに行った。「広大？　すっごーい」と猛アプローチした彼女が、彼をつかまえてしまった。向こう男性2人に、こちら女が自分1人だと悪いと、雅代は遠慮したのだ。

（あんな遠慮なんかせんかったらよかった……）

同僚の国語教論は、この春に教育委員長になった。

「照之は貧乏クジを引いたんじゃね……」

雅代は、次男のことを、夫にそう言った。

バイトをかけもちすることになったから忙しいと次男は言っていた。いつも帰りは夜の11時過ぎていると。帰ったらバタンキューだと。

「バタンキューと寝たい時間にバイトする必要がない同級生におしかけられて、きっと照之は断れんかったんじゃろう。長男は自分がいいと思った道をぐいぐい進んでいく性格じゃけど、次男の照之は、そういう……そういう……、ほんまはNOなんじゃけどYES言うてしまうところがあるけえ……」

雅代は仏壇に手を合わせる。

（あの子は……私に似て、他人から頼まれると断れんけえ……）

目を閉じる。

（無罪になりますように。せっかく東大に合格したのに、ここで退学なんてもったいなさすぎる。部屋を貸しただけじゃのに……。相手の娘さんにも、なんもひどいことしとらんのじゃけえ……）

どうか無罪になりますように。コンサバティブな雅代は祈った。

キンブチ眼鏡の夫は連日、教育委員会で発言力のある人間たちに電話をしまくった。妻雅代の、かつての同僚だった教育委員長には、雅代とともに会いに行った。「息子は部屋を貸しただけで、その女子学生には指一本ふれとらんのです。本当に災難なんです」と。

＊＊＊

災難。

譲治とつばさも、事件をそうとらえていた。譲治の父母も、つばさの父母も。

逮捕は災難。訴えられたのも災難。

そう思うからこそ、美咲の示談条件を拒んだ。

示談に応じた者も、応じなかった者も、5人の東大生と、その父母全員に通ずるのは、「強姦しようとか、輪姦しようとか、そんな気持ちは皆無だった。ふざけただけ。痛飲により、ふざけの度合いが過ぎた。こんなことで逮捕されるのは遺憾だ」という思いである。

「これが罪になるというのであれば、そうなんでしょう」

と、勾留時にエノキが警察に語ったのは、開き直りではないのだ。強姦目的は皆無だから逮捕は遺憾だ。女子学生の洋服を脱がせて全裸にした。背中や尻を平手で叩いた。罪になるというのであれば、これなのだろう。罪名が強制わいせつだというならそうなのだろう。法律も、強姦未遂ではないとみなしたのだ。叩いた譲治とつばさには暴行罪が加わり、美咲にはわずかしかふれていないエノキには暴行罪は加わらなかった。

法律の側からすれば、いやがる女性を全裸にしただけで逮捕されたのは運が悪いと思う5人に、言うことができる。

「それが貧乏くじをひいたというのであれば、そうなんでしょう」

と。

譲治、つばさ、エノキの3人が起訴されたことを報じるワイドショーで、司会の小沢(おざわ)玲(れい)は切り出した。

「彼らのしたことはよくないことなのはもちろんなのですが、でも……」

小沢玲の経歴は、桜苑女子中・桜苑女子高校卒である。小沢玲の職業は、東大卒、である。

水着のキャンペーンガール。雑誌の表紙モデル。女優。TV視聴者の大半は、彼女のキャリアを知らない。水着になっても、雑誌表紙になっても、TVドラマに出ても、ワイドショーの司会をしても、彼女は「東大卒をしている」のである。

小沢玲は、三人の起訴について言った。

「これがもし、他の大学だったら、こんなに騒ぎにならなかったと思うんですよね」と。さすがは東大卒である。和久田、國枝、譲治、エノキ、つばさ、東大生5人の気持ちを代表している。

しかし、こんなに騒ぎになったために（クラーク悠希のレイプ事件ほどではないにせよ）、「悪ふざけが過ぎただけの貧乏くじ」な事件であるにもかかわらず、起訴された彼らの公判には、毎回、多数の傍聴希望者が集まり、それこそ「くじ」をひいて傍聴した。

2016年7月5日、譲治の初公判。7月11日、エノキとつばさの初公判。9月5日、譲治の第二回公判。7日、エノキの第二回公判。10月4日、つばさの第二回公判。各第二回公判では、被告人質問と論告求刑がおこなわれた。

「被害者の途中までの様子から、被害者もたのしんでいるものと思っていましたが、そうではなかったことに気づかず、被害者の方を傷つけたことを申しわけないと思っています」

各公判で、3人は述べた。

分離公判だったが、テストの模範解答を暗唱したように、微かな表現のちがいがあるだけだった。

＊

譲治の証人には才媛の母親が出廷した。

「人道的に精神的に負担をかけた被害者の方には、これまで六回も、わたくしが面会しての謝罪を申し入れましたが会っていただけませんでした」

「六回も」の「も」という助詞に籠められた彼女の燃えるような情念は、傍聴席の何人かを圧倒した。

「本人は毎日、朝食作りを手伝ってくれ、自分の気持ちを日記に記しております。

本人は痛飲して帰宅すると倒れるようにベッドに入るところを見ておりましたので、お酒を嗜(たしな)むというよりは、お酒に飲まれてしまうことを、ひごろよりたいそう心配しておりました」

才媛の証言は、落ち着いた、やさしい音程の声であったが、内容があまり有利な証言とはならず、譲治は有罪となった。懲役2年、執行猶予4年の判決である。のちに東大は退学処分となる。

＊

エノキの証人にはコンサバティブな母親が出廷した。

「息子は遠方から上京してるので……。うちは、ほかのみなさんのようには経済的にたくさんの余裕があるわけではない家ですし、仕送りもたくさんというわけにはいかず……。3年時からは寮にも入れず、豊島区内に民間のマンションを借りなければならず、その家賃のために、アルバイトをかけもちして、ほかのみなさんとのおつきあいに合わせていたようです……。

ほかのみなさんが、夜遅くになって、大勢でやってこられて部屋を貸してくれと頼まれることが、たびたびあるようで、そんなことでは勉学のほうも健康のほうも、大丈夫なのかととても心配しておりました……」

この証言には飾るところがなく、《友だち》内におけるエノキの立場を斟酌させるものがあった。

弁護士も「部屋を提供したというより、部屋におしかけられた」という部分を強調し弁護をした。

「被告人は、サークルの仲間からのLINEで『女子学生を連れていくが、性的な会ではない』と念おしをされています。『ふつうの二次会だからな』というLINEを受け取り、『ふつうの飲み会なのだと、すこしがっかりした』とさえ言っているのです。ですから、被告人には性行為の期待はまったくありませんでした。部屋を提供したにすぎない」

と。

だが、「性的な期待がなかったと言えば嘘になります」と証言した第一回公判と、譲治に「おまえもさわれ」と言われて、上半身裸の被害者の胸部にさわっていること、譲治逮捕後は、同夜に関する様々な隠蔽を講じていることで、有罪となった。

　譲治、つばさに比するといくぶん軽く、懲役1年、執行猶予3年の判決だった。エノキものちに東大は退学処分となる。

*

　つばさの証人には教育大附属高校にパドルテニス部をつくった同級生が出廷した。東大文Ⅲから教養学部を卒業後は、兄が起業した株式売買に特化した情報通信会社で働く彼は、

「このたびのことで東大大学院のほうをずっと休んでいるということなので、自分がいる会社で手伝ってもらうことにしました。コンピューターをとりあつかうことにかけては、彼はとても優秀なので、目下はまだ少人数のベンチャー企業である我が社がこの先、安定した経営をしていくにあたり、ぜひとも協力してもらいたい人材です」

　同級生は裁判長に、つばさには頭脳の優秀さをもって社会に貢献させることを訴えた。

　これを受けて弁護士は、

「被告人は高校時代はずっと、大学生になってからも身体的に故障が生じるまでは運動部の活動をしていました。試合出場などはやめたものの、部とはアドバイザー的にかかわっていました。このように運動部の活動が長かった被告人には、仲間を慮り、仲間

に対して自分の役割をつとめようとする気持ちが強く、事件当日の夜も、強姦の意図などはまったくなく、場を盛り上げることだけに夢中であり、それが災いして、悪ふざけが過ぎることになってしまいました」

と、あくまでも、座をしらけさせぬようにしようとした面を訴えて、つばさを弁護した。

だが第一回公判（分離ではなくエノキとつばさ二人での公判）で、「ふつうの飲み会」という言い方をする二人に対し、裁判官が「ふつうの飲み会とは？」と質問すると、「仲間うちでふつうではないとしている異性との乱交的なものではなく、おもしろおかしく飲むだけの会」とエノキが答えていたので、第二回公判では裁判官はこの点を指摘し、つばさらはみな、平素より計画的に性交を目的とした集まりを開いていたとした。

「その上で本件は、集団で被害者を全裸にし、被害者が拒否しているにもかかわらず、被告人ら全員で被害者の体をさわり、叩き、蹴るという執拗で卑劣な犯行様態を呈するものである。とくに被告人は、被害者から好意を寄せられ、被告人に対して従順であることをいいことに、被害者を現場に連れていったのであり、他の被告人の行為を制止しようとするどころか煽りたてていた。被告人中、最も悪質といえよう。学生の悪ふざけと評価することは、とうていできない」

と断罪し、有罪となった。懲役2年、執行猶予4年。２０１６年10月5日の判決だった。こののち、つばさも東京大学大学院を退学処分となる。

＊＊＊

２０１６年６月19日。

午前10時。

美咲は封書郵便を受け取った。

封筒には、水谷女子大学の校名と住所、電話番号などが印刷されている。

差出人は三浦紀子。

同姓同名の女性から、弁護士を通じて何度も面会したいと言われていたので、こんどは大学を通じて同じことを言ってきたのかと、一瞬思った。

だが5月11日から大学をずっと休んでいるので、単位についての連絡かもしれないと思い、開封した。

封筒には、コクヨの縦書きのシンプルな便箋が二枚入っていた。

読んですぐに、入学式でスピーチをした家政学部の教授であることがわかった。短いながら、こまやかな気遣いをもって、一度、コンタクトをとりたいと申し出る手紙だった。『もし、それが叶うのであれば、現在のあなたの御負担にならないのは、手紙、電話、メール、あなたのご希望されるところで直接会う、このうち、どの方法でしょうか。まず、それだけをお教えください。もし電話である場合は、あらかじめ時間をメールで決めておき、その時間に電話をいたします。お目にかかる場合は、望まれる場所に』

こう問うたあとに教授のメールアドレス、電話番号、自宅住所が記されていた。

三浦紀子教授は瀬谷キャンパスでは講義がない。入学式以来、美咲は教授と接点がなかったが、すぐに目の前の固定電話の受話器をとり、番号をプッシュした。便箋をおりたたむよりも前に。

留守番メッセージが応答した。

「……」

なにも伝言を残さず、切ってしまった。

（バカだ、私……）

考え無しに咄嗟に電話をかけた自分がまた「頭が悪い」と思えてくる。「頭が悪い」「汚いウンコ」「クソ女」「バカ大学」「東大生の将来をだいなしにした」。いろんな声が聞こえてくる。

「あーあーあー」

耳を手で塞ぎ、大きな声を出して、いろんな声を消した。

自宅の画像をアップしたサイトには、検察からすぐに取り下げ要求がなされ、ほかにもプライバシーを晒すような投稿などは削除された。固定電話とスマホの番号もかえた。

事件のことは水大の友人にも藤尾高校の友人にも打ち明けていない。だれか知っているのだろうか。だれか自分の情報をネットに明かしている人がいるのだろうか。こうしたことを考え、疑ってしまうとまた怖くなり、自分がいやになる。

固定電話機の前に、美咲はぺたんとすわっている。階段を下りたところ、玄関から居間のほうへ廊下が曲がる角にある台に、電話機は置かれている。合板ではなく、どっしりとした木製の台だ。「おばあちゃんが買ったんじゃないかな。ずいぶん前からあるな」と、父親から聞いた。美咲が小学校低学年のころだったから、父方か母方か、どちらの祖母のことなのか気にしなかった。「前からある」とだけ思い、今日まで気にしなかった、電話を置く台。上に置かれる電話機は何度か替わった。いまは白いコードレスのものである。子機はない。まだ幼なかった妹がサンリオショップで買ったキティちゃんのシールを3枚も貼った。親戚同士で長電話をするときなどは固定電話を使うから、受話器の3枚のキティちゃんのうち、手がよくふれる部分に貼られたそれは、剝げて、顔がよくわからなくなってしまっている。

（みすぼらしい）

剝げたキティちゃんに、美咲は思った。スポンジに水を含ませシールを剝がした。受話器を置いた。

置いたとたんに鳴った。

とびあがるほどびっくりした。

電話機から退いて、呼び出し音の鳴る受話器を、しばらく美咲はつっ立ったまま見つめていた。

決心したように、とった。

『はい……』

以前は、はい神立です、と名乗ったが、今は、はい、のあと、だまってしまった。だれかがまた「勘違い女の家？」「バカ女、聞いてるか？」と言ってくるかもしれないから、そういうときは、だまって受話器をそっと置こうと身構える。

『もしもし、わたくしは水谷女子大の三浦紀子と申します。いましがたお電話をいただきましたようで……』

相手が三浦教授とわかり、美咲は木製の電話台の前にへなへなとしゃがみこんでしまった。

『あの……、あの……、私は、神立美咲です……』

＊＊＊

公園で、美咲は教授に会った。

田園都市線にある老人介護施設に、朝から家族の様子を見に訪れた教授が、施設から出ようとしているところに、美咲は電話をかけたのだった。

互いの現在地が、偶然にも近いことがわかり、会うことになった。教授の声を聞くと入学式での、「大学生になったばかり」の元気さが心に涌き、美咲のほうから会うことを申し出た。

駅前のカフェなど席と席の距離が狭いところや、話していることが他者に聞こえてしまう所はいやだったので公園にした。

曇り空のせいか、あたりに人はそんなに多くない。

芝生の広がりのあいだを縫うように敷石の散歩道があり、そこを美咲と教授は並んで歩いた。

「三浦紀子さんとわたくしは、去年の……、いえ晩秋だったから、一昨年になりますね。ある講演会でお目にかかり、名刺は交換したのですけれど――」

その後は、つきあいがあったわけではなかった。

「それが今年の6月になってメールが来たんですね――」

同姓同名の三浦紀子からのメールを読んで、教授は事件のことを知った。いや、事件はニュースですでに知っていたので、その被害者というのが水谷女子大の大学生であり、名前が神立美咲であることを知った。

「――おそらく、大学名で不意にわたくしを思い出されて、弁護士さんに相談することなく、思いつきで連絡されたのだと思うんです――」

メールには、才媛が美咲と直接会いたいのでとりはからってほしい旨、書かれていたが、さようなことはできかねると断りのメールを返信したところ、電話がかかってきた。

なぜ六回も面会を頼んでいるのに相手の女子学生は断るのか。他人の配慮を無視するような教育を水谷女子大ではしているのか。なぜ示談に応じないのか。いったいなにが望みなのか。

才媛は教授に、早口で長々と話した。話すというより、まくしたてた。示談条件は提示されているが、その条件には断じて応じられないと。

「この条件ではなく、いったいなんなら、あなたの学校の女子学生は示談に応じるというの？　訊いてきてくださらない」と、才媛はおそろしく語気を荒げて教授に怒鳴った。

「――それで、すこしだけ、わたくしが思うことを申しました」

発言は時間にして30秒にも満たなかった。才媛の早口と剣幕におどろいていたので、教授は逆にゆっくりと、穏やかに言ったつもりだが、電話口からは、ものすごい金切り声が響いた。

「学生も学生なら、大学も大学だわ」と才媛は憤慨した。「これまでの人生で、ここまで見ず知らずの人に罵倒されたことはありません」と怒鳴られ、電話は切れた。

「講演でいっしょになり、名刺を交換したから、向こうからメールをしてきたわけで、電話も向こうからかけてきたわけで、それでこちらを『見ず知らず』と怒鳴るのは、よほど取り乱していらしたのね」

自販機で、教授は『お～いお茶』の小さいボトルを二本買った。

「あそこで飲みましょう」

四阿（あずまや）のベンチに、先に教授がこしかけた。美咲は、ただ、彼女の行動に倣（なら）った。

教授は、美咲が膝頭に置いたままだった手をとり、てのひらを上に向かせるとお茶をのせた。

「ありがとうございます……」

美咲の裡（うち）にはいろんな思いがこみあげ、小声で礼を言うのがやっとだった。

「私の顔は、ブスでしょう？」

教授は美咲のほうに顔を向けた。

教授の容貌は措（お）き、ブスというストレートな語におどろいて、美咲は口を噤（つぐ）んだ。

「朝に行った施設にいるのは母なのですが、小さいころから、顔が不細工だから風邪をひくなと言われてね。丈夫で長持ちを取り柄にしろと、今では医学的効果も怪しい乾布摩擦を冬場にさせられましたよ。

父は……私の年齢の父親ですから、男尊女卑があたりまえの戦前の生まれですから、もっと無遠慮に貶（けな）しました。

私は両親にすこしも似てなくて、父方の祖父に似ていたのですが、父は祖父と凄まじく仲が悪くて、それで私の顔がいやだったのでしょうね。

でも遺伝ってふしぎね。私と1歳ちがいの弟は、めりはりのある目鼻だちもさることながら、頭と顔がものすごく小さくて、背も見上げるように高くて、手足も長くて。人目をひく容貌なんです。高校生大学生とモデルをして学費をゆうに払えたほどの稼ぎでした」

教授の弟は「三浦一」でネット検索すると、理恵子の前に出てくるケーチである。現在は芸能界をやめているので美咲は世代的に知らなかったが、三浦圭一が三浦ケーチとして『メンズクラブ』の専属モデルに採用されることが決まった日、教授は、自宅近くの神社の賽銭箱に、貯金箱のお金を全額入れた。

「神様に御礼を言ったのよ。弟にしてくださってありがとうございましたって。妹だったら、妬んで僻んで、私はどんなにいやな人間になったことでしょう、ありがとうございましたって。御礼を言ったわ」

そんな若かりし日の教授の容貌を貶す同級生がいた。ねちねちと陰湿に。

「〇〇〇〇くん。名前、今でもおぼえていますよ」

男子生徒の名前をフルネームで教授は言った。

「こうした話をすると、ソフィスティケイテッドされた都会の私立の、別学で中高時代を送った知人はきまって、なんだ男子か、そんなの男子は好きな子にわざとイジワルするものだ、と言って、ほほえましい青春の逸話だと受け取られたものですけど……」

少しもほほえましい逸話ではない、と教授は言う。

「神立さんはこのあたりの生まれ？」

訊かれ、美咲は頷く。

「わたくしもずっとそうなんですよ。ここよりもっと先。今は急行が停まって渋谷に行くのなども便利になりましたが、かつては田奈村と呼ばれていたあたりに生まれ育ちました」

教授は幼稚園から大学までずっと公立校に通った。〇〇〇〇くんとは幼稚園から中学までいっしょだった。

「今でも田舎じみたところなのに、私が10代のころは庭先に井戸のある家も多くて……、それくらい田舎だったのよ。

田舎の学校の男子なんていうのは、私の父と同じで、そりゃもう無遠慮でね。〇〇〇〇くんはいつもわたくしにブス、デブ、死ねと。そんな顔をしてたら自己嫌悪で自殺したくなることはないのかと、大きな声でからかうのではなく、ねちねちと言い聞かせるように言ってきました。

あの罵り方をじっさいに聞いたら、好きな女子にわざとイジワルをする、なんていうもんじゃないことが別学育ちの人にもわかったと思うわ」

高校の卒業式の翌々日、別の高校に通っていた〇〇〇〇くんと教授はたまたま道で会った。

「当時は大学生の新入生歓迎コンパではあたりまえにお酒が出た時代で、高校生でも体育祭の打ち上げや卒業式のあとは飲んでいたころでした。お酒の飲み方というものを知らないから、無茶に勧めて、無茶に飲むような飲み会で……。

私は気分を悪くして改札を抜けて家に向かっていました。向こうもどこかからの帰りで、たまたま同じ電車で下りてきたのじゃないかしら」

〇〇〇〇くんも別の場所で飲酒しており、駅からの道を、しばらくは同じ方向に、たまたま並んで歩いたが、吐き気をもよおした教授は公衆トイレに入り、嘔吐した。出ようとすると○○○○くんが入ってき、スカートをまくろうとする。

「とにかくなにより、汚い公衆トイレの壁に押しつけられたのがいやでなりませんでした。彼が何をしたいのかもまったくわかりませんでした」

幸いというべきか、嘔吐するために入ったトイレなので、教授は下着をおろしていたわけではない。○○○○くんを押し返そうとして、胃に力がはいり、彼の首や肩に、また吐いた。

「ゲロ退治よ。ぶじ逃げられたわ。走って家に帰って、またお賽銭箱にお金を入れて御礼言わないとって、思ったくらい」

教授は笑ったが、ただ、この話をすると、先の知人たちは、ほらやっぱりあなたに気があったのよというようなことを言うのが、耐えられなかった。

「そんなレベルの話ではありません。それを伝えられないことが、くやしくてくやしくて耐えられなかった」

蓋を開けないまま『お～いお茶』を持っていた美咲の手に、教授は両手をかぶせた。

「神立さんがどれだけいやな気持ちだったか、私は他人ですから完全にはわかりません。ただ察することしかできません。でも、どうか元気を出して」

教授のてのひらから、美咲の甲に、体温が伝う。美咲は声を上げて泣いた。大声を上げて泣いた。

「これを使って……」

教授はバッグからタオルを出して美咲にわたしてくれた。ティッシュなどではまにあわない。タオルで洟をかみながら、美咲は泣き続けた。遊んでいた子供が立ち止まって見、母親に促されて遠のく。

「レイプされたわけじゃないのね、よかった」と母親は慰めてくれた。だが母親には気持ちを告白できなかった。気持ちの奥を告白して両親を悲しませたくない。自分は弟妹より5歳もお姉さんで長女だ。「レイプされたわけではないのね」と検察官は確認した。検察官は被害者の味方のはずだが、彼女もまた東大卒の怖い人だった。質問にただ答えるのが精一杯で、泣いたら軽蔑されそうだった。

「こ……この、このタオル……」

しゃくりあげながら、美咲は教授に頼んだ。

「こ、これは……もう私にください」

「ええ。気にしないで」

四阿の下であったが、教授は日傘をさし、美咲を隠してくれた。美咲は大声で泣き続けた。

＊＊＊

起訴された3人の判決から約3か月。

起訴されなかった2人も含め5人の東大生は、納得いかなかった。5人の父母たちも。判決に抗議こそしなかったし、反省しておりますと頭を下げるのが正解だからそうしたが、まごころでは納得がいかなかった。5月10日の夜の美咲の行動は、彼ら14人には依然として不可解だ。

さっきまでぐいぐい酒を飲んでいたのに、途中からまるまってひとことも発しなくなった美咲の反応は、彼らの経験や感応や発想の、まったく外にあるものだった。美咲が自分に強い好意を抱いていることをよく知っていたつばさは、それゆえに、あのとき嗤った。

「なに泣いてんだよ」

嗤いながら、素肌を、赤い手形がつくまで平手打ちした。

それを見て、ほかの東大生も嗤った。

そうでもするしかなかった。

彼らがあの夜、彼らの目的から、美咲の行動として「想定」したものは、顔を赤くしたり、歯を見せて笑ってごまかして、いやんいやんと身をよじらせることだった。

だが、美咲の反応はそうではなかった。彼らはぴかぴかのハートの持ち主なので、裸の女がまるまって、ううぅと涙を垂らしている状態は、想定外であり、優秀な頭脳がおかしてはいけないミス解答だった。

被告人側で、美咲の反応を、かろうじて察することができたのは、譲治の母、才媛の三浦紀子だけである。

退学以外に示談にする方法を、才媛は同姓同名の教授に訊いた。教授は答えた。

「息子さんを含む、事件に関わった5人の男子学生の前で、あなたが全裸になって、肛門に割箸を刺して、ドライヤーで性器に熱風を当てて見せるから示談にして、とお申出になってみてはいかがですか」

とても静かな声であったが、聞いた才媛は、金切り声を上げて、憤慨した。

「こんなに罵倒されて侮辱されたことないわ。学生も学生なら大学も大学ね。どうしようもないバカ大学だわ」

電話を切ったあと、鼻の穴からしゅうっしゅうっと荒い息を吐き、顔も首も真っ赤にした。そしてぶるぶる震えて、ずいぶん長いあいだ椅子にすわったまま、椅子のアームをぎゅうっとにぎりしめて動かなかった。

このような状態に、才媛をならしめた行為、それこそが、5人の東大生たちが美咲にした行為なのである。

彼らは美咲を強姦したのではない。強姦しようとしたのでもない。彼らは彼女に対して性欲を抱いていなかった。

彼らがしたかったことは、偏差値の低い大学に通う生き物を、大嗤いすることだった。

彼らにあったのは、ただ「東大ではない人間を馬鹿にしたい欲」だけだった。

エピローグ

公判から1年。

退学処分となった譲治とエノキとつばさのうち、地方上京者であるエノキだけが引越しをした。交通や思想の方面の罪名ではなく、「強制わいせつ」とあっては家庭教師は馘（くび）になる。『昌徳宮』からは続けていいと言われたが、同世代のバイト連中の、自分に向ける視線が「うわあ東大なんだ、あの人」から「いやだチカンよ、あの人」に激変した中で、カルビやロースを運ぶことは耐えられなかった。

引越した先は千葉県検見川（けみがわ）の加藤荘。ＪＲ京葉線もＪＲ総武線も京成千葉線も利用できる。つまりは三線のどの駅からも遠いわけで、家賃はニュー大場マンションのほぼ半額の2万円台だ。西船橋に出やすい駅で、安い物件があるところをさがしたら検見川になったのだった。

不動産屋でのエクスタシーをエノキは失った。去年、ニュー大場マンションに決めたとき、東大に近いその不動産屋はエノキに訊いた。「東大さん？」。不動産屋に限らない。

東大のそばでは、大学生の風体ならよく訊かれる。「東大さん？」。そして答える。「はあ、いちおう」。東大かと訊かれ、「いちおう」と答えるときの、あの勝利感。あの絶頂感。それは検見川の不動産屋ではもう味わえなかった。

検見川にしたのは、西船橋の、船橋エリアでは高いラウンジで働くことにしたからである。以前、短期間だけバイトした三鷹の、赤提灯を軒先にぶらさげた飲み屋にいた雇われママが、先代ママの甥から乗り換え交際して後妻に入った70代の男性と経営している店だ。来店する客は若いホステスだけを見ているのでボーイのエノキの顔は見ない。とりあえずはここで金を貯め、これからのことを考えようとエノキは思っていた。

【あー、もー、みんな逝っちゃえばいーのに】

エノキがこうツイートしたのは、２０１７年9月30日の夜中だった。

＊

【ユウヨついたからってヨユウが出るわけじゃなし】

エノキのこのツイートは10月19日の正午だった。

西尾はこれを日吉のラーメン屋で見た。毎日毎日、ひっきりなしにエノキはツイッターに投稿している。

（くだらねえことをまた）

かつての《友だち》の、無益なぼやきを見るには見るが、連絡をとることはない。麻武時代の《友だち》とも、東大時代の《友だち》とも。今はベルリッツ英会話スクールに《友だち》はいっぱいいる。

西尾は、公判後は、シックな低層集合住宅の「ご近所」を避け、妹がしじゅう泊まっていた祖父母のマンションのワンルームで昼間は過ごしている。

スマホをポケットにしまい、豚骨チャーシュー麵をすするのに没頭する西尾譲治。彼は公判前には三浦譲治といった。

西尾というのは、才媛な母親の旧姓である。

公判後、賃貸マンションのオーナーである才媛の実父は、娘の夫（譲治の父）を養子にした。彼の姓は西尾となり、自動的に長男は西尾譲治、譲治の妹も西尾姓になった。

事件のニュースにあるのは、三浦譲治である。「東大　強制わいせつ」で検索しても、西尾譲治という名は出ない。

西尾は、妹のようにイギリスに行くことを両親にねだったが、いかに名前を変えようとも執行猶予中にビザはおりないと父親から一蹴された。デリヘル嬢を買う父親を忌み嫌っていた彼だが、猶予期間があけたら、西尾譲治としてイギリスの適当な大学に正式に入学しなおせという父親の意見に盲従した。才媛な母も、息子をしばらくは、自分ならびに自分の実父母の、ぴったりそばにいさせたがった。海外の大学への留学がかなわなくとも、堀江貴文と同じで中退も東大のひとつなのだから、いずれ妹とともにメディカル・エステサロンを開いたあかつきには、あなたも経営を手伝えばよいわと。

ラーメン屋の時計が12時半になった。あと1時間でアメリア・ウインタース嬢が部屋に来る。エメラルド色の瞳の若くてきれいな英語の家庭教師とすごす時間が、西尾譲治の目下いちばんのたのしみだ。神立美咲の名前はおぼえてはいるが、顔も声も雰囲気も、國枝や和久田と同様、もうほとんど記憶にない。

＊＊＊

２０１７年、11月28日。

竹内つばさは、渋谷区にある神南総合病院に向かって道路を歩いていた。ビルとビルのあいだの信号が、赤になった。しかたなく立ち止まる。小さな信号である。

「ちっ」

不愉快そうに舌打ちをしたので、となりに立つ女性がつばさを見た。

（なんだよ、ブス）

つばさは思う。

こんな信号、ぱぱっと走って信号を無視したところで、どうなるもんでもあるまいに、みんな従順に、信号機の命令をきいて、ばかみたいだ。

赤と黒のウールのマフラーをして、ポケットに手をつっこんだつばさは、だが、彼も信号に従っている。

情報通信会社の仕事といっても執行猶予中の身では、手伝いでしかない。高いペイをもらえるわけではない。ＰＣがあれば定刻に出社せずともできる仕事なのは、時間の自由がきいて助かるが、広尾原住宅にずっといるのは「ご近所」が鬱陶しい。自宅内でも、父親と顔を合わせるのは鬱陶しい。

このところ数日の日課は、神南総合病院に見舞いに行くことだ。

叔父（母、美枝の弟）が腎盂炎で入院しているのだ。祖父母と同じマンションに住んでいるから、「これを持っていってやって」と祖母から頼まれたものを病院へ持って行ったり、「これを家に持ってかえってくれ」と叔父から言われたものを持ち帰ったりする。代々木公園に近い神南総合病院は、新しく建て替えられたばかりでホテルのようで、ぶらぶらするにはもってこいだ。病院でなら、行き交う人間はみな、自分の病気や怪我や、見舞うべき家族親族のことで頭がいっぱいで、だれもつばさに気をとめない。

（去年のあんな小さな事件、もうだれもおぼえていない）

そうは思うが、公判以後は、他人と接触しないですむ場所に選んで行き、選んで居るようになった。

國枝は相席居酒屋に出入りしているらしく、いっしょにいかないかと誘うメールが来るが断っている。今日の昼ごろには【スキンヘッドは意外にも女子ウケするんだぜ】と送信してきた。

（あいつとはもう縁を切ろう）

益はまるごと独り占めし、リスクと失敗は他人に負わせるタイプというのがいる。そういうタイプとかかわるとろくなことがない。和泉摩耶は、事件がニュースになるなり、縁を切ってきた。

きれいに磨かれた廊下を歩くうち、明るいテラスのある食堂まで来た。『TANADAガーデンカフェ』。計量機器メーカーの（株）タナダの社員食堂・病院食堂部門が経営しているようだ。

日差しにひかれ、つばさは食券機でカフェオレを買い、『TANADAガーデンカフェ』に入った。大きなテラス窓のそばの小さなテーブル席にいた客がちょうどたつところだったので、セルフカウンターで受け取ったカフェオレをトレーに乗せて、その席にすわった。

クリーム状の白い液体がテーブルにぽとりとこぼれている。テーブルの端だし、トレーは置ける。ただ気になる。

（ちゃんと拭いとけよ）

前の客にか、食堂にか、どちらに対する舌打ちなのか、つい、チッとつばさの舌が鳴った。

紙ナプキンがどこかにあるかと、見渡すと、赤いハンチング帽に白いエプロンの制服を着た店員が、不織布ふきんで空席を拭いてまわっていたので手をあげた。

「ここ、汚れてるんだけ……」

言いかけたつばさを、

「竹内くん」

店員が呼んだ。山岸遥だ。そういえば（株）タナダに入社したとフェイスブックで見たのは、あの事件の前だった。

「久しぶり」

平坦な口調と、にこにこ愛想がいいとはいえないがぶっきらぼうでもつっけんどんでもない、やはり平坦な遥の応対は、事件の前と後の今とでも変わりがない。

「板倉キャンパスで栄養士の免許とったんで、食堂部門を希望して入社試験受けたの」

「お運びさんはバイトにさせるんじゃないの？」

「1年は本部で研修して、現場に配属された初年は全員が接客するんだよ。ゆくゆく管理栄養士の国試も受けるしね」

遥はテーブルを拭いた。

「へえ……」

相槌は打つが食堂の仕事になど、つばさは関心がない。

「病気したの？」

「いや。見舞い」

「そうか。なら、とりあえずよかった」

「……あんなことあって、笑ってるだろな」

迷ったが、あの事件にふれないのも癪な気がした。自分からつばさは訊いた。

「だれが？」

「みんな」

「みんなって？」

「中学とかの知り合い」

「ほかの人は知らないけど、私は笑った」

「そうだろうね」

「だってさ、リケジョリカみたいなんだもん」

「リケジョリカ？」

つばさが訊き返す前に、遥は従業員室のほうに行ってしまった。

「リケジョリカ……」

青年漫画誌に連載されているその漫画を、つばさは読んだことはないが、タイトルは知っていた。

カフェオレを飲みながらつばさは、スマホで青年漫画誌の Kindle 版を買い、読むというより見た。読むほどのストーリーは何もない漫画だ。リカが入浴したり着替えたり追いかけられたりするシーンだけが見せ場の漫画だ。その種の漫画のヒロインがリケジョ（理系女子）なのが、目新しいといえば目新しいだけの。

リカの乳房は豊胸整形なので頭部の10倍くらいある。あまりに巨大で、煽情的だとか性的だとかを超えている。乳房でハシゴをのぼったりして滑稽だ。

「……」

食堂を出た。

出たところにあるガラスケースに入ったイミテーション・メニューの並びを、遥が変えていた。

「読んだよ、リケジョリカ」

「そうかい」

つばさに背を向けたまま、偽の食べ物をセットする。

「竹内くんは東大だからすごいね。そう思うよ。かしこいんだ、優秀なんだって。ほんとに思うよ。竹内くんも自分でおれはすごいと思うのも自然だよ。でもさあ、なんちゅうの、だからってなにも5000ccも注入しなくていいよっていうか。リケジョリカのおっぱいなんだもん、竹内くんの東大」

遥はガラスケースに鍵をかけ、つばさのほうを向いた。

「でも、東洋大の私に言われても、なんもコタえないよね。竹内くんは、」

遥が「すごいね」とつづけるのと、食券機に金を入れた客が、「すみませーん」と呼ぶのとはほぼ同時だった。

「お釣りが出てこないのよ」

「えっ、そうですか。えっと……」

客に応対する遥を後ろにして、つばさは廊下を進み、病院を出た。

エントランスから門まで、細長く設けられた花壇にはコスモスがたくさん咲いていた。

メンデルの法則の戯れか、濃い赤も白も黄色もなく、すべてがうすいピンクだ。

つばさの視線は、コスモスが秋の微風にそよぐのを、ぼんやりと追う。

「野草研究会で摘んだの、か」

耳の奥に残った声を、つばさは口に出した。

「え？　なに？　知らない。教えて」。コスモスの花言葉を、意外なことに美咲が知らず、つばさが知っていた。浅倉か南の女子マネから聞いたことがあったからだ。それぞれの色によって異なるらしいが、美咲が持っていたのはピンクで、つばさもその色についてだけ知っていた。

「乙女の純潔」。教えると、美咲は「すごーい、やっぱり東大は何でも知ってるんだね」と言っていた。〝下心〟などというものではなく、無邪気に褒めてくれていると、つばさも感じたはずだった。

「巣鴨の飲み会で、なんで、あの子、あんなふうに泣いたのかな」

つばさは、わからなかった。

文庫版あとがき

二〇一六年のある日、ラジオの前にいた私は、東大生五人が一人の女子学生に対する強制猥褻行為のかどで逮捕されたというニュースを聞きました。

有名な大学の学生による性的事件は過去にもありましたが、私はこの事件には他の事件とはちがうものを感じました。また、ニュースを見聞きした大勢の人たちの反応にも、自分とは大きくちがうものを感じました。

この違和感は何なのか。このいやな気分は何なのか。考えつづけ、それを綴ったものが本作です。

ですので、さまざまなことを考えるきっかけになったのは、たしかに事実としてのこの事件です。公判において、ある加害者から、サークル活動で知り合った他大学の女子学生たちに対して、彼女たちは頭が悪いから見下していたとの証言がありました。年齢的に私が彼らと学生同士として接触する機会はありませんが、もし私が、たとえば何かの店の店員だったり公共施設職員だったりすれば、あるいは直接の接触でなくとも、何かのはずみで私の略歴を見たりすれば、彼らは私のことも同じように見下すのだろうと思い、自分もまた彼らと同じような見くびりを他人に対してしているのだろうと気づき、暗澹たる気分になりました。それでタイトルにしましたが、事実としてのこの事件との直接の関わりはここまでです。

本作は、事実としてのこの事件のノベライズではありません。

事件は東京地裁で執行猶予付の有罪判決が出て終結しました。

本作は、いやな気分といやな感情を探る創作小説です。登場人物は全員が架空の人間です。モデルは、私自身を含めた、そのへんによくいる人です。つまり現在の日本社会に住まう、多くの人の裡で、このいやな気分と感情は無言で潜んでいるのではないかと思うのです。

いやな気分。いやな感情。これは、哀しみや残酷さや憎悪とはまたちがう。自分の裡におこっても、おこらなかったことにしたい、気づいても気づかなかったことにしたい、恥の面皰のようなものです。

人は社会に暮らす生物です。日本に住まう人は日本社会で暮らしています。社会は他者との、あらゆる種類の接触で成っていますが、それら数多の接触における基本は、実は昆虫とさして違わぬ相対でもあるのではないでしょうか。大きいか小さいか。若いか若くないか。

人社会での他者との接触の一つに学歴があります。日本社会では、東大を「1」とする秤（のような感覚）があります。そのため本作では、東京大学は実名で出しました。これをT大などとすれば、気づいても気づかなかったことにしたい面皰（おためごかしと言ってもよい）は膿まないでしょうか？　作中登場人物の男子学生たちがもし、「東大男子とセックスしませんか」と呼びかけ、「はい、したいわ」と集まってきた女子学生と性交しているのであれば、いやな気分にはなりません。こうした行動をしなかったからいやな気分になるのであり、このいやさは何なのかと、いやな気分に絡まれるのです。

学歴の上下を示す秤の単位として、東京大学という実名は出ているのであって、当然ながら東京大学の設備をリポートする小説でも、東京大学学生全員を描出する小説でもありません。学歴尺の単位としてではなく、学問の場という本来的な意味での東京大学は優秀きわまる学校です。ならば本作に登場する東京大学生は、せっかくその栄えある場所で学べる試験に合格しながら、このような行動をとったところの、他の東大生とはちがう学生、と言うこともできます。同時にまた、単位として東大を「1」としているのは、既述のとおり、日本社会に住まう人がそうしているわけで、よって本作の最初から最後までに充満するいやな気分は、とりもなおさず近年の日本の、そのへんにいる人（私自身も含めて）みなの心中にあるものだと言えるのではないでしょうか。

こうしたことから、本作はページのいたるところからいやな気分が滲み出してくるものですが、しかし、いやな気分の向こうにあるものを摑める力は、昆虫には決してなく、人間だけが持つものであると、私は信じたいです。

第三十二回柴田錬三郎賞選評（五十音順）

無知と罪科

伊集院静

今回の姫野カオルコさんの作品はまことに佳い作品であった。

読後、よく踏ん張って、これほどの作品を仕上げたものだと感心した。まずはこの題材に取り組もうと筆を執られた姫野さんの小説家としての姿勢に敬意を表したい。

小説は読者にさまざまなことを語る能力、役割を備えている。時にその能力、役割は読者に、感動というかたちとは別の、問題提起を与えることがある。たとえそれが社会全体の中のひと握りの読者に与えたものであっても、十分に社会への警鐘、警告になる。

私たちの日常には、実にさまざまな出来事が日々起こっている。ささやかな出来事もあれば、事件として大きく報道される出来事もある。犯罪に及ぶ事件などは、報道された事象がおぞましいものであるなら、なぜこんなことを人間が？　という思いを抱く。

ただ報道というものは、事件の真実を、実は見出せないという宿命を常に持っている。真実の定義は別として、その事件に興味を抱き、克明に見つめていくと、そこに不可解なものや、闇の中にうごめく何かを気配で感じることがある。大半の人が不可解に思わなかったり、見逃してしまうことを捉える眼を持つ作家がこれまで日本には何人もいた。事件を物語として、人間を描くことは、小説の能力であり、大切な役割であると私は考えている。

本作品を読んで、姫野カオルコさんには作家としての眼と、勘のようなものに卓越したものがあるのにあらためて感心した。

人間として生まれて来た哀しみを描くことが小説の重要なテーマとしたら、本作品はそれを見事に描いている。〝無知は犯罪に及ぶ要因〟という言葉があるが、この作品の一方の主人公である大学生は、無知の典型である。その無知は、勿論(もちろん)、彼等にも責任があるが、それ以上に、このように無知な若者を生み出した社会構造と、優越、業といった人間の醜さが、本作には鮮烈に描いてある。さらに見事なのは物語の結末まで、この無知を主人公と家族たちが理解ができない描き方をしたことである。

柴田錬三郎の作品に通底するものは〝人間の業を描く〟ことであった。本作品はまさにその現代版と言えよう。素晴らしい作品と受賞作家を迎えることができた。

女性作家の馬力を見た

逢坂剛

姫野さんの受賞作は、現実の事件をもとに組み立てられているが、ノンフィクションではないし、ノンフィクション・ノベルでもない。純然たるフィクションである。著者自身の、事件に対する個人的な分析、解釈が小説として構築されており、その解釈に読者が共感を覚えるか否かで、本作への評価が分かれるだろう。

姫野さんの取材が、どのレベルまで及んでいるのかは、分からない。それは本作の価値と、ほとんど無縁である。公表された事実、報道資料などをもとにしたもので、関係者への直接取材はなかったと思われるが、それはむしろ正しい姿勢だったといえよう。そうでなければ、このような事件を小説に仕上げる馬力は、生まれなかっただろう。

こうしたケースでは、とかくどちらか一方を悪者に仕立て、もう一方を被害者に仕立てがちだが、本作はそんな単純な構図では描かれていない。かといって、被害者があまりにもナイーブすぎたとか、加害者が結果に対する想像力を欠いていたとか、ありきたりの結論を用意しているわけでもない。あくまで、作者が想定する事実を読者に突きつけることで、事件の重さを示そうとする。いわゆる〈問題作〉として、問題を提起しようという明確な意図は、よくも悪くも読み取れない。

それは結局、事件に対する作者自身の心理的葛藤を、とにかく書き留めずにはいられなかった、という事情を物語るだろう。並みの作家、なかんずく男性の作家ならば、最後になんらかの理屈をつけようと、無難な着地を心がけるところだ。しかし、姫野さんは着地寸前で手の動きを止め、これがどのように収束するかを、あえて書かずに終わらせる。被害者たる、作者と同性の若い娘に過度の同情、理解を示さず、逆に加害者たる東大生への感情的、理性的非難も極力抑えている。

エモーショナルに書こうとすれば、いくらでも書けるところを引き締めた筆致は、まさにためた馬力を身の内で爆発させなければ、生まれぬわざである。

才能と心意気

桐野夏生

姫野さんは、日常のリアルな描写が際立ってうまい。そのディテールから、登場人物が意識していない人間の本性とでも言うべきものが浮かび上がる。

例えば、主人公・神立美咲の家は、元は百姓だったと自称する、ざっくばらんな家庭である。美咲が一人で煮物を温め直して食べ、父親が持ち帰った女性誌を自室のベッドで読む描写などは、ささやかな幸福感に溢れている。だから、美咲は手の届かないものは、「どうせ」自分には縁がない、と諦めるのだ。身の丈であることを健全と見るか、脱落と見るかで、人間の本性がわかる。

他方、東大生のつばさは、司法試験を諦めて地方の教師になった兄を、脱落者と見なして軽蔑もしている。自分は東大に入った勝者、最も賢き者（教育投資のたまものだとしても）であるが故に、努力しない者、偏差値の低い学校に通う者を、同等の者と見ることはできない。故に、部活の女子マネは、偏差値の低い学校の女子にやらせるし、本名を知ろうともしない。それは、つばさの仲間たちも同じである。

そんなつばさと美咲が、ほんの少しの期間、付き合ったとしたらどうなるだろう。人の好い美咲は「恋」だと思い、つばさは、仲間に知られると恥ずかしく思う。

この作品は、東大生による強制わいせつ事件と、その後のネットの反応を機に書かれた。千葉大医学部生レイプ事件、慶應の学生によるわいせつ暴行事件、歌舞伎町で起きた集団路上泥酔事件、そしてＪＫビジネスも、アダルトビデオ出演強要問題も、ネット民による中傷も、すべて根は同じである。差別によるヘイトクライムだ。

この国で女に生まれることは、とても憂鬱なことだ。女たちの憂鬱と絶望を、優れたフィクションで明確に表した才能と心意気は称賛されるべきである。小説でなければできないことがあるのだ。

フィクションでしか書けない真実がある

篠田節子

賞取りや文学的評価を度外視して書かれたテーマ性とメッセージ性の際立つ作品、批判をおそれず書かれた力作だ。

富や知識、情報が親から子へと譲り渡される中で拡大してきた格差。持てる者、自らを特権階級と自覚した者、世間でそう見なされた者が、ヒエラルキーの下位にある者の、人としての尊厳を踏みにじる。

「東大」は記号に過ぎない。内省や逡巡を排し、最短最小の時間と労力で目的を達成しようとする合理的で健全な精神。それが内包する危うさを象徴するものとして具体的大学名が記された。

特筆すべきは、姫野カオルコがここでどぎついくらい明確に描き出した事件の本質だ。それは「性的興味の対象である女性に対してくわえられた性暴力」ではなく、「モノと見なされた下位の者の心身に対して振るわれた遊びとしての暴力」だ。現実の事件で多くの人が見落とした部分であり、これまでの映画や小説では取り上げられなかったテーマだ。

おそらくは作者は現代日本の抱える病理を直感的に探り当てたのだろう。それを単なる説明ではなく、丹念にエピソードを重ね、主人公と登場人物たちの心理を描写することで浮かび上がらせた。

読み進めるうちに、これが自分に無関係なエリートたちの引き起こした事件でなく、東大生でもなければ男でもない私自身が、場合によっては加害者と同じ心境に陥る可能性があると感じ始める。そんな普遍性と迫真性は優れた小説のみが備えるものだ。

勧善懲悪でも、単なる告発糾弾でもなく、作者は女性教授の言動を借りてひとつの道筋を見せて物語を閉じる（ちなみにこの教授の面倒見の良さと腹のくくり方、思想性は、この規模の女子大の教授としてすこぶるリアルだ）。

インド、中国、そのほかのアジアの国々で書かれている現代小説に通じる、メッセージ性の強い、勢いのある、問題提起を含んだ小説が、姫野さんのようなキャリアのある作家によって書かれたことは、私にとってもたいへんに心強く励みになった。

平成の最も重要な本

林真理子

姫野カオルコさんの『彼女は頭が悪いから』は、平成における最も重要な本の一冊だと私は考える。

この本は東大生協でベストセラーになっただけではない。上野千鶴子名誉教授による、今年の東大入学式の祝辞の中でも取り上げられた。

ここには格差というものをはるかに越えた、絶望的な断絶が描かれている。現代の東大生というのは、単に頭がいいだけではない。そのような家庭に生まれ、金と時間をかけて丁寧につくられていくものだと、著者は祖父母の代までさかのぼっていく。職業や固有名詞を執拗なまでに出していくのだ。それが素晴らしくリアリティがあることに驚く。

そして著者の筆は、この日本の多くの大学が、偏差値によって記号化されていくことにも及ぶ。だからこうした記号の正確さを侵すもの、たとえばＡＯ入試や、英語以外の語学で入試を受ける者に対しての、世間の風当りは強いのだということもだ。

今まで都市伝説のようにささやかれていたこともはっきりとこの本では書かれている

が、それは、やがて訪れる事件への反応、

「ずるいことをして得をした人は許さない」

という、世間の実に狭量な思想へとつながっていくのである。

三流の女子大生のくせをして東大生に近づくのは、何かしらのペナルティを受けるべきなのだ、というネットの書き込みの残酷さ、愚かさに、読者はぞっとすることであろう。が、この事件のニュースを聞いた時に、一瞬でも、

「どうせ東大生狙いだったのだろう」

とあなたは思わなかったのかと、著者は読者にも問うているのである。

確かに後味の悪い小説だ。東大生たちの薄っぺらさ、ごく自然な傲慢さに、ぞっとしたのは私だけではないだろう。彼らは最後の最後まで、いったい何が悪かったのかまるでわかっていないのだから。

といっても、これは啓蒙小説ではないですよと、著者の軽妙な筆致は言っている。

これだけ嫌な素材でありながら、嫌悪だけをもたらさないのはさすがである。

（二〇一九年集英社出版四賞小冊子より）

本書は現実に起こった事件に着想を得た書き下ろし小説です。
作中の人物の行動や心情は作者の創作であり、実在の人物、団体とは関係ありません。

単行本　二〇一八年七月　文藝春秋刊

文春文庫

彼女は頭が悪いから

定価はカバーに
表示してあります

2021年4月10日　第1刷
2024年12月5日　第12刷

著　者　姫野カオルコ
発行者　大沼貴之
発行所　株式会社 文藝春秋

東京都千代田区紀尾井町 3-23　〒102-8008
TEL 03・3265・1211(代)
文藝春秋ホームページ　https://www.bunshun.co.jp

落丁、乱丁本は、お手数ですが小社製作部宛お送り下さい。送料小社負担でお取替致します。

印刷・萩原印刷　製本・加藤製本

Printed in Japan
ISBN978-4-16-791670-1